취사병, 전설이 되다

취사병, 전설이 되다 2

지은이 오종필(제이로빈)

초판 1쇄 발행일 2025년 10월 20일

발행인 오종필
책임 편집 위크래프트
디자인 김경희
발행처 제이알매니지먼트
주소 경기도 부천시 원미구 길주로17, 803호(상동, 웹툰융합센터)

ⓒ 제이로빈, 2025
ISBN 979-11-94274-27-8 04810

- 이 책은 저작권법에 따라 보호받는 저작물이므로 무단 전재와 복제를 금합니다.
- 이 책의 전부 혹은 일부를 이용하려면 저작권자와 출판사의 동의를 받아야 합니다.
- 잘못된 책은 구입하신 곳에서 바꿔드립니다.
- 책 모서리에 찍히거나 책장에 베이지 않게 조심하세요.

제이로빈 현대 판타지 소설

②

제이알매니지먼트

작가의 말

안녕하세요. 제이로빈입니다.

2008년부터 2015년까지 7년간 장교로 군복무를 하며, 정말 좋은 인연들을 많이 만났습니다. 국가를 위해 일하는 동안 힘든 점도 많았지만, 결과적으로 보면 저에게는 최고의 경험을 선사한 곳이었습니다.

군 제대 후, 웹소설 작가로 입문하게 되었습니다. 군 복무시절에 대한 즐거운 기억들을 여러분과 함께 하고 싶은 마음에 기억에 남는 에피소드를 바탕으로 제가 좋아하던 부하들과 상관, 그리고 동료들의 모습을 재구성해 '취사병, 전설이 되다' 라는 작품을 집필할 수 있었습니다.

과분하게도 여러분의 많은 사랑을 받아 웹소설이 나오고, 웹툰으로도 연재되고, 이번에는 종이책으로도 만들어질 수 있었는데요.

이 책이 군 생활을 마친 예비역 분들이나, 이제 막 복무를 해야 하는 예비군인 여러분, 그리고 군인 가족들께 많은 도움이 되었으면 좋겠습니다.

마지막으로 지금 현재도 군 복무를 열심히 하고 계신 군인 여러분, 힘내세요!

예비역의 한 사람으로서 응원합니다. 당신들이 있기에 현재의 대한민국 국민들이 안전할 수 있습니다. 대한민국 현역 군인 및 예비역 여러분, 파이팅입니다.

2021년 8월

제이로빈

취사병, 전설이 되다
2권 등장 인물

강성재 일병

평범한 대한민국 육군 병사. 어느날 눈앞에 나타난 요리사의 길 시스템의 도움을 받아 취사병의 길을 가게 된다. 요리사의 길 퀘스트를 수행하며 간부식당 조리병에 지원한다.

성재의 동기. 유도 선수 출신으로 몸이 건장하고 운동도 잘 하고, 꿀성대까지 가지고 있지만 요리는 잼병이다. 여자친구에게 헌신적이다.

오민호 일병

윤동현 병장

성재에게 따뜻하게 대해주는 선임. 조리학과를 나왔으나 취사병 생활을 하며 권태롭게 지내고 있었다. 열정적인 성재를 보며 다시 한번 요리에 열정을 불태우기로 마음먹는다.

서호석 상병

간부식당 조리병 선임. 성재의 아이디어로
간부들의 입맛에 맞는 요리를 만들어 칭찬 받으면서 성재와 친해진다.
입대 전 중화요리점에서 근무한 적이 있다.

박재영 상사

3년 전에 이혼당했다고 한다.
진급이 늦었다는 사실에 노이로제가 걸려 진급을 방해하는
모든 것을 싫어한다. 그래서 성재를 처음 받고 나서
싫은 기색을 숨기지 않았지만, 성재의 요리실력과 활약으로
좋은 일이 생기자 다정하게 대하는 등 태도가 바뀐다.

손준호 주임원사

4중대 주임원사.
오랫동안 복무하면서 익힌 능구렁이 같은 화술과 처세술이 특기.

배원영 대령

60연대장으로 성재의 상관. 인품과 통솔력을 두루 갖춘 장교이다.
독실한 기독교 신자로 교회의 집사이기도 하다.

배윤아 고등학생

배원영 대령의 딸. 요리사가 되고 싶어서
성재의 요리 실력에 관심을 보인다.

2권 차례

050	KCTC 훈련부대로 편성되었습니다만?	10
051	간부식당 조리병 선발계획	17
052	주임원사와의 면담	23
053	행보관님, 신경 써주셔서 감사합니다	30
054	어떤 것을 알고 싶으십니까?	37
055	전출 갑니다	45
056	불쌍한 강희철	54
057	동기가 생겼습니다	61
058	다 크십니다	69
059	호감도가 오르고 있습니다	77
060	후임 갈구기는 이렇게 하는 거다?	86
061	서효석 상병님?	93
062	종교 행사 가야 합니다	101
063	크리스마스 이브	108
064	비법 전수	115
065	수타면	122
066	취하신 것 같습니다	130
067	남자가 힘은 세야지	137
068	손칼국수 드셔 보실래요?	144
069	새벽시장	152
070	진술서를 작성하셔야 될 것 같습니다	159
071	뭐해? 다들 박수 안 치고!	167
072	저 자식이었단 말이야?	174
073	신뢰하는 동료를 얻었습니다	182
074	○○○ 레시피를 선택했습니다	190

075	과한 겸손은 때론 독이 되는 법	198
076	연대장은 항상 널 믿는다!	205
077	전설의 시작!	212
078	인터뷰	220
079	고무신이란?	229
080	취사병들이 죽으면 밥은 누가 하냐?	236
081	여기 만져봐. 따뜻할 거야(?)	243
082	○○○가 파괴되었습니다	251
083	복수는 이렇게!	258
084	성재는 XXX에 지원해야 합니다	266
085	활약 결과!	274
086	교활한 주임원사	281
087	뭘 망설여?	289
088	이제는 병영식당을 접수한다	297
089	3명의 병사와 1명의 간부	304
090	사제 관계	312
091	인정?	320
092	평창 올림픽 군 홍보 부스 지원	328
093	"Kann ich das essen?"	337
094	★★★의 등장	345
095	떠나버린 군단장	353
096	나, 그 오빠 알아요	361
097	윤아 씨가 원하는 대답은 그거였습니다	369
098	권사님, 이건 아닌 것 같은데요?	375

KCTC 훈련부대로 편성되었습니다만?

취사장에 있던 성재는 운전병의 말에 깜짝 놀라 1층의 중대 행정반으로 내려갔다.
'신병이라니? 후임이라니?'
행정반에 더플백(의류대)를 놓고 컴퓨터 앞에 앉아있는 녀석.
강압적인 분위기에 잔뜩 긴장한 표정이 가관이었다.
"야!"
인사계원이 이등병을 부르고,
"이병 장정민!"
이등병은 관등성명을 댄다.
"이거 작성해라."

간이 신상명세서를 내놓으며 퉁명스럽게 말하는 김영민 병장.
성재는 이게 연출이란 것을 선임병에게서 들었다.
이등병이 처음 왔을 때, 행정보급관의 주도 아래 긴장감을 조성한다. 이때 신병이 어떻게 나오는지를 보면 이 녀석이 잘 적응할지, 못 적응할지 50% 이상 가늠이 간다고.
인사계원 김영민 병장 역시 행정보급관에게 배웠다고 한다.
'물론 행정보급관이 자신을 보호하기 위해 말하는 개소리겠지만….'

역시나 박재영 상사는 평소와 같이 사무실 구석에서 담배를 피우고 있고, 김영민 병장은 태만한 행정보급관을 향해 입을 열었다.
"행보관님, 인성검사 3종 세트 바로 준비시켜도 되겠습니까?"
"그래. 바로 해. 중댐 보여드리게."
"알겠습니다."

자신의 전입 때와 똑같이 인성검사를 하고, 우울증과 게임 중독을 검사한다. 김영민은 중대장 계정으로 인성검사 결과를 확인하더니, 행보관에게 여과 없이 보고했다.
"행보관님? 우울증 2단계 중증으로 나왔고, 인성검사 결과 개인주의 성향, 게임 중독은 심각 나왔습니다."
"그래?"
인사계원은 다시 한번 고개를 끄덕이며, 행정보급관의 확인을 도왔다.
"그렇습니다. 그런데 행보관님? 취사병 후반기 주특기 교육까지 받은 인원입니다."
"뭐? 취사병으로 왔다고?"
"그렇습니다. 윤동현 병장 전역 대체 자원으로 들어왔습니다."
성재는 긴장했다. 올 것이 왔다.
자신은 본래 취사병이 아니라 소총병 주특기였다. 이대로는 자신이 취사병에서 빠져야 될 상황. 그러나 행정보급관은 성재에게 무한한 신뢰를 보낸다. 새로 온 이등병을 무시하고, 김영민에게 말했다.
"야! 됐어. 직사화기소대 90mm로 대충 집어넣어 놔. 대대에는 일병 되면 보직변경 신청하면 되니까…."
"알겠습니다."
본래 보직부여는 중대장이 하는 게 원칙. 하지만 4중대장은 그 권한을 1차적으로 행정보급관에게 위임했다.
같은 장소에 있던 장정민 이병.
그는 입대 전부터 취사병(조리병)으로 지원해서 합격했고, 그에 따라 후반기 교육도 받으며 취사병으로 임무 수행하는 줄 알았는데, 갑자기 날벼락을 맞아버린 셈.
이게 다 성재가 취사병 임무를 너무 잘해서 생긴 상황. 억울하겠지만, 어쩔 수 없는 일. 지금 당장은 그가 할 수 있는 게 없었다.

"나이가 26살이야?"
"그렇습니다."
"늦게까지 뭐했어?"
"호텔 조리학과 나와서, 4성급 호텔에서 견습 요리사로 3년 정도 일하면서 공무원 준비했었습니다."
"그래? 요리는 잘하겠네?"
"자신 있습니다. 취사병 하고 싶습니다."
그러나 인성검사에서 이미 폐급으로 낙인 찍힌 상태에서, 중대장이 녀석의 소원을 들어 줄 리가 없다. 소초에서 취사병이 얼마나 중요한지, 성재를 겪어보고 알았다.
연대장 앞에서의 당당함, 패기, 군인 기본자세를 모두 겸비한 성재를 대신해서 이딴 녀석을 취사병으로 보직하라고? 그는 이제 막 전입한 이등병의 생활지도기록부를 꼼꼼히 확인하기 시작했다. 그리고? 아주 어이가 없는 문구를 발견하고 만다.
'빨리 전역하고 싶다? 군 입대가 하기 싫었다? 편한 보직 받고 싶다?'
중대장은 혀를 차며 이등병에게 말했다.
"편한 보직 받고 싶다고 적었어?"
"……."
"빨리 전역하고 싶다?"
"……기억이 안 납니다."
"네가 생활지도기록부에 적어놨잖아? 어?"
"그때는 훈련소 조교들이 꽉꽉 채워 넣으라고 해서 화난 상태에서 적은 거라서 잘 기억이 나지 않습니다."
훈련소 입소 첫날 또는 둘째 날, 생활관에서 조교들은 볼펜 하나를 주고 생활지도기록부를 전부 채워 넣으라고 강요한다.
"군 입대가 하기 싫었다는 건 뭐야? 그래서 공무원 시험 응시한 거 아니야?"
중대장의 날카로운 질문. 핵심을 찌르는 그의 물음에 결국 이등병이 고개를 끄덕이고 말았다. 이등병에게 복무기피 성향이 있다는 낌새를 느낀 조석호 대위.
이럴 때, 중대장만의 장기가 흘러나왔다.
"그런데 어떻게 하나? 취사병 자리 없는데?"
"취사병 꼭 하고 싶습니다. 그래서 취사병 지원해서 왔습니다."

그 세 가지 특이사항 말고, 생활지도기록부상 훈련기록을 확인하는 조석호 대위, 그는 특이사항을 추가로 발견했다.

그건 바로 유급. 유격훈련 불합격.

"근데 왜 훈련소에서 유급했냐?"

"무릎 다쳐서 의무대에 입원했었습니다."

"그래?"

중대장의 의구심은 확신이 되었다.

유급병사 = 관심병사라는 인식을 가진 조석호의 생각과 인성검사 결과, 최초 면담 결과까지 모든 지표가 녀석을 이제까지 본 적 없는 A급 관심병사라고 말하고 있다.

이제 소초 철수까지 불과 2개월도 채 남지 않은 시점. 중대장이 머리를 굴렸다.

"행보관님?"

"예. 중대장님!"

"오늘 시간 괜찮으시면 이 녀석 좀 데리고 레이더 기지 좀 다녀오시죠?"

"아, 그렇게 하시겠습니까? 대대장님께는 보고하셨습니까?"

"예. 그건 제가 알아서 잘하겠습니다."

"아, 무슨 말씀이신지 알겠습니다. 그럼 바로 다녀오겠습니다."

"예. 감사합니다. 아, 상담관 면담은 내일 하는 거로 신청해두겠습니다."

"네. 중대장님!"

조석호 중대장의 결정은 이미 내려졌다. 무슨 짓을 해도 TOD 감시병으로 보직시킬 생각.

이틀 뒤, 상담관과의 면담에서 복무부적응 우려로 판명된 그는 곧바로 군대에서 가장 편하다고 소문난 TOD 감시병으로 보직 변경되어 떠나버리고.

성재는 말없이 신병의 전출을 응원했다.

'괜히 미안해지네. 나 때문에 취사병 짤린 건가?'

군대에서 97% 이상의 걱정은 쓸데없는 걱정.

성재는 오늘도 자신의 임무를 열심히 수행하며, 차후에 있을 간부식당 조리병의 평가를 준비하고 있다.

그리고 다음날, 드디어 성재가 고대하고 고대하던 공문이 내려왔다.

〈제목 : 연대 간부식당 조리병 선발계획〉

수신 : 1대대, 3대대 지원과장
1. 관련근거 : 연대장 구두지시(17. 12. 16)
2. 위 관련근거에 의거 연대 간부식당 조리병 선발 계획을 다음과 같이 통보하오니 차질 없이 조치 바랍니다.

  가. 조리병 선발 (총 2명)
    대상 : 일병급 이상 취사병
    사유 : 3대대 취사병(조리병) 해안 경계근무 투입에 따른 대체 인원 선발
    일정 / 장소 : 2017년 12월 21일(화) 13:00 / 연대 간부식당
    측정관 : 연대 군수과장, 1대대 및 3대대 인사담당관

핵심취약시기가 다가왔다. 월광(달빛) 10% 미만일 때는 전 소초가 증강된 B형 근무를 투입한다. 초소 중 50% 이상을 상시 점령하는 근무형태.
이때에는 바닷가를 비추는 제논탐조등도 평소 5분 가동 10분 휴동에서, 5분 가동 5분 휴동(장비 OFF)으로 변경해서 운용하고, TOD도 2시간 가동 30분 휴동에서 2시간 30분 가동 30분 휴동으로 장비의 성능을 최대한 끌어올린다.
그것뿐만이 아니다. 해안대대(예비대대)에서 경계근무 증원도 오고, 불시로 사단에서 점검관들이 점검도 나온다.
병력들 앞에 처음 제공된 ★★★급 요리들.
성재가 손수 만든 석식을 처음 맛본 녀석들은 두 눈을 휘둥그레 뜨고 감탄했다.
"우와! 소초 밥이 왜 이렇게 맛있어?"
"진짜 대박! 대박! 대박~ 쩐다!"
"군대에서 계란 후라이는 처음 먹어봅니다!"
"이곳 취사병 아저씨, 진짜 밥 맛있게 하십니다."
"오오오오, 진짜 꿀맛입니다."
"고추장 불고기 윤기가 장난 아닙니다. 이곳 아저씨 진짜 요리 잘합니다."
"4중대장님? 취사병 애 뭐하던 애입니까? 밥이 왜 이렇게 맛있습니까? 놀랬습니다."
"좀 잘하긴 해. 그나저나 몇 명이냐?"
조석호는 12중대장의 말에 퉁명스럽게 대답했다.

"오늘부터 6일간 경계증원 총 12명입니다."

"그래? 실탄 못 드는 병사 있어?"

"관심병사 없습니다. 다 부사수 임무는 바로 가능합니다."

"잘했네. 부식은? 챙겨 왔나?"

"그렇습니다. 일단 다음 주 수요일 오전분까지는 직접 저희 취사장에서 챙겨왔고, 수요일 오후 분부터는 부식청구 1대대로 넘겨서 행정상 이상 없게 했습니다."

"그래? 잘했네. 그럼 다음주 월요일 철수인가?"

"그렇습니다. 4중대장님? 그런데 이상한 소문이 돌고 있습니다."

"이상한 소문?"

"사단 연간훈련계획에 저희 3대대를 1월 초에 해안에 조기 투입한다는 이야기가 들리고 있습니다."

"뭐? 왜? 갑자기 왜? 너희가 혹한기 훈련까지 하고 해안 교대투입 하는 거로 되어 있지 않았냐?"

"그게 말입니다."

성재는 중대장들이 하는 이야기를 취사장에서 듣다가 이상한 메시지를 확인했다.

 KCTC를 알게 되었습니다
 혹한기 훈련을 알게 되었습니다

'이게 뭐야? KCTC? 혹한기 훈련?'

그날 오전에 있었던 일.

사단 교훈참모는 교육훈련장교로부터 뜬금없는 소리를 들었다.

듣기만 해도 소름끼치는 KCTC.

"뭐야? KCTC(과학화훈련)가 편성 돼?"

"그렇습니다. 육본에서 저희 사단 60연대 1대대를 이번 4월 KCTC 훈련부대로 편성하였습니다."

"미쳤다! 미쳤어? 겨우 5개월밖에 안 남았잖아?"

"그렇습니다. 사단장님께 긴급 보고사항입니다."

교훈참모는 육본에서 내려온 공문을 바탕으로 사단장님께 대면보고하러 들어갔다.
"작전참모, 60연대 1대대가 2월 말에 철수한다고?"
사단장의 말에 작전참모가 기존에 사단장에게 결재받은 해안교대 계획 문건을 다시 내밀며, 보고를 이어갔다.
"그렇습니다. 본래 9개월 단위로 교대하기 때문에 그렇게 계획되어 있습니다."
"야! 그럼 철수하고 2개월밖에 안 남잖아. 과학화훈련이라는데, 저기에서 성과를 내야 내 지휘평가도 올라가는 거 아니야?"
"그렇습니다. 철수시기 조정이 필요한 것 같습니다."
사단장은 작전참모의 의견을 받아들여 교대 시기를 변경할 것을 명령했다.
"그래! 당장 검토해서, 최대한 빨리 철수시기 조율하고, 철수 전 해안임무수행 평가는 불시에 해서 제대로 평가하라고! 알았지?"
"예. 알겠습니다. 사단장님 추가로 결심해야 될 사항이 있습니다."
"뭐야? 내가 빼먹은 게 있어?"
"그렇습니다. 본래 혹한기 훈련이 2월 중순에 계획되어 있었는데, 60연대 3대대 대신 60연대 1대대로 편성하고, 마일즈 장비 보급해서, 실전과 같은 훈련으로 조치해보겠습니다."
"그래! 그거야! 작전참모! 60연대 1대대장이 김관우 중령인가?"
"그렇습니다. 3사 출신입니다."
"그놈! 빡세게 훈련 시켜! 우리 사단 명예를 높일 수 있게 철저하게 지원하고!"
"알겠습니다!"

051

간부식당 조리병 선발계획

조리병 선발계획 공문 도착 후, 중대장은 고민에 빠졌다.
'이걸 어떻게 해야 돼? 연대장님이 성재 뽑으려고 그러는 거 아니야?'
취사병 후임은 TOD로 보내버린 상태. 성재를 보내버리면, 소초에 취사병이 없어진다.
'아니야. 어차피 교대 후부터 임무 수행하는 거잖아. 소초도 곧 철수할 거고….'
이제 얼마 안 있으면 연대 주둔지로 부대교대가 이루어진다. GP로 치면, FEBA로 철수하는 것과 비슷한 개념?
'일단 대대장님께 여쭈어보자.'
전화통화 결과는 중대장이 생각했던 그대로였다.
- 중대장! 당연한 걸 왜 물어? 당연히 보내야지. 연대장님이 그 병사 좋아하는 거 딱 봐도 모르냐? 공문 보면 의도가 딱 보이잖아.
"그렇습니다. 그럼 강성재 일병, 조리병 선발계획 참석시키겠습니다."
- 그래. 무조건 지휘관 입장에서 생각해. 알았어?

대리근무를 하러 온 강희철 상병. 그는 지난번 대리근무를 통해 강성재가 얼마나 열성적이고, 모범적이며, 성실한지 직접 경험으로 알고 있었다. 그의 얼굴과 말투는 온화했다.

"성재야, 연대 간부식당 조리병 지원했다고?"

말투만 들어도 그 사람이 어떤 생각을 하는지 느껴진다. 성재도 미소를 지었다.

"그렇습니다. 강희철 상병님은 왜 지원 안 하셨습니까? 좋은 기회이지 않습니까?"

조리병으로 가면 요리에 대해서도 많이 배우고, 일도 그리 빡세지 않다. 주말에는 간부들이 출근을 안 해서 조리병 6명 중 3명은 개인정비를 해도 된다.

그러나 전역이 임박한 상병, 병장들에게는 전혀 메리트가 없다.

"전역 몇 달밖에 안 남았는데 거기 가서 뭐하냐? 그냥 자대 가면, 위병소 근무나 당직병이나 서면서 시간 때우는 게 낫지."

그때, 성재의 시스템 상에 뜨는 메시지.

 당직병에 대해 알게 되었습니다

성재는 '종료'라고 속으로 외치곤, 강희철 상병을 향해 궁금한 점을 물었다.

"강희철 상병님? 혹시 군대에서 자격증은 어떻게 따야 합니까?"

메인 퀘스트로 나온 조리 기능사 자격증을 어떻게든 따고 싶었던 성재가 물었다. 희철은 자신의 지갑에서 한식 조리 기능사 자격증을 꺼내 보여줬다.

"산업 인력공단에서 3개월에 한 번씩 신청하면 돼. 10월에 신청했었으니까, 1월 중순에 또 한 번 뽑을 걸? 공단 홈페이지에서 신청하는 건 아니고, 군대 내에서 국가검정자격증 시험 신청하라고 전파가 올 거야. 그때 지원해서 따면 돼. 나도 그렇게 딴 거고."

"아, 좋은 정보를 알았습니다. 감사합니다."

"그래. 몇 시에 가기로 했냐?"

"11시에 행보관님이 차로 태워주신다고 하셨습니다."

성재의 대답에 강희철이 고개를 끄덕였다.

"그래, 시간 다 됐네. 얼른 가 봐!"

성재가 떠나고, 강희철 상병은 최선을 다해서 요리를 하기 시작했다. 그런데 모르는 아저씨들이 일찍부터 취사장에 와서 기다리고 있다.

"어? 다른 아저씨네, 점심 언제 나와요?"

그들은 경계증원 나온 12중대 2소대 파견병력들. 소초 밥이 맛있는 것을 알고, 식사시간보다 빠른 12시 50분부터 소초 취사장에 와서 TV를 보며 강희철에게 말한 것이었다.

"아~ 한 15분 정도 더 걸립니다. 아저씨들은 누구에요?"

"저희 파견 병력이요. 소초 경계증원 빡세 죽겠네요. 무슨 하루에 8시간씩 근무를 서요? 아~ 아저씨는 취사병이라 잘 모르시겠구나. 아무튼 빡세네요."

강희철은 고개를 끄덕이며, 할 일을 수행했다. 취반기에서 밥솥을 꺼내 배식대에 세팅까지 하는 취사병. 추운 겨울에도 이마에 송글송글 맺는 땀이 그의 노력을 대변하고 있다.

"와~ 맛있어 보인다. 아저씨, 잘 먹겠습니다."

나름 7개월 이상 취사병으로 임무수행했고, 한식 조리 기능사 자격증도 있었던 그였기에, 오늘의 밥은 자신이 있었다. 그런데 3대대 파견 병력들이 밥과 반찬을 먹자마자 고개를 저으며 숟가락과 젓가락을 놓는다.

'뭐야? 저 아저씨들 왜 저래?'

그러더니, 강희철을 쩨려보는 파견 병력 아저씨들. 그 병사들이 잠시 고민하다 입을 연다.

"아저씨?"

"예. 뭐 이상한가요?"

"아니, 그 일병 아저씨 어디 갔어요? 밥 잘하는 아저씨요."

순간 무슨 말인지 이해하고, 기분이 팍 상한 강희철이 녀석들을 쩨려보았다. 파견 병력 온 병사들이 팩트로 응수했다.

"아니, 기분 나빠 하시지 마시고요. 아저씨가 해준 밥이 맛없다는 게 아니라, 그 일병 아저씨가 해준 밥이 진짜 맛있었거든요. 솔직히 그 아저씨에 비하면 오늘 밥은 좀 밋밋해요."

강희철보다 계급이 높은 파견 온 병장 아저씨도 입을 열었다.

"좀 그러네. 야~ 다들 점심 굶자. 여기 라면 보급 온 거 있던데 같이 근무 선 사수 아저씨들한테 받아서 먹지 뭐."

"예. 김무열 병장님, 알겠습니다. 다들 일어나자!"

순식간에 일어난 현상, 어안이 벙벙한 강희철은 떠난 자리에 남은 밥과 반찬을 맛봤다.

'어? 평소하고 같은데, 뭐가 그렇게 맛없다는 거야?'

같은 시각. 연대 간부식당에 처음 도착한 성재.

대대 인사담당관이 인솔해서 도착한 그곳은 병사식당과는 비교도 안 될 만큼 화려했다. 고급스러워 보이는 커튼과 한쪽 끝에 놓인 회전형 원형 탁자. 그 위에 각자 하나씩 올라와 있는 휴대용 가스레인지.

성재는 TV에서 보았던 결혼식장을 떠올리며 간부식당의 화려함에 고개를 저었다. 식재료도 마찬가지였다. 싱싱함이 살아있는 생선과 병사식당에서는 자주 보기 힘든 수육이 빈 접시 위에 올려져 있다.

'왜 이렇게 사치스러워? 설마 이거 다 국방비로 먹는 건 아니지?'

다행히 대대 인사담당관 허란희 상사가 오해를 풀어주었다.

"여기 간부식당은 위관급과 부사관들은 매끼 4,000원씩 내면서 먹는 거고, 영관급하고 각 주임원사님들은 5,000원씩 내서 먹는 거니까, 오해하면 안 된다?"

여군 상사인 인사담당관은 병사들이 괴리감을 느끼는 부분을 잘 알고 있었다. 섬세하면서도 차분한 그녀는 집에서는 두 아이의 엄마로서, 부대 내에서는 병사들의 이모 역할을 하며 계급간의 간격을 줄이려 했다.

"아, 다 모였나?"

껄렁껄렁거리며 주머니에 손을 넣고 간부식당으로 들어오는 소령 하나가 입을 열었다. 인사담당관이 경례를 하며 상관에 대한 예의를 표했다.

"충성! 군수과장님, 1대대 총 6명 데려왔습니다."

"그래? 3대대 인사담당관은?"

"3대대장님이 찾으셔서 좀 늦는다고 합니다. 갑자기 해안투입 시기가 조정돼서 준비할 게 많은 것 같습니다."

장희철 소령은 불만 가득한 얼굴로 여군에게 말했다.

"그래? 나한테 보고를 해야 될 거 아니야? 인사행정 병과들은 다 그래?"

계급과 나이로 찍어누르자 허 상사는 기분이 상했지만, 내색하지 않고 휴대폰을 들었다.

"바로 연락해보겠습니다."

폭설 시기 당시, 연대장의 지휘의도를 파악하지 못하고, 대민지원 통제관으로 자리를 비웠던 장희철 소령, 그는 그 사건 때문에 결국 사단에서 경고장을 받았다.

진급은?

당연히 누락되었고, 올해가 마지막 진급 기회였기에 이제 5년 후면 무조건 소령으로 만기 전역해야만 한다. 그렇다고 1차 진급에 들어가는 연대 작전과장이 올해 진급된 것도 아닌데, 그는 모든 진급 누락된 원인을 남에게 돌렸다. 껄렁껄렁한 자세 또한 그런 이유.
'에라이, 거지같이, 빨리 후방이나 가야지.'
전방까지 와서 진급을 바라보며, 강원도 산골짜기 삼척에서 개고생을 했지만 결국 실패했다. 이제는 될 대로 되라고 행동하는 모습에 병사들은 물론 간부들도 눈살을 찌푸렸다.
"너희 6명?"
"일병 김용우!", "일병 정문호!", "일병 소정훈!", "일병 강성재!", "상병 오영훈!", "일병 오민호!"
"여기 청소부터 해!"
"알겠습니다."
하라는 평가는 안 하고, 기껏 모인 병사들에게 간부식당 청소부터 시킨다. 조리병으로 합격하고 싶은 병사들은 부푼 기대를 안고 왔지만, 간부의 실망스러운 모습에 기대감마저 가라앉은 상황. 병사들이 청소하는 사이, 3대대 인사담당관이 헐레벌떡 뛰어오며, 군수과장님께 사과의 말을 건넸다.
"죄송합니다. 과장님, 좀 늦었습니다."
그러자 퉁명스러운 말투로 내뱉는 연대 군수과장.
"됐고, 어떻게 평가할 거야?"
그의 말에 고개를 갸웃거리며, 1대대 인사담당관인 허란희 상사가 되물었다.
"어? 연대에서 평가 준비하신 것 아니셨습니까?"
3대대 인사담당관 조민식 중사도 같은 말을 늘어놓았다.
"공문 상에 주관은 연대 군수과에서 하는 거로 나와 있었습니다."
땅바닥에 침을 탁 뱉고는 기분 나쁜 티를 대놓고 내는 장희철 소령의 입에서 짜증스러운 말투가 흘러나왔다.
"야~ 공문은 공문이고, 당연히 너희가 알아서 해야 되는 거 아니야?"
그때, 간부식당 앞문이 아닌 뒤에서 튀어나오는 말투.
"장희철! 공문 올린 놈이 너 아니야?"
연대에서 계급이 두 번째로 높은 군수과장은 뒤를 돌아보며 짜증 섞인 목소리로 말했다.
"누구냐? 내 이름 부른 놈이?"
"네놈 상관이다. 뭐?"

그의 등장에 모두가 경직된 상태. 성재는 차려 구령과 (충성! 사랑합니다.) 경례를 할까 했지만, 참았다. 현재 분위기가 자신이 경례해서는 안 될 분위기였기 때문이었다.
"충성!"
각 대대 인사담당관이 뒤에서 등장한 연대장님에게 경례를 하고, 군수과장이 깜짝 놀라 당황한 표정으로 말을 더듬었다.
"어…버버…연…대장님…죄송합…니다. 연대장님이신 줄 모르고, 제가…실수했습니다."
"야! 내가 너 이럴 줄 알고 몰래 왔다. 넌 인마, 장교로서 품위가 없냐? 일도 못 하고, 맨날 내 앞에서 도망만 다니려고 그러고? 니가 그러고도 장교야? 군인이야?!"
장희철은 병사와 부사관들 앞에서 톡톡히 망신을 당했다.
그러나 지금은 무슨 말을 해도 방법이 없다. 그저 빌어야 한다.
"죄송합니다. 죄송합니다! 죄송합니다!"
그러나 수십 번의 용서와 가르침에도 고쳐지지 않는 부하는 내칠 줄도 알아야 진정한 지휘관. 배원영 대령은 장희철 소령에게 일말의 여지도 주지 않고 단호한 말투로 명령했다.
"다른 말 필요 없고, 넌 연대장실에 가 있어! 지금 당장!"
연대장은 군수과장이 자리를 떠난 후, 원형 테이블 앞에 섰다. 그리고 말했다.
"지원한 병력들 다들 앞으로 나와 봐!"
1대대에서 성재를 포함한 6명의 병사들이 연대장 앞으로 쪼르르 달려 나온다.
"연대장이 대신 사과하마. 내가 다시는 이런 일 없도록 너희들 앞에서 약속하마. 알겠지?"
연대장이 이렇게 나오면 병사들은 당연히 순응하고 대답해야만 한다. 하지만 강요가 아닌 설득, 사과가 담긴 진심이었기에 병사들의 마음은 풀어지고 말았다.
"예. 알겠습니다!"
"1대대, 3대대 인사담당관, 내가 이럴 줄 알고, 주임원사 통해서 평가 준비하라고 했으니까, 옆에서 잘 보좌해서 훌륭한 인원들로 뽑으라고!"
"예. 알겠습니다."
"요리 실력도 좋지만, 그것보다는 인성 좋은 병사가 최고야. 2배수로 뽑으면 내가 직접 면담하고 뽑을 테니까!"
"예. 알겠습니다!"

052

주임원사와의 면담

연대장이 떠나고, 5분도 지나지 않았다. 딱 보기에도 고생을 많이 한 흔적이 보이는 노년의 남자. 짙은 주름과 흰 백발의 간부가 들어왔다.
그를 보며 성재가 생각했다.
'엄청 나이 들어 보인다. 60대 초반? 중반?'
성재는 공사판에서 많은 일을 했었다. 그래서 중년, 노년의 나이를 쉽게 파악했다. 상사 계급장 위에 별이 올려져 있는 간부의 등장에 인사담당관 두 명이 경례를 했다.
"충성!"
뒷짐 쥔 양손 중 오른손을 앞으로 빼며 간단히 눈썹까지 올렸다 내린 그의 경례에 허란희 상사가 손을 내리며 인사를 올렸다.
"주임원사님 오랜만에 뵙습니다. 더 젊어지신 것 같습니다."
"하하, 그래? 우리 마누라는 내년이면 내가 나이 50이라고, 관리 좀 해야 된다고 하던데?"
"아닙니다. 지금도 한참 동안이십니다."
주임원사 나이 49, 자신보다 16살은 어린 여군의 입에 발린 소리에 저절로 미소가 퍼진다.
성재는 간부들의 말에 속으로 혀를 차며 주임원사를 다시 바라보았다.
'40대셨구나. 진짜 고생 많이 하신 것 같아.'

군인들은 민간인보다 10년 이상 늙어 보인다. 20대 초급간부는 팽팽한 피부와 남들보다 건강한 체력을 가지고 있어 민간인과 그리 차이 나지 않지만, 30대 중반부터는 다르다. 야외활동으로 자외선에 매일같이 노출되고, 1주일에 1~2회 밤을 새우는 당직근무, 잦은 훈련, 그리고 계급으로 이루어진 조직 특성상 격무와 잦은 스트레스 때문에 다른 직업에 비해 피부 노화가 빠르게 일어난다.

그나마 병과 내에 병사를 지휘하지 않거나, 위탁관리하기 때문에 당직근무가 없는 기무, 법무, 군의, 의정 병과를 제외하고는 노안이 대부분이다. 특히 보병, 포병, 기갑, 통신 등 전투병과는 업무 강도가 다른 병과에 비해 더 심하다.

늙어 보이는 주임원사는 보병 출신이었다.

"아~ 허 상사, 연대장님한테 이야기는 들었어. 내가 조리병을 뽑아야 된다고?"

여군의 말에 연대 주임원사 황규민 원사가 되물었다.

"맞습니다. 어떻게 평가를 하면 되겠습니까?"

연대 주임원사는 구석에 있는 식당 의자에 앉은 채, 1, 3대대 인사담당관에게 말했다.

"일단 군 기본자세부터 봐야지."

주임원사의 말에 3대대 인사담당관이 먼저 나섰다.

"알겠습니다. 거기 가장 선임병 기준!"

그러자 6명이 서로의 계급을 바라보더니, 한 명이 오른손을 들며 관등성명을 말했다.

"상병 오영훈! 기준!"

"1열 횡대 헤쳐모여!"

일사불란한 6명이 오영훈 상병 기준으로 옆으로 쭉 섰다. 중사가 다시 명령한다.

"기준 전과 동!"

"상병 오영훈 기준!"

"양팔간격 좌우로 나란히!"

오영훈이 양팔 간격을 벌리자, 병사들도 간격을 벌리며, 제식 동작을 시작했다.

주임원사는 고개를 끄덕이며, 조민식 중사에게 말했다.

"동작 하나하나 시켜봐."

"예. 알겠습니다."

조민식 중사는 주임원사의 말에 대답과 동시에 고개를 끄덕였다. 그리곤 자신의 경험을 바탕으로 모두의 앞에서 평가 선발을 알렸다.
"지금부터 조리병 선발 평가를 시작한다! 먼저 군인 기본자세부터 볼 거야. 내가 지휘하면, 너희들은 지금까지 군 생활하며 배웠던 자세 그대로 하면 되는 거야."
모두가 긴장한 가운데, 정면을 바라보고.
"열중쉬어!"
인사담당관이 명령을 내렸다.
착!
이때!
"쉬어!"
라는 구령을 내리는 인사담당관. 모두가 그의 명령에 등 뒤에 있던 손을 양팔로 옮기며 자유자재로 옮긴다. 쉬어 자세에서는 팔은 편하게 움직일 수 있지만, 다리는 한쪽만 움직일 수 있다. 즉 그 위치에서 고정시켜야 된다.
여기까지는 다들 알고 있었다. 그러나 그다음 동작이 문제였다.
"부~~~~대."
여기서 한 명이 실수했다. 5명은 손을 이미 등 뒤에 옮긴 상태인데, 가장 선임이었던 오영훈 상병만이 차렷 명령을 할 때까지, 손을 건빵 주머니 양옆에 놓고 있었다.
"차렷!"
탁! 탁! 절도 있는 동작과 함께, 벌어졌던 어깨너비의 발이 45도의 각도를 이루고, 시선은 정면 15도를 향한다. 양팔은 등 뒤로 옮겨가 '부대'라는 말에 '열중쉬어' 자세로 돌아갔다가, 차렷이라는 말에 차렷 자세로 돌아간다.
"오영훈 상병?!"
"상병 오영훈!"
"탈락!"
매정했지만, 어쩔 수 없었다. 어차피 다 중대에서 추천해서 올라온 병력들. 연대장님이 가장 원하는 병사가 요리보다도 인성이 된 병사였기 때문에, 연대 주임원사는 이런 외적 군기를 가장 우선시했다.
"앉아!"
"일어서!"
모두가 탈락자 앞에서 긴장한 채, 인사담당관의 지휘명령에 재빠르게 움직이고 있다.

"뒤로 돌아!"
"좌로 1보 가!"
"우로 1보 가!"
"뒤로 돌아!"
이제까지 실수가 없는 가운데, 다시 한번 위기가 찾아왔다.
"국기에 대하여 경례!"
"……."
"……."
"충!…?!"
실수한 병사가 한 명 나왔다. 성재의 바로 옆에 있는 병사, 정문호 일병이었다.
"정문호 일병?!"
"일병 정문호!"
"너도 탈락이다."
약 5분이란 시간 끝에 1차 평가는 끝이 났다. 연대장님이 원하는 2배수가 뽑히고, 주임원사는 만족한 표정으로 3대대 인사담당관인 조민식 중사에게 말했다.
"여기 4명, 신상명세서랑 생활지도기록부 가지고 내 방으로 데려와."
"주임원사님, 여기 병력들 전부 1대대입니다."
"그래? 그럼 허 상사가 준비해서 가져와. 1시간이면 되지?"

대대 인사담당관은 병력들을 한쪽 생활관에 대기시킨 채, 지원과로 가서 연대 통합행정업무에서 면담 기록과 간이신상명세서를 출력하고 있었다.
"아저씨는 몇 월 군번이에요?"
"저 8월 군번이요."
"오~ 그럼 일병 막 다셨네요. 여기서 막내시겠네요."
"네. 그런 것 같습니다. 그럼 그쪽 아저씨는 몇 월 군번이신데요?"
"아~ 전 4월입니다. 군 생활 이제 13개월밖에 안 남았습니다."
은근 자신이 오래 군생활을 했다고 자랑하는 소정훈 일병. 그래봤자 어차피 다 같은 일병 계급이다. 소정훈 일병은 바로 옆 일병에게 다시 물었다.

"아저씨는 몇 월 군번?"
"아, 전 9월 군번입니다."
"헉, 뭐지? 조기 진급?"
"예. 특급전사 출신이라 1개월 조기 진급했습니다."
"대박! 아~ 저게 특급전사 비표구나."
전투복 위에 오바로크 되어 있는 비표. 노란색 바탕 중심에 태극 모양이 그려져 있고, 그 옆에 한 명의 병사는 조준자세를 취하고, 다른 한 명의 병사는 군장을 차고, 앞에 총 자세로 뛰어가는 모양이 새겨져 있다.
"예. 노란색이 특급전사고, 흰색이 전투프로입니다."

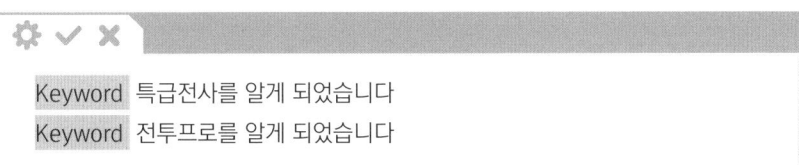

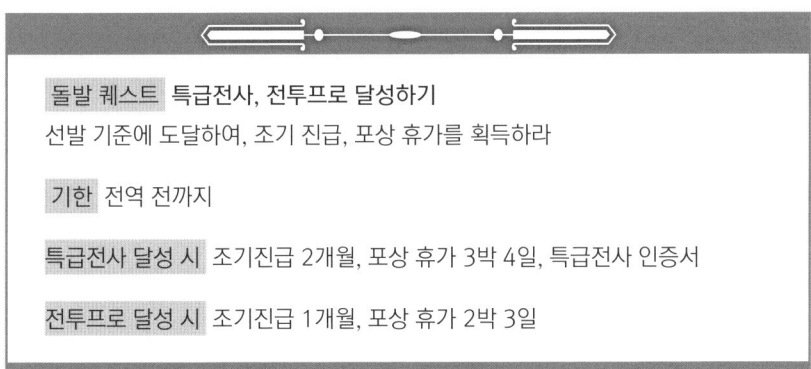

성재는 녀석의 얼굴을 쳐다보았다. 운동으로 다져진 다부진 몸매, 성실해 보이는 얼굴. 시선이 그의 이름으로 향했다. 오민호(Oh Min Ho)라고 적혀있는 그의 이름표.
'쟤가 나랑 동기인가?'
그때, 허란희 상사가 다시 본부1생활관으로 돌아와서 병력들에게 말했다.
"담당관 따라와라!"

연대장실 바로 옆 커다란 방.

지휘관실 크기와 비교해서 그리 차이 나지 않는 공간에 주임원사실이 위치하고 있다. 연대장실과 주임원사실 중간에는 당번병(CP병)으로 보이는 녀석 1명과 연대장님 지휘차량 담당 운전병이 좁은 장소에 같이 앉아 대기하고 있다. 나란히 앉은 4명의 병사.

그들을 향해 인사담당관이 출력본을 든 채 입을 열었다.

"다들 여기서 기다리고, 가장 선임이 누구였지?"

"일병 소정훈?"

"너부터 주임원사실로 들어간다."

"알겠습니다."

주임원사실로 들어가고 나오는 데 걸리는 시간 5분, 남은 사람들이 긴장한 가운데, 소정훈 일병에 이어, 김용우 일병이 들어가고, 이제 CP실 앞 대기를 위한 의자에는 오민호 일병과 강성재만이 묵묵히 기다리고 있었다.

그때, 9월 군번인 오민호 일병이 강성재를 향해 말을 걸었다.

"저랑 동기시죠?"

그의 말에 성재가 말없이 고개를 끄덕였다.

"저도 23사단 신교대 출신이에요. 3소대 출신이요."

"아… 전 1소대였는데… 몰라봤습니다."

"당연히 소대가 다른데 모르는 게 당연하죠. 저는 그쪽, 철벽소식에서 봤어요."

"아… 그러셨구나. 그쪽 아저씨도 대단하신 것 같아요. 특급전사라니…."

"다 하실 수 있어요. 어렵지 않아요."

두 동기의 대화가 얼마 되지 않아, 인사담당관이 강성재를 불렀다.

"강성재!"

"일병 강성재?"

"들어와!"

"예. 알겠습니다."

주임원사는 연대장 면담 전, 간단한 면담을 통해 병사 개개인의 성격 파악을 하려고 따로 불렀다. 부대 관리의 책임은 주임원사의 고유 임무 중 하나이기도 했고, 간부 식당 관리도 보통 부사관 중 예비대대 인사담당관이 9개월마다 돌아가며 맡게 되기 때문에, 부사관의 업무부담을 덜어주기 위해서였다.

"충성!"

"그래. 강성재? 앞에 앉아봐."

"예. 알겠습니다."

주임원사는 자신의 넓은 책상에 앉은 채, 직사각형으로 된 넓은 사각 회의용 테이블 가장 가까운 자리에 성재를 앉힌 뒤 면담을 시작했다.

"성재야. 왜 간부식당 조리병에 지원했어?"

"일병 강성재! 요리에 대한 열정 때문이었습니다."

"그래? 요리는 예전에 한 적 있고?"

"아닙니다. 군대 와서 요리를 배웠습니다. 하지만 생전 어머니께서 요식업에 종사하셨고, 아버지도 같은 업에 종사하고 계십니다. 그래서 저도 할 수 있다고 생각했습니다."

"자신 있는 분야는?"

"군대 요리는 자신 있습니다."

"성재가 생각하는 거랑 좀 다른 게, 간부식당은 병사식당하고 달라. 식재료도 직접 사와야 하고, 간편한 조리식도 없고, 군대식처럼 인스턴트로 조리할 수 있는 건 아니야."

"할 수 있습니다. 자신 있습니다."

"그래. 그 자신감 보기 좋다. 그럼 한 가지만 약속하자. 간부식당은 간부들이 있는 곳이라 사적인 이야기도 나올 수 있고, 바깥에서 모르는 군사 이야기가 흘러나올 수도 있어. 군사 비밀에 대해 혹시라도 듣게 되면 바깥에서 어느 누구에게도 발설하지 않도록, 이 자리에서 약속할 수 있겠지?"

주임원사의 면담은 누굴 선발하려는 게 아니고, 병사의 인성과 개인 성향을 파악하기 위함이었다. 그리고 성재는 당연히 주임원사의 기준을 충족했다.

올바른 태도, 언제나 자신감 있는 목소리, 불필요한 말을 하지 않고, 간부의 말에 경청하는 성재의 자세가 짧은 시간 만에 주임원사의 마음을 사로잡았다.

"예. 그렇습니다."

053
행보관님, 신경 써주셔서 감사합니다

주임원사는 4명을 면담한 후, 면담기록과 함께 평가서를 작성하라고 지시했다. 구두로 불러주는 내용을 바탕으로 인사담당관이 '조리병 추천 순위'라는 문서를 완성했다.

〈조리병 추천 순위〉

추천순위 1. 일병 소정훈

가정환경 : 양친 생존, 여동생(고등학생), 아버지(검사), 어머니(교수)

군기본자세 : 상

보안의식 : 상

면담기록 : 특이사항 없음

관심병사 : 해당사항 없음

추천순위 2. 일병 김용우

가정환경 : 양친 생존, 3대 독자, 아버지(강릉 5급 공무원), 어머니(회계사)

군기본자세 : 상

보안의식 : 상

면담기록 : 특이사항 없음

관심병사 : 해당사항 없음

추천순위 3. 일병 오민호

가정환경 : 양친 생존, 아버지(태권도장 운영), 어머니(야쿠르트 영업)

군기본자세 : 상

보안의식 : 상

면담기록 : 특이사항 없음

관심병사 : 해당사항 없음

※ 4분기 특급전사 선발자원

추천순위 4. 일병 강성재

가정환경 : 편부, 아버지(푸드트럭 운영 / 월 수익 80만원), 여동생(6살)

군기본자세 : 중

보안의식 : 중

면담기록 : 중대장과 심층면담 2회, 행정보급관 면담 1회, 최초 인성검사 결과 자살우려, 우울증 2단계

관심병사 : 최초 A(사랑이 필요한 병사 / 자살우려)등급에서 상담관 상담조치 이후 C(부대부적응 우려)등급으로 조정

연대장은 연대 주임원사로부터 1장짜리 문서를 보고받고 고개를 갸웃거렸다.

"주임원사가 판단한 게 이겁니까?"

"예. 연대장님이 결정하시지만, 제가 먼저 면담 통해 괜찮은 병력들을 추려보았습니다."

"…일단 알겠습니다. 주임원사, 나가계시죠!"

"예. 연대장님!"

주임원사의 문서를 보고 나서 연대장이 고심에 빠졌다.

'강성재 얘를 왜 4순위에 놓은 거지?'

그런데 자세히 문서를 살펴보니, 잘 사는 집안 순서대로 추천순위를 올린 것이 보였다. 배원영 대령은 마음이 씁쓸했다.

'무슨 노예제도도 아니고, 가정환경으로 사람을 평가해! 이 사람이 진짜!'

더구나 4명 중 4순위에 오른 녀석은 자신이 잘 알고 있는 녀석이었다.

강성재 일병.

처음 봤을 때부터 자신을 향해 힘찬 경례를 통해 깊은 인상을 남긴 병사.

'충성마트에서 처음 봤었지?'

다른 병사는 멀뚱멀뚱 눈치만 살피는데, 그 당돌한 이등병 녀석은 힘찬 경례와 함께, 군인다운 육성으로 자신을 놀라게 했다.

그리고 부식 검수 때도 그 녀석이 직접 발견했다는 것도 전해 들었다.

'그것뿐만이 아니었어.'

대대 군수 담당관 징계를 하지 말아 달라고 건의한 것도 그 녀석이었다.

'2개월밖에 군 복무 안 한 녀석이 자신의 임무와 범위까지 다 꿰차고는 당돌하게 나한테 건의했었어. 이등병임에도 쫄지 않고 당당하게 말할 줄 아는 녀석이 참 기특했었지.'

그러고 보니, 우연은 그뿐만이 아니었다.

'포사격 하러 갔을 때… 맞아. 그 녀석이 취사장에서 보고했었잖아. 자신의 임무에 항상 충실했던 거야. 뭐든지 열심히, 최선을 다했던 모습. 그때 내놓은 야식하고 디저트가 얼마나 맛있었는지, 한참을 웃었었지.'

연대장은 연대장실에 홀로 앉아 강성재에 대한 기억을 더듬으며 미소를 지었다.

'그나저나 이렇게 가정환경이 어려웠으면 말을 해야지. 대대장은 도대체 뭐하는 놈이야!'

연대장은 내색하지 않고 후보 4명에 대해 한 명, 한 명 면담을 시작했다.

가장 먼저 성재를 부른 연대장. 그는 전투모를 벗고, 연대장실에 있는 원형 탁자에 마주 앉아, 조기진급 한 일병에게 말을 걸었다.

"성재야. 집안이 많이 어렵니?"

연대장의 부드럽지만 걱정 가득한 말투에 겨우 21살짜리 병사가 대답했다.

"일병 강성재! 어렵다고 생각하진 않습니다."

대답은 그렇게 했지만, 월 80만 원 수입이면, 살기 쉬울 것 같지가 않다.

"다 들었다. 아버지가 푸드트럭 하신다고?"

연대장은 도와주고 싶었다. 군대에서도 이런 병사들을 지원하는 프로그램이 있었다. 3일 전에 인사과에서 '불우장병 돕기 프로젝트 후보 대상자 선정결과'를 올리지 않았나?

"그렇습니다. 본래 배관 숙련공이셨는데, 허리 다치신 후, 푸드트럭 하고 계십니다."

"아… 그랬구나. 불편할지 모르겠는데, 집은 어떻게 사는 지 물어봐도 될까?"

"연대장님, 솔직히 말씀드려도 되겠습니까?"

"아… 그래. 비밀보장 약속하마."

비밀보장이 아니란 것은 성재 본인도 알고 있었다. 군대에서 비밀이 어디 있겠는가?
"저희 아버지 많이 힘드십니다. 5년 전 어머니 병 치료 때문에, 빚을 많이 얻었었고, 홀로 저랑 동생 키우시느라 많이 힘들었습니다. 제가 휴가 때까지만 해도 남들이 살지 않는 동네 빈집에 들어가 살고 계셨었습니다."
연대장이 한숨을 내쉬었다. 이렇게 불우한 장병이 왜 대상에 없었는지 이해가 가지 않는다.
"어머니는 어떻게…?"
"암으로 돌아가셨습니다."
성재의 말에 연대장이 말문이 막혔다.
'그래서, 병 치료 때문에 빚을 얻었고, 집을 잃어서 빈집에 살고 있다?'
"하지만 괜찮습니다. 얼마 전에 아버지께서 버신 돈으로 방 한 칸짜리 원룸 얻으셨다고 연락이 왔습니다. 이제 슬슬 좋아질 겁니다."
그럼에도 용기를 잃지 않고 말하는 병사.
"동생은…? 아직 어릴 텐데…?"
"다행히 할머니께서 돌봐주시고 계십니다. 원래 할머니께서 올라와서 봐주시고 계셨는데, 난방도 못 하는 집에서 겨울을 보낼 순 없어서… 민지 데리고 고향으로 내려가셨습니다."
연대장이 성재를 두고, 갑자기 자신의 자리로 이동했다.
그때, 하필이면 그가 읽던 1장짜리 뒤집어놓았던 서류가 살랑살랑 좌우로 움직이며 천천히 바닥에 떨어지고 말았다. '조리병 추천 순위'라고 적힌 문서. 거기에 4명 중 4순위라고 쓰여 있는 것이 성재의 시야에 보인다.
연대장은 서류가 떨어진 것도 모르고 자리에서 인트라넷에 올라온 공문을 열람했다.

〈60연대 불우장병 돕기 프로젝트 후보 대상자 선발결과〉
본부중대 : 병장 유길민
가정형편 : 편모(52세), 화장품 판매직원, 월 176만원 / 임대아파트

'대상자가 없어? 이것들이 도대체 뭘 하는 거야?!'
연대장이 인상을 쓰며 강성재를 불렀다.
"성재야!"

"일병 강성재?"
"연대장이 성재 사정 잘 알았고, 네 비밀 꼭 지켜줄게."
이제 소초에서 자신이 배울 요리는 거의 다 배운 상태. 더 이상 향상시킬 수준도 없는 곳에서 더 머무르기 싫었다. 게다가 충격적인 '조리병 추천 순위' 문건.
'분명 주임원사한테 잘 보였다고 생각했는데…'
연대 주임원사, 좋은 인상을 했지만, 뒤로는 딴생각을 하는 늙은 할아범.
잘 사는 놈들만 뽑겠다고 뻔히 보이는 문서에서 그의 생각이 전해진다.
"연대장님?"
"어. 그래. 성재야."
"조리병 꼭 하고 싶습니다."
"그래. 연대장이 좀 더 고민해볼게. 나가 봐."
여전히 확답하지 않는 연대장의 말에 성재는 결국 고개를 숙이며 대답했다.
"……알겠습니다. 충성! 용무 마치고 나가보겠습니다."

돌아가는 레토나 차량 안에서 슬픈 표정을 하고 있는 성재에게 행보관이 물었다.
"왜 그래? 면접에서 실수했어?"
"아닙니다."
"그런데 표정이 왜 그래?"
"그냥 좀 아쉽습니다."
"면접이 다 그런 거야. 한숨 푹 자!"
"괜찮습니다. 행보관님, 신경 써주셔서 감사합니다."
김종현은 처음에는 막말을 하던 행보관이 이제 대놓고 성재를 편애하는 것을 느꼈다.
'성재씨, 조리병 떨어졌나 보네. 열심히 사는 사람인데…'
하지만 간부 앞에서 티를 낼 수는 없는 법. 소초에 도착해 따로 이야기해 보겠다고 생각한 김종현이 운전대를 잡고 행보관에게 말했다.
"행보관님, 소초로 복귀하겠습니다."
"그래!"
소초로 돌아가는 도중, 조수석에 앉아있던 행정보급관의 핸드폰이 울리고, 발신자에는

'병영생활 전문상담관 윤정미'라고 찍혀있다.

"아, 네? 서류요? 상담관님이 보내주신 거 대대로 스캔해서 메일로 보냈는데요?"

- ……….

"그럼요! 당연히 다 보냈죠. 지원과장이 처리했을 건데요."

- …………..

"예! 알겠습니다. 저도 일단 대대장님께는 자초지종 말씀드리겠습니다."

같은 시각! 대대 지원과장이 대대장실에 불려 왔다.

"야! 지원과장! "넌 인마! 일 똑바로 처리 못 해?"

대대장이 갑자기 지원과장을 향해 서류를 집어 던지고, 지원과장은 화난 김관우 중령이 던진 서류를 땅바닥에서 줍기 시작했다.

거기에는 자신이 자체 처리했던 공문 하나가 출력되어 있다.

〈불우장병 돕기 프로젝트 대상자 보고 지시〉

수신 : 각 대대 지원과장

1. 관련근거 : 국방부장관 특별 관심사항 (17-16호)
2. 위 관련근거에 의거 우리 연대에서는 불우이웃 장병 돕기 프로젝트 대상자를 아래와 같이 선발하오니, 각 대대는 11월 17(금)까지 보고바랍니다.
3. 불우장병 돕기 프로젝트 대상자

　가) 대상 : 각 대대 불우장병

　나) 선발 시 지원사항 : 반기 30만원 생활비 지원, 공공기관과 연계한 불우장병 생활 개선 서비스 지원

"이 새끼야! 넌 대대장한테 보고도 안 해?"

지원과장 기억으로는 각 중대로부터 보고받은 사항이 없었다. 그래서 확신했다.

"저희 대대는 대상자 없는 것으로 알고 있습니다."

"장난하냐? 4중대 행정보급관이 너한테 대상자로 강성재 일병 올렸다고 하던데?! 상담관으로부터 연락받아서, 서류까지 첨부해서 인트라넷 메일로 보냈다고… 어?"

윤민우 대위는 그제야 4중대 행정보급관의 메일을 차단한 것을 기억해냈다.

꼴 보기도 싫었던 행보관 때문에 그를 수신목록에서 차단하고, 관련업무를 군수담당관과 인사담당관이 직접 처리하도록 위임했던 것. 당시 4중대 행보관은 평소 하던 것과 마찬가지로 지원과장에게 직접 문서를 보냈고, 수신 차단된 문서여서 도착하지 않았던 것이다.

'XX, 일이 이렇게 되나?'

그때, 대대장실에 걸려온 전화. 대대장이 수신 번호를 보고 놀라 스피커폰을 눌렀다.

"충성! 작전간 이상 없습니다."

- 그래! 대대장! 내가 병영생활 전문상담관 통해서 어떻게 된 건지 다 들었으니까, 당장 지원과장 끌고 연대장실로 와! 당장!

"예. 알겠습니다."

간부들끼리 제아무리 척을 지더라도, 업무관계에 있어서는 명확해야 한다.

서로를 불신하는 군대에 무슨 규율이 있고, 어떻게 전투를 할 수 있단 말인가….

강성재는 돌아가는 길에 떠오르는 황금색 시스템창을 보며, 연대 주임원사의 문서 때문에 기분 상했던 일을 기억에서 지웠다.

전직 퀘스트 간부식당 조리병 / Rare Class
달성조건 5를 만족했습니다

달성조건 진행도 확인
달성조건 1 상담관과의 첫 만남 / 완료
달성조건 2 연대장과의 만남 / 완료
달성조건 3 군대 요리 레시피 ★★☆ 이하 숙련도 80% 이상 달성 / 완료
달성조건 4 연대장 동석식사 / 완료
달성조건 5 일병 진급 후, 간부식당 조리병 선발 시험 합격 / 완료

간부식당 조리병 전직까지 164시간 32분 14초 남았습니다

어떤 것을 알고 싶으십니까?

소초에 도착하니 벌써 오후 6시.
파김치가 된 강희철 상병이 강성재의 복귀에 손을 흔들었다.
오늘 점심부터 저녁까지 파견병은 물론 소초 병사는 물론 간부들로부터 욕만 주구장창 얻어먹은 강희철.
"희철아, 너 우리 성재한테 요리 좀 배워야겠다."
"강희철 상병! 똑바로 안 하나?"
"강희철! 너! 대충 하네?"
"점심 라면 먹었는데, 또 라면 먹어야 될 듯…."
'아, 빨리 복귀해야겠다. 여기 진짜 최악이다.'

행보관이 차량에서 내리고, 운전병은 곧바로 자신을 태울 생각을 안 하고 바로 주차장으로 이동한다.
'뭐지? 왜? 나 오늘 복귀 못 하는 거야?'
당황한 강희철을 뒤로하고, 막사로 들어가는 행정보급관과 강성재.
'뭐야? 이게 어떻게 된 거야?'
그는 취사장 뒤편에 주차한 김종현 운전병을 불렀다.

"저기요, 아저씨."

"예. 파견병 아저씨, 부르셨어요?"

"왜 식사 안 하세요?"

"행보관님이 밖에서 짜장면 사주셔서 먹고 왔어요."

"정말요? 행보관님이요?"

"네. 기분 좋은 일이 있으셨는지, 탕수육까지 시켜주시던데요?"

"아…."

행정보급관이 병사를 위해 밥을 산다는 것은 상상도 할 수 없었다. 그런 일은 1년에 한 번 있을까 말까 한 경험. 군 생활 하면서 개인이 1년에 한 번 얻어먹을 확률이 아니라, 전 중대원 중에 한 명이라도 얻어먹을 확률을 이야기하는 것이다.

즉, 전무후무한 사건.

'뭐야? 진급이라도 하셨나?'

물론 그건 아니었다. 올해 원사 진급발표는 이미 전반기에 끝이 났다. 즉 내년 전반기에 원사진급 심의가 열리고, 발표도 3~5월 사이에 할 것이다.

"아저씨, 근데 저 오늘 소초로 복귀 안 하나요?"

"예. 내일 가실 것 같은데요? 내일 휴가자 총기 회수하러 가시면서 가실 것 같더라구요."

"아…그래요?"

행정보급관은 오늘 기분이 너무 좋았다.

자신이 친한 연대 사제담당관 김민호 중사로부터 대대 지원과장이 연대장으로부터 신나게 털리고 있다는 소식을 들었기 때문이었다.

'그러니까 나한테 잘했어야지? 수신차단을 해? 건방진 XX'

자신보다 10살 가까이 어린 지원과장이 계급으로 자신을 찍어 누르던 게 엊그제 같은데, 그게 자멸해버리는 꼴이 되었다.

"행보관님? 짜장면하고 탕수육, 정말 잘 먹었습니다. 감사합니다."

"그래. 나중에 행보관하고 또 맛있는 거 먹으러 가자."

"예. 감사합니다."

성재가 행정보급관에게 감사의 인사를 건네고 행정반에서 나가자, 행정반에 있던 김영민이 이상한 듯, 조상준을 쳐다보았다. 박재영 상사가 컴퓨터 메일 확인 후, 곧바로 자신의 방으로 떠나자, 인사계원이 자신의 동기인 조상준 병장에게 물었다.

"행보관님이 성재 너무 편애하지 않냐?"

"에이, 나 같아도 그러겠다. 쟤 요리 진짜 잘하잖아. 예의도 바르고."

"첫, 우리는 졸라 부려 먹기만 하고, 밥도 한번 안 사주면서…."

"크큭, 지랄한다. 5개월만 있으면 전역하는데, 뭘 더 바래. 조용히 시간 가면 장땡이지."

"그건 그래."

그날 저녁. 월광 0%, 그믐달을 넘어, 아예 태양의 빛이 지구에 가려 달이 보이질 않는 시기. 전 소초에 사단 측정관들이 동시에 들이닥쳤다.

그 때문에 대대 지휘통제실도 난리가 났다.

- 부암소초 20:47분부 사단 동원처 동원훈련장교 들어왔습니다.
- 근덕소초 20:48분부 사단 보안처 보안담당관 들어왔습니다.
- 향림소초 20:51분부 사단 감사실 감찰담당관 들어왔습니다.
- 강림소초 20:54분부 사단 화력지원반 화력지원반장 들어왔습니다.

각 소초는 각 점검관이 들어온 직후, 갑자기 사단에서 훈련상황이 걸리기 시작한다.

[60연대 1대대 전 지역, 21:00부 훈련진돗개 발령! 발령권자 사단장.]

대대 지휘통제실이 난리가 났다.

대대 작전과장이 불같이 화를 내며, 대대 당직사령을 서고 있는 정보과장에게 물었다.

"뭐야! 갑자기 뭐야!"

당직사령을 서던 정보과장 대위(진) 유민수가 작전과장 소령(진) 양준혁에게 보고했다.

"전 소초 상황 걸린 것 같습니다. 현재 사단에서 점검관들 각 소초에 배치되었습니다. 대대장님께 지휘보고하겠습니다."

"아~ 그래! 씨X, 예고도 없이 하는 게 어딨어?"

사단장의 명령! 철수시기 변경에 따른 철수 전 불시점검이 갑자기 시작된 것.

전투화와 양말까지 벗고 책상에 다리를 올려놓고 지휘통제실 뒷자리에서 쉬고 있던 작전과장이 혀를 차며, 양말을 신기 시작했다.
"충성! 작전간 이상 없습니다. 당직사령 정보과장 중위 유민수입니다. 사단에서 훈련상황 걸렸습니다. 대대장님 지휘통제실에 위치하셔야 합니다."
- 그래? 알았어! 당장 가지!

대대장은 대대장실에서 지휘통제실로 들어오고, 아직 양말도 다 신지 못한 작전과장이 뻘쭘한 표정으로 일어나 대대장인 김관우 중령에게 경례를 했다.
"충성!"
"얌마, 너 대기상태가 왜 그래?"
"죄송합니다."
"빨리 안 입어?"
"죄송합니다."
"정보과장! 어떻게 진행되고 있어?"
"일단 훈련 진돗개 하나 발령되었고, 상황은 20:58분부 131R/D 기지에 의해 적 잠수정 발견상황입니다."
"그래?"

그때, 이미 사단 작전보좌관이 대대 복도를 지나 대대 지휘통제실로 들어왔다.
흰색 완장에 '점검관'이라는 표시를 찬 그는 대대장을 향해 경례하며 인사를 건넸다.
"대대장님, 해안 철수 전 불시점검 나왔습니다."
그리곤 작전과장인 양준혁 대위 자리를 슬쩍 쳐다보더니, 자신의 볼펜을 꺼내 평가점검표에 V 자 체크를 한다.
대대장은 입술을 꽉 깨물었다. 지금 자신에 대한 평가가 시작되고 있다. 점검관에게 잘 보이려면, 훈련 조치로 보여줘야 한다.
"작전과장! 지금부터 당직체계에서 지휘체계로 전환하고, 원위치한다. 각 소초는 훈련 진돗개 하나 발령에 따라 A형 근무로 전환하고, 후반야 간부는 소초상황실에 정위치, 나머지 간부들은 전부 섹터로 출동하여 상황을 조치한다. 전 소초에 전파해!"
"알겠습니다."
대대장은 날이 단단히 선 채, 지휘통제실에서 자신의 자리에 앉아, 연대장에게 지휘보고를 실시했다.
"연대장님, 훈련상황 보고드리겠습니다."

강희철 상병은 강성재 일병과 야식을 만들다가 갑작스러운 훈련상황에 당황했다.
사이렌이 울리고, 방송시설에 의해 전반야 근무자인 소초장의 말이 전해진다.
[A형 근무 투입, 전원 상황실로 와서 실탄 받아가!]
보통은 실탄을 소초 밖에서 분배한다. 하지만 실제상황시에는 그렇지 않다.
바로 실탄을 받고, 자신의 근무명령표에 적힌 초소로 달려가야 한다.
성재 또한 마찬가지였다.
"강희철 상병님! 뛰셔야 합니다."
조석호 대위는 강림소초에 온 통제관을 보며 한숨을 내쉬었다.
'하필이면 저분이 오시냐…'
화력지원반장, 김조문 대위, 깐깐하고 융통성이 전혀 없는 학군 출신 포병 병과 장교. 그는 소령 진급에서 4차나 떨어지고, 내년에 5차 진급을 바라보고 있어서, 일부 소령보다 짬 많은 대위였다.
그가 소초 상황실에 위치한 채, 소초장과 TOD 조장이 조치하는 모습을 바라보았다. 평소에는 장난치며, 대충대충 근무하던 TOD 조장도 오늘만큼은 진지한 모습으로 훈련상황에 임했다.
"변동사항 말해!"
TOD 조장의 말에 TOD 감시병도 긴장하며 대답했다.
"정치어망 어제 6개에서 오늘 6개로 변동사항 없고, 부표 총 67개에서 68개로 하나 늘었습니다."
"현황판에 최신화 했어?"
"예. 다 했습니다. 기록까지 다 했습니다."
그는 이제 막 일어난 후반야 TOD 근무자를 향해 명령했다.
"기동 TOD 가동될 수 있으니까, 차량 시동 켜고, 출동준비 시켜 놔!"
"알겠습니다."
"그리고 훈련상황 뭔지 들었지?! 여기서 말해!"

"20:58분부 131R/D 기지에 의해 적 잠수정 발견했고, 그에 따라 21시 훈련진돗개 하나 발령, 21:03분부 소초 A형 근무 투입 상황입니다."

"그래. 차량에 가서 준비시켜!"

사단 화력지원반장 김조문 대위는 TOD 조장을 보며 감시장비 운용현황 체크리스트에 V자로 표시했다. 그리곤 자리를 떠 중대본부 행정반으로 향한다.

중대본부에선 단독군장으로 환복한 강성재가 소총을 들고 뛰쳐나갔다. 그를 이어 강희철이 따라 나가고, 행정보급관이 짜증을 부리며 병사들에게 소리쳤다.

"야! 빨리 단독군장 안 해?!"

"예. 당장 하겠습니다."

"다 나가지 말고! 교대로 해야 될 거 아니야? 전화대기도 하고!"

"예. 알겠습니다."

김조문 대위는 중대 행정반에 들어와 소초 책임구역이 명시된 상황판을 바라보았다. 그의 옆에는 중대장이 대기하고 있다. 하필이면 그가 평소에 보지 못한 군사부호로 표시된 장비에 시선을 집중하고 있다.

모르는 것은 당연히? 묻는 게 직성!

"중대장!"

"대위 조석호."

"이건 뭐야?"

"…MG-50입니다."

"뭐? MG-50이 소초에 있어?"

"예. 구형 대공화기입니다. 기존 탱크에 장착해서 쓰던 무기였는데, 폐기하면서 무기만 저희 소초 전방 초소인 15초소에 설치한 것으로 들었습니다."

"그럼 누가 점령하나?"

조석호 대위는 대답하기 싫었다. 평소에 매일매일 훈련하는 경계병들과 다르게, 그곳은 가장 취약한 병사들이 운용하는 곳이었기 때문이었다.

전쟁 시나 실 상황에서만 운용하는 초소. 15초소에 바로 대공화기 MG-50이 설치되어 있다. 말하면 바로 지적사항이 된다. 하지만 거짓말을 하다가는 한방에 훅 갈 수가 있다. 결국, 사실을 말하는 중대장.

"지금은 취사병이 점령하게 되어있습니다."
"취사병이?"
김조문 대위는 건수를 잡았다며 히쭉거렸다.
"안내해!"
그의 말 한마디에 조석호 대위의 표정이 순식간에 굳어졌다.
소초에서 불과 50m, 철조망을 넘어 그 앞에 15초소가 위치하고 있다.
점령하고 있지 않은 진지였기에 관리도 잘 하지 않는 곳.
'그러고 보니, 성재가 오고 나서 한 번도 안 시켜봤잖아.'
중대장은 전시에만 점령하는 대공화기에 대해 신경 쓸 겨를이 없었다. 그러다 보니, 그곳을 관리해야 된다는 것을 잊고 있었다.
'하필이면, 철수시기 다 돼서! 그것도 윤동현 말출 가고 이럴 게 뭐야!'
운이 나빴다. 저벅저벅 걸어가는 동안, 소초 경계병들이 꽝꽝 얼어 딱딱한 순찰로 흙 위를 뛰어간다. 모두 실탄을 들고 경계명령서에 쓰인 근무초소로 달려가는 녀석들.
'차라리 쟤네들이나 점검하지. 왜 MG-50을 보고 지랄이야!'
그때, 서서히 15초소가 보이기 시작했다.
'어? 점령했잖아?'
그 둘은 점검관이 왔는데도 시선을 전방에 고정한 채다. 전투태세에 입각한 행동을 보며 화력지원반장은 일단 합격점을 줬다.
'취약할 줄 알았는데, 의외잖아.'

김조문 대위는 그들이 점령하고 있는 초소 앞으로 가서 병사들의 계급장과 이름을 확인했다. 후레쉬를 켜서 강희철 상병과 강성재 일병이 점령하고 있다는 것을 깨닫고는 부사수 쪽으로 이동한다.
'상병 놈한테 물어봐야 소용없어. 일병한테 물어봐야지.'
조석호는 긴장감에 휩싸였다. 대놓고 조지겠다는 게 뻔히 보이는데, 자신이 할 수 있는 게 없다. 아니, 무언가 해야 한다. 안 그러면 불합격이 나올지도 모른다. 시도해 보는 게 낫다.
"화력지원반장님?"
중대장이 결국 패를 던졌다. 다행히 화지반장은 중대장의 패를 물었다.
"뭐야?"

조석호 대위가 화지반장에게 가까이 다가가, 현 상황을 말했다.
"여기 취사병 중 한 명은 다른 소초 파견병이고, 한 명은 전입해 온 지 이제 막 두 달밖에 안됐습니다."
그러면서 생각을 속으로 삼켰다.
'야, 꼰대 새끼야, 잘 좀 봐줘! 씨바, 아예 점수 깎으려고 환장을 했냐?'
하지만 김조문은 절대 만만하지 않다. 짬으로 중대장의 기를 눌러버린다.
"장난하냐? 얘 일병인데?"
하지만 조석호는 거짓말을 하지 않았다.
"조기진급 한 인원입니다."
그러나 그 대답을 듣곤, 김조문이 실실 웃었다.
"크크크, 중대장, 아주 발광을 하는구나? 그건 이따가 전투편성표에서 확인해볼게. 거짓말도 정도껏 해야지."
이렇게 나오면 무슨 말을 해도 역효과. 4중대장은 입을 꾹 닫았다.
'아오! 빡쳐! 빡쳐!'
중대장의 표정이 순식간에 일그러졌지만, 어둠 속이라 김조문 대위에겐 들키지 않는다.
악마의 탈을 쓴 화지반장이 강성재를 향해 시선을 돌렸다. 아주 쉬운 먹잇감. 저 녀석 머릿속에 있는 온갖 기억을 끄집어내, 탈탈 털어낼 생각에 입술을 씰룩거리던 김조문이 강성재를 향해 짧은 단어로 묻는다.
"사거리?"
강성재는 윤동현이 남겨준 수첩을 달달 외웠기 때문에 자신 있었다. 그는 되물었다.
"어떤 사거리 말씀하십니까?"
"뭐? 사거리면 사거리지, 어떤 사거리냐니!"
강성재의 반문. 김조문이 당황했다. 반면 조석호 대위의 입이 찢어질 듯 벌어졌다.
"MG-50 제원중 사거리는 지상, 공중, 최대 이렇게 3가지 있습니다. 어떤 것을 알고 싶으십니까?"

055

전출 갑니다

일병 녀석의 질문에 화가 난 화력지원반장 김조문.
"사거리 물었으면 다 말해야 될 거 아니야? 어디서 반항이야?"
그의 말에 성재가 울분을 삼켰다.
'뭐야? 이 사람, 갑자기 화를 왜 내?'
하지만 중대장이 지켜보고 있다. 담담한 표정을 지으며 전방을 계속 주시하며 대답할 수밖에 없다.
"예. 답변드리겠습니다. 최대 6,800m, 유효 1,830m, 공중 730m입니다."
그의 말에 김조문은 이번에는 반문 당하지 않을 질문을 던진다.
"제원! 다 말해봐!"
"중량은 37.2kg이고, 구경은 12.7mm입니다. 최대발사속도는 분당 450에서 550발이며, 유효발사속도는 분당 40발을 발사할 수 있습니다."
"유효발사속도에 대해 설명해봐!"
"유효발사속도란, 지속해서 발사할 수 있는 속도를 말합니다. 탄을 쏘게 되면 화기가 가열되는데, 화기 특성상 공냉식이므로, 빠른 시간 내로 많은 발 수를 쏘게 되면, 화기가 변형될 수 있습니다. 변형되지 않고 계속 쏠 수 있는 속도가 유효발사 속도입니다."
"누가 거기까지 말하래?"

전형적인 꼰대짓. 일병 주제에, 포병 장교 앞에서 화기에 대해 다 안다는 듯 말하는 게 아니꼬웠던 그가 최악의 수를 꺼냈다.

"응급조치 요령에 대해 설명해봐!"
중대장은 김조문의 말에 확신했다.
'이건 아니잖아! 이 꼰대 새끼야! 화력 측정하러 왔냐?'
하지만 강성재는 교범을 앞에 두고 읽는 것처럼 외운 것을 줄줄 말하기 시작했다.
"지연 폭발의 위험성 때문에 5초간 대기하고, 노리쇠 후퇴 및 전진 후 격발 버튼을 누릅니다. 그래도 안 되면 덮개 및 탄약띠를 확인하고 재 격발합니다. 그래도 조치가 되지 않으면, 덮개를 개방하고, 탄약띠를 제거한 후, 재장전 및 격발합니다. 직접 보여드립니까?"
'씨X. 취사병이라며!'
마치 포병학교에서 가르치는 숙달된 조교 수준.

김조문이 어이없다는 표정으로 녀석의 이름표를 누른다. 가슴에 오는 충격 때문에 뒤로 밀리는 강성재가 꿋꿋하게 버티면서 입을 열었다.
"일병 강성재, 초병을 폭행하는 것은 초병수칙 3번에 위배되는 행위입니다. 폭행을 당하거나 또는 당할 우려가 있는 경우 저는 무기를 사용할 수 있습니다."
옆에 있던 강희철 상병이 험악해지는 분위기에 덜덜 떨었다. 중대장도 마찬가지였다.
'완전 개잖아. 왜 사람을 밀쳐! 소문보다 더 심한데?'
이럴 때는 증거를 수집해야만 했다. 중대장은 잠시 뒤로 돌아 자신의 휴대폰을 꺼내 녹음 버튼을 눌렀다.
"크크, 웃기네. 그래. 알았어. 건드리지 않을게. 너 초병이라 이거지?"
"……."
강성재는 그가 자신의 앞에서 말하는 순간, 역한 냄새를 맡았다. 술 취한 사람들의 입 냄새.

성재는 이 녀석이 술을 마셨다는 것을 알게 되었다.
퇴근 후, 취한 상태에서 갑자기 점검관으로 가라는 사단의 명령을 받고 나온 상태라는 거. 그가 술주정을 계속했다.

"야! 초소 브리핑해봐! 해봐 인마!"
성재는 그의 말에 고심하다 중대장이 들릴 소리로 말했다.
"취하신 것 같습니다."
그제야 중대장도 상황을 파악했다. 김조문은 실실 웃으며 다시 성재의 이름표를 손가락으로 누르며 소리친다.
"해보라니까? 야! 일병! 초소 브리핑해보라고!"
그러자 성재는 고개를 젓더니, 다시 한번 정면을 바라보며 초소 브리핑을 시작했다.
"저희 15초소는 MG50이 설치되어 있는 대공화기 초소로서 소초를 기준으로 남으로는 미치항이 있는 1,514m, 북으로는 촛불등대가 있는 1,674m 전방까지 책임구역으로 선정하고 있습니다. 핵심 화력지원구역으로는 총 세 군데로서 6초소 전방 울대 바위 인근 100m 지역과 11초소 전방 500m 지점, 15초소 전방 200m지점을 담당하고 있습니다. 핵심 화력지원구역은 수심이 50m 이상으로 적 잠수정이 침투할 수 있는 구역으로 대공화기 초소 점령 시 사수는 6초소와 11초소 전방을, 부사수는 15초소 전방을 감시하며, 눈의 피로도와 지루함을 고려하여 15분 단위로 감시구역을 교대하여 감시합니다."
완벽! 그 자체!
취사병이라는 놈의 브리핑이 사단 지휘통제실 아침 상황보고 수준보다 높아 보인다. 떨림 하나 없이 또박또박 읊어가는 일개 병사를 보며, 김조문이 과거 자신의 실수를 떠올렸다.

사단장의 지휘추천 평가가 계획되어 있는 그 날에 화력지원장교인 김조문 대위는 사단 지휘통제실에서 상황 근무를 서며, 상황보고 브리핑을 해야만 했다.
상황근무는 당직사령의 명령을 받고 야간에 당직근무와 동일한 형태로 근무한다. 작전부대는 당직사령, 당직부관, 당직병 외에도 작전과 정보를 취합할 수 있고, 통제할 수 있는 상황근무를 따로 편성한다. 사단은 주로 전투병과 대위급 이상, 군단은 돌아가면서 근무서는 게 아닌 상황장교 3명 이상이 아예 보직되어 있다.

그날따라 감기 기운이 있었고, 피곤한 상태였지만, 그는 최선을 다해 근무했다. 사단 정보처에 획득한 북한 활동상황과 각 소초 경계근무 형태, 각 지역별 특이사항 등을 종합하며 보고 준비에 박차를 기했다.

하지만 그는 사단장 앞에서 결정적인 실수를 범했다. 브리핑 도중 보고할 사항을 잘못 보고했던 것.

"야! 잠수정 1정 미식별이 맞아? 3정 미식별이 맞아?"

"3정 미식별이 맞습니다."

"넌 야간에 근무하면서 뭐했어? 화지반장이라는 놈이, 포병연대에서 가장 똑똑한 놈이 이따위로 근무해서 되겠어?"

그 날 진급심사 지휘추천 결과는 비밀에 부쳐졌지만, 결국 올해 진급은 비선 되어 버렸다.

자신의 생각대로 되지 않자, 화가 단단히 난 그의 행동.

"씨X, X발! XX!"

중대장은 결국 뒤쪽으로 빠져 대대장에게 지휘보고를 했다.

- ....

대대장의 명령에, 중대장이 대답한다.

"알겠습니다. 조치하겠습니다."

그리곤 2분 뒤, 중대본부에서 행정병으로 운영되는 초동대응반이 포승줄과 몽둥이를 들고 출동하여 김조문 대위를 때려 제압했다.

다음날, 중대장은 사단 참모장실로 불려갔다.

"중대장! 직접 설명해봐."

"설명보다 증거자료가 있습니다."

"증거자료?"

"예. 녹음자료입니다."

결정적인 증거자료. 거기에서 바로 김조문 대위의 육성이 흘러나온다.

- 야! 초소 브리핑 해봐! 해봐 인마!
- 취하신 것 같습니다.

- 해보라니까? 야! 일병! 초소 브리핑 해보라고!
- 저희 15초소는 MG50이 설치되어 있는 대공화기 초소로서 소초를 기준으로 남으로는 미치항이 있는 1,514m, 북으로는 촛불등대가 있는 1,674m 전방까지 책임구역으로 선정하고 있습니다. 핵심 화력지원구역으로는…….
- 씨X, X발! XX!

녹음자료를 다 들은 참모장은 고개를 끄덕였다.
"결국, 화지반장놈이 깽판 친 거라는 거네?"
"그렇습니다."
"그건 그렇고, 저 병사는 뭐야? 조교야?"
"아닙니다. 취사병입니다."
"취사병? 취사병도 요즘 브리핑을 하나?"
참모장의 질문에, 이제까지 꿍했던 중대장의 얼굴이 활짝 펴졌다.
"예. 저희 중대는 그렇게 교육하고 있습니다."
그러자 참모장도 흐뭇한 듯 고개를 끄덕였다. 참모장의 입에서 칭찬이 흘러나오고.
"그래. 잘 처리했다. 미안하다. 중대장!"
"아닙니다. 참모장님!"
중대장은 머쓱한 표정으로 고개를 숙이며 대답했다. 참모장은 잠시 고민에 빠졌다. 4중대장의 개인 자력표를 확인한 참모장이 고개를 갸웃거린다.
"후우, 그래. 중대장! 1차 중대장 끝나고, 2차 중대장하고 있다고?"
"그렇습니다. 1차는 32사단에서 하고 올라왔습니다."
참모장이 보기에는 중대장이 똘똘해 보이고, 꽤 쓸만해 보인다. 병사 가르치는 것도 괜찮고, 어제 사건도 꽤 무리 없이 잘 처리한 것 같고.
참모장이 조석호를 향해 급격한 관심을 보였다.
"너 보직 언제 끝나지?"
"내년 6월입니다."
"그래? 소령 진급은 언제 들어가지?"
"내후년부터입니다."
더구나 보직 시기도 얼추 들어맞는다. 열심히 하는 장교들은 키워주고 싶은 게 선배장교로서 당연한 감정. 참모장이 고심하다 4중대장에게 말했다.

"사단참모처 실무자로 올래? 2년에서 3년만 고생하면 소령 진급할 수 있을 것 같은데?"

참모장의 말에 조석호의 입이 찢어질 듯 벌어지고, 기회를 놓치지 않겠다는 듯 힘찬 목소리로 대답했다.

"예! 알겠습니다! 시켜만 주시면 열심히 하겠습니다!"

"그래~ 고려해볼게! 나가 봐!"

"감사합니다!"

임무수행에서 빠지라고 명령을 내리고 사단으로 불려간 중대장 때문에 성재는 생활관에 홀로 대기하고 있었다.

그때 떠오르는 상태창.

> ⚙ ✓ ✗
>
> 중대장의 호감도가 500 상승했습니다

'뭐지? 일단 상태창 종료.'

성재가 속마음으로 외치자, 떠올랐던 상태창이 사라진다.

강희철은 아침밥을 끝내놓고, 욕을 뒈지게 먹은 후. 생활관에 있는 성재에게 말했다.

"이제 좀 괜찮아?"

"예. 전 사실 간부들이 걱정하는 것만큼 충격 받진 않았습니다."

"그래?"

강성재 일병의 말에 강희철이 자신의 생각을 삼켰다.

'난 심장 떨려 죽을 뻔했는데….'

가오는 있어 차마 약한 말은 하지 못하고, 겨우 3개월 된 후임병의 행동에 저절로 고개가 숙여진다. 그때, 해맑은 미소로 선임병에게 말을 거는 취사병.

"강희철 상병님?"

"어. 성재야."

그의 입에서 반가운 말이 나온다.

"점심 식사는 제가 도와드리겠습니다."

그래도 간부가 쉬라고 했는데, 걱정이 되는 파견병.

"괜찮겠어?"

하지만 성실과 노력의 아이콘, 강성재 일병의 입에서는 긍정의 말이 흘러나온다.

"예. 정말 괜찮습니다. 저 정말 괜찮습니다."

강희철은 이젠 욕을 먹지 않겠다며, 그의 제안을 허락하고.

"그래. 그럼 좀 도와줘."

중대 후임병 녀석은 밝은 미소를 지은 채, 자리에서 일어나며 대답했다.

"예. 알겠습니다."

성재가 요리를 시작했다.

그의 요리를 지켜보는 것은 세 번째.

"강희철 상병님? 아무래도 제가 혼자 다 하는 게 나을 것 같습니다."

"왜?"

"꼭 하고 싶습니다."

성재가 자신의 레시피를 속마음으로 외치며 홀로그램을 불러내고.

동작을 따라 하며, 완벽하게 동화된 요리의 절정을 보여준다. 레시피 100%를 사용하는 성재의 조리에 실패란 없었다.

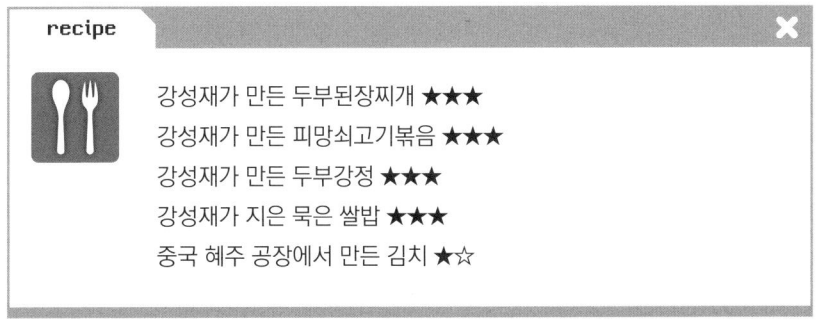

그리고 엉기적엉기적 걸어오는 파견병들.

"우와! 이 맛이야! 일병 아저씨, 역시 아저씨가 밥해야 된다니까!"

"그렇습니다. 아~ 강씨 아저씨, 진짜 기다렸잖아. 최고! 최고!"
"후우, 진짜 천당과 지옥을 오가는 줄 알았네. 꿀맛!"
파견병들이 빠지고, 이제 4중대 2소대 소초원들이 식사를 뜨기 시작한다. 강희철과 친한 민경욱 일병이 장난스럽게 선임을 향해 말했다.
"강희철 상병님? 성재 돌아와서 이제 소초 복귀 하셔도 될 것 같습니다만?"
부소초장 또한 같은 말을 내뱉는다.
"야! 너 원래 소초로 빨리 가라! 어? 빨리 가버려!"
부소초장의 말에 아니라는 듯 소초장이 말하지만,
"아~ 부소초장, 쟤한테 너무 한 거 아니야? 아무리 성재가 요리를 잘해도 그렇지. 그렇게 말하는 게 어디 있어?"
제대로 들어보면 돌려 까기나 다름없다. 강희철 또한 성재의 요리를 먹어보며, 자신과 확연한 수준 차이를 실감했지만, 아무래도 이곳 소초에서 더 버티는 것은 자신에게 이롭지 못할 것 같았다.

한 시간 뒤, 행정보급관이 포차에 선탑한 채, 강희철에게 말했다.
"복귀해야지? 타!"
"예. 알겠습니다! 감사합니다."
강희철은 강성재와 헤어지는 게 아쉬웠지만, 여기에 있어 봐야 욕만 먹는 것을 알았기에 미련을 버리기로 하고 방탄을 쓰고 차량에 탑승했다.
"성재야. 다음에 철수해서 보자."
"예. 조심히 들어가십시오."
포차가 덜덜거려도, 다시 돌아가며 기분이 들뜬 강희철이 생각했다.
'아무리 생각해도 지옥이었어. 다시는 여기 안 올 거야.'
하지만 그의 염원은 그리 오래가지 않았다.
그날 저녁. 중대 상황실에서 강희철에게 전화를 걸었다.
"통신보안, 지암소초 취사병 상병 강희철입니다."
- 어, 희철아, 나 상준인데?
"상병 강희철?"
- 우리 성재, 갑자기 연대 조리병으로 가게 되었다. 내일 간다니까, 모든 짐 싸서 우리 소

초로 올 준비 해.

"정말입니까? 장난하시는 거 아닙니까?"

- 뒤질래? 이걸로 장난을 왜 쳐! 준비해! 내일 행보관님이 다시 데려가실 거니까!

불쌍한 강희철

다음날, 강성재는 소초원들을 위한 마지막 요리에 매진했다.

'이제 소초 생활도 끝이네. 아쉽다. 윤동현 병장님한테 작별 인사는 하고 싶었는데.'

성재는 퀘스트 상 연락처 획득하기도 아직 성공하지 못했다. 하지만 그건 걱정 없었다. 선임들한테 어제 미리 말해두었기 때문이었다.

- 김영민 병장님?
- 왜?
- 저 윤동현 병장님 연락처 대신 받아주시면 안 됩니까? 평생 연락하고 싶습니다.
- 크크, 너 혹시 남자 좋아하는 그거냐?
- 읍, 절대 아닙니다. 오해하지 마십시오.
- 오버 하는 게 이상한데? 상준아! 얘 막 혼자 샤워하고, 네 몸 훑고 그런 적 없냐?
- 없어, 인마! 그만 좀 해. 더 이상 하면 성군기 위반이야.
- 에이! 농담도 못 하냐? 아무튼, 알았어. 내가 윤동현 연락처 받아서 건네줄게. 뭐, 나중에 네가 복귀하는 날 소초로 전화하든가 하면 되지 뭐.

조상준과 김영민 병장이 일단 대신 연락처를 받아줄 거라 믿었다. 모든 짐을 싼 후 취사장에서 마지막 요리를 하는 성재의 움직임은 능수능란했다.

"오늘은 묵은 쌀이 아니네?"

가끔, 아주 가끔, 묵은 쌀이 아닌 햅쌀이 들어오긴 했다. 아주 적은 양이었지만.

| item | 전라남도 나주에서 수확한 햅쌀 | ✕ |

영산강 인근의 나주 평야에서 풍부한 햇살과 황금빛 토양의 기운을 받았으며, 좋은 쌀의 요건을 모두 충족하였다

신선도 최상   도정시간 11분 11초
냄새 구수함   빛깔 맑고, 윤기남
수분 14% 보유, 건조함   균질도 묵직함

Keyword 좋은 쌀의 요건에 대해 알게 되었습니다

처음이었다. 재료를 확인하는 것만으로 키워드도 얻은 것은. '좋은 쌀의 요건', 이 키워드는 도대체 어디에 쓰이는 걸까? 이제까지 모든 키워드들은 전직 퀘스트 용이었는데.
'한식 전문가? 조리 전문가? 아, 됐다. 언젠간 알게 되겠지.'
길게 생각할 필요는 없다. 할 일만 하기에도 인생은 짧다. 성재는 쌀을 물에 넣고 불렸다.
'어제 했어야 되는데, 너무 들떠 있었어.'
성재는 첫물을 버리고, 다시 물을 담았다. 그러기를 5번, 평소는 3번 정도만 씻지만, 오늘은 특별히 더 정성을 담았다. 취반기에 40인분의 쌀과 물을 넣고, 밥을 짓기 시작했다.
'표준 조리' 버튼을 눌러야겠지?
그다음은? 소시지 채소볶음.

참깨 소시지 채소볶음 ★★★ 레시피 (100%) 를 선택했습니다

푸슝!
파란색 홀로그램, 그러고 보니 녀석이 오늘은 조리복을 입지 않고, 군복을 입었다.
"뭐하는 거야?"
취사장에 혼자 있으니 녀석에게 말을 걸 수 있었다.
녀석은 성재 쪽을 바라보더니, 자신의 가슴팍을 가리키며 씩 웃었다.
홀로그램 녀석이 가리킨 것은 〈=〉 마크.

'큭, 너도 일병 진급했다는 거야?'

성재의 생각을 마치 듣기라도 한 듯, 미소를 지은 녀석이 조리실로 자리를 옮긴다.

홀로그램은 식칼을 들어 비엔나 소시지의 묶인 부분을 하나하나 구분해서 잘라냈다.

'그다음은 문어 모양 만들 거지?'

성재의 예상대로 녀석은 손가락 반 마디 크기인 비엔나 소시지의 상단에 십자모양 칼집을 내, 4개의 다리를 가진 문어 모양으로 만들었다.

'그래야지, 소스가 안쪽까지 들어 갈 테니까.'

생각을 알아 듣기라도 한 듯, 홀로그램이 고개를 끄덕였다. 성재는 녀석이 다음에 무슨 동작을 할지 예상해 보았다.

'빗살 무늬도 내보고, 옆구리도 잘라보고! 다양한 모양으로 낼 거잖아!'

역시나 푸르스름한 홀로그램은 가상의 소시지를 도마에 올려놓고, 성재의 말처럼 다양한 모양으로 잘라낸다.

성재는 곧바로 부재료를 꺼내 들었다. 당근은 다듬고 어슷 썰었고, 그다음은 양파를 꺼내 겉껍질을 한 장 벗겨내고 잘랐다. 그다음은 버섯, 피망, 대파도 같은 방법으로 썰었다.

홀로그램이 손질된 재료를 가지고 팬으로 이동했다. 성재는 그게 마음에 들지 않았다.

'쟤는 발전이 없어. 어떻게 레시피 그대로만 하냐? 넌 학습능력이 없냐?'

성재는 홀로그램을 따라하던 동작을 멈추고, 마늘을 꺼내 들었다.

미리 까놓은 마늘을 원재료와 합친 그가 특유의 미소를 머금었다.

'이래야 한국인이 좋아하는 쏘야지. 넌 멀었어 인마!'

성재가 마늘을 넣자, 홀로그램 녀석이 갑자기 노이즈를 일으켰다.

지지직, 지지직!

> ⚙ ✓ ✗
>
> 새로운 요리를 시도 중입니다
> 새로운 레시피가 발견되었습니다
> 참깨마늘 소시지 채소볶음 예상등급 ★★☆ ~ ★★★☆

푸르스름한 녀석이 사라지고, 잠시 후, 똑같은 색의 다른 녀석이 등장했다. 이번에는 전투복이 아닌 조리복을 입었다.

'넌 좀 낫겠지?'

하지만 녀석은 숙련도가 낮은지, 계속해서 노이즈를 일으킨다. 짜증이 절로 나는 성재.
'됐어. 비켜! 비켜 인마!'
이제 투명해진 홀로그램을 뒤로하고 스스로 생각한 조리법에 집중하기 시작했다.
성재는 팬 위에 가장 먼저 소시지와 통마늘을 넣었다.
익는 데 오래 걸리는 재료들.
그다음은 중불에 놓고, 조직이 단단한 녀석부터 차례대로 투하한다.
'그다음은 당근, 양파를 넣고 볶다가, 피망과 버섯, 대파를 넣으면 돼.'
팬 위에서 자글자글, 기름과 만나 소리를 내는 재료들.
성재는 360도 회전되는 스텐으로 된 팬을 흔들었다. 그러자 재료들이 섞이기 시작한다.
'됐다. 이제 케첩을 넣어야 돼.'
케첩 반 통을 넣고는 후춧가루 역시 평소보다 많이 뿌린다. 소스가 원재료에 스며들고, 성재는 마무리를 위해 요리삽으로 커다란 팬 안의 재료를 섞어주었다.

> ⚙ ✓ ✕
> 조리 완료까지 15, 14, 13…

"오오오, 바로 100%?"
조리법이 완벽해서 나오는 일. 그런데 불을 껐는데도 완료가 되지 않는다.

> ⚙ ✓ ✕
> 조리완료까지 1, 1, 1, 1

'아… 참깨! 참깨를 안 뿌렸어.'
마지막으로 고소한 향을 머금은 참깨를 올리자 비로소 조리가 완성되었다.
성재는 자신이 완성한 소시지 채소볶음을 보며 흐뭇한 미소를 머금었다.

> recipe 참깨마늘 소시지 채소볶음 ★★★★ (100%) ✕
> 자칫 평범할 수 있는 소시지 채소볶음에 참깨를 넣어 재밌는 식감과 고소함을 살렸고, 구운 마늘의 달콤함, 후추의 향신료가 완벽한 밸런스를 이뤘다

거기에 지금 막 만들어진 미역국과 1인용으로 포장된 김까지.

소초에서의 마지막 요리를 성재가 배식대로 옮기자, 소초원들이 몰리기 시작했다.
"흐으, 언제 먹어도 맛있어."
"그렇습니다. 우리 성재, 안 보내면 안 됩니까? 분대장님, 저 성재 요리 때문에 휴가도 미뤘습니다."
휴가 미룬 병사가 한 명 나왔고.
"저도 성재 못 보냅니다. 분대장님이 애로사항으로 건의해 주시면 안 됩니까?"
애로사항으로 간부에게 보고해달라는 병사가 나왔다.
그러자 성재와 같이 목욕을 했던 4분대장 최규성 상병이 답답함을 토로했다.
"아, 짜증나, 짜증나, 맛있는데 짜증나! 졸라 맛있어! 욜라! 졸라! 나도 같이 성재랑 연대로 전출 가고 싶다."
병사들이 하나 둘, 강도를 높인다. 휴가 미루기, 애로사항 보고, 전출 건의 다음은?
"아씨, 저는 성재 연대로 보내면 탈영하렵니다. 강희철 상병이 대신 오면 그 밥 못 먹습니다. 상병 돼가지고 밥도 제대로 못 하고! 유일하게 우리가 밥심으로 근무 서는 건데…."
탈영까지 나온 입장. 점차 농담이 강해지자 성재가 긴장하기 시작하고…,
그것을 아는지 모르는지, 더욱더 치솟는 취사장의 분위기.
"에이, 탈영을 왜 합니까? 납치하면 되는 거 아닙니까? 성재를 취사장에 가두고, 요강 하나 주고 나서 화장실도 보내지 말고, 밥만 만들게 하는 겁니다. 제가 전역할 때까지, 군고구마 먹이고, 통조림 시켜서 매일 밥만 짓게 만들어버리면! 크크크크크!"
옆에 있던 간부 또한 마찬가지다. 부소초장이 고개를 끄덕이며 입을 열었다.
"너희들이 진짜 그렇게 생각하면 내가 건의해볼게."
"정말입니까? 진심이십니까? 가능하십니까?"
"야! 나, 부소초장이야. 나도 끗발 있어 인마! 왜? 못 할 것 같아?"
"오오오오! 역시 부소초장님! 최고! 최고! 최고!"
부소초장이 총대를 메는 분위기가 되자, 3분대장이 군대 특유의 유머러스한 지휘를 했다.
"지금부터~ 군가한다! 군가는 멋진 부소초장! 군가시작! 하나, 둘 셋~넷!"
- 멋있는! 부소초장! 많고 많지만!
요상한 분위기가 형성되자, 부소초장이 어이없는 표정을 짓는다.
"야! 이건 아니잖아?"
병사들을 바라보며 윽박지르지만! 이미 흥이 오른 병사들은 멈출 생각을 하지 않았다.

- 바로 네가! 부소초장! 멋진 부소초장!

"에이씨, 알았어! 알았다고! 중댐한테 바로 간다! 지금 간다!"

"오오오오오오, 얘들아! 내가 부소초장님 외치면 파이팅 간다!"

"부~소초장님!!!!!!!" "파이팅! 파이팅! 파이팅!"

"파이팅! 파이팅! 파이팅!"

병사들의 성원에 못 이긴 부소초장이 자리를 비우고, 병사들은 시끌벅적 웃으며 식판에 담긴 마지막 아침 식사를 먹었다.

그리고 결과는? 당연히… 혼날 수밖에.

중대장이 애로사항을 보고받자마자, 반말을 내뱉었다.

"미쳤냐? 너 정신 났냐?"

고개를 숙인 부소초장과

"죄송합니다."

아직 화가 덜 풀린 중대장.

"상급자 입장에서 생각을 해! 인마! 너 군 생활 몇 년 했는데 아직도 그러냐?"

계속 빌어보지만.

"죄송합니다. 제가 좀 흥분했나 봅니다."

중대장은 부소초장을 철 못 든 애들처럼 보는 눈빛이다.

같은 시각. 지암소초.

"소초장님! 제발, 제발 살려주십시오! 저 못 가겠습니다!"

자신의 소초장에게 두 손을 빌며 살려달라고 애원하는 강희철 상병.

"왜? 중대장님한테 내가 너 요리 잘해서 보낸다고 했는데…."

그러나 지암소초장은 항상 희철이의 요리를 맛있다고 생각했었기 때문에 별생각 없이 두 명의 취사병 중 그를 보냈다.

"아닙니다. 소초장님! 절대 그런 게 아닙니다. 강림소초 한 번이라도 가보고 말씀하십시오. 거기 가면 완전 죽습니다. 죽어."

"죽긴 왜 죽어? 군대는 한 명 없어도 다 돌아가. 괜찮아. 희철아! 그렇다고 이제 일병 3호봉인 네 후임을 보낼 순 없잖아. 거기 가서 어떻게 적응하라고!"
"…제발… 제발! 제발 살려주십시오. 다 하겠습니다. 소초장님, 시키는 거 다 할 테니까, 제 말년 좀 편안하게 살 수 있게… 제발 제발…제발 부탁드리겠습니다."
소초장이 어이없는 표정으로 바라보다가, 옆에 지나가는 자신의 부소초장을 불렀다.
"부소초장, 어떻게 생각합니까? 여기 희철이 강림소초 가기 싫다는데?"
지암소초 부소초장이 미소를 보낸 채, 강희철의 더플백과 소총을 차량에 실었다.
"명령 났습니다. 고민하실 필요가 없습니다. 희철이 오늘부터 저희 소초원 아닙니다."
"크큭, 어쩌냐? 희철아, 이미 명령 났단다. 타라!"
"으으으으. 제발, 아… 제발…."

그때 화장실에 갔다가 다시 등장한 행정보급관.
"뭐야? 부소초장, 아직도 안 태웠어?"
행정보급관은 쿨한 표정으로 강희철의 전투복 목 뒤 카라를 잡더니 강제로 차에 태웠다.
"넌 인마, 클클… 고생 좀 할 거다."
레토나를 타고 떠나는 행정보급관과 강희철을 보며, 지암 소초 부소초장과 소초장은 영문을 모르겠다는 듯 고개를 저으며, 대화를 이어갔다.
"어차피 한 달도 안 남았는데, 뭘 저렇게까지 하나 싶네. 안 그렇습니까?"
"그러게 말입니다. 밥이 다 똑같지. 어떤 소초는 맛있고, 어떤 소초는 맛없고 그런가?"
"소초장님! 들어가시죠. 밖에 춥습니다."
"그래요. 부소초장, 들어갑시다!"

057
동기가 생겼습니다

강희철이 강림소초로 레토나를 타고 들어오고, 그 차량을 타고 성재가 떠났다.
모든 소초원들이 잠도 뒤로 미룬 채, 성재가 떠나는 것을 아쉬워했다. 심지어, 12중대 파견병사들도 짧은 시간이었지만, 정말 좋은 추억이었다며 성재를 향해 손을 흔들었다.
홀로 남겨진 강희철. 그를 반겨주는 사람은 아무도 없다.
스르륵, 흩어지는 병력들은 강희철에게 단 한마디도 건네지 않았다.
그 이유는 당연히, 성재나 윤동현에 비해 요리를 못하니까.
'아, 이래서 오기 싫다고 했잖아. 소초장님! 부소초장님! 나한테 왜 그럽니까…'
병력들만 싫어하는 게 아니다.
- 컹! 컹! 컹컹컹!
강림소초의 경계견 백구도 짖고.
- 키야아오옹! 키야아오오옹!
쫌타이거도 앞발과 뒷발을 땅에 고정하고, 등과 털을 세우며 강희철을 경계했다.

연대 주둔지.
행정보급관이 아쉬운 표정으로 취사병에게 말했다.

"성재야."

"일병 강성재?"

"어색해도 3주만 참아."

무슨 말을 하는지 이해하지 못한 성재가 행정보급관에게 되물었다.

"3주라니, 무슨 말씀이신지 모르겠습니다."

"아~ 너 파견이야. 아예 가는 게 아니야. 연대 간부식당은 비편제 직위거든."

"비편제 직위면…."

"음… 말이 어려웠나? 본래는 없는 직위인데, 편의상 필요해서 자체 운용하는 병력이라고. 그러니까, 원소속은 바뀌지 않는다. 이해했어?"

"알겠습니다."

"모르는 것 같은데?"

"알아들었습니다. 제가 먼저 연대 주둔지에 가 있으면, 행정보급관님이 3주 후에 소초 철수하고 주둔지로 들어오실 거고, 그때부터 같이 생활하는 것 아닙니까?"

"어이쿠~ 똑똑하네. 그래. 맞아! 잘 알고 있네!"

"감사합니다."

즉, 소속은 변하지 않는다. 어쩐지 상태창도 그대로였다.

'사용자 정보 오픈!'

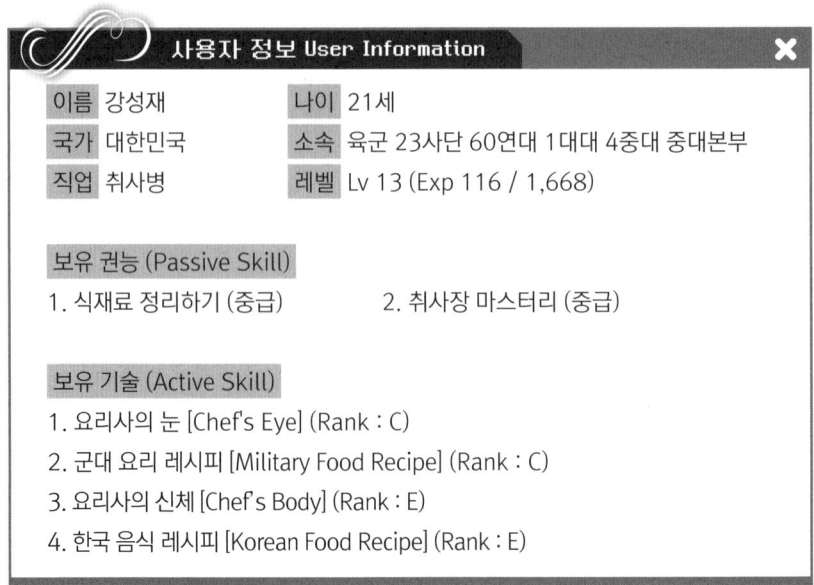

사용자 정보 User Information	
이름 강성재	**나이** 21세
국가 대한민국	**소속** 육군 23사단 60연대 1대대 4중대 중대본부
직업 취사병	**레벨** Lv 13 (Exp 116 / 1,668)

보유 권능 (Passive Skill)
1. 식재료 정리하기 (중급)   2. 취사장 마스터리 (중급)

보유 기술 (Active Skill)
1. 요리사의 눈 [Chef's Eye] (Rank : C)
2. 군대 요리 레시피 [Military Food Recipe] (Rank : C)
3. 요리사의 신체 [Chef's Body] (Rank : E)
4. 한국 음식 레시피 [Korean Food Recipe] (Rank : E)

| 호칭 (Title) | 〈신뢰받는 부하〉 |
| Bonus Skill Point | 1 |

어느새 도착한 대대 지원과.
지원과장은 뚱한 표정으로 행정보급관의 경례를 무시했다. 행정보급관은 속으로 혀를 찼다.
'그러게 왜 수신 차단을 했어? 쯧쯧….'
지원과 사무실 한쪽 벽에는 다음과 같은 액자가 걸려있었다.

[제 17-3호] 경고장

대위 10-11684 윤민우
상기자를 경고에 처함.
상기자는 불우장병 돕기 프로젝트 후보 대상자 선정과정에서, 예하부대의 보고를 무시하고, 개인의 사사로운 감정을 우선시하여, 국방부에서 공공기관과 공동 추진하는 프로젝트의 의미를 퇴색시켰기에 이에 엄중 경고함.

연대장 대령 배원영

지원과장은 짜증이 났는지 자리를 박차고 사무실을 나가버렸다.
그걸 본 행보관은 여유로운 모습으로 인사담당관에게 말했다.
"허 상사, 성재가 얘야."
허란희 상사는 사무적인 태도로 행정보급관에게 되물었다.
"예. 알고 있습니다. 생활지도 기록부 가져오셨습니까?"
그러자 박 상사는 서류봉투 안에 담긴 생활지도기록부를 인사담당관에게 건네며 말했다.
"어. 챙겨뒀어. 여기 받아."
"네. 고생하셨습니다. 3주 동안은 대대 본부중대 파견 내고, 그 후 저희가 예비대대 막사로 이동하면 다시 4중대에서 관리하는 겁니다."

이미 알고 있었던 사항이므로 박재영 상사는 짧게 대답했다.
"어, 알아."
그러자 허 상사도 고개를 끄덕이며 마무리 멘트를 날렸다.
"그럼 수고하셨습니다."
행정보급관이 모든 용무를 마쳤기에 성재를 향해 당부의 말을 꺼냈다.
"그래. 허 상사도 수고하고, 아! 성재야!"
"일병 강성재?"
"혹시 지원과장이 너한테 헛소리하면 바로 행보관한테 보고해. 알았지?"
박재영 상사의 당부에 성재는 일순간 멈칫하며, 주변의 분위기를 읽었다.
"……."
그러자 사무적인 말투의 인사담당관이 짜증을 부렸다.
"행보관님! 병사한테 무슨 말을 하십니까?"
"뭐? 내가 뭐? 충분히 일어날 수 있는 일이잖아. 나하고 성재 때문에 경고장 받았다고 생각할 거 아니야? 너희 지원과장 그런 사람 아니냐고!"
충분히 개연성 있는 말. 하지만 인사담당관은 끝까지 자신의 상관을 옹호했다.
"그런 사람 아닙니다. 저희 과장님, 충분히 훌륭하시고, 대성하실 분입니다. 그런 말씀 하지 마시고, 빨리 소초로 돌아가십시오. 계속 이러시면…."
"알았다. 주임원사님께 말한다고? 알았어! 알았다고! 어휴, 내가 뭐 틀린 말한 것도 아니고, 엄청 까탈스럽네. 간다! 간다! 간다고!"

행정보급관이 떠나고, 지원과에 있던 허란희 상사는 한숨을 내쉬었다.
"후우… 이걸 어떻게 풀어야 돼?"
중립적인 입장이었던 허 상사가 한숨을 내쉬자, 뒤에서 숨을 죽이고 지켜보던 군수담당관이 인사담당관에게 말을 꺼냈다.
"선배님, 너무 고민하지 마십시오."
"고민 안 하게 생겼어?"
"그냥 신경 안 쓰시면 됩니다. 저희가 뭘 어떻게 할 수 있는 것도 아니지 않습니까?"
"그래야겠지?"
김상훈 중사는 인사담당관을 달래고는, 곧바로 지원과 사무실을 나가서 누군가를 쫓아갔다. 사무실에서 눈치를 보고 있던 성재는 군수담당관이 사무실 복도 밖으로 나가는 것을 보며 씩 웃었다.

'역시 군수담당관님은….'

그리고 사무실에 앉아있는 성재의 시스템 창에 또 한 번 창이 떠오른다.

군수담당관의 호감도가 460 올랐습니다

김상훈 중사가 흡연장에서 누군가를 만나 이야기하고 있다.

"화나셨습니까?"

"아니, 괜찮아."

자신의 상급자와 대화하는 군수담당관.

그는 자신의 직속상관인 지원과장이 아닌 4중대 행정보급관과 이야기를 하고 있다.

"과장님 대신 제가 사과드리겠습니다."

"크크, 역시 넌 내 편이지?"

"그렇습니다. 행보관님 덕분에 군단장 표창도 받지 않았습니까? 제 군생활 간 그렇게 환영받으면서 표창받은 것은 처음입니다."

"크크, 그럼 우리 병사한테 잘해, 인마! 그거 다 성재 혼자 만든 거야. 너 징계하지 말라는 것도 그 녀석이었고!"

"어? 정말 그랬습니까?"

"그래. 그나저나, 넌 요즘 사는 거 괜찮아? 이제 곧 결혼한다며!"

"그게 좀 그렇습니다. 삼척에 군인 아파트가 다 떨어졌답니다. 8개월 기다려야 한다고… 아마 결혼해도 원룸에서 잠시 살아야 될 것 같습니다."

"왜? 사단에서 민간 아파트 매입했잖아."

"그게 다 여군들한테 배정되는 바람에…."

"거지같네? 왜? 사단에서는 왜 그렇게 판단했다는데? 기혼 간부는 그럼 어디서 살라고?"

"이번에 사건 하나 있었지 않았습니까? 여군 숙소 침입 사건, 정비대대 중사 한 놈이 취해

가지고 여군 숙소에 들어갔나 봅니다. 그것 때문에 헌병 조사하고 난리 났었습니다. 그래서 주둔지 내 여군숙소에서 여군 다 내보내고, 아파트 넣어줬답니다. 모르고 계셨습니까?"
"아, 소초라서 몰랐지. 괜히 들으니까 짜증나네."
"이게 참 걱정은 걱정입니다."
그때, 3중대 행정보급관 또한 주차장에서 내리며 병사 한 명을 인솔해오고 있다.
"어? 3중대 행보관! 넌 왜 왔어?"
박재영 상사가 밝은 미소로 행보관을 부르고, 군수담당관은 담배를 피우다가, 왼손으론 재를 털며, 오른손으로 경례 동작과 목례동작을 섞어 비스듬한 자세로 3중대 행보관에게 인사했다.
"충성! 3중대 행보관님 오셨습니까?"
3중대 행보관이 경례를 받고는 그 옆에 대기하고 있는 병사 녀석을 불렀다.
"오민호! 지원과 가 있어!"
"일병 오민호! 알겠습니다!"
병사가 떠나고, 3중대 행보관 강동일 상사가 혀를 차며 말했다.
"아~씨! 어떻게 하냐?"
"왜 그러십니까? 뭐가 고민이십니까?"
"방금 쟤가 간부식당 조리병으로 뽑혀버렸다."
강동일 상사의 말에 군수담당관이 의아한 듯 고개를 젓는다.
"딱 보니까 잘 생기고, 운동도 잘할 것 같던데, 특급전사 비표도 있고, 에이스 아닙니까?"
"에이스긴 에이스지. 문제는 요리를 드럽게 못하니까 문제지!"
"그렇습니까? 그런데 왜 보내셨습니까?"
"당연히 걸러질 줄 알았지. 설마, 요리 못하는 놈이 뽑힐 줄 알았냐? 중대별로 한 명씩 다 보내라는데 어떻게 거절해. 이게 다 연대 군수과장이 난리 쳐서 된 거잖아."
"…뭐, 그건 인정합니다. 장희철 소령이야 워낙 쓰레기니까…."

지원과에 도착한 병사. 녀석은 더플백을 뒤에 메고, 허란희 상사를 보며 경례를 했다.
"충성! 지원과에 용무 있어 왔습니다."
"어? 너 3중대 오민호 일병 맞니?"

"그렇습니다."
"그래! 앉아. 본부중대장님 모시고 올 테니까, 여기서 기다려!"
인사담당관은 준비가 다 된 것을 보며 밖으로 나가고, 지원과에는 지원과 계원들과 오민호, 성재만이 남아있다.
성재를 알아본 오민호가 먼저 말을 걸었다.
"축하드려요. 아저씨! 뽑히셨네요?"
성재도 연대장실 들어가기 전 당번실에서 녀석을 본 기억을 떠올리며 인사했다.
"아저씨도 축하드립니다. 다행이에요. 저랑 동기니까 마음이 놓이네요."
"그러게요. 저도 얼마나 걱정했었는데요. 다 선임들만 있을까 봐 걱정 많이 했었는데…."
성재에게는 첫 동기.
보통 해안이나 GP, GOP는 투입 전을 제외하고는 신병이 거의 오지 않는다. 평시 편제의 120%를 채워서 소초에 투입하기 때문에, 신병이 들어올 TO가 거의 없는 것이다.
그래서 성재와 민호의 신병교육대대 동기는 거의 대부분 해안 투입 전 부대인 60연대 3대대로 배정되었다.
'마음만 맞는다면, 친구도 될 수 있어.'
둘의 생각이 일치하는 가운데, 본부중대장이 인사담당관과 같이 지원과로 들어오고. 본부중대장 차동혁 중위가 성재와 민호를 보며 말했다.
"얘들입니까?"
"네. 맞습니다. 3주 동안 본부 2생활관에서 같이 지내면 될 것 같습니다."
"음… 그동안 병력관리 책임은 어디에 있습니까?"
"그건… 파견이니까 원소속부대에 있습니다. 본부중대장님은 여기 병력들이 사고 쳐도 책임 하나도 없으니까, 걱정하지 마십시오."
"그렇습니까? 그렇다면 뭐, 데려가겠습니다."
"감사합니다. 중대장님!"
"아닙니다. 담당관님도 고생 많이 하시는 것 같습니다. 아~ 하나 까먹었습니다. 언제부터 녀석들 간부식당 출근합니까?"
"바로 내일부터입니다."

세 시간 후. 행정보급관이 정훈장교로부터 받은 간행물과 그 앞에 쌓인 우체국 택배들과 편지들을 챙겨 소초로 돌아왔다. 우체국 택배만 받는 대부분의 군대 특성상 독립부대는 이처럼 직접 부대에서 수령해야만 했다.

강림소초 중본 상황실. 행정보급관이 택배를 열어보며 조상준에게 말했다.

"야~ 누가 미스트 주문하래?"

"행보관님, 요즘 남자들도 얼굴 관리하는 거 모르십니까?"

"에라이! 이건 뭐야? 수분 크림? 이게 뭐하는 거냐?"

"이것도 미스트처럼 보습력 강화시켜주는 겁니다. 한번 발라보시겠습니까?"

택배 당사자 조상준은 사이버 지식 정보방에서 주문한 택배 상자를 행보관과 함께 개봉하며 수분크림 중 하나를 행보관에게 건넸다. 행보관이 수분크림을 발라보았다.

"엄청 차갑네?"

"그렇습니다. 그게 다 피부에 스며드는 겁니다. 행보관님 이거 하나 가지십시오. 어차피 원 플러스 원입니다."

"ㅎㅎㅎㅎ, 고맙다. 상준아."

"아닙니다!"

조상준의 선물에 기분 좋은 행보관, 그리고 그 밑에 깔린 편지.

"어? 행보관님! 성재한테 온 겁니다. 하루만 일찍 왔으면 좋았을 텐데."

"그래? 아, 대대 또 갈 수도 없고…."

"어? 행보관님?"

"뭐?"

"성재한테 온 편지, 여자 같습니다. 편지봉투도 화려하고 이름이 정민아입니다."

"그래? 성재한테 여자친구가 있었어?"

다 크십니다

편지가 온 지도 모른 채, 대대 본부 1생활관에 들어선 성재와 민호.
"너희들! 3주 동안 파견병력이어도 어차피 같은 대대 사람이니까, 계급 튼다. 알았냐? 아저씨, 용사님! 전우님! 이딴 소리 서로 하기만 하면 너희들 다 나한테 뒤진다?!"
의외로 불만이 없는 본부 1생활관 사람들.
알고 보니, 다들 병장에 상병에, 일병 말호봉. 다 짬 좀 찬 녀석들.
그리고 이제 들어온 두 녀석은 본래 이등병이었어야 하나 조기진급 한 짬찌들.
"알겠습니다. 중대장님!"
본부중대장이 확실히 계급과 서열을 정해주자, 본부 1생활관에서 생활하는 지원과 계원과 정훈 계원들이 입술을 씰룩거렸다.
"중대장님? 얘네들 오늘부터 근무 편성시켜야 되지 않습니까?"
"아, 그건 안 돼. 내일부터 바로 간부식당 출근이니까 근무 못 세운다."
"알겠습니다."
벌써부터 이용해먹으려는 선임들. 강성재와 오민호는 밀림에 버려진 초식동물처럼 눈을 말똥말똥 뜨며, 어떻게 해야 빨리 적응할지 눈치를 보고 있다.
중대장이 나가고, 가장 선임인 정훈병 임규성 병장이 입을 열었다.
"야, 너네들 뭐하다 왔냐?"

"일병 오민호, 저 말씀이십니까?"

"그래? 거기, 넌 뭐하다 왔냐?"

"용민대 태권도 학과 다니다가 입대했습니다."

"오~ 태권도 잘하겠네?"

"그렇습니다. 4단입니다."

"대박! 어쩐지 특급전사 떴더라. 넌 에이스 인정! 여친은 있냐?"

"없습니다."

"음, 에이스는 아니네. 누나는? 여동생은?"

"누나 없습니다. 여동생도 없습니다."

"뭐야? 그동안 뭐했어?"

여동생하고 누나가 없는 것을 뭐했냐니? 성재는 이해 못 한 채, 고개를 저었다. 그러나 질문은 계속 이어진다.

"음, 그럼 아는 여자도 없어?"

"아는 여자들 많습니다."

"그래? 누구? 어디 학교?"

"같은 학교 동아리 '끓어오르는 힘'에 여자 동기들 많습니다."

"끓어오르는 힘? 그게 뭔데?"

"역도 동아리입니다. 거기에 여자 동기들 많습니다. 소개시켜드립니까?"

"됐어! 나보다 힘센 여자들은 싫다. 넌 일단 파악했고, 다음 너!"

임규성 병장은 역도라는 말에 곧바로 흥미를 잃었는지, 성재에게 말을 돌렸다.

"일병 강성재?"

"그래! 넌 뭐하다 왔어?!"

"전 배관공 하다 왔습니다."

"배관 뭐?"

"기계실 파이프 설치하는 일을 배관공이라고 합니다. 한 4년 일했습니다."

"헐…? 너 몇 살인데?"

"21살입니다."

"고등학교는?"

"검정고시로 봤습니다."

"여자 없지?"
"…없습니다."
"누나는?"
"누나는 없고, 여동생은 있습니다."
"오오오! 몇 살?"
"이제 6살입니다. 유치원 다니고 있습니다."
"에라이! 야! 저 새끼 패!"
임규성 병장의 말에 다른 병사들이 흥미롭게 지켜보다 성재에게 베게를 들고 달려온다.
"진짜로 패진 말고, 인마!"
다시 원래 자리로 돌아가는 병력들.
"이제 밥이나 먹자. 대충 먹고 P.X나 가자고!"

그때 나오는 방송. 오늘의 당직사령은 아까 자신들을 인솔했던 본부중대장 차 중위.
[식사집합 5분 전! 식사집합 5분 전! 전 병력들은 막사 앞으로!]
막사에서는 보통 중대별 식사시간이 정해진다. 하지만 해안대대는 1, 2, 3, 4중대 전원이 소초로 파견 나가 있기 때문에, 본부중대 병력만 남아있다. 그래서 줄을 서지 않는다. 다만 인원 파악은 한다.
야전상의를 입고 나온 막사 밖. 많이 춥긴 하지만 해안보다는 낫다. 바람이 덜 불기 때문.
분대장들이 가장 앞에 서서 병력들을 확인하고 있다.
"상혁이 어디 갔냐?"
"통신선 깔러 강현 소초 갔습니다. 아마 저녁 늦게 올 것 같습니다."
"보석이는?"
"보석이도 같이 갔습니다. 통신 부소대장님이 7시 넘어서 오신다고 전화 왔었습니다."
"그래. 그럼! 다 집합한 것 같은데? 간부님께 보고하고 와!"
"알겠습니다."
당직사령에게 보고를 마친 통신 분대 분대장.
"식사하러 가시랍니다!"
그 말 한마디에 각 분대장들이 자신의 분대를 이끌고 인솔해서 식당으로 이동한다.
"앞으로 가!"

"번호 붙여 가!"

"하나! 둘! 셋! 넷! 하나둘셋넷! 하나둘셋넷!"

가면서 제식은 기본이고!

"행진 간에 군가한다. 군가는 멸공의 햇불! 군가시작 하나! 둘! 셋! 넷!"

- 아름다운! 이 강산을~ 지키는 우리!

- 사나이~ 기백으로, 오~늘을 산다.

- 포탄의 불바다를 무릅쓰고서.

- 고향 땅, 부모형제 평화를 위해~

군가도 해야 한다. 그게 대대장의 지침! 병력들의 사기가 높아야 전투력도 높아질 것이라는 지휘의도에 병사들은 오늘도 하루를 보낸다.

취사장 앞, 누군가가 소리를 질렀다. 보통 이런 700명 이상 대규모 주둔지에서 소리 지르는 사람은 간부 밖에 없다. 병사들은 보는 눈이 많을 때는 함부로 행동하지 못한다.

"야! 누가 여기서 담배꽁초 버리래?! 주머니에 안 넣어?!"

딱 보기에도 찌들어 보이는 간부. 계급장 상사. 분명 흡연장이 마련되어 있지만, 재떨이가 너무 작아 꽁초가 수북이 쌓여있고, 주변에도 하나, 둘 떨어져 있다.

군 장병 흡연율 약 40%, 군용 면세담배 디스(THIS)가 2008년을 마지막으로 끊겨버리고, 상급부대에서는 흡연율이 차츰 떨어질 거라 예상했지만, 그건 오산이었다. 그 이후, 충성마트(P.X)에서는 담배 매출이 수직상승하고, 2015년 이후 일부 충성마트에서는 양담배(해외담배)도 팔기 시작했다.

흡연장이야말로 간부는 물론, 병사들이 허심탄회하게 말을 할 수 있는 유일한 장소. 생활관에서 속마음을 이야기하기도 그렇고, 일과 중에 속마음을 털어놓기도 애매하며, 술도 1년에 1~2번 먹을까 말까 한 고립된 장소에서 흡연은 그야말로 대화의 장.

간부가 소리 지르자, 취사장에서 취사병 하나가 막 뛰어나와 흡연장 재떨이를 비웠다.

"아오! 아무도 신경을 안 써! 이것들 진짜!"

그 간부는 혼자 씩씩거리며 다시 취사장 안으로 들어가고, 조용해졌던 분위기는 갑자기 왁자지껄 다시 시끄러워졌다. 그때, 성재를 잘 아는 병사 한 명이 말을 걸었다. 그는 대대 인사계원 김민철 상병, 저번에 상담관과 면담 후, 같이 충성마트를 갔던 병사다.

"됐어. 신경 쓰지마. 연대 급양관, 정신병자야."

"정신병 말씀이십니까?"

"어. 세 달 전에 전역지원서 냈어. 내년 초면 나갈 거야."

간부들은 전역 지원서를 내도 바로 전역하지 못한다. 전역하기 전 해에 신청서를 내야 하고, 신청서 낸 이후 최대 1년까지도 기다려야 될 수도 있다. 또한 반려가 되는 경우도 있다고 한다. 최근 육군사관학교 출신 인원중 임관 5년차 인원들의 10% 이상이 전역을 신청하자, 육군본부에서 신청서를 반려했다고….

육군사관학교 출신이면 육군 내에서 최고 엘리트 계층인데, 중령까지 진급이 거의 100% 보장된 육사출신들이 성공의 기회를 포기하는 것은 왜일까?

그때, 성재의 창에 새로운 메시지 창이 떠올랐다.

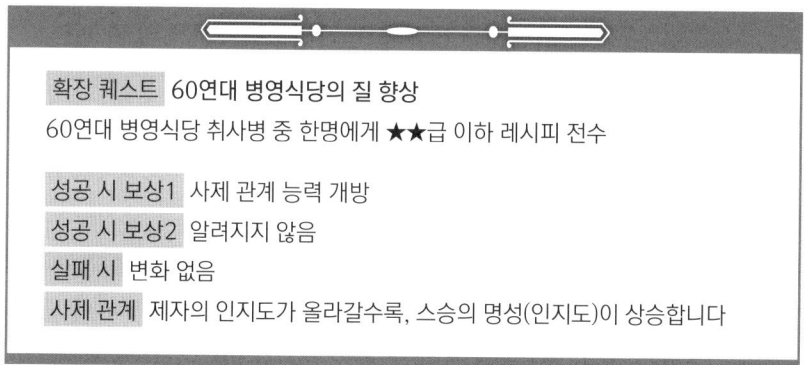

'헉! 엄청난 거 아니야?'

식당 안, 두 달 전과 지금의 요리수준은 그다지 변하지 않았다.

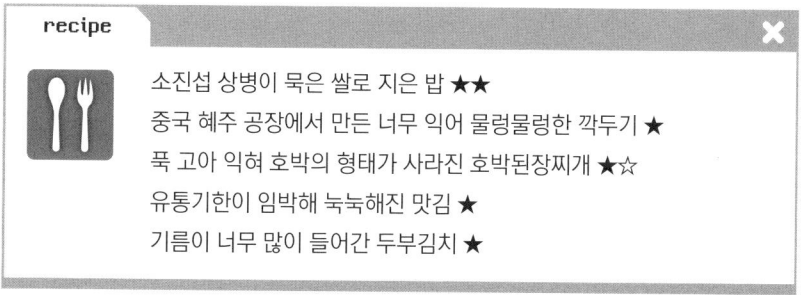

정훈병 임규성 병장은 모두가 앉자, 자신의 병력들에게 말했다.
"감사의 기도!"
그러자 그의 직속 후임 인사계원 김민철 상병이 혼잣말을 하기 시작한다.
"이 식사는 국민의 피와 땀과 세금으로 일군 한 끼입니다. 모두 감사의 마음을 가집시다."
그 말이 끝남과 동시에 모두가 하나같이 대답한다.
"감사히 먹겠습니다!"
"감사히 먹겠습니다!"
듣고 보니, 부대마다 감사의 기도 문구는 다 틀리다고 한다. 이곳 문구는 3년 전, 연대장이 직접 만든 문구를 쓰고 있다고.
분명 국민의 피와 땀, 세금인 것은 맞는데, 별로 먹고 싶은 기분이 들지 않았다.
성재는 일단 국에다 밥을 말았다.
깍두기는 입안에서 아삭아삭한 맛으로 먹는 건데, 너무 물러서 입에서 물렸고, 김은 창고에 쌓아둔 것을 꺼냈는지 눅눅해서 오히려 밥맛을 떨어뜨렸다. 그나마 먹을 수 있는 것이 국하고 두부김치인데, 두부김치는 너무 기름이 많아 보인다.
모두가 마찬가지. 임규성 병장은 밥을 뜨다 말고, 고개를 저으며 다른 사람들이 다 먹기를 기다리고 있다. 모두가 식사를 마치자, 익숙하다는 듯 말을 꺼내는 규성.
"에라이! 충성마트나 가자!"
"알겠습니다!"

충성마트는 미어터질 정도로 병사들이 넘쳐나고 있었다.
그곳에선 예비역 상사 출신 군무원 김만석이 매출을 확인하며 미소를 머금었다.
'어휴~ 이것들, 크크, 다 돈 덩어리들이네.'
그는 곧바로 자신의 매출을 카메라로 찍은 후, 자신의 동기이자, 황금마차를 몰고 다니는 녀석인 윤태석에게 보냈다.

- 연대 충성마트 매출, 3개월보다 55% 상승. 한 달 매출 7천만 원이다!
- 너 인마, 망하는 거 한순간이야! 내가 소초만 돌아다닌다고 우습게 보냐?
- 크크, 망한다고? 얘네들은 밥도 안 먹고 다 충성마트로 오는 애들이야. 얼마나 충성마트

를 좋아하는데?
- 문자 그만 보내! 망할 놈아!
- 크크크큭, 다음달 월급 명세서도 보내주겠음.

밖에서 기다리던 성재는 고개를 저었다. 이미 충성마트 안에 물건이 거의 없었다.
예상대로….
"아저씨들! 다 팔렸어! 다 팔렸으니까~ 돌아가! 돌아가라고!"
거기 있던 관심병사 녀석이 예전처럼 반말로 모두에게 말한다.
충성마트 관리병이 정신상태가 이상하다는 것은 연대 모든 병사들이 알고 있었기 때문에, 대놓고 뭐라고 하진 않았다. 그저 먹을 것을 못 샀기 때문에 아쉬울 뿐.
그러고 보니, 소초 병력들에 비해 대대본부 인원들은 대부분 마른 편이었다.
'밥만 맛있어도, 이 정도는 아닐 텐데….'
다들 한 끼 정량의 반도 먹지 않으니, 이렇게 된 것.
모두가 알고 있으면서도, 개선할 여지가 보이지 않는다.
그리고 어느덧 21시. 모두가 생활관에 들어왔다. 모두가 활동복으로 갈아입은 가운데, 정훈병이자 분대장 임규성 병장이 심드렁한 표정으로 말을 꺼냈다.
"오늘 무슨 날이지?"
"칭찬합시다. 하는 날입니다."
"그래? 너부터 칭찬해봐."
임규성의 말에 바로 후임 김민철 상병이 입을 열었다.
"오늘 3중대하고 4중대에서 간부식당 조리병으로 두 신병이 왔는데, 인상도 좋았고, 잘 따르는 것 같아서 기분이 좋았습니다. 강성재 일병과 오민호 일병을 칭찬합니다."
"오민호 말해봐!"
"아, 음….."
"아, 음 빼고! 똑바로!"
"네. 행정보급관을 칭찬합니다. 오늘 아침부터 저를 태워주시느라 고생하셨으면서, 제 앞에서는 아무 내색 안 해주신 행정보급관님을 칭찬합니다."
사실 오민호와 강성재는 칭찬합니다. 시간이 처음이었다.
"야! 그게 아니잖아, 우리 중 한 명을 칭찬해야지. 아~ 됐다. 너한테 에이스라고 말한 거

취소! 취소! 다음 누구야? 강성재?"
성재는 곧바로 어떤 분위기인지 눈치를 채고 입을 열었다.
"저는 임규성 병장을 칭찬합니다."
성재의 말에 갑자기 입술을 씰룩이는 분대장 임규성.
"뭐야? 그래? 말해봐!"
그러자 옆에서 각 계원들이 키득키득 웃고 있다.
"먼저 세 가지입니다."
"세 가지? 뭐야?"
"첫째! 일단 눈이 크십니다."
"눈이 큰 게 칭찬할 일이야?"
"아, 그래서 외모가 정말 잘 생겼습니다!"
그러자 주변 후임병들이 고개를 웃음을 간신히 참으며 키득대기 시작했다.
임규성도 후임병의 칭찬에 무뚝뚝한 말투로 다음을 물었지만, 표정은 이미 웃음 가득이다.
"다음은?"
"둘째로 키가 크십니다."
"키가 큰 게 뭐가 대단한데?"
"처음에 볼 때 잘생기시고, 키도 크셔서 모델인 줄 알았습니다."
그러자 임규성은 클클클 입 밖으로 웃음이 흘러나왔다. 하지만 간신히 참으며 다시 마지막 세 번째를 듣기 위해 물었다.
"셋째는?"
"아… 이것 말해도 되나 모르겠습니다."
"말해~ 괜찮아. 내가 여기서 왕고야. 다 책임져!"
주변 병사들은 간신히 웃음을 참으며 이어지는 말을 기다렸고, 성재는 이 타이밍을 보며 임규성을 향해 마지막 세 번째를 말했다.
"다 크십니다."
"뭐?"
"다 크십니다. 그래서 부럽습니다."
성재의 마지막 말이 끝나자, 임규성을 포함한 병력들은 자지러지듯 웃음을 터트렸다.

059
호감도가 오르고 있습니다

칭찬합시다, 시간이 끝나고, 누군가가 파김치가 되어 들어온다.
"임규성 병장님, 지금 끝났습니다."
"그래? 고생했다."
"저 그럼 씻고 와도 되겠습니까?"
"어, 열외 보고해 놓을게."
"감사합니다!"
"야~ 너희들 다행인 줄 알아. 병영식당 취사병 갔으면 진짜 저렇게 됐다. 저렇게 됐어!"
그 녀석은 평균등급 ★☆의 맛없기로 소문난 연대 병영식당 취사병.
계급은 뭘까? 성재의 시선이 녀석의 관물대로 향했다.
이병 조용호, 자신보다 후임이거나 동기. 성재는 녀석의 이름을 기억해두었다.
오늘 얻은 '확장 퀘스트'의 멤버로 후임이나 동기만큼 적합한 대상은 없을 테니까.

다음 날, 새벽 5시. 불침번이 성재와 민호의 몸을 흔들며 깨웠다. 눈을 비비고 일어난 그 둘은 곧바로 당직사령이 있는 지휘통제실로 이동해서 보고를 실시했다.
"충성! 일병 오민호 외 1명, 지휘통제실에 용무 있어 왔습니다."

"아… 출근이지?"
"그렇습니다. 간부식당 출발해보겠습니다."
"그래. 가 봐!"
어젯밤부터 당직사령 근무를 서던 본부중대장은 졸린 눈을 하고 있고, 그 뒤에서 작전과장은 양말을 벗고 책상에 기대 누워있다. 교육담당관은 하품을 하며 컴퓨터에서 문서를 작성하고, 그 앞에는 감시병들이 CCTV를 확인한다.
예하중대가 해안에 투입되다 보니, 내륙에 있는 간부들도 퇴근하지 못하는 것은 마찬가지. 주임원사나, 여군인 인사담당관 같은 경우 특별히 퇴근해도 된다며 편의를 봐주지만, 원칙적으로는 안 된다. 성재는 피곤한 간부들과 병사들을 보며, 고개를 저었다.
'다들 찌들었구나. 그래도 이곳이 소초보단 나아.'

지금 해안소초에서 경계병 근무를 서고 있는 선임들은 곤욕스러운 하루를 보낼 것이다. 영하 3도까지 내려가는 해안가에서 바람을 이겨내며 8시간을 버텨내야 한다.
그것뿐만이 아니겠지. 얼어붙기 전에 순찰로를 빗자루로 쓸면서 내려가, 미끄럽지 않게 관리해야 한다. 그게 새벽 1시이든, 3시이든 그건 중요치 않다.
쌓이기 전에 쓸어야 하는 거니까.
바깥에는 또 지옥 같은 눈이 내리기 시작했다.
'똥덩어리들.'
그때, 성재의 동기가 불렀다.
"성재야! 가자."
오민호의 말에 그가 대답했다.
"어. 가자!"
동기이기에 서로 말을 놓는 사람. 아직까진 어색하지만 이것도 곧 익숙해질 터.
누가 뭐라 하기도 전에, 두 사람이 발걸음을 맞춘다.
왼발~ 왼발~ 왼발!
딱딱 맞아가는 왼발과 오른발의 행진.
어둑어둑한 새벽에서, 눈발을 헤치며 지나가는 두 그림자가 어느새 BOQ(Bachelor Officer Quarters / 장교 독신자숙소) 건물 1층에 있는 간부식당으로 발걸음을 옮겼다.
문을 열고 들어가자, 그 안에는 3명의 병사가 모여 있었다.

아직은 어둑어둑한 간부식당. 그리고 조리실에서 홀로 밥을 하는 병사.
청소하던 병사 둘은 성재와 민호를 보고 잠시 머뭇거리더니 조리실로 향했다. 아마 조리실에 있는 병사가 가장 짬이 많은 듯 보인다.
전투복이 아닌 활동복을 입어 계급 확인이 불가능한 녀석이 둘에게 말을 걸었다.
"거기~ 용사님들, 여기 무슨 일로 오셨습니까?"
"이번에 간부식당 조리병으로…."
오민호의 말에 고개를 갸웃거리는 녀석.
"어? 10시부터 오기로 되어 있었는데, 1대대 용사님 맞죠?"
"예. 맞습니다."
"9시에 저희 사제담당관님이 면담하신다고 하셨습니다. 사제담당관님하고 3대대 인사담당관님이 여기 통제 간부님이시거든요."
"음… 그럼…."
"이따가 오세요."
첫인상은 나쁘지 않다. 오히려 신사적인가?

헛걸음. 하지만 대략 정보는 파악했다. 일이 그리 고되어보이지는 않았다.
'6명 중 3명만 일하는 건가?'
성재는 연대 주둔지의 간부가 총 150여 명이라고 들었다. 그중 아침과 저녁을 먹는 간부는 50명 미만, 사실 혼자 일해도 충분한 수준.
그럼에도 6명이나 비편제 직위를 운영하는 것은….
'그만큼 식사의 질을 높이려고 하는 거겠지.'
성재가 볼 때, 가장 큰 문제는 연대 병영식당이었다. 자신과 같은 병사들은 요리의 요자도 모르는 취사병들이 해주는 음식으로 먹고 있는데, 간부식당에서 일하는 녀석들은 한눈에 봐도 전문적으로 요리를 해본 사람들 같았다.
다시 돌아온 막사, 지휘통제실.
"왜 벌써 왔어?"
"오늘 새벽에는 일없고, 간부하고 9시에 면담하고 첫 출근한다고 합니다."
"그래? 들어가서 좀 더 자."

생각해보면 아침부터 병사들끼리 단 한 번도 가본 적 없는 간부식당에 출근하러 가는 게 이상하긴 했다. 아직 아무것도 정해지지 않았는데….

현재시각 05시, 기상시간 06시 30분. 아직 1시간 30분이 남았다.

성재는 자신의 관물대 옆에 놓인 침상에 원형으로 접어둔 침낭을 다시 폈고, 그 안에 다리부터 쑥 집어넣고는 다시 눈을 감았다.

스르륵!

그리고 번쩍!

기상나팔이 울린다!

이어지는 방송. 군가가 울려 퍼지고, 새로운 하루가 시작된다.

성재는 마치 기계처럼 자동으로 움직여지는 자신의 몸을 보며 놀랐다.

'신교대 온 줄 알았어.'

그동안 정상적인 점호와 통제를 받지 않았던 소초 생활. 하지만 이곳은 주둔지.

예전과는 다르다. 그리고 이어지는 공포의 시간.

[당직 사령이 전파한다! 아침점호 20분 전!]

방송 전파 소리에 생활관에 있던 병력들이 전부 복명복창을 실시한다.

"점호 20분 전!"

아침 6시 40분. 병력들은 이미 관물대를 다 정리하고, 세면장에서 씻는 사람들과 화장실에서 용변을 보는 사람, 흡연장에서 담배를 피우는 사람들로 구분되었다.

[집합 5분 전! 집합 5분 전! 근무자를 제외한 전 병력은 바로 연병장으로 집결할 것!]

일사불란하게 밖으로 나가는 병력들을 보며 성재는 또다시 온몸에 소름이 돋았다.

'하아, 지옥이구나.'

당직사령인 본부중대장이 사열대에 올라와 있고, 어제 당직부관을 섰던 병사가 보고를 하기 위해 대기하고 있다.

마이크 앞에 선 당직사령의 명령!

[보고!]

"1대대 본부중대 아침점호 인원 보고!"

"총원 47, 열외 3, 현재원 44, 열외내용 근무 2, 취사 1."

그걸 현황판과 대조한 당직사령이 최초 종합과 현재 인원이 일치함을 확인하고 바로 진행을 이어갔다.

[뒤로 돌아!]
스피커로 전해진 소리에 병력들이 뒤를 돌았다.
[구령 조정 3회 실시!]
당직사령의 명령에 실제로 동작을 취하진 않는 구령을 모두가 다 같이 따라 한다.
"열중쉬어! 부대 차렷! 뒤로 돌아!"
그리고 다시 이어지는 당직사령의 목소리!
[전방에 대한 함성 5초간 발사!]
그러자 병력들이 다 같이 연병장 뒤쪽을 향해 함성을 내지른다.
"와아아아아아아아!"
다시 정면을 바라본 병력들. 그다음은 애국가다.
[애국가 제창, 애국가는 방송반주에 맞춰 1절을 제창한다.]
당직사령의 지휘에 막사 지휘통제실에서 근무하는 통신병이 방송으로 애국가를 틀고, 그에 맞춰 병력들이 애국가를 제창한다.
- 동해물과 백두산이 마르고 닳도록~.
애국가가 끝나고. 복무신조.
"우리의 결의!"
[우리는 국가와 국민에 충성을 다하는 대한민국 육군이다.]
[하나! 우리는 자유민주주의를 수호하며, 조국통일의 역군이 된다.]
[둘! 우리는 실전과 같은 훈련으로 지상전의 승리자가 된다.]
[셋! 우리는 법규를 준수하고 상관의 명령에 복종한다.]
[넷! 우리는 명예와 신의를 지키며, 전우애로 굳게 단결한다!]
당직사령의 선창에 이어지는 복창. 그다음은 그 유명한 조국기도문, 자신의 삶을 반성하고, 새로운 기대를 품게 만드는 문구를 미리 작성해 한 명씩 교대로 발표하는 시간.
[조국기도문 낭독! 낭독자 앞으로!]
조국기도문이 끝나면 본격적으로 몸을 깨우는 시간이 시작된다.
[국군 도수체조는 1번 다리운동부터 12번 숨쉬기 운동까지 방송반주에 맞춰 2회 반복 실시한다.]
도수체조 다음은? 구보겠지.
[뜀걸음 준비! 전~체! 뛰어~ 가!]

여기에서 끝나려면 좋으련만!
[담당구역 청소! 모두 제설 도구 챙겨서 위병소 앞으로!]
악마의 똥가루를 치워야 하는… 젠장!

오전 9시, 성재는 다행히 든든한 아침을 먹었다.
'햄버거하고 수프라서 다행이야. 반 조리되어 나오는 거니까 먹었지. 아니었으면 먹기 힘들었을 거야.'
지원과로 출근한 성재와 민호. 거기에는 연대 사제담당관이 이미 기다리고 있다.
"허 상사님? 얘네들 데려가려 하는데, 괜찮으시겠습니까?"
"아니야. 나도 같이 가. 어차피 주책임자 나로 바뀌는 거 아니야?"
"맞습니다. 제가 부책임자고, 허 상사님이 주 책임자입니다."
"오케이, 가자!"
오전 10시. 간부식당에 다시 들어왔다. 오전과는 달리 조리병 6명 전부가 출근한 상태.
"다들 들었지? 연대장님이 뽑으신 너희 후임병들."
연대 사제담당관(행사, 사고예방, 기타 인사과 업무)의 말에 3대대로 보이는 병사 2명이 앞으로 나왔다.
"담당관님, 저희 대체 자원입니까?"
"어. 맞아. 너희 소초 들어가면, 얘네들이 대신해서 일할 거야."
"알겠습니다. 인수인계 잘해놓겠습니다."
"그래. 필요한 거 있으면 말하고!"
뭔가 특별할 줄 알았는데, 성재는 직업소개소에서 업자한테 중개당하는 기분이 들었다.
'이게 끝? 교육이나, 주의할 점이나 이런 것도 안 알려주는 건가?'
허 상사도 성재와 마찬가지 생각이었다.
"이렇게 하면 돼?"
"네. 인사담당관님은 앞으로 중식시간 20분 전에 와서, 연대장님 오시기 전에 먼저 식사하시고, 잘못 된 거 확인만 하시면 됩니다. 나머지는 여기 애들이 알아서 하니까요. 다 그렇게 돌아가도록 세팅해 놓았습니다."
그때, 갑자기 떠오르는 상태창.

간부식당 조리병으로 전직하였습니다
잠금 기능 (업적)이 오픈되었습니다

이렇게 되면 바뀐 정보를 확인해봐야 직성이 풀린다.

'사용자 정보 오픈!'

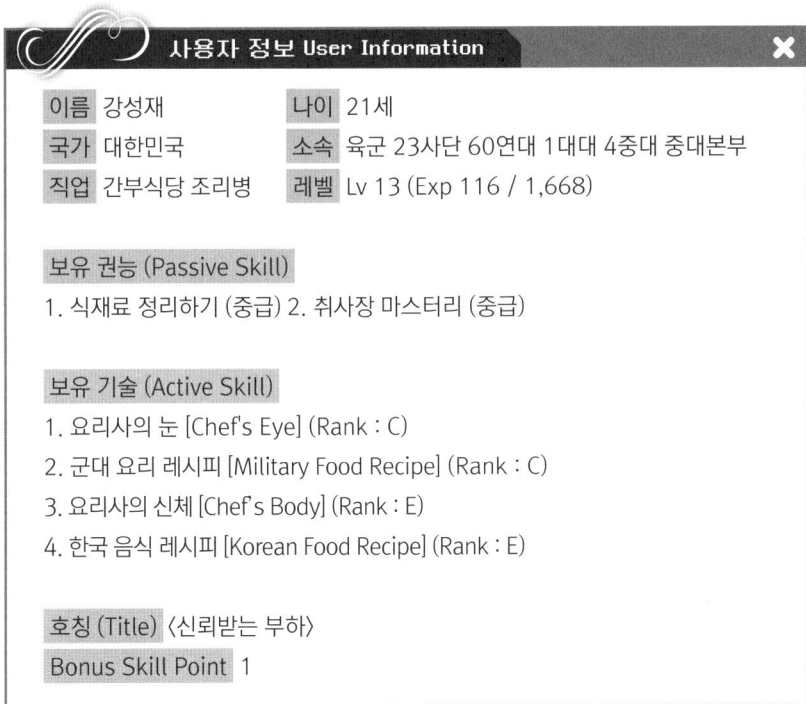

'여기는 별 차이 없고, 직업 창을 눌러 보자!'

'간부식당 조리병 열람!'

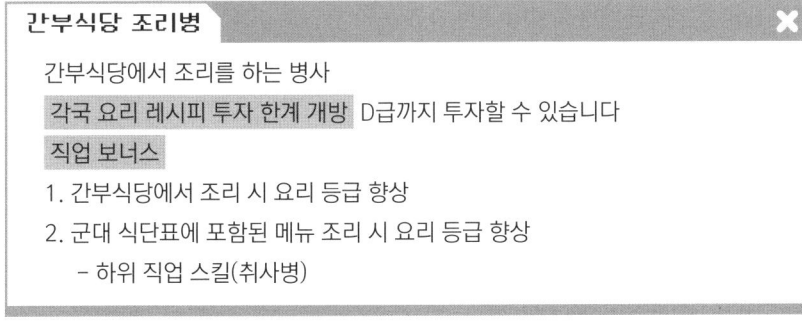

> 3. 타인의 요리 보조 시 참여 기여도에 따라 요리 등급 향상 가능
>   - 하위 직업 스킬(취사보조병)
> ※ 위수지역 이탈 시 직업 보너스가 발동하지 않습니다
> 소속(60연대 1대대 4중대)에 따른 위수지역 강원도 삼척, 동해

'D급이라, 그럼 한식, 일식, 중식 요리 레시피를 획득할 수 있다는 거지? 잠깐만, 취사병 직업일 때는 E급밖에 투자를 못 했던 건가?'

여기까진 아직 미스터리. 그다음은 새로 풀린 기능을 확인 할 차례.

'업적 열람!' 그러자 성재가 이제껏 보지 못했던 세로로 기다랗게 늘어진 직사각형의 상태창이 오른쪽 시야에 떠올랐다.

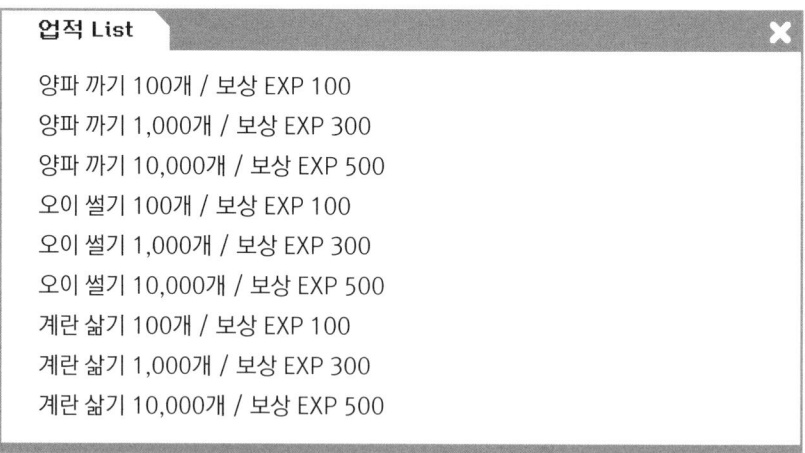

업적 List

양파 까기 100개 / 보상 EXP 100
양파 까기 1,000개 / 보상 EXP 300
양파 까기 10,000개 / 보상 EXP 500
오이 썰기 100개 / 보상 EXP 100
오이 썰기 1,000개 / 보상 EXP 300
오이 썰기 10,000개 / 보상 EXP 500
계란 삶기 100개 / 보상 EXP 100
계란 삶기 1,000개 / 보상 EXP 300
계란 삶기 10,000개 / 보상 EXP 500

'업적이 거의 경험치 셔틀이나 다름없네. 하긴, 초반에 비해서 경험치 올리기가 너무 어려워졌어. 퀘스트를 하나 클리어하는 것도 힘들었고….'

성재는 새로운 업적의 개방을 보며 혼자 몰래 웃었다.

수천 개 이상의 업적 종류들. 대부분 단순한 재료 다듬기. 하지만 이것들이 쌓이고 쌓이면 한식 레시피가 되고, 일식 레시피가 되고, 중식 레시피가 된다.

'퀘스트 경험치에 목말라 끌려다니지 않아도 될 테고. 그런 적도 없었지만….'

간부들이 떠나고 조리병 선임들만 남았다. 고참 김정주 상병은 고압적인 표정을 짓는다.

"너네 조리학과 출신 아니야?"

그는 이미 성재와 민호의 학벌 정보를 다 파악하고 있었다. 연대 인사계원으로부터 두 녀석의 정보를 구두로 전해 들었기 때문이었다.

성재는 조리학과가 아니라도 요리로 실력을 보여줄 자신이 있었다.

"요리 잘 할 수 있습니다."

그러자 오민호도 성재에게 지지 않고 대답했다.

"저도 자신 있습니다."

그러나 조리병 중 왕고인 그 선임병 김정주가 고개를 절레절레 젓는다.

"너희들이 호텔 주방에서 일 안 해봐서 모르겠지만, 처음부터 요리시켜주는 곳은 없거든?"

그의 말에 오민호가 다시 한번 되물었다.

"무슨 말인지 잘 이해 못 했습니다. 다시 한번 말씀해주시겠습니까?"

김정주 상병은 주황색으로 된 그물을 두 신입 앞에서 꺼내더니, 미소를 머금었다.

"일단 막내들은 허드렛일부터 하는 거야. 일단 이것부터 까 봐."

주황색 그물망, 그 안에 들어 있는 것은 20개의 손질되지 않은 마늘. 평소라면 섭섭한 기분이 들었을 테지만, 업적을 개방한 지금의 성재에겐 아니었다.

이 모든 게 자신의 레벨업에 도움이 되었으므로.

"바로 지금부터 시작하면 되겠습니까? 열심히 하겠습니다! 잘 부탁드립니다!"

그리고…,

김정주의 호감도가 오르고 있습니다

새로 보직받은 부대에서 선임병들에게 이쁨받을 기회이므로!

후임 갈구기는 이렇게 하는 거다?

김정주 상병은 성재와 오민호에게 각각 마늘 망 하나씩을 건넸다.
뒤에서 키득되는 선임병들. 하지만 그들의 표정은 성재와 민호에게 잡히지 않는다.
두 개의 마늘 망. 마늘 망에 들어있는 마늘은 각각 10개와 11개.
"누가 11개짜리 가져갈래? 너야? 아니면 너야?"
선임병의 말에 성재가 채 반응하기도 전에, 오민호가 11개짜리를 자신의 앞에 옮겨놓았다.
그걸 보며 성재는 민호에 대해 다시 한번 생각했다.
'고맙긴 한데, 아쉽네. 내 업적 경험치인데….'
그는 업적이 계속해서 걸렸지만, 사실대로 말하면 순식간에 관심병사가 되어버리기 때문에, 입을 꾹 다물었다. 왕고참의 입이 씰룩거렸다.
"둘 다 싹수는 있어 보이네. 우리들 지금부터 간부님들 식사 준비해야 되니까, 조리실 뒤 복도 끝, BOQ 휴게실에 가서 까고 있어."
"알겠습니다."
"야~아! 야! 그 전에 조리복부터 입고 가야지?"
"네. 알겠습니다."
간부식당 조리복의 색깔은 취사병들과 좀 달랐다. 파란색 앞치마를 입던 것과 달리 흰색 앞치마를 입고, 조리모도 흰색 조리모를 착용했다.

'비편제 직위라서 그런 건가? 사제물품을 쓰네.'

조리복을 착용한 둘은 선임의 명령에 자리를 옮겼다.

식당과 연결되어 있는 복도, 그 옆에 공용 화장실. 그리고 세탁실 그 옆 체력단련장을 넘어 휴게실. 성재와 오민호가 마늘 망과 소쿠리를 들고 휴게실로 들어갔다.

휴게실 안은 매우 지저분했다. 여기저기 냉동식품을 먹다 돌린 것들과 간간이 보이는 소주병과 맥주병. 민호가 먼저 입을 열었다.

"치울까?"

뭔가 치워야 될 것 같은 분위기.

하지만 성재는 고개를 저었다.

"아니, 일단은 마늘부터 까자!"

"그게 낫겠지?"

둘은 휴게실에 놓여있는 원형 탁자 앞 의자에 앉았다. 성재는 몸에서 신호가 오자 동기에게 말을 꺼냈다.

"잠깐 화장실 좀 갔다 올게."

"그래. 다녀와."

성재의 위치는 1층 간부용 화장실.

'어?'

> 지휘관 전용 화장실입니다. 연대장님, 대대장님 이외 사용을 금합니다.
> 기타 장병들은 2층 화장실을 이용하기 바랍니다.

곧바로 계단을 통해 2층으로 올라가자, 화장실 근처에서 역한 냄새가 올라온다.

'청소 좀 하고 살지… 1층하고 딴판이네.'

병력들 앞에서는 담당구역 청소를 꼼꼼하게 시키는 간부들의 일상은 처참 그 자체.

하지만 그렇다고 용변 해결을 미룰 순 없다.

다시 내려온 휴게실, 그곳에서 눈물을 흘리고 있는 동기.

"ㅇㅇㅇ…"

마늘의 매운 냄새가 눈 밑을 자극하자, 결국 버티지 못하고, 시뻘게진 탓이다.

성재는 민호에게 물었다.

"마늘 까는 법, 몰라?"

"그냥 껍질 벗기면 되는 거 아니야?"

"음….".

성재는 자신의 품 안에 있는 수첩을 꺼냈다.

윤동현의 군생활간 노하우가 고루 담긴 수첩.

〈마늘 껍질 벗기는 좋은 방법 3가지〉

1. 뜨거운 물에 넣고 불려서 깐다.
   - 물에 불리면 껍질이 벗겨져서 동동 뜬다.
2. 밀폐 용기에 넣고 흔들어준다.
   - 마찰열 때문에 잘 벗겨진다.
3. 전자레인지에 넣고 1분간 돌린다.
   - 그러면 온도 차에 의해 껍질이 헐거워진다. (샤를의 법칙이라고 한다.)

※ Tip? 부식수령 후, 직접 해보니까 3가지 다 사용하면 제일 빠르다.

수첩을 다시 넣은 성재는 민호를 향해 씩 웃으며 소쿠리에 담긴 자신의 마늘을 휴게실 안에 있는 전자레인지에 집어넣었다.

"성재야, 뭐해? 미쳤어?"

"그냥 지켜보기만 해."

성재가 자리를 비운 3분 동안 단 1개의 마늘밖에 까지 못하고 눈물을 흘리는 동기를 뒤로 하고, 씩 웃었다.

삐,삐,삐,삐!

전자레인지에서 마늘 특유의 향이 흘러나온다.

성재는 고무장갑을 낀 채, 마늘을 꺼내 소쿠리에서 위아래로 쓱싹 흔들었다.

그의 동작에 마늘 껍질이 우수수 벗겨지고, 눈에 보이기 시작하는 깐 마늘.

"헉, 말도 안 돼! 대박~!"

"원래 요리는 머리로 하는 거야. 과학이야. 과학!"

성재는 항상 윤동현이 말하던 것을 그대로 민호에게 말해주었다.

그러자 녀석은 자신이 직접 껍질을 벗기던 것을 그만두고 성재처럼, 소쿠리에 있는 마늘을 2개의 전자레인지에 각각 4, 5개씩 집어넣기 시작했다.

"나도 해본다?"

성재는 전자레인지가 돌아가는 동안 자신을 따라 하는 민호를 향해 말했다.

"민호야, 소쿠리 좀 1분만 쓰자."

"소쿠리는 왜? 너 있잖아."

"잠깐만 쓰면 돼."

성재는 껍질을 벗기지 않은 마늘을 소쿠리 위에 전부 담은 후, 다른 소쿠리를 뒤집어 포개었다. 틈이 없는 원형 모양이 만들어졌다. 성재는 양 소쿠리의 경계면을 꽉 잡은 채, 위아래로 계속해서 흔들었다.

텅! 텅텅! 터터터터텅! 터터터터텅!

마늘들이 소쿠리 경계면과 계속해서 부딪히고, 성재는 무거운 마늘 때문에 힘이 좀 부치자, 속으로 '요리사의 신체 개방'을 외쳤다.

그러자 절도있는 동작으로 변하는 성재.

요리사의 신체를 사용하면 파라미터가 빠르게 내려가지만, 성재는 멈출 줄을 모른다.

파라미터는 어느새 65%.

신체에 확실히 부담이 가는 동작.

결과는?

'요리사의 신체 해제.'

성재의 눈앞에 난잡하게 흩어진 껍질. 비닐봉투에 옮겨 담고.

눈앞에는 껍질이 대부분 벗겨진 마늘뿐. 꼭지 부분이 남아있는 것들도 있었지만, 엄지손가락과 검지손가락으로 살짝 밀어주자, 완벽하게 벗겨진 마늘의 속살이 부끄러운 듯 모습을 드러낸다.

"우와! 우와! 말도 안 돼! 마법사네! 천재! 천재!"

민호가 놀란 눈으로 쳐다보고, 성재는 흐뭇한 미소를 지으며 민호에게 말했다.

"너도 같은 방법으로 하면 돼. 특별할 것 없어. 난 주변 청소하고 있을 테니까, 넌 빨리 마늘이나 까."

"알았다."

조리실에는 성재와 민호를 제외한 조리병들이 6명이나 있었다. 식사인원에 비해 인원이 과다하니 여유로운 상황. 더구나 오늘은 휴가 간 인원이 한 명도 없었다.

물론 이 중에서 3대대 2명은 해안으로 곧 빠질 예정이고, 연대 분위기상 다른 취사병들과 달리 모든 훈련에 참석해야 하는 간부식당 조리병들. 훈련은 물론, 평가, 검열, 거기에 대민지원에도 1순위로 파견되는 등, 일반 취사병들보다 불리한 점도 있다.

뭐, 비편제 직위니까, 그런 것은 당연하지만….

아무튼, 오늘은 여유로웠다. 그래서 선임병들의 주요관심사는 오로지 전입해 온 병사들.

"너무 하신 것 아닙니까? 첫날부터 마늘 껍질 벗기기라뇨? 크크 심하셨습니다."

"심하긴 인마, 처음 전입 왔을 때, 잘 길들여 놓아야 나중에 편한 거야. 쟤들이 머리 커져서 간부들한테 짜웅(아부)하면서 기어오르면 골치 아프다. 알지?"

"그건 그렇습니다. 하긴 그래서 저번 달에 고병장님이 조리병 짤리지 않았습니까?"

"그 이야기는 그만하자."

지난달, 조리병 후임이 선임이 일을 너무 시킨다며 사제담당관에게 보고한 후, 보고한 그녀석과 가장 선임 둘 다 조리병에서 잘렸다. 그 건 이후로 김정주 또한 위기에 처했다.

'조금만 더 가담했으면 위험했지. 멍청했어. 욕설을 왜 해? 대충 임무로 갈구면 될걸.'

징계는 받지 않았지만, 조리병 보상 휴가가 날아가 버린 것.

"걔네들 보낸 지 10분 정도 됐지? 잠깐 가 볼까? 녀석들 매워서 울먹이고 있겠지?"

"20분은 더 있다가 가도 될 것 같습니다. 뒤에서 몰래 지켜보고 있다가, 불만 터트리면 그 현장에 딱 나타나서 군기 잡으면 될 것 같습니다."

"후후후, 좋아!"

군기를 잡는다는 것. 그건 임무수행에서 가장 중요한 요소. 다소 억지스럽더라도 후임병들의 약점을 잡고, 엄한 분위기로 이끌어가는 것이 선임병들로서는 여러모로 편하다.

그러나 그들의 계획에 차질이 생겼다.

소쿠리에 깐 마늘을 한가득 들고 오는 두 녀석.

"뭐야? 왜 벌써 와?!"

"야! 너희들 할 건 다 끝내고 와야 될 거 아니야?"

하지만 성재와 민호는 소쿠리를 30도 굽히며, 완벽하게 깐 마늘을 내보이며 대답했다.

"다 했습니다."
김정주가 순간 당황하며, 성재의 소쿠리에 담긴 마늘을 손으로 헤집는다.
흠 잡을 데 없이 완벽하게 깐 마늘. 민호가 깐 마늘도 마찬가지다.
"야! 너네 혹시 마늘만 까라고 진짜 마늘만 깐 건 아니지? 거기 휴게실 청소는 다 했어?"
"아~ 네. 그러실 줄 알고, 정리도 다 해 놨습니다. 간부들이 버려놓은 소주병도 다 분리수거 해 놓았고, 마늘 껍질도 다 쓰레기봉투에 담아서 한 곳에 정리했습니다."
성재의 대답에 병찐 모습의 김정주가 복도로 향했다.
신병 둘은 자신이 깐 마늘을 조리대(아일랜드)위에 놓은 후 선임병을 뒤따라가고, 완벽하게 정리된 휴게실과 분리수거통을 보여드리며 환한 미소를 지어 보였다.
김정주는 자신의 생각대로 흘러가지 않자, 묘수를 짜내었다. 하지만 그가 생각했던 시나리오는 여기까지였다. 더 이상 갈굴 방법이 생각나지 않는다.
"김정주 상병님? 혹시 더 시키실 일 있으십니까?"
오민호 또한 김정주에게 잘 보이기 위해서 입을 열자, 김정주는 혀를 차며 입을 열었다.
"일단 돌아가자! 돌아가!"

간부들이 테이블을 채우는 가운데, 영관급 이상 장교와 주임원사는 원형 테이블에 앉아 있었고, 나머지 간부들은 뷔페식으로 자신이 먹을 만큼 덜어가고 있다.
조리병 6명 중 2명은 서빙에 동원되었다. 물론 이제 막 한참 일해야 되는 일병 말호봉과 상병 1호봉 녀석이었다.
"조리병! 여기 국 좀 더 줘!"
"조리병! 여기 순가락 떨어졌다. 하나 갖다 줘라!"
"조리병~ 간이 별론데? 다시 해 와!"
일명 간부들의 욕받이 병사.
실제로 욕을 하진 않지만, 1분에 한 번 꼴로 자신들을 불러 시키기 때문에, 병력들은 이 시간을 헬(지옥) 타임이라고 불렀다.
물론 선임병인 김정주 상병과 그 바로 밑 고유성 상병은 서빙에서 빠졌다.
그들은 항상 조리실에 위치하면서 전체를 통제하고, 병력들을 운영하는 역할을 맡았다.
그렇다고 놀고만 있는 것은 아니다.

"정주야! 이번 달 식비 좀 계산하자."

"상병 김정주! 예. 이번 달 점심값 총 21일로 84,000원입니다. 일시불로 하십니까?"

"아니, 3개월로 해줘."

카드 결제도 하고, 간부들하고 말동무도 되어준다. 일명 얼굴마담.

반면 성재는 선임들의 조리실력을 파악하는 데 집중했다.

recipe	서효석 상병이 푹 고아 만든 북엇국 ★★☆
	북어포를 참기름에 볶아 고소한 향이 담겼다. 마늘과 파, 달걀의 조화로 얼큰한 맛을 잡은 것이 특징

recipe	고유성 상병이 만든 계란말이 ★★☆
	대파, 당근, 달걀 물로 팬에서 익혀 지단을 접듯 천천히 말아준 계란말이

'역시, 다들 요리 수준이 높아. 윤동현 병장 처음 만났을 때보다도 잘하는 것 같은데?'

연대장을 비롯한 간부들이 빠지고, 이제 정리해야 될 시간.

모두에게 뒷정리를 시키고는 왕고와 투고가 조리실 밖 복도로 나갔다.

그 둘의 이름은 김정주 상병과 고유성 상병.

"저녁식사 시켜보는 건 어떻습니까? 오늘 오후에 연대 부사관단이랑 3대대 부사관, 축구 한답니다."

"그래?! 대박! 3대대가 지면, 무조건 간부식당 털리잖아. 아오! 생각만 해도 그냥 빡치네."

"맞습니다. 일단 김정주 상병님하고 저는 오늘 저녁 타임은 휴무니까, 효석이 근무시키고, 다른 한 명이랑 신병 붙이면 될 것 같습니다. 특급전사 시키시겠습니까? 아니면 국방일보 시키겠습니까?"

"효석이랑 특급이랑 국방! 둘 다 붙이면 되잖아. 신병 둘이라고 해서 문제 될 거 있어?"

"헐… 2명 다 욕받이 시키는 겁니까? 멘탈 털릴 텐데…."

"괜찮아. 첫날은 원래 욕먹고 시작하는 거야."

서효석 상병님?

본래 소대장 주관 하에 연병장에서 간단한 체조와 스트레칭, 체력측정, 개인운동 등을 하는 시간. 하지만 오늘은 부사관들의 축구 때문에 연병장 사용이 제한되었다.
"야! 이 XX야, 똑바로 안 밀어 주냐?!"
"죄송합니다!"
"XX, 제대로 하는 게 없어. 내 움직임 보고! 앞에다가 잘 찔러주란 말이야! 그거 하나 제대로 못 해?"
반면 연대본부 부사관들은 차분하면서도 조직적이다.
"김 중사! 뒤에 사람! 공 옆으로 돌려!"
"알겠습니다!"
전반전에는 공격적인 3대대 부사관들의 움직임이 매우 저돌적이기에 다소 유리하지만 공을 돌리며 상대방의 체력을 깎아 먹는 연대본부의 지능적인 플레이는 3대대 상대로 80% 승률을 자랑한다.
"포반장 씨X!, 앞에다 찔러주라고 했잖아! 공을 내 뒤로 차면 어떻게 해! 멍청한 XX야!"
자신의 행보관에게 욕을 먹은 포반장은 기가 차면서도, 아무 말 없이 고개를 숙였다. 하지만 속마음은 당연히 욕으로 가득 차 있다.
'수비가 바로 앞에 있는데 어떻게 앞에 찔러줘, 당연히 뒤로 보내줘야지. 체력도 약해 주

워 먹기만 하는 주제에!'

전반 30분, 5분 쉬고 후반 25분이 지났다.
경기는 어느덧 막바지. 5분밖에 남지 않은 경기. 그때, 3대대 주임원사가 소리 질렀다.
"야! 야! 야! 10분 연장하자!"
그러자 연본 가장 선임 부사관이 불만을 토해낸다.
"우~ 갑자기 5분 연장이 무슨 말입니까?"
"에이! 야, 까라면 까! 10분 연장하자니까?"
"알겠습니다. 딱 10분만입니다!"
주임원사와 연대본부 통신중대 행정보급관이 쇼부(합의)에 성공하고. 약속한 10분이 지났을 때, 경기 스코어는 어느덧 1:3, 연대본부가 3대대를 2점 리드하고 있다.
심판을 보고 있던 병사가 호루라기를 불며, "경기 끝났습니다."라고 외치는데.
"아니야! 경기가 왜 끝나? 골든골! 골든골!"
3대대 주임원사가 다시 한번 억지를 부린다.
체육대회도 아니고, 돈이 걸려있는 것도 아닌 친선경기이므로, 통신중대 행보관은 혀를 차면서도 3대대 주임원사의 체면을 세워줬다.
"골든골, 이제 말 돌리는 거 없습니다."
"아~ 알았어! 알았다니까, 3대대! 파이팅!"
주임원사의 억지에 다시 한번 기운을 차린 3대대 부사관들이 합심해서 소리를 질렀다.
"파이팅! 파이팅! 파이팅!"
이렇게 나오면 연대본부 부사관들도 가만히 있을 순 없었다.
"연본 파이팅!"
"파이팅! 파이팅! 파이팅!"
승부가 원점으로 돌아간 가운데, 결국 마지막 회심의 한 골로 경기는 연본의 승리로 끝이 났다. 통신중대 행정보급관이 환한 미소를 지으며 악수를 건넸다.
"주임원사님~ 고생하셨습니다."
"에이 XX, 짜증나."
"헤헤, 끝나고 뭐하십니까? 소주 한잔 하러 나가시죠?"
"에이! 한 시간 뒤, 교동, 아빠포차!"

"후후, 알겠습니다."

이미 짬이 먹을 대로 먹은 부사관들은 술로 마무리를 하지만 중사급 이하들은 분위기가 심상치가 않다.

아까 행정보급관한테 패스를 못 해 욕을 뒤지게 먹은 11중대 포반장이 BEQ 후임 부사관들을 연병장에 전부 불러모았다.

"이 병X들아! 수비를 겨우 그것밖에 못 해? 똑바로 안 뛰냐?"

"……."

"너희들이 맨날 지니까, 내가 욕먹잖아~! 이 병X들아~!"

창밖으로 경기를 지켜보던 고유성 상병 또한 김정주를 보며 회심의 미소를 지었다.

"효석이 큰일 났습니다. 크크크, 30분 뒤부터 간부식당 지옥이 시작될 게 틀림없습니다."

"아오~ 크크크, 생각만 해도 끔찍하다. 그나저나 11중대 포반장님은 왜 맨날 저렇게 갈구시냐? 다 자기 11중대 행보관님이 못하는 건데…."

"어쩔 수 있습니까? 못해도 계급이 높으면 공격수인데… 크크크."

"아무튼, 오늘 효석이 울고불고 난리 날 것 같지 말입니다?"

"맞아. 그 진지한 효석이 녀석이 얼마나 당황할지 눈에 선하다. 그나저나 특급전사하고 국방일보 짬찌들은 어떤 표정을 지을지 궁금하네."

"에이, 참으십시오. 갔다가는 저희도 털립니다."

"흐흐, 그렇지? 이건 참아야지?"

"맞습니다."

"아… 제발… 제발 3대대 간부들이 이겨야 돼…."

선임병이 불안해하자, 영문을 몰라 되묻는 성재.

"서효석 상병님? 어떤 것 때문에 그러십니까?"

"간부들은 축구 지면 그날 성격이 완전 괴팍해진다. 내리갈굼이라고 들어봤어?"

"내리갈굼 말씀이십니까? 네. 알고 있습니다. 병장이 상병 갈구고, 상병이 일병 갈구고, 일병이 이병 갈구는 거라고 신교대 때 배웠습니다. 요즘은 많이 없어졌다고…."

"그게 간부들 사이는 더 심해. 원사가 상사, 상사가 중사, 중사가 하사한테 갈구는데, 하사들은 누구한테 스트레스를 풀겠어?"
"…병사한테 풀 것 같습니다."
"그래. 맞아. 오늘이 그 날이야. 특히 3대대는 내리갈굼이 심해서, 만약 연본한테 또 축구 지면, 아~ 상상만 해도 끔찍하다."
서효석 상병이 계속 불안해했지만 성재는 일단 선임병의 기분을 맞춰주며 입을 열었다.
"일단, 식사부터 준비하시는 게 어떠십니까? 만약에 걱정하시는 대로 3대대 간부님들이 축구에서 지신다고 해서도 저희가 음식 잘하면 되지 않겠습니까?"
"그래, 일단 식단표대로…."
그때 저녁식단표를 들여다본 서 상병은 소리질렀다.
"악!"
최악 중 최악. 그냥 있어도 털리기 좋은 날. 호박볶음과 배추김치, 그리고 두부뭇국, 쌀밥과 김.
본래 아침과 저녁은 점심과 달리 2,000원 밖에 받지 않는다. 그래서 대부분 점심 이후 남은 재료를 재활용해 간부들에게 제공한다. 그래서 아침과 저녁은 질이 많이 떨어진다.
'이래서 김정주 상병님, 고유성 상병님이 오늘 쉰다고 했구나? 너무 하신 거 아니야?'
서효석은 음식을 시작도 하기 전에 멘탈이 터져버렸다.
일은 또 터졌다.

"어디서 탄 냄새 나지 않아?"
솔솔 냄새가 올라오고, 오민호 일병이 용서를 빌기 시작했다.
"…죄송합니다! 죄송합니다! 죄송합니다!"
"왜?!"
"밥을 태워 먹었습니다. 제가 압력밥솥은 처음이라…."
요리 실력이 아닌 인성과 체력으로 뽑힌 녀석. 그래서 사실 그는 요리의 기본도 모른다. 처음 써보는 압력밥솥 불 조절을 실패한 결과는?
완전히 타버린 밥.
그럼에도 서효석은 화내지 않았다.
그는 김정주, 고유성 이 두 선임병들과 성격이 180도 달랐다. 마음이 매우 여렸다. 갈구지 않고 이 상황에 어떻게 대처할지 대책을 고민했다.
'어떻게 하지? 이걸 어떻게 해… 다시 밥을 올릴까? 시간이 될까?'
그런데 청천벽력! 복도에서 들려오는 소식. 그건 바로 3대대가 축구에서 진 것.
"아, XX, XX! 왜 우리한테 지랄하는 건데? 11중대 행보관님이 기회 놓친 걸 가지고, 포반장님은 왜 수비하는 우리한테 지랄인 건데?"
"진짜, 축구 하기 싫다. 우리끼리 하면 재밌는데, 왜 매일…."
그들은 곧 샤워를 하고 내려올 것이다. 그때부터 간부식당은 전쟁이겠지.
점심때가 헬 타임이라면, 지금은 헬 오브 헬!
이제 남은 시간은 20여 분 남짓. 마음이 여려 화도 못 내는 서효석이 머리를 쥐어 싸맸다.
밥통을 닦고 쌀을 물에 불려 밥을 안치려면 시간이 필요하다. 최소 40분 이상 필요하다.
"어쩌지. 국은? 두부뭇국은?"
그러나 국을 맡았던 성재 또한 국을 만들지 않고 있다. 오히려 후라이팬을 잡고 있다.
"성재야? 너 국 시작 안 했어?"
신병 둘이 도움이 되질 않는다. 서효석은 그제야 오늘 엄청 털릴 거라고 확신했다.
이걸로 징계나 얼차려까진 받지 않더라도, 다들 욕을 엄청 해댈 것이다.
한 달, 두 달, 아니 전역 때까지 계속되겠지.
그런 심각한 상황인데도 강성재란 녀석은 오히려 이상한 말을 한다.
"밥을 이미 망쳐버려서, 국이 필요 없어졌습니다. 그래서 다른 요리를 하려고 합니다."
"그게 무슨 소리야. 지금이라도 해야지. 다른 요리라니?"
"어차피 늦습니다. 서효석 상병님, 혹시 전 잘 부치십니까?"

잠시 후. 식단표를 보며 욕부터 하는 간부들.
"아~ 메뉴 똥 같네, 진짜!"
호박볶음과 두부뭇국, 딱 봐도 비선호 메뉴다. 거기에 김치와 김.
축구에서 진 것도 화가 나는데, 메뉴까지 이렇게 나와버리니… 더구나?
"밥이 없잖아. 뭐야?"
밥 짓기에 실패한 오민호는 얼굴마담을 맡았다.
"간부님, 죄송합니다. 오늘은 밥 대신에 요리를 준비했습니다."

"뭐?"

오민호가 간부들을 상대하는 사이, 성재와 효석이 테이블을 세팅한다.

평소 배식대에서 셀프로 받아가던 것과는 확연히 다르다. 배식대는 텅텅 비어있고, 테이블 위에 영관급 간부들이 먹는 것처럼 하나하나 세팅되는 음식들.

후임병의 말을 듣고, 이것밖에 방법이 없다며 호박전을 세팅하는 서효석 상병은 아직까지도 불안을 감추지 못했다.

'괜찮을까?'

그러나 성재는 이미 확신했다. 이건 통한다고! 확실하다고!

'요리사의 눈'이 그렇게 이야기하고 있다.

| recipe | 서효석과 강성재가 같이 만든 호박전 ★★★ |

계란물을 입혀 노릇노릇하게 튀긴 호박전
간부식당 조리병 직업 보너스에 의해 ☆만큼 등급이 향상되었다

"뭐야? 딸랑 하나야?"

"아닙니다. 더 있습니다."

성재가 들고 오는 요리.

| recipe | 강성재가 만든 밸런스가 완벽한 소고기두부김치 ★★★★ |

끓는 물에 삶은 두부에 참기름과 참깨를 얹어 고소함을 더했다
김치는 소고기 양지부위와 함께 넣고 따로 볶았으며, 설탕, 파, 고추, 양파를 적절한 타이밍에 넣어 채소의 숨을 살려 식감, 외관, 맛을 모두 살린 소고기두부김치
간부식당 조리병 직업 보너스에 의해 ☆만큼 등급이 향상되었다

그릇 밑에 깻잎을 깔고, 그 위에 참기름과 참깨로 비주얼을 살린 삶은 두부가 부사관들의 눈길을 사로잡는다. 그릇 반대쪽에는 소고기와 반만 데쳐 아직 원형 그대로를 유지하고 있는 채소, 그리고 설탕을 약간 첨가해 단맛을 살린 볶음김치 또한 두부와 대조적으로 입맛을 자극하고 있다.

가장 먼저 도착한 하사 둘은 일단 테이블에 앉았다.

서효석은 아직까지 확신하지 않았다.

'과연 맛은? 시간이 없어서 맛도 못 봤어.'
그런데 처음 맛본 부사관의 표정이 갑자기 급변하더니, 서로 숙덕거린다.
서로 무슨 이야기를 끝냈는지, 한 명은 자리에서 일어나 밖을 향하고, 다른 한 명은 휴대폰을 꺼내 단체톡방에 메시지를 계속 보내기 시작했다.
선임병은 아이디어를 낸 성재를 향해 물었다.
"성재야. 실패한 것 같은데?"
그러나 녀석은 웃기만 할 뿐, 대답을 해주질 않는다.
'지켜보세요. 서효석 상병님! 100%라니까요?'

잠시 후, 모인 10여 명의 부사관들이 자리에 둘러앉기 시작했다.
"다들, 왜 이렇게 안 와!"
"왔다! 왔다!"
그러자 가장 먼저 왔다가 자리를 박차고 나갔던 부사관이 자신의 BEQ 냉장고에서 술을 꺼내오고, 술병을 포착한 간부들이 키득키득 웃음을 보였다.
"크크, 무슨 막걸리냐?"
"대동 막걸리입니다. 6병 있습니다."
"오오! 역시 술꾼!"
"충성마트에서 면세라서 많이 사놓았습니다. 드시죠!"
"고고!"

두부김치와 막걸리, 호박전 조합을 싫어할 사람이 누가 있을까?
"와우! 대박! 진짜 맛있다. 어떻게 두부가 입에서 살살 녹지?"
"그러게 말입니다. 호박전도 노릇노릇하게 잘 구워져서 정말 맛있는 것 같습니다."
"그래도 두부김치는 못 이기지. 이거 김치 봐. 안에 삼겹살 들어가 있잖아."
"어? 이건 삼겹살보다 소불고기 느낌이지 않습니까?"
"그런가? 아무튼, 맛있으면 됐지 뭐."
"막걸리랑 같이 먹으니 짱이네!"
그리고 하나, 둘 식당을 이용하는 초급장교들.
"어? 뭐지? 3대대 간부님들 술판 벌이고 있었습니까?"

"아~ 빨리 앉으십시오. 오늘 조리병 애들이 일부러 저희 생각해서 만들어줬답니다."
"크큭, 그렇습니까? 군 생활하면서 이런 일 처음인데?"
"사실 저도 그렇습니다. 아무튼, 일단 앉으십시오."
그러자 옆에 있던 중사(진) 고참 하사가 연대 통신소대장이 앉기 전에 입을 열었다.
"잠깐만, 소대장님! 냉장고에서 술 있으면 술 가지고 내려오시죠! 여기 술 있어야 앉을 수 있습니다."
"음, 나 양주밖에 없는데?"
"그거라도 가지고 내려오십시오. 술 부족합니다!"
서효석 상병은 간부들의 반응을 보며 놀란 가슴을 쓸어내렸다.
오민호 일병도 마찬가지였다. 기지를 발휘한 동기 성재에게 고마움을 표시했다.
"고마워, 성재야. 덕분에 잘 넘겼어."
그러자 성재는 아까와 마찬가지로 말없이 웃음을 지었다.

062

종교 행사 가야 합니다

다들 얼큰하게 취한 탓에 아직 돈을 받지 못했다.
초급간부는 무려 27명. 서효석과 강성재는 일단 뒤에서 오민호의 행동을 지켜보았다.
"취한 간부는 건드는 거 아니야."
"예. 알고 있습니다."
"그래도 돈은 받아야 돼. 우리 돈으로 메꿀 수는 없는 거고."
"그것도 그렇습니다. 민호가 잘하지 않겠습니까?"
"그렇겠지? 밥값은 해야지."
"네. 맞습니다."
선임병과 대화를 나눈 성재는 민호를 보며 넌지시 말했다.
"민호야. 서효석 상병님이 수금하라고 하셔."
"……."
덜덜 떨고 있는 민호. 제아무리 태권도를 했던들 부사관과 장교들 27명 앞에서는….
"다 간부님들인데, 잘못했다가는…."
성재는 씩 웃었다. 하지만 이건 제아무리 넉살 좋고, 열성적인 자신도 풀어낼 수 없는 일.
그렇다고 서효석 상병님을 시킬 수도 없고, 자신도 리스크 있는 일은 하고 싶지 않다.
민호라고 성공할 보장은 없겠지만, 일단 가능성은 가장 높아 보인다.

얼굴에도 근육이 있는 힘 센 녀석이니까!
혼나지 않기 위해서 돈은 받아야 되기 때문에, 성재는 민호를 설득했다.
"제아무리 간부라도, 학교 선배보단 낫지? 용기 좀 내자. 민호야."
용민대는 대대로 선·후배 관계가 빡세다. 더구나 녀석은 운동선수 지망생. 매일매일 운동만 해서 대학을 들어간 녀석을 부추기기에는 이것보다 좋은 방법이 없다.
"학교 선배보단 낫지. 그런데… 그래도 군 간부들인데…."
민호가 머뭇거리자, 성재가 다른 방향으로 설득을 이어 갔다.
"그래? 그럼 가장 무서운 것은 1년 선배인 것도 알겠네?"
"1년 선배가 무섭긴 가장 무섭지. 그런데 그 이야기가 왜 나와?"
"응, 우리들 아버지 군번한테 말하려고!"
"뭐?"
"서효석 상병님? 민호 못 하겠…읍!"
아버지 군번(정확히 1년 선임, 오민호 2017년 9월 군번, 서효석 2016년 9월 군번)이라는 말에 오민호가 성재의 입을 틀어막았다.

아버지 군번(1년 차이)에는 3종류가 있다.
1. 아버지가 아들 군번을 편애하며 잘 챙겨주는 착한 선임
2. 아들 군번에게 잘 챙기라며 강요하며 갈구는 선임.
3. 심드렁하고 무관심한 선임.
문제는 서효석 상병이 3번 타입이라는 것이다. 이 타입은 1번으론 거의 변하지는 않지만, 2번으로는 아주 쉽게 변한다. 그건 이등병 때부터 익히 경험해봐서 다들 알고 있었다. 이미 밥을 못 해 찍힌 녀석이 또 찍히게 되면? 상상만 해도 끔찍하다.
지금은 잘 보여야 할 때.
"알았어. 하면 되잖아. 용기 내서 간다."
물론 이득은 성재가 챙긴다.
"서효석 상병님? 민호 설득시켰습니다."
"그래? 잘했어. 성재야."
"아닙니다. 감사합니다."
선임과 후임이 오민호 일병을 지켜보는 가운데, 민호가 가장 끝에 있는 하사에게 가서 입

을 열었다.
"저기, 간부님? 식사하신 거 돈 내셔야 합니다."
"그래? 얼마인데?"
"2,000원입니다. 한 분당 2,000원씩 내셔야 합니다."
그때, 술이 걸쭉하게 취한 고참 중위가 오민호를 부른다.
"야! 인마~ 그냥 돈 받으려고? 장기자랑 좀 하지?"
"에이~ 소대장님 너무 취하셨다. 그래도 조리병한테 이건…."
"크크크, 취하긴 뭘 취합니까? 내가 여기서 젤 고참 아닌가? 내가 책임지면 되는 거 아닌가? 다들 뭘 그렇게 쫄고 그럽니까? 조리병! 할 거지? 이거 강요는 아니다."

연대 통신소대장의 말에 오민호가 잠깐 고민하더니, 테이블에서 숟가락을 집는다.
"오오오오! 조리병! 조리병!"
간부들은 오민호의 패기에 환호를 보내고, 일부는 분위기를 띄웠다.
"분위기 좋은 거로!"
"댄스! 댄스댄스곡!"
"아니야. 발라드가 좋지!"
오민호는 간부들 앞에서 용기를 내 본다.
"충성! 일병 오민호! 한 곡 선사해드리겠습니다!"
모두의 시선이 오민호에게 집중되고, 오민호는 자신에게 노래를 시킨 소대장에게 걸어가 귓속말로 말했다.

"뭐? 잠깐만, 스트리밍 해줄게. 크큭!"
적극적인 조리병과 그에 환호하는 간부들.
간주가 시작되고, 기대감이 증폭되는 가운데.
처음부터 중후한 멋짐이 간부들의 마음을 흔들고!
발라드의 황태자 OO의 명곡 '안 되나'를 개사한 '안 됩니까!'가 귓가에 울려 퍼진다.

안↘~~됩니까?↗ ♩♪
당신을 사랑하↘ 며어~언 ↗♬

목청을 통해 터져 나오는 포텐이 무대를 장악하고, 모두 오민호의 목소리에 집중했다.
다음 날 오전, 서효석 상병이 홀로 연대 인사과를 찾았다.
그는 어제 받은 27만 원 중 27명의 식사금액 54,000원을 뺀 21만 6천 원을 사제담당관에게 건네며 말했다.
"어제 간부님들이 각자 10,000원씩 내주셔서 남은 금액입니다. 어떻게 해야 될지 몰라서 담당관님께 여쭤보고 싶었습니다."
오민호가 노래를 잘 불렀으니 각자 10,000원씩 내자는 통신소대장의 말에 모두 동의하며 돈을 지불한 것. 그들은 감성 분위기에 취해 다들 택시를 타고 삼척 시내로 2차를 나갔다. 들리는 말로는 노래방에 가기 위해서였다고.
어제 당직사령은 다행히 융통성이 많은 인사과장이었다.
간부들의 집단출타를 위임소를 통해 전달받은 그는 초급 간부들이 22시 이전에 주둔지로 복귀하는 조건하에 단체회식을 승인해주었다. 물론 22시 이후 복귀하는 녀석은 처벌하겠다는 엄포를 놓겠다고 단단히 말해두었기에, 연대장님께 보고하진 않았다.
그것을 오늘 아침 과장님께 전해 들은 사제담당관은 씩 웃으며, 서효석 상병에게 말했다.
물론 어제 2차 회식에는 사제담당관도 참석했다.
"그거 어제저녁 준비한 병력들끼리 나눠 가져. 다 너희들이 요리 잘해서 준건데, 그걸 나한테 주면 어떻게 해?"
"그렇습니까?"
"그래. 아~ 참! 어제 노래한 친구가 누구지? 다음 체육대회 행사 때, 장기자랑 나갔으면 하는데?"
"아! 3중대 특급전사 출신 오민호 일병입니다."
"그래. 알았어! 그 녀석은 기억해 둬야겠네."

서효석 상병은 사제담당관의 말을 듣고, 곧바로 간부식당으로 출근했다.
출근시간은 10시. 어제 저녁식사 근무를 했기 때문에 아침에는 쉴 수 있었던 것.
마찬가지로 아침에 쉬고 일과에 나온 오민호 일병과 강성재 일병을 따로 부른 서효석은 72,000원씩을 나눠주며 말했다.
"이거 나중에 충성마트 가서 나라사랑카드로 입금해. 어제 받은 돈 나눠가지라고 간부님이 말씀하셨어."

"예. 알겠습니다. 오, 군대에서 돈 처음 받아봅니다."
"크큭, 조리병 하다 보면 가끔 있어. 이럴 때는 나처럼 간부들한테 보고하고 받으면 돼."
"그렇습니다. 감사합니다."
"아 참~ 그리고 어제 밥 태운 거랑, 술자리 가진 것은 선임들한테는 다 비밀이다. 알지?"
"아, 알겠습니다."
성재는 오민호 일병의 어제 활약을 떠올리며, 미소를 지었다. 요리는 못 해도 운동하고 노래 등 다른 것들은 못 하는 게 없다.
'부럽네. 그 노래 실력! 나도 대학 생활 하면 저렇게 잘 불렀을까?'
한편, 그날 이상한 낌새를 깨닫고, 연대 인사계원에게 묻는 두 남자. 자신들의 예상과는 달리 오히려 좋은 반응을 얻었다는 것을 듣고 분통을 터뜨렸다. 혼나기는커녕 오히려 꽁돈까지 받았으니, 화가 날만도 했다.
그것도 한두 푼이 아니고, 무려 각자 72,000원이다.
"아, 왜 일이 이렇게 되냐? 한 시간 일하고 7만 원씩 번 거잖아."
"그러게 말입니다. 다음부터 간부들 축구할 때는 저희가 남는 게 좋을 것 같습니다."
"간부들 축구 언제 하나 파악해둬라. 다음엔 우리가 접수한다."
"예. 알겠습니다."
그들은 하나만 알고 핵심은 몰랐다. 간부들에게 술안주를 만들어 준 것과 오민호 일병에게 내재된 폭발적인 '소울'을….

오늘의 축구 결과 역시 당연히 연대본부의 승리!
간부식당에서 일하던 김정주 상병과 고유성 상병은 3대대 간부들이 씩씩거리며 들어오자 미소를 지었다.
"예상대로입니다. 3대대 간부들이 또 진 것 같습니다."
"킥킥, 좋아!"
본래 3명이 일해야 되는 일. 하지만 김정주는 오늘 근무하기로 되어 있는 후임병에게 쉬라고 말해두었다. 그 이유는 돈 때문. 20만 원을 둘이 나누면 10만 원이 되고, 세 명이 나누면 7만 원씩 나눠야 한다. 그들은 내막도 모르고, 열심히 식사준비에 여념이 없었다.

그런데 3대대 간부들이 이상한 요구를 해온다.

"야! 파전 좀 해 와!"
"예? 파전 말씀이십니까?"
"그래. 저번에는 호박전인가? 그거하고 두부김치 만들어주더만!"
"…간부님? 오늘 식재료에 호박이 없습니다. 두부도 없고….'"
"반찬 뭔데?"
"멸치볶음하고, 깍두기, 그리고 계란국에 짜장밥입니다."
그런데 간부는 한 명이 아니다. 이틀 전 만족스럽게 간부식당에서 먹었던 간부들이 그 기억을 잊지 못하고 하나둘 간부식당으로 몰려왔다.
"뭐야? 왜 오늘은 준비가 안 되어 있어? 저번에는 잘도 되어 있더만, 야! 김 하사! 어떻게 된 거야? 그날 세팅 네가 시켜놓은 거 아니었어?"
"음… 아닙니다. 그때는 병사들이 알아서 준비해둬서, 술만 가져온 거였습니다."
"씨X, 이게 뭐야! 1차 여기서 뽕 뽑고, 2차는 나가서 먹자고 내가 말했잖아."
"죄송합니다."
"아, 일단 계획대로 여기서 먹어. 다들 술 가져오고, 애네들 시켜서 안주 만들어 와."
술시중. 이건 조리병 임무의 연장선이기 때문에 해야 하는 일.
하지만 단둘이 하기에는 너무나 곤욕스럽다.
한 명은 서빙을 하고, 한 명은 요리를 만들어야 한다. 그것도 거의 스무 명의 요리를….

"조리병! 여기 파전 하나 더 만들어 와라!"
"조리병! 여기 오프너 좀 가져와!"
"조리병! 여기 김치 좀 볶아와."
"조리병? 일 제대로 안 하나?"
그리고…,
"아… 오늘 출타 금지입니다. 내일부터 이틀 휴일이라고 초급간부 영내 대기하랍니다."
"젠장, 그럼 밖에도 못 나가는 거야?"
"그렇습니다. 여기서 뽕 뽑아야 될 것 같습니다."
"조리병! 여기 계란 후라이 좀 갖다 줘!"
물론 그 상황은 두 명의 조리병에겐 지옥같은 일.
'아… 실수했다. 실수했어.'

"야, 너희 혹시 노래 잘하냐?"

"…못합니다."

"노래 잘하는 놈! 그놈 좀 데려와."

"…전화 해보겠습니다."

하지만 녀석은 종교행사에 참석하러 갔으니 제한된다고 답변이 오고.

그날, 김정주 상병과 고유성 상병은 잘 부르지도 못하는 노래를 간부들 앞에서 불렀지만, 심드렁한 표정을 하는 간부들의 표정에 모멸감을 느꼈고, 그 후에도 계속된 술시중은 20시까지 계속되었다.

어느덧 어둑해진 19시.

성재와 민호는 여유를 부리며 사이버 지식 정보방으로 향했다.

보통 사이버 지식 정보방은 사용시간에 제한을 두지만, 조리병과 취사병은 일과시간에도 사용할 수 있었다.

"내 여자친구 볼래?"

민호가 자신의 SNS를 보여주며 성재에게 말했다.

"어? 오! 완전 예쁘네. 근데 너 여자친구 없다고 하지 않았어?"

"그거야 당연히 말하면 안 되지. 선임들이 매일 소개시켜달라고 하고, 사진 달라고 할 텐데…. 너도 그래서 여자친구 없다고 말한 거 아니야?"

"음… 난 정말 없는데?"

"크크, 내가 그럼 나중에 나가서 여자 소개시켜줄게. 같이 휴가 한번 나가자."

"그럼 나야 좋지."

단 둘밖에 없는 동기가 이래서 좋다. 서로의 마음을 터놓고 지낼 수 있기 때문에….

분대장인 정훈병 임규성 병장이 심드렁한 표정으로 입을 열었다.

"종교행사 가야 된다. 누가 갈래?"

그러자 그의 후임이 분대장에게 되묻는다.

"꼭 가야 됩니까?"

"응. 오늘 크리스마스 이브라 분대당 3명 이상 가야한다. 누가 갈 거야? 너야? 너야?"

모두가 머뭇거리는 가운데, 기독교를 믿는 대대 인사계원 김민철 상병이 손을 들었다.

063

크리스마스 이브

"저는 오늘 근무 없어서 갈 수 있습니다."
"다른 놈들은 없지? 그럼 정해졌네. 김민철, 너! 신병 두 명 데리고 다녀와."
"알겠습니다."
성재는 종교행사를 강제로 가야 된다는 말에 고개를 저었지만, 그리 기분 나쁘진 않았다.
'아마 퀘스트에 있었지? 좀 오래되었던 것 같은데? 띄워볼까?'
성재는 잠시 정신을 집중하며 퀘스트를 속으로 외쳤다.
'퀘스트 열람'
그러자 그 중 눈에 띄는 퀘스트가 하나 보인다.

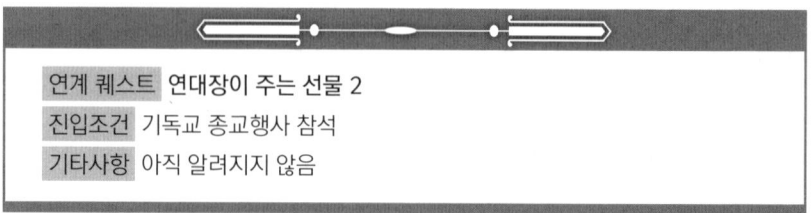

'일단 가봐서 나쁠 건 없겠지. 퀘스트니까! 그나저나 연대장이 주는 선물이 도대체 뭐야? 도저히 감이 안 잡히네.'
그때 당연하다는 듯, 방송이 울리고.

[지휘통제실에 당직부관이 전파합니다. 오늘은 크리스마스 이브로 인해 오늘 기독교 종교행사만 진행합니다. 종교행사 참석자는 21시 30분 이후에 복귀예정이므로, 미리 담당구역 청소 및 샤워 미리 해두기 바랍니다. 종교행사 집합 25분 전!]
별도 담당구역을 배정받지 않은 성재는 샤워를 한 후, 선임들 대신에 생활관을 청소하기 시작했다. 그걸 보며 선임들은 만족한 듯, 웃기만 한 채 그의 행동을 말리진 않았다.
[집합 5분 전! 종교행사 참석인원, 현 시각 부로 막사 앞으로 집결한다.]

막사 앞에 모였다. 목표는? 주둔지 내 위병소 위쪽에 위치한 연대 교회.
이미 교회 앞에는 거의 170여 명의 장병들이 집결해 있다.
한명 한명 들어간다. 그런데 이상하게 교회를 들어가는데 입구에서 번호표를 나눠준다.
'뭐야? 번호표를 왜 줘?'
빼곡하게 놓인 나무로 만든 벤치형 의자.
[우리 장병신도들, 앞에서부터 채워 앉으세요.]
앰프를 통해 울려 퍼지는 방송. 흰색 의식복장을 입고 앞에 선 중후한 남자.
그는 바로 군종 목사.
[자자자~ 성가대, 모두가 입장 할 때까지, 찬송가를 불러주세요. 찬송가는 예수로 나의 구주 삼고!]
성가대는 정면을 기준으로 좌측에 있었다. 흰색 가운 같은 것을 입고 찬송가 책을 앞에 두고 일어나 노래를 부르는 사람들. 군대 장병들도 있고, 장병이 아닌 사람들도 있다.
"김민철 상병님? 저분들은 누굽니까?"
"아, 간부님들 가족분들이셔. 따님도 있고, 아내분도 계시고."
그러고 보니 찬송가를 부르는 사람 중에 인사담당관인 허란희 상사가 보인다. 그 옆에 그녀의 손을 꼭 붙잡은 사람은 경찰복을 입고 있다.
성재가 놀란 표정으로 인사계원 김민철 상병을 쳐다보자, 그가 씩 웃으며 입을 열었다.
"크큭, 맞아. 우리 담당관님 남편분이 형사 분이야."
"헉… 대박, 형사라니 놀랐습니다."
"나도 처음에는 놀랐어."

아직 어수선한 가운데, 김민철 상병과 오민호 일병, 성재가 같은 줄에 자리를 잡았다.

입장하는 동안 성가대가 부르는 찬송가가 계속 들려오고, 슬슬 지겨워질 때 즈음, 교회 출입문이 닫히며, 주변이 어두워진다.

스르륵! 커튼이 닫히고, 어둑해진 분위기에서 군종 목사가 활짝 웃으며 진행을 이어갔다.
[오늘은 크리스마스 이브! 참석한 장병분이 총 167명인데요. 하나님께서 축복해주셔서 그런지, 큰 선물이 도착했어요.]
'큰 선물?'
성재는 자신의 퀘스트에 남아있는 연계 퀘스트(연대장의 선물2)를 떠올렸다.
그런데 반응이 없다. 뭘까? 도대체 퀘스트는 뭐야?
군종 목사는 검은 상자를 가져오더니, 씩 웃으며 입을 열었다.
[이 안에는 오늘 종교행사에 참석한 167명과 같은 번호가 들어있습니다. 오늘 하나님의 영광이 누구한테 내릴지 한번 시험해 볼까요? 그럼 첫 번째 경품! 바로 포상 외출권입니다!]
군종 목사의 말에 별 기대하지 않고 왔던 장병들이 갑자기 함성을 내질렀다.
"와아아아아아아!"
"오! 대박!"
별거 아니라고 생각될 수 있지만, 외출 한 번이면 PC방도 다녀올 수 있고, 목욕탕도 다녀올 수 있고, 밖에 나가서 군대 선, 후임이랑 맛난 것도 먹을 수 있다.
휴가가 집에서 보내는 꿀맛 같은 휴식이라면, 외출은 군대 선, 후임 사이를 넘어, 형, 동생처럼 우정을 돈독하게 만드는 기회.

[제가 먼저 뽑아볼까요? 33번! 33번이군요! 번호표 가지고 있는 성도님 일어나세요!]
군종 목사의 말에 갑자기 오른쪽 벤치 끝에서 한 장병이 소리를 지르며 나왔다.
"이병! 김조한!"
"오오오오오! 오오오오오!"
모두가 부러운 시선을 김조한 이병에게 돌리고, 그에게 지금 심정을 묻는 군종 목사.

[하나님의 은총을 받았어요. 지금 심정이 어때요?]
그리고 마이크를 건네는 군종 목사의 심복, 그는 군종병!
마이크를 건네받은 이등병의 씩씩한 목소리가 주변에 울려 퍼졌다.

"이병 김조한! 날아갈 것 같습니다!"
이등병의 힘찬 목소리에 모두의 분위기가 환기되고, 군종 목사는 이등병에게 말했다.
[김조한 성도님! 축하합니다. 앞으로 나와서 포상 외출권 받아가세요!]
"오오오오!"
더구나 번호표 추첨은 이게 끝이 아니었다.
[오늘은 저희 집사님도 나오셨어요. 집사님! 앞으로 나와 주시죠!]
군종 목사의 말에 앞으로 나오는 한 남자. 성재는 깜짝 놀랐다.
"대대장님?!"
"몰랐어? 대대장님 매주 교회 나오시잖아."
"헉…"
김관우 중령은 전투복이 아닌 양복을 입고 중앙으로 걸어 나왔다. 군종 목사 옆에 선 그는 마이크를 건네받으며 자신의 말을 꺼냈다.
[우리 장병들 중 167명이 오늘 이 자리에 함께했다고 들었습니다. 맞습니까?!]
대대장의 말에 1대대 장병들이 가장 큰 목소리로 대답하고, 일부 계급이 낮은 3대대와 연대본부 병사들이 그에 호응했다.
"예! 그렇습니다."
[목소리가 작군요. 다시 한번 여쭤보겠습니다. 오늘 167명이 참석한 게 맞나요?]
"예! 그렇습니다↗!"

한층 커진 목소리에 만족한 듯 김관우 중령이 다시 대화를 이어간다.
[저는 여러분들을 보며 기분이 참 좋습니다. 작년에는 같은 행사에 155명이 나왔었습니다. 올해는 12명이나 더 왔으니, 하나님의 은총이 더욱 커진 것 같아 정말 영광입니다. 내년에는 더 많은 장병들에게 하나님의 축복과 은총이 함께했으면 좋겠습니다. 그렇게 되려면 여러분들이 매주 나와 하나님의 목소리에 귀를 기울이셔야 합니다. 모두 해줄 수 있겠습니까?]

"그렇습니다↘."
호응이 적다. 공감 가지 않는다는 것.
여기 참석 인원 중 50% 이상은 기독교가 아니다. 어색함. 하지만 대대장은 프로였다.

씩 웃는 김관우 중령이 다시 능숙하게 진행을 이어갔다.
[전 오늘 하나님으로부터 귀한 말씀을 들었습니다. 하나님의 은총을 믿는 자에게 포상 휴가증을 주라는 말씀이었습니다. 그런데 여러분들은 아직 이 은총을 받을 준비가 안 되어 있는 것 같습니다. 다시 한번 묻습니다. 매주 나올 준비가 되었습니까?]
아까와는 달리 장병들의 우렁찬 함성이 울려 퍼지고.
"그렇습니다!"
그걸 들은 집사와 목사, 그리고 교회 관계자들은 흐뭇한 미소를 짓고 있다.

[좋습니다. 하나님의 은총이 누구한테 함께 할지 알아보겠습니다. 117번! 117번은 누구십니까?]
대대장의 말에, 중앙에서 키 큰 장병이 쓱 일어나 교회가 떠나갈 정도로 큰 목소리로 관등성명을 외친다.
"병장! 유길상!"
[하나님과 함께한 것은 언제부터입니까?]
"오늘부터입니다!"
[좋습니다. 하나님은 유길상 성도의 외침에 응답하셨습니다. 앞으로 나오세요!]
"감사합니다!"
유길상 병장이 웃으며 앞으로 나가고, 그것을 보며 장병들이 우레와 같은 박수를 친다.
[그럼 하나님의 말씀이 있겠습니다. 모세는 이런 말을 했습니다…….]
분위기가 달라지니, 장병들의 집중도도 높아진다. 약 20분간 목사는 목회를 이어갔다. 슬슬 조는 병력들이 생기자 분위기를 전환해 찬송가를 부르고, 장병들의 장기자랑이 이어진다. 바톤을 이어받은 사람은 군 입대 전 레크레이션 행사를 전문으로 했다는 병사.
[자자자~ 장기자랑 시간이 돌아왔습니다. 엄마, 아빠, 여자친구! 애인, 친구 보고 싶은 사람! 앞으로 나오세요! 포상 휴가 나갑니다. 선착순 5팀한테는 보너스 점수 있습니다.]
그러자 장병들은 서로 속닥거리다가 앞으로 튀어나오기 시작했다.
[내가 말이야~ 20년 전에는 한 손가락으로 팔굽혀 펴기를 했었어. 지금 너희들은! 체력이 안~ 돼!]
참석한 장병 중 3대대 장병들만 폭소를 터트리고, 연본과 1대대 장병들은 고개를 젓는다.
[너는! 인마! 안~돼! 안~돼! 안~돼!]

그럼에도 그들은 무리수를 던지며, 끝까지 성대모사를 끝마쳤다.
[간부님들 중에 장기자랑 하시는 분이 없네요. 우리 한번 대대장님을 불러볼까요? 3대대장님 어디 계시나요?]
MC녀석의 능숙한 진행에 대대장이 성가대 뒤에 모습을 숨기지만, 이런 행사에서 빠질 순 없다. 왜냐하면? 연대장도 나왔기 때문에.
"야! 3대대장, 뭐해 인마! 나와!"
"음… 알겠습니다."
사실 3대대장은 1대대장과 달리 기독교 신자가 아니었다. 그는 철저한 천주교 신자. 하지만 연대장이 기독교 신자였기에, 올해는 교회를 다니기로 가족과 합의했다.
그가 앞에 나오더니, 쭈뼛거리다가 잠시 고민하더니, 자신만의 장기를 터트렸다.
[너는! 인마! 안~돼! 안~돼! 안~돼!]
아까 3대대 병사가 한 성대모사와 똑같은 톤, 똑같은 목소리가 마이크를 통해 전해지자, 연대장도 빵 터지고, 웃지 않았던 1대대 병사와 연본 병사도 빵 터졌다.
[대대장님 나왔는데, 아까 성대모사 하신 분이 빠질 순 없죠? 앞으로 나오세요. 나오면 포상 휴가증 바로 나갑니다!]
대대장의 목소리 '너는! 인마! 안~돼! 안~돼! 안~돼!'와
병사의 목소리 '너는! 인마! 안~돼! 안~돼! 안~돼!'가 이어지자, 처음에는 어이없는 표정으로 바라보던 성재의 얼굴에도 드디어 미소가 걸렸다.
장기자랑 팀들에게 포상 휴가증을 한 장씩 전부 나눠준 MC는 남은 포상 휴가증을 한 장 흔들며, 입을 열었다.

[휴가증 하나 남았는데요. 발라드 잘 부르시는 분 나오셨으면 좋겠네요. 선착순 1명만 받습니다. 팀 아닙니다. 선착순 1명입니다.]
사회자의 말이 끝나기 무섭게 의자를 건너뛰며, 달려 나가는 사람이 있다.
성재가 씩 웃었다.
'너라면 탈 수 있어.'
오민호. 그는 이틀 전 불렀던 '안 됩니까?'로 또 한 번 감성이 담긴 소울을 터트렸다!
그러나 그것으론 아쉬웠는지, 사회자가 민간인 한 명을 불렀다.
[발라드는 혼자 부르면 아쉽잖아요? 배윤아 양, 앞으로 나와 주시죠?]

그러자 교회에 자주 나오는 녀석들이 갑자기 여신인 양 그녀의 이름을 불렀다.
"배윤아! 배윤아! 배윤아! 배윤아!"
그러나 역시 뒤로 숨는 그녀.

사회자는 그녀의 아버지를 무기로 다시 한번 그녀를 무대에 올리려 했다.
[연대장님? 따님이 많이 쑥스러워하는 것 같습니다. 대신 장기자랑 가능하신가요? 아니면 따님이 올라올까요?]
그러자 사복을 입은 배원영 대령은 딸에게 웃음을 지었고, 윤아는 아버지의 미소에 결국 항복을 선언하며, 무대 앞으로 나왔다.
그리고 성재에게 이어지는 상태창!

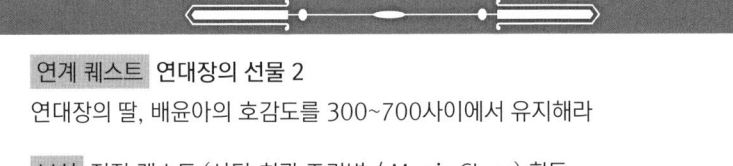

연계 퀘스트 연대장의 선물 2
연대장의 딸, 배윤아의 호감도를 300~700사이에서 유지해라

보상 전직 퀘스트 (사단 회관 조리병 / Magic Class) 획득
※ 해당 퀘스트에 한해 사용자 강성재는 배윤아의 호감도를 확인할 수 있습니다

064

비법 전수

[일단 나오셨으면 듀엣곡으로 하셔야 합니다.]
사회자의 진행은 능숙했다. 녀석의 말에 일부 병사들은 키득키득 웃고 있고, 일부 병사들은 '듀엣곡! 듀엣곡!'이라며 외치고 있다.
당황하는 오민호 일병과는 다르게, 여성 쪽에서 먼저 선곡을 제안한다.
"음… '처음 만난 우리'라는 곡 아시나요?"
그리고 고개를 끄덕이는 민호.
"네. 잘 알고 있습니다."
민호의 노래를 이미 들은 그녀는 또 한 번 제안을 해 왔다.
"즉흥곡 괜찮으시면, 개사해서 불러볼까요?"
녀석은 당연히 오케이.
"네. 저도 즉흥곡은 자신 있습니다."
둘의 조율이 끝나자, 사회자는 기대의 시선을 모으며, 피아노 연주자에게 말을 꺼냈다.
"노래방 반주 부탁드립니다! 처음 만난 우리!"
반주곡이 이어지자, 아름다운 피아노 선율이 시작을 알리고,
새가 지저귀는 효과음에 이어 민호가 먼저 음률을 띄운다.

처음 본 네가 왜 맘에 들까?
　　이제껏 이런 기분 느낀 적~ 없는데…
　　정말 이런 감정이 사랑인 건 아닐까?

적극적인 대쉬에 병사들이 환호하며 일어나고, 윤아는 민호의 반대방향으로 고개를 돌리며 애절한 감정을 표현한다.

　　아니야. 그런 감정은 아닐 거야.
　　내가 착각 한 게~ 틀림없어.
　　나를~ 그런 눈으로 쳐다보지는 마. 내가 관심 갖게 되잖아?

둘 간의 떨림이 곧 합주가 되고, 서로의 몸이 가까워질수록 긴장감이 고조된다.
드디어 마지막이 다가왔다.
서로의 썸이 끝나고! 이제는 하이라이트!
민호의 입에서 마지막 고백의 말이 흘러나오고!

　　우리! 키스할까?

윤아가 대답을 하기도 전에 조명이 팍 꺼지며, 어두워졌다.
남들의 시선이 정면에 쏠렸을 때, 성재가 '배윤아의 호감도'를 확인했다.
'호감도 확인.'
그러자 메시지가 상태창으로 떠오른다.

✓ ✗
사용자 강성재에 대한 배윤아의 호감도는 0입니다

'뭐야? 이게 끝? 내 호감도를 올려야 되는 거였어?'
어안이 벙벙해진 성재, 동시에 조명이 켜지고.
장병들의 외침이 전해진다.
"키스해! 키스해!"

그런 장병들의 태도에 MC를 째려보는 한 사람.
당연히 배윤아의 아빠인 연대장이다.
주둔지 내 최고계급인 그를 보고 기겁한 병사는 얼른 고개를 돌려 상황을 마무리했다.
[자~ 멋진 무대를 보여주신 오민호 일병과 배윤아 양에게 박수 부탁드리겠습니다. 오민호 성도님 포상 휴가 받아가시고요. 배윤아 양에게는 장병들이 가장 좋아하는 충성마트 이용권 1만 원 권 드리겠습니다. 이것으로 장기자랑을 모두 마치고, 군종장교님의 마지막 기도가 있겠습니다.]
병사의 멘트에 배원영 대령은 불편한 표정을 지우며, 돌아오는 자신의 딸을 옆에 앉혔다.
모두 다 아쉬움을 토로하지만 더 이상 불만을 표시할 수는 없는 분위기.
군종 목사도 그러한 분위기를 눈치챘는지 행사를 끝내는 기도를 하면서 크리스마스 이브 종교행사의 종지부를 찍었다.

다음날 새벽 6시. 불침번이 깨우자 일어난 두 사람. 강성재와 오민호.
지휘통제실에 보고를 마치고 간부식당으로 출근하는 둘의 대화가 이어졌다.
성재가 먼저 민호를 향해 물었다.
"어땠나?"
그러자 녀석은 고개를 저으며 입을 열었다.
"뭘 어때? 난 여자친구 있는데…."
그러자 성재는 녀석을 부추겼다.
"그분, 예쁘더라. 마음씨도 착한 것 같고."
하지만 민호는 여자에 대해선 일편단심인 듯하다.
"난 아니야."
성재는 민호의 말을 듣고 절로 웃음이 나왔다.
'녀석, 그래도 마인드는 괜찮네.'

어느새 도착한 간부식당. 둘은 출근하자마자 식당 청소를 시작했다. 성재는 진공청소기를 돌리고, 민호는 걸레를 빨아온다.
청소를 시작한 지 얼마 지나지 않아 도착한 연대본부 통신중대 선임병 서효석 상병.

오늘은 이 세 명이 토요일을 전부 맡아야 한다.

보통 토요일, 일요일은 식사를 먹는 사람이 거의 없다. 그래서 부담도 적다.

혹시 간부들이 식사를 하더라도, 우유랑 토스트, 계란 후라이 정도만 해주면 된다.

오전 7시 30분이 다 되도록 결국 간부는 단 한 명도 내려오지 않았다.

"서효석 상병님? 저희 식사는 어떻게 드실 겁니까?"

성재의 질문에 선임병이 잠시 고민하더니, 입을 열었다.

"글쎄다. 너희 뭐 먹고 싶은 거 있어?"

냉장고에 있는 것들을 살펴보며 성재가 자신 있는 요리를 말했다.

"오징어덮밥 어떠십니까? 냉장고에 오징어 한 마리 남았습니다. 저희가 해드리겠습니다."

"그래? 그럼 너희가 만들어주는 오징어덮밥 한번 먹어보자."

성재는 압력밥솥에 5인분만큼 쌀을 올렸다.

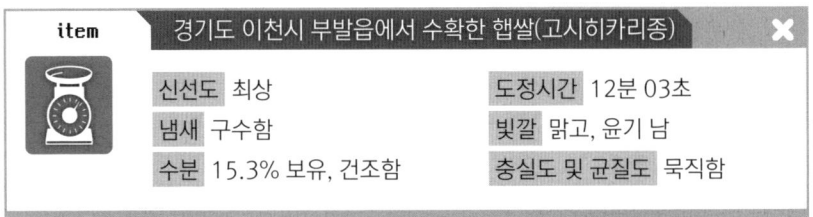

'쌀 상태가 병사식당과는 달라. 너무 좋아. 역시 간부식당이라 그런가?'

압력밥솥 손잡이를 돌리자, 고무패킹이 꽉 끼워진다.

'됐어. 이렇게 하면 내부 온도가 120도까지 올라갈 거야.'

냄비밥과 압력밥의 차이는 바로 내부 압력. 대기압보다 높은 압력에서는 물의 끓는 점이 올라가기 때문에, 더 높은 온도에서 쌀을 빠르게 익힐 수 있다.

그 온도가 바로 120도.

성재는 곧바로 오징어를 꺼내 손질하기 시작했다.

"민호야. 파하고, 당근, 양파 좀 갖다 줘."

"어. 기다려."

민호에게 간단한 재료를 부탁한 그는 곧바로 청양고추와 홍고추를 꺼냈다.

이 재료들은 씻고 썰기만 하는 것들이므로 민호에게 다시 한번 넘겼다.

"이것하고 같이 썰어줄래?"

민호는 자신의 수준을 잘 알았다. 그래서 아무 불만 없이 성재의 말을 따랐다.

성재는 동기에게 재료를 건네고, 오징어에 집중했다.

일단 껍질을 칼로 베곤, 손으로 그 껍질을 당겨 벗겨내었다. 그러자 검은 오징어의 검은 단면이 사라지고, 그 안에 새하얀 속살이 드러났다.

그다음은 오징어의 몸통을 자르는 일.

일정한 크기로 자른 오징어가 딱 보기에도 그냥 먹어도 될 정도로 신선해 보인다.

성재는 잠시 고민하다 서효석 상병에게 말했다.

"서효석 상병님? 불맛 내게 토치 써도 됩니까?"

"그래? 그럼 장갑 끼고 해."

"예. 알겠습니다."

성재가 토치에 부탄가스를 끼워 넣고 불 상태를 점검했다.

화르르륵! 피어오르는 것을 보며 잔여 가스를 확인한 성재가 미소를 지었다.

"음, 민호야! 다 썰었어?"

"아… 더 해야 될 것 같은데?"

성재는 민호가 써는 것을 보며 충고했다.

"재료를 너무 조그맣게 썰고 있잖아. 덮밥용은 큼지막하게 썰어야 돼."

역시 아직 기초도 모른다. 녀석이 성재의 요구대로 재료를 큼지막하게 썰기 시작했다.

그러자 서효석이 고개를 끄덕이며 성재에게 물었다.

"성재, 넌 요리 따로 배웠지? 배관공만 했다고 보기엔 요리 솜씨가 보통이 아닌데?"

"아버지가 푸드트럭 하십니다."

"어머니는?"

"요식업 하셨었는데, 지금은 하늘에서 절 지켜보며 응원하고 계실 겁니다."

"그…래?"

요즘 군대에서 부모님이 돌아가신 병사는 30명 중 한 명 정도 밖에 되지 않는다. 그것보다 이혼한 부모님이 더 많다. 안타까운 현실. 후자였으면 차라리 덜 미안했을 텐데…. 실수를 깨달은 서효석은 곧바로 성재에게 사과했다.

"미안하다. 내가 미리 알았어야 하는데…."

"아닙니다. 오히려 제가 미리 말씀드렸어야 했습니다. 그럼 5분만 기다려주십쇼."

민호는 성재의 적극적인 태도를 보며 부러워했다.

'요리 정말 잘하네? 얼마나 노력한 거야?'

그의 생각은 틀리지 않았다.

성재는 요리사의 길 튜토리얼에만 의존하지 않았다. 사이버 지식 정보방에서 쓰는 시간 대부분을 요리를 배우는 데 투자했다. 물론 사이버 지식 정보방이 공짜여서 가능했다.

과거에는 해안 경계부대를 맡고 있는 격오지 부대는 사이버 지식 정보방을 공짜로 사용할 수 있었다. 그러나 올해부터 전군이 사지방을 무료로 사용할 수 있게 되었다.

개인정비 시간에도 선임병이 남겨둔 수첩을 외우고, 기록을 정리하며, 어떻게 하면 요리를 맛있게 만들 수 있을까. 어떻게 하면 군생활을 잘 할 수 있을까? 끊임없이 노력했다.

이번 요리가 그 결실.

팬 위에서 구워지는 오징어. 거기에 직접 토치로 가열해 오징어에 불맛을 입힌다.

가정용 조리기구는 불이 약하기 때문에 불맛을 낼 수 없다. 하지만 도와주는 도구가 있다. 그게 바로 토치. 이론을 알고 있으면 적용하는 것은 그리 어렵지 않다. 요리는 과학이다.

> **recipe** 　 강성재와 오민호가 함께 만든 오징어덮밥 ★★★☆
> 설탕과 마늘, 고춧가루와 간장으로 양념을 낸 오징어덮밥. 조리 마지막에 참기름을 부어 고소함을 더했다
> 간부식당 조리병 능력 보너스에 의해 ☆등급만큼 향상되었다

> 간부식당 조리병 오민호의 호감도가 150 상승하였습니다

오민호의 호감도 메시지를 보고 녀석을 바라보았다. 오민호가 부담스러운 표정으로 성재를 바라보고 있다.

'인마, 이상하게 쳐다보진 마.'

> 간부식당 조리병 서효석의 호감도가 230 상승하였습니다

'서효석 상병님까지?'

그리고 성재가 만든 오징어덮밥을 먹으며 또 한 번 터지는 시스템 창.

> ⚙ ✓ ✗
>
> 간부식당 조리병 오민호가 강성재가 만든 요리를 먹고 놀라워합니다. 호감도가 140만큼 추가 상승합니다
> 간부식당 조리병 서효석이 강성재에게 가능성을 발견합니다. 호감도가 200만큼 추가 상승합니다

오징어덮밥을 다 먹고 치우고 있는데, 선임병이 삐쭉삐쭉 거리는 게 보인다.

성재는 서효석 상병이 왜 저러는지 몰랐다.

'호감도 상승했다더니, 이거… 남남, 아니지? 이상한 건 아닐 거야.'

다행히 성재가 생각하는 그쪽은 둘 다 아니었다. 선임병은 잠시 고민하더니, 후임병들에게 제안한다.

"혹시 수타면 먹어볼래?"

그러자 민호가 고개를 갸웃거리며 대답했다.

"수타면 말입니까? 아침 벌써 먹었는데… 추가로 면은 좀 그렇지 않습니까?"

"내가 말하는 건 지금 먹을 게 아니라, 점심때 먹을까 하거든. 이게 먹으려면 반죽을 숙성시켜 놓아야 되니까. 사실 내가 중식 전문이거든."

처음 듣는 사실. 서효석 상병이 원래 중식을 전문적으로 배웠었다니….

"서효석 상병님이 해주시는 수타면 먹고 싶습니다."

오민호가 말한다. 동기가 이렇게 나오면 성재도 질 수 없다.

"저도 서효석 상병님이 해주시는 수타면 먹어 보고 싶습니다."

"그럼 옆에서 나 좀 도와줄래?"

"알겠습니다!"

그때, 성재의 앞에 드디어 호감도 상승에 따른 퀘스트가 나타났다.

> **돌발퀘스트** 수타면 비법 전수
> 간부식당 조리병 서효석 상병이 자신의 수타면 비법을 사용자 강성재에게 전수하려 한다. 그의 기분에 맞춰 비법을 전수받아라
>
> **진입 조건 1** 서효석의 호감도 300이상 달성
> **진입 조건 2** 서효석에게 오민호가 같이 있는 장소에서 3성급 이상 요리 제공

065

수타면

서효석은 남들보다 나이가 많았다. 그의 나이 25세.
그는 반죽을 준비하며 자신의 이야기를 꺼냈다.
"내가 원래 중국집에서 13년을 배웠었어. 사실 수타면으로 이름 좀 날렸었고…."
"이름을 날리셨다면…."
"신동이라고 13살 때부터 면을 만들었거든."
"그런데 왜 이제야 말씀하십니까? 선임들도 전혀 모르는 눈치 같던데…."
"알려봐야 뭐해. 그럼 면 종류 메뉴가 나오면 나한테 다 시킬 텐데… 누구 좋으라고."
그건 그렇다. 군대에서는 중간만 가거나, 가만히 있는 게 좋다는 건 경험으로 알고 있다.

서효석 상병이 앞치마를 착용했다. 그리고 진지한 표정을 지었다.
성재는 서효석 상병의 매서운 눈빛에 시선을 떼지 못했다.
'평소와 달라. 정 많고 온화했던 느낌이 거짓말 같이 사라졌어.'
밀가루를 볼 위에 가득 넣은 그는 소금 한 숟가락을 밀가루에 섞었다.
선임병의 동작이 예사롭지 않다는 것을 금방 깨달았다.
간단한 동작 같아도 그의 움직임에는 힘이 있었다.
소금을 섞은 후, 반죽을 치대는 그의 팔. 덩어리로 굳어지는 반죽.

팔에 힘줄이 튀어나올 정도로 격한 움직임인데도 그는 대화를 이어갔다.
"수타면 반죽은 물 1대 밀가루 3으로 하는 게 좋아. 해보니까 그게 비율이 가장 좋거든."
선임병은 양손으로 반죽을 치대면서도 자연스럽게 자신의 비법을 말했다.
"괜찮으십니까? 13년이란 오랜 경험에서 나온 비법일 텐데…."
성재의 말에 그가 씩 웃는다.
"알려준다고 다 알면 그게 비법이야? 얘는 뭐 그게 쉽게 되는 줄 알고 있네?"

수타면은 1~2년 가지고는 제대로 만들기 힘들다. 저렇게 숙달되려면 수년 동안 반복된 노력이 필요했을 것이다. 성재와 민호가 놀란 눈으로 서효석의 움직임을 쫓았다.
선임은 반죽을 멈추고 주방 위 서랍에 있는 랩을 꺼냈다. 곧바로 덮어 밀봉하는 반죽.
"이렇게 한 시간을 숙성시켜야 돼. 일단 1인분만 한 거거든. 너희도 직접 해볼래? 내가 가르쳐줄게."
"아, 감사합니다!"
"감사까지야, 대신 힘들다고 포기하진 마. 처음부터 제대로 가르쳐 줄 거니까."
성재와 민호는 선임병의 말에 자신들도 똑같은 양의 밀가루와 소금을 넣으며 선임병이 보여준 동작을 따라 했다.
예상보다 힘이 많이 소모된다. 근육들이 반복된 동작에 고통스러운 비명을 내질렀다.
"조금은 힘들 거야. 그래도 반복하다 보면 익숙해져."
사람은 평소 쓰지 않던 근육을 사용하게 되면 통증이 온다. 그러나 그러한 근육이 단련되기 시작하면 통증도 점차 완화되고, 느끼지 못할 정도로 익숙해지기도 한다. 그게 서효석과 후임 2명의 차이.

"반복해. 계속 반복! 내가 그만하라고 할 때까지."
성재는 자신의 힘으로는 이러한 반죽을 계속하는 것은 무리라는 것을 깨달았다. 하지만 오민호는 운동선수 출신답게 악착같이 해낸다.
'질 수 없어. 안 져.'
성재가 '요리사의 신체'를 외쳤다.
그러자 피곤했던 감각이 잠시나마 사라지고, 느려졌던 동작이 점차 빨라진다.
시작한 지 10분이 지났다. 서효석은 둘의 반죽을 보며 만족한 듯 고개를 끄덕였다.

"잘 됐네. 이제 비닐로 덮어. 숙성시킬 차례야."
선임병이 만족한 미소를 짓자, 성재는 요리사의 신체를 해제했다.
'요리사의 신체 해제.'
앞에 있는 괴물을 바라보는 강성재. 녀석은 숨을 몰아쉬기는 하지만 큰 떨림이 없다.
민호야 말로 체력 괴물.
'진짜 대단하다….'

한 시간의 여유. 서효석은 식당 테이블에 앉아 한가롭게 자신의 이야기를 꺼냈다.
"솔직히 주말은 편하면서도 허무해. 간부들도 식당을 거의 이용하지 않으니까."
그의 말대로 결국 오늘 아침은 간부들이 단 한 명도 내려오지 않았다.
그러자 오민호가 선임을 향해 미소를 지으며 말했다.
"그럼 허무한 게 아니라 좋은 거 아닙니까? 편하다는 거니까."
"그것보단 시간이 덧없이 흘러가는 느낌이 더 심하지 않아? 지금 청춘이 아깝잖아. 공허한 느낌도 들고. 날려 보낸 과거의 시간은 돌아오지 않으니까."
서효석은 감성적이었다. 신중한 그의 성격 때문일까? 그의 감정이 더욱 가깝게 와닿는다.
이어지는 결정적인 한마디.

"이렇게 주말에 나온다고 해서 보상휴가도 없잖아."
보상휴가는 주 40시간 이상 근무하는 병력에게만 나온다. 하지만 비편제 직위이며, 주말을 교대로 쉬고, 야간 근무도 없는 간부식당 조리병은 해당사항이 없었다.
보상휴가가 없으면, 포상 휴가라도 따야 되지 않을까?
성재가 자신의 생각을 선임에게 말했다.
"서효석 상병님?"
"어. 성재야. 말 해봐."
"말씀하신 것 있잖습니까? 저희가 진짜 맛있는 음식을 하게 되면, 포상 휴가 같은 게 나오지 않겠습니까? 배우는 것도 많아지고."
"글쎄, 선임들은 편한 것만 좋아해서…. 사실 여기 와서 요리 열정이 많이 식었어."
"저희가 바꾸면 됩니다. 간부들이 많이 찾고, 올 때마다 즐거워하는 식당. 가능하지 않겠습니까?"

"나야 환영이지만, 모두가 환영할까? 지금 이대로도 나쁘다는 건 아니야. 적어도 내 미래에 대해 생각할 시간은 많으니까."
성재는 고개를 저었다. 서효석 상병은 도전보다는 현실을 직시했다.
"담배라도 피고 와. 숙성되려면 시간 많이 걸린다."
그의 말에 성재가 민호의 얼굴을 한번 쳐다보곤, 다시 선임병에게 입을 열었다.
"저희는 서효석 상병님하고 똑같습니다. 담배 안 피웁니다."
"그래? 그럼 기다리는 동안 뭐할까?"

TV를 보며 1시간을 때웠다. 아까와 달리 반죽에 숨이 좀 올라온 게 보였다.
비닐을 벗긴 서효석 상병이 다시 한번 반죽을 치대며 말했다.
"여기서 한 번 더 치대면 매끈한 반죽이 완성돼. 너희도 아까 했던 것처럼 해볼래?"
"알겠습니다."
똑같은 동작의 반복. 그리고 또 밀봉.
"이렇게 세 번을 하면 반죽이 어떻게 바뀌냐면!"
서효석 상병은 냉장고에서 자신이 미리 숙성시킨 반죽을 꺼내왔다.
그러자 겉이 매끈매끈한 반죽이 눈에 보였다.
"이게 하루 숙성한 거야. 너희들도 만든 반죽은 냉장고에 넣어놔."
"알겠습니다."
서효석 상병은 숙성된 반죽에 밀가루를 뿌려 들러붙지 않게 만든 도마에 올려놓고 밀대로 밀기 시작했다. 납작하게 펴진 반죽의 적정 크기를 가늠하고 칼로 썰며 말했다.
"여기 두께에 따라서 우동면이냐, 소면이냐 등이 결정돼. 일단 지금은 짜장면용 두께로 잘라볼게."

써걱, 써걱, 써걱, 써걱.
칼과 도마가 만나 규칙적으로 소리를 내자, 어느새 일정한 크기의 면이 모습을 드러냈다.
"헉, 간격이 일정합니다. 대단하십니다."
"정말 대단하십니다."
수타면에 대해 잘 몰랐던 성재와 민호의 칭찬을 듣자, 서효석 상병이 멋쩍게 말했다.
"이건 그냥 너희들 이해하기 쉬우라고 자른 거야. 원래는 손으로 면을 뽑아야 돼."

오민호는 도저히 그런 게 상상이 가지 않았는지 놀란 눈으로 되물었다.
"손으로 말입니까? 손으로 면을 뽑습니까?"
"그래. 당연하지. 너희들한테는 여기까지만 알려줄게. 이 정도만 해도 맛있을 테니까…."

성재는 아쉬움을 달랬다. 조금 더 알고 싶었는데….
한 번 더 조르면 알려주지 않을까? 이 정도는 수박 겉핥기밖에 되지 않는다.
"저, 서효석 상병님?"
"어. 왜? 지금 배고파? 짜장면 해줄까?"
"아니, 그것보다 면 뽑는 거 보여주시는 줄 알고, 기대했었는데…."
성재의 말에 서효석이 씩 웃었다.
"봐도 못 따라 해. 괜히 하다가 어깨 나가고 다치기만 할걸?"
"한 번만 보여주시면 안 됩니까? 서효석 상병님 면 뽑는 거 배워보고 싶습니다."
일병 녀석이 저렇게 조르니, 서효석의 얼굴에 미소가 걸렸다.
'짜식, 볼수록 매력 있네.'
"좋아. 일단 보여줄게."

다시 한번 냉장고에서 숙성된 반죽을 꺼내는 서효석.
거의 1kg은 되어 보이는 예사롭지 않은 양.
그는 밀대로 밀어 꽈배기처럼 반죽을 꼬았다. 그러면서 입을 열었다.
"스텝을 밟듯, 왼발과 오른발, 왼손과 오른손이 자유자재로 움직여야 돼. 이제 말 걸지 말고 동작만 봐. 이건 말하면서 못하니까."
커다란 도마 위에 들러붙은 반죽을 칼로 걷어내는 서효석.
그가 양손을 반죽 끝을 잡고 회오리 돌리듯 돌렸다.
아래에 있던 반죽을 다시 공중으로 들어 올렸다가, 도마에 다시 내려놓은 서효석.
그의 힘의 균형을 맞춘 양손이 반죽 양 끝을 때렸다.

짝!
서효석의 몸이 도마로부터 한 발 간격만큼 뒤로 떨어진다.
'최소한의 힘을 사용하기 위해서? 저 자세가 분명 가장 효율적인 동작인 거야.'

그때 양쪽 손에 들린 반죽이 줄넘기를 돌리듯 위로 올라갔다가 다시 도마에 내려앉는다.

그릇에 담긴 물에 손을 넣어 빠른 동작으로 내려앉은 반죽에 바르는 남자.

그다음부터는 반죽을 줄넘기를 돌리듯 두 번씩 반복한다.

두꺼운 반죽을 돌릴 때마다 반죽의 두께가 얇고 길게 늘어난다.

길게 늘린 반죽의 끝을 한쪽으로 모아 반으로 접어준다.

그럼 반으로 접힌 반죽이 생긴다. 이 접는 동작으로 면발이 늘어난다.

이 동작을 반복하면, 면발이 2개에서 4개로, 4개에서 8개로 2배씩 늘어난다.

면발이 늘어가자, 더 이상 도마에 내리치지 않는 반죽.

그의 손에서 자유자재로 면발을 늘려가는 숙련된 동작.

이미 수십 가닥의 면발이 도마 위에 완성된 채 놓여있다.

'와 순식간이야. 어떻게 저런 동작을 할 수 있지? 단기간에 따라 할 수 있는 수준이 아니야. 수타면 만드는 레시피라도 생겼으면 좋을 텐데… 완성된 요리가 아니라 힘든가?'

성재는 계속해서 서효석 상병의 행동을 상기했다.

그러자 성재의 앞에 메시지가 떠오른다.

수타면 뽑기(입문)에 대해 알게 되었습니다

돌발퀘스트 수타면 비법 전수
간부식당 조리병 서효석 상병이 자신의 수타면 비법을 사용자 강성재에게 전수하려 한다. 그의 기분에 맞춰 비법을 전수받아라

달성 조건 1 서효석 상병 앞에서 면 64가닥 뽑기
달성 조건 2 수타면 뽑기(초급)레벨 달성

"어때? 할 수 있겠어? 반죽은 많은데…."

서효석이 두 후임병을 쳐다보았다. 하지 말라고 무언의 압박을 줬다.

하지만 두 녀석은 의기양양한 얼굴로 자신 있게 대답했다.

"네! 해보겠습니다!"
둘의 대답에 서 상병이 후회했다.
'괜히 헛바람만 넣었나? 이 정도는 나도 1년 이상 걸린 건데…'

선임병은 TV를 보러 휴게실에 들어갔다.
오기로, 끈기로 2시간 동안 쉬지 않고 연습하는 동기들.
하지만 연습에 연습을 거듭해도 도저히 면이 나오질 않았다.
반죽에 물을 붓고 다시 치대고, 또 치대지만, 헛수고.
숙련된 동작 없이는 수타면이 나오질 않는다.
결국, 민호는 먼저 포기를 선언했다.
"아, 이건 못해. 기초부터 배워야지… 성재야. 너도 지금 땀 뻘뻘 흘리면서 안되는 것 같은데, 괜히 무리하지 말고 못하겠다고 말하자. 이건 고집이야."
"아니… 좀 더 해볼래. 아직 14시잖아. 저녁 준비까지 두 시간이나 남았어."
"등신아. 서효석 상병님은 1년 연습해서 겨우 잡았대. 네가 오늘 한다고 되겠어? 전역까지 해도 힘들겠다."
"넌 휴게실 가서 좀 쉬고 있어. 난 끝장 보고 싶다."
"마음대로 해라. 고집불통! 포기 좀 할 줄 알아라!"
민호가 서효석 상병이 있는 휴게실로 들어갔다. 그러자 서효석이 빙그레 웃으며 민호를 위로했다.
"쉽게 안 되지?"
"그렇습니다. 정말 존경스럽습니다."
"천천히 배워. 군생활은 길어. TV나 보자."
"그렇습니다. 감사합니다."

반면 성재는 아직 포기하고 싶지 않았다.
면을 뽑는 동작에서 한쪽 손의 균형을 잃고 놓치자, 면이 후두둑 끊어져 버렸다.
'지금인가? 아직이야?!'
한 번 더! 한 번 더!

그럼에도 또다시 실패. 2시간 30분 동안 무려 51번의 실패. 그러나 다음번엔 다르다. 그에게도 노력에 대한 성과가 있었던 것.

시스템 메시지가 떠오르고.

> ⚙ ✓ ✗
>
> 수타면 뽑기로 EXP 164를 획득했습니다
> 수타면 뽑기 (입문) 단계를 클리어했습니다
> 수타면 뽑기 (초급) 단계에 돌입합니다
>
> 수타면을 뽑을 때, 숙련도 보너스를 받습니다
> 수타면 뽑기 시, 처리 동작과 판단력이 20% 향상됩니다

성재가 초급 레벨에 따른 동작과 판단력 보너스를 부여받았다.
다시 한번 시도한다.
그의 손이 위에서 아래로, 좌에서 우로 자유자재로 움직이기 시작하고, 손의 움직임에 따라 발동작도 박자를 맞추기 시작한다.
두 가닥이 네 가닥이 되고, 네 가닥이 여덟 가닥이 되었다.
성재는 피곤했다. 그러나 지금 여기서 퍼질 수는 없었다.
'요리사의 신체 개방.'
스킬을 써서라도 성공하고 싶었다.
피로감이 스팀팩을 맞은 것처럼, 순식간에 사라지고, 동작 또한 부드러워진다.
여덟 가닥에서 열여섯, 열여섯에서 서른 둘!
그리고 성재의 손이 줄넘기를 하듯 반죽을 돌리고, 면이 한계까지 늘어난다. 성재는 한쪽 손에 든 반죽을 다른 손에 건넨 후, 드디어 64가닥을 만드는 데 성공한다.
"됐다! 됐다! 됐다!!!!!"
성재가 도마에 64가닥이 된 수타면을 놓고는 소리를 질렀다.
그러자 휴게실에 있던 두 장병의 시선이 TV에서 떨어져 성재에게 돌아갔다.

취하신 것 같습니다

서효석은 성재가 완벽하게 만든 64가닥의 면을 보고 흠칫 놀랐다.
'말도 안 돼, 단 하루 만에?'
녀석은 녹초가 된 상태였다. 오늘 하루 '요리사의 신체'를 두 번이나 사용했고, 그 사용한 계량을 표시하는 게이지도 어느덧 바닥을 보이고 있었다.
오민호 일병은 동기의 집념과 강한 의지를 느꼈다.
'불가능할 줄 알았는데 진짜로 성공했단 말이야?'
운동으로 다져진 심신의 균형. 어떤 것이라도 체력과 정신력으로 이길 수 있을 거라 생각했던 자신이 포기한 수타면 뽑기.

그는 본능적으로 알아차렸다.
운동선수들은 똑같은 동작을 수천, 수만 번 반복해야 한다.
하지만 예외도 있었다. 그건 시작부터 천부적인 재능을 가진 사람들. 천재는 그렇게 하지 않고도 자신의 재능을 한계까지 끌어올릴 수 있었다.
태권도 선수 금메달리스트 김대동이 그랬고, 수영선수 백태운이 그랬다. 권총 사격 금메달리스트인 양종민과 한국 축구선수 중에 독보적인 박진성도 마찬가지.
그리고 여기 또 한 명, 자신의 동기 강성재 또한 그렇다고.

서효석 또한 마찬가지 생각이었다. 자신은 13살 때부터 면을 뽑기 시작, 1년 내내 면만 뽑아 신동이란 소리를 들었다. 다른 요리는 일체 건드리지도 않았다. 오로지 면만 뽑아서 그 경지에 올랐다. 아무리 어린 나이였지만, 13살이면 사리분별은 다 할 줄 아는 나이. 그 나이의 1년을 성인이라고 단 3시간으로 퉁칠 수 있는 게 아니다.
그래서 더욱더 놀라웠다.
강성재, 넌 도대체 누구? 오늘 처음 면을 뽑았다고 하지 않았어?
요리가 전공이 아니라며.
배관공이라고 했잖아!
성재는 피곤한 얼굴에 애써 미소를 띠고, 서효석 상병에게 말했다.
"좀 쉬어도 되겠습니까?"

이렇게까지 말하는데, 도저히 물어볼 상황이 아니다. 피골이 상접하다. 짧은 시간 동안 얼마나 집중했는지 상상이 안 갈 정도다.
이럴 줄 알았으면 TV 보는 게 아니라, 녀석이 연습하는 장면을 지켜봤어야 하는데….
고작 예능 프로 잠깐 보겠다고, 인생에서 가장 놀라운 장면을 보기 좋게 놓쳐버렸다.
'범재일까? 아니면 천재일까? 아니면 요리 경력이 있는데도 날 속인 건가?'
아니다. 수타면으로 유명했다면 자신도 그 이름을 알고 있어야 했다. 자신의 경력 또한 무시 못 할 터. 그런데 성재라는 이름은 본 적도, 들어본 적도 없다.
"그래. 휴게실에서 좀 자."
"좀 무리했습니다. 죄송합니다."
"아니야. 무리는 무슨…."
휴게실에 들어가 드러누운 강성재. 그가 떠난 자리를 보니 바닥에 땀이 흥건하다.
'미쳤어. 미쳤어! 뭐가 이렇게까지 이 녀석을 코너에 몰리게 만든 거야? 설마 나야?'
그때, 위에서 간부가 2명 내려왔다.
"조리병, 식사 되냐?"
"됩니다. 10분만 기다려주시겠습니까?"
"그래. 메뉴는 뭐냐?"
"짜장면입니다."
서효석은 성재가 뽑은 면을 들어 올리며 상태를 확인했다. 면의 두께와 탄력이 자신이 한 것과 비교해서 손색이 없다. 말 그대로 완벽 그 자체.

'너무 하네. 이런 게 천부적인 재능이라는 건가?'

서효석은 자신이 뽑은 면이 아닌 성재가 만든 면으로 요리를 시작했다.

직접 시식하고 싶은 생각도 있었고, 간부들의 반응도 보고 싶었다.

간부들은 짜장면이 나온 것을 보며 고개를 갸웃거리지만, 일단 맛을 보면 다를 터.

예상은 역시나···.

후르룩! 쩝쩝!

말을 할 시간도 없이 면을 흡입하듯 입안으로 집어넣는다.

서효석은 뒷편으로 가서 자신이 만든 수타짜장면을 먹어보기 시작했다.

입안에 뜨거운 짜장소스와 부드러운 수타면이 만나 절묘한 조화를 이룬다.

'면발이 완벽해, 정확한 손놀림이 아니면 이렇게 부드럽게 넘어갈 리 없어. 반죽을 제대로 잘 늘린 거야.'

그런데 뭔가 또 다른 느낌이 온다. 자신과는 또 다른 맛.

면발이 꼬들꼬들해? 잠깐만··· 잠깐만··· 이건··· 뭐지? 뭐랄까? 나보다 한 차원 높아. 높은 것 같아. 면이 무언가가 틀린데, 그걸 알 수가 없어. 내가 왜? 왜? 도대체 왜!

서효석의 의문은 끝내 풀리지 않았다.

그 정답을 알고 있는 사람은 오직 강성재 하나뿐.

recipe	서효석과 강성재가 만든 수타짜장면 ★★★★☆ ✖
	강성재가 자신의 모든 정성을 담아 1:3 비율을 완벽하게 맞춘 수타면에, 서효석이 채소와 돼지고기, 춘장을 섞어 볶은 양념을 부어 수타 짜장면의 한계를 뛰어넘었다 직업 보너스에 의해 ☆만큼 숙련도가 향상되었다

본래라면 서효석이 만들 수 있는 한계는 4성.

하지만 성재의 도움이 들어간 탓에 별 반개만큼의 미묘한 무언가를 담아낼 수 있었다. 그것은 결코 맛으로 알아낼 수도 없고, 재료에서도 찾을 수 없었다.

그 자체가 '요리사의 길 튜토리얼'이라는 시스템의 힘.

서효석은 한 분야에서 오랫동안 종사해왔기 때문에, 그 미묘한 차이를 알아차렸다.

하지만 그조차도 의심만 할 뿐, 확증이 없는 상태.
어느덧 잠든 강성재를 한참 동안 바라보는 그는 이미 넋이 빠져있었다.

그날 저녁. 대대 본부행정반에 전화가 왔다. 성재를 바꾸라는 전화였다.
"통신보안, 4중대 파견병, 일병 강성재입니다."
- 성재야. 형이야!
"통신보안? 누구십니까?"
- 동현이 형이야.
"통신보안?"
- 윤동현 병장! 인마!
"충성! 일병 강성재! 잘 지내셨습니까?"
- 그래. 소초에 전화하니까 너 본부로 갔다며?
"임시로 갔습니다."
- 형 전화번호 불러줄 테니까, 나중에 휴가 나오면 찾아라. 혹시 너 중간에 휴가 가서 엇갈릴까 봐 미리 전화한 거니까.
"적을 준비 됐습니다."
- 010-5641-XXXX
"감사합니다. 윤동현 병장님? 제 핸드폰 번호도 가르쳐 드리겠습니다. 적을 준비 되셨습니까?"
- 그냥 말해. 녹음 중이야.
"앗, 010-6723-XXXX입니다."
- 후후, 그래 인마, 별일 없지?
"그렇습니다. 잘 지내고 있습니다."
- 크큭, 이 자식 봐라? 형 없으니까 잘 지내고 있다고?
"아, 그것 때문에 잘 지내는 것은 아닙니다. 여기 분들이 잘 해주셔서…."
- 진짜 아니야? 형은 너 보고 싶어서 전화했는데?
"…장난치지 마십시오. 여기 대대본부 행정반입니다."
- 크큭, 알았어. 장난 그만 칠게. 형, 갑자기 예정이 빨라져서, 1월 말에 프랑스로 뜨게 됐

다. 유학 갔다 오면 시간 좀 걸릴 거야.
"며칠날 한국 떠나십니까? 가능하면 휴가 써서 시간이라도 맞추고 싶습니다."
- 말만이라도 좋네. 근데 됐어 인마, 형이 갔다 오면 너 전역할 시기랑 얼추 맞으니까, 그때 허심탄회하게 형 대 동생으로 이야기 좀 하자.
"크, 근데 목소리가 취하신 것 같습니다."
- 그러냐? 티 나냐? 형이 좀 취했네. 들어가 인마!
"들어가십시오."

윤동현으로부터 오랜만에 전화가 왔다. 아니, 오랜만은 아닌 것 같다.
불과 10일만인가…. 성재는 잊고 있던 선임과의 우정을 떠올리며 추억에 잠겼다.
그리고… 불같이 화를 내는 선임도 여기 있다.
"야! 뭐야? 애인이야?"
모든 게 다 큰 분대장 임규성 병장이 성재를 보며 불만족스러운 얼굴을 하고 있다.
"아닙니다. 말출 간 선임입니다."
성재는 고개를 도리도리 돌리며 대답했다.
"칫, 걔가 너한테 전화를 왜 해?"
자신도 모르게 질투 섞인 투로 말하는 임규성의 말에 성재가 말문이 막혔다.
"야! 뭘 또 진지하게 받아들여? 얼른 들어가! 당직병 근무 서느라 바쁜 거 안 보이냐? 내가 네 전화 때문에 여기 발 묶여 있어야겠어?"
시크한 말투로 후임병을 갈구는 선임병과.
"아닙니다. 항상 챙겨주셔서 감사합니다. 충성! 용무 마치고 돌아가겠습니다."
놀란 표정을 지우며, 힘찬 경례구호 후 생활관으로 돌아가는 후임병.
녀석이 떠나자, 임규성은 아쉬움 반, 시원섭섭함 반을 표정으로 드러냈다.
'쟤랑 남은 건 2주인가? 에라이, 왜 쟤만 보면 챙겨주고 싶냐? 미쳤지 미쳤어!'
그들의 군 생활은 여전히 잘 돌아가고 있었다.

성재는 생활관에 도착해 TV를 보고 있는 선임들을 보았다.
자신의 침상 위에 앉아 새로 뜬 메시지를 확인하는 녀석.

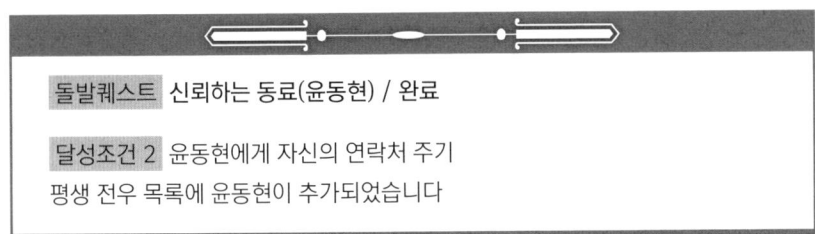

이게 무엇을 뜻하는지는 아직 모른다. 전역해서도 연락 할 거라 추측할 뿐….
그때, 선임병들은 TV를 틀고 가요프로그램으로 채널을 돌렸다.
모두의 관심사는 역시나 걸그룹. 섹시하고 관능적인 댄스에 민망할 정도로 부끄러워지면서도, 흥분되기 때문에 군 장병들은 자주 가요 프로를 본다.
군대 내 100% 보급된 IPTV.
이제는 지난 예능, 가요, 드라마도 VOD재생으로 원하는 시간에 볼 수 있다.
생활관 선임병 중 하나가 2017년 최고로 잘 나가는 걸그룹 쓰리와이스의 댄스를 보며 자신의 바람을 말했다.
"우리 사단은 걸그룹 언제 올까? 위문 열차 올 때도 된 것 같은데?"
"그렇습니다. 저 잔뜩 기대하고 있습니다."
선임병의 말에 맞장구치는 후임병.
성재는 선임들의 대화에 끼어들지 않았다. 군 입대 전에는 경제적 사정으로 TV 프로그램에 신경 쓸 겨를도 없었고, 걸그룹을 보며 위로의 감정보다는 허탈함이 더 크게 느껴졌다.
그래서 그들의 말에 공감되지 않았다.
그때… 또다시 떠오르는 Keyword.

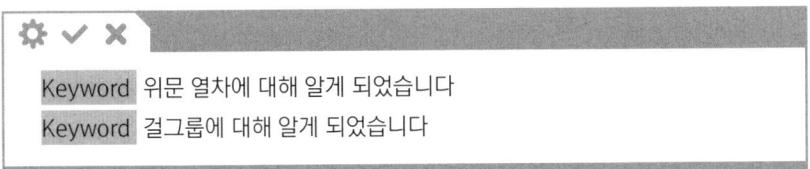

키워드가 뜬 이상 궁금한 것은 물어야 한다. 그래야 직성이 풀린다.
"위문 열차가 뭡니까?"
"위문 열차라고, 국군방송 프로그램 있잖아. 거기서 방송하는 건데, 한 달에 2~3번 정도 돌아가면서 공연 섭외 하거든."

"그렇습니까?"

"그래. 우리 사단은 2년 동안 한 번도 안 와서 이제 올 때가 됐다는데, 내가 전역하기 전에 위문 열차가 올지는 모르겠다."

그때, 뒤에 있던 당직병이자 정훈병인 임규성 병장이 씩 웃으며 말했다

"그거 1월에 온다."

"그렇습니까?! 오오오! 대박! 대박! 대박! 그런데 임규성 병장님 왜 오셨습니까?"

"아… 맞다. 강성재랑 오민호!"

임규성의 부름에는 당연히 응해야 하는 법.

"일병 강성재?"

"일병 오민호?"

그러자 임규성은 자신이 전달받은 내용을 그 둘에게 전달했다.

"내일 교회 예배 끝나고, 점심 준비는 너희가 순번이란다."

"점심 준비 순번이 뭡니까?"

"아~ 몰랐구나. 종교 행사 끝나고 바로 거기서 식사 하곤 하거든? 그거 조리당번이 바로 너희 둘이라고…."

임규성 병장의 말에 담담하게 받아들이는 성재와 여자친구 때문에 암담한 표정을 짓는 민호. 둘의 표정이 엇갈린 가운데, 임규성이 말했다.

"야! 오민호~ 넌 기회잖아. 여자친구 없다며? 연대장 따님하고 잘해 볼 기회 아니야?~ 어? 어? 크크크크!"

듀엣곡 하나로 평생 놀림감이 되어버린 오민호. 성재는 전혀 관심 가지지 않고 퀘스트 창만 한참 동안 보며 생각을 정리했다.

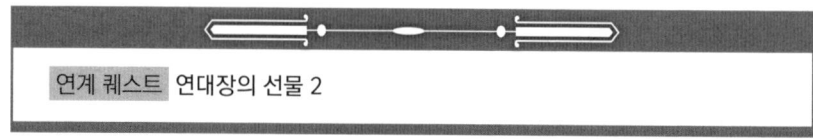

연계 퀘스트 연대장의 선물 2

067
남자가 힘은 세야지

일요일 아침 10시부터 12시까지 시작되는 종교행사. 군대에서는 종교를 권장하고 있다. 사고 예방과 사기 진작에 도움이 된다고 하는데 과연?

기독교와 불교, 천주교.

그러나 이건 사단을 기준으로 한 것이었고, 60연대 주둔지에는 기독교밖에 없어, 타 종교행사에 참가하려면 연대에서 배차된 45인승 버스를 타고 가야 했다.

성재와 민호는 교회로 걸어가고 있었다.

물론 종교행사에 참석하진 않았다. 둘 다 종교가 없기 때문이었다.

"민호야, 너 언제까지 선임들한테 속일 거야? 여자친구 편지라도 오면 어떻게 하려고."

"나도 모르겠어. 2주 만 더 참으면 되겠지 뭐. 다시 원 소속으로 돌아간다며."

"일단 미리 너한테는 말해둘게. 난 선임병한테 네가 여자친구 있다고 먼저 말은 안 할 거지만, 네가 만약 들켜서 선임들이 나한테 확인차 물어보면 그땐 나도 어쩔 수 없어."

"그건 알아서 할게."

성재는 민호의 마음을 어느 정도는 이해했다. 여자친구 있다고 말하는 순간, 선임병들은 여자친구 사진을 보며 외모 평가, 몸매 평가는 물론, 성격은 어떠냐? 어디까지 갔어? 어떻게 만났냐? 결혼 생각은 있냐? 다른 여자는 안 만나냐? 기타 등등 별 쓸데없는 관심과 질문을 다 받아야 된다.

병사들만 그러면 또 모를까? 전투분대장, 부소대장, 소대장 등 초급간부들의 오지랖은 얼마나 심한지, 겪어보면 학을 뗄 정도다.
그러면서 나중에 헤어지면? 위로는커녕, 세상의 반은 여자다, 외박 나가서 꼬셔오자는 등, 별의별 이야기를 다 하겠지.
뭐, 군대만이겠는가? 어딜 가나 다 헤어진 커플에 대한 남자들의 위로방식은 대부분 똑같다. 일부 예외는 존재하겠지만.

민호 같은 일편단심은 이런 분위기를 극도로 꺼릴 게 분명했다.
이틀 전 장기자랑에서도 본인이 먼저 나서진 않았다. 주변 분위기에 떠밀려 억지로 그런 분위기를 연출했을 뿐.
물론 포상 휴가 때문에 녀석이 과장된 분위기를 조성한 것도 있겠지만, 지금 그의 행동으로 비추어볼 때, 마음 한편으로는 여자친구에게 미안해하고 있을 거라 성재는 생각했다.
종교행사가 끝날 무렵. 성재와 민호에게 손짓하는 여성이 보인다.
"안녕하십니까?"
"아, 도와주러 온 거죠? 여기 일단 앉아요. 오늘은 권은영 권사님이 다 준비하셨어요. 군 생활 많이 힘들죠? 배고플 텐데 일단 앉아요. 예배 다 끝나고 여기 와서 식사를 할 거예요. 같이 식사해요."
"호호호, 조윤정 권사님도 참, 저만 준비한 것처럼 띄워주시니까 부끄럽잖아요. 같이 준비하셨는데, 항상 꼭 저러신다. 지금 오신 두 분은 저기 윤아 학생 옆에 앉아 있을래요?"

뷔페식으로 준비된 음식이 김을 모락모락 내고 있고, 한쪽 끝에는 예배가 끝나기만을 기다리는 여성이 미소를 짓고 있다.
"어? 안녕하세요!"
배윤아, 그녀가 민호를 알아보고 인사를 건넸다.
"아… 안녕하세요."
민호가 어색한 인사를 건네고, 성재 또한 그녀에게 인사를 건넸다.
"안녕하세요. 금요일날 노래 잘 들었어요."
"아, 이 오빠 말고 오빠도 그때 계셨었어요? 아빠 때문에 부끄러워 죽을 뻔했는데…."
배윤아의 얼굴이 살짝 상기되었다. 본인도 생각만 해도 아찔한지, 고개를 저었다.

성재가 살짝 용기 내서 그녀에게 물었다.
"연대장님 따님이라고 들었는데…."
그러자 그녀가 씽긋 웃으며 말했다.
"맞아요. 아빠가 여기 배원영 대령님이세요. 금요일 날 봤으면 다들 아시겠네요. MC보는 오빠가 짓궂게 장난쳐서… 미워요."

성재는 갑자기 그녀의 나이가 궁금해졌다. 오빠라고 계속 부르는 것을 보니 자신보단 적은 게 확실한데, 사복을 입으니 도저히 짐작이 가질 않는다. 화장을 안 한 것으로 봐선 그리 많아 보이진 않는데….
"혹시 실례지만 나이 물어봐도 돼요?"
성재의 질문에 방긋 웃는 그녀가 되물었다.
"몇 살로 보이는데요?"
이럴 때는 어떻게 대답해야 할까? 민호 녀석은 여자친구 때문인지 말조차 한마디 걸지 않고 묵묵부답이다. 오히려 자리에서 일어나며 멀찌감치 앉아, 옆자리를 비켜주었다.
"글쎄요. 고3?"
성재는 일단 19살이라고 판단했다.
그러자 토라진 표정으로 고개를 돌리는 윤아.
"아아아, 미안미안, 고2! 고2 맞죠?"
"칫, 오빠, 여자 보는 눈 없다. 왜 이렇게 못 맞춰요?"
윤아의 말에 성재가 고개를 끄덕이며 입을 열었다.
"아~ 고 1이었구나. 그럼 이제 고등학교 2학년 올라가는 거네요?"
"네. 맞아요! 저 삼척여자고등학교 이제 내년에 2학년 올라가요."
그녀의 말에 성재가 방긋 웃으며 칭찬의 말을 늘어놓았다.
"한참 예쁠 때고, 한참 좋을 때네요."
"칫, 몇 살 차이도 안 날 것 같은데, 오빠도 이제 20살 아니에요?"
"아뇨. 21살이에요."
그때, 성재의 말이 끝나기 무섭게 들어오는 남자. 그는 성재와 윤아의 대화를 듣다가 갑자기 끼어든 것이다.
"어? 거기 둘, 오늘 도와주러 온 거 맞습니까?"

"그렇습니다."
"뒤쪽으로 따라오십시오. 테이블 옮기겠습니다."

연대군종병 김호식 상병. 그는 6개월 전, 연대장님이 교회에 처음 온 날을 기억했다.
신사복을 입은 그의 손을 잡은 천사를….
풋풋한 교복을 입은 여학생은 밝은 미소로 그를 향해 인사를 건넸다.
"오빠~ 안녕하세요!"
"아… 네."
쑥스러웠다. 여자의 목소리가 그의 귀를 간질간질 건드렸고, 소녀의 풋풋하고 청순한 외모가 김호식의 마음을 사로잡았다.
긴장, 설렘, 초조함, 떨림.
그녀를 볼 때마다 느끼는 감정들.
한 주, 한 주 지날 때마다 나날이 커지는 마음.
김호식은 그게 비로소 사랑이란 것을 깨달았다. 그리고 결심했다.
크리스마스 이브 때, 장기자랑 시간을 이용해 발라드로 그녀에게 사랑을 고백하겠다고.
그는 몸무게가 105kg에 육박했지만 6개월 동안 운동과 식이요법으로 81kg까지 감량하는 데 성공했다. 그만큼 자신감이 붙었다.

그런데,
선착순이라니! 왜?
저 녀석에게 기회를 빼앗겨 버렸다. 게다가 녀석은 아랑곳하지 않고 윤아까지 불러 심지어 듀엣곡도 불렀다.
무식한 근육질에 마성의 목소리까지 겸비한 나쁜 자식이 윤아를 낚아챘다. 그 자식 때문에 6개월 준비한 고백의 기회를 한순간에 날려버렸고, 어제는 온종일 실의에 빠졌다.
게다가 녀석이 하필이면 이 교회에 나타났다. 자신의 앞에, 그리고 윤아의 앞에!
어느 정도 예상은 했었다. 노래 잘 부른 녀석이 간부식당 조리병이라는 소문은 순식간에 퍼졌으니까. 언젠가는 교회에 일하러 오겠지 싶었다.
그런데 이렇게 빨리 올지는 몰랐다. 아직 분노의 감정도 가라앉지 않았는데, 바로 앞에 나타나다니….

"거기 아저씨들, 테이블 다 이쪽으로 옮겨주시고, 저기 쓰레기통도 비우시고, 저한테 말씀해주시겠습니까?"

두 명이 옮기기엔 다소 크고 무거운 테이블.

성재와 민호는 고개를 끄덕이며 그 자리에서 테이블을 바로 윤아가 있는 곳으로 옮겼다. 그리곤 곧바로 쓰레기통을 감싸고 있던 쓰레기봉투를 들어 교회 밖 분리수거장으로 이동하는 두 남자. 윤아가 방긋 웃으며, 두 권사들에게 말했다.

"저 오빠들, 힘 진짜 세요. 난 힘 센 남자가 좋더라."

그러자 40대 두 여 권사들은 여고생의 말에 피식거렸다.

"어머, 얘가 못하는 말이 없어."

"크크, 하긴 남자가 힘은 세야지."

그걸 옆에서 듣고 있던 군종병 김호식. 괴롭히려 했던 행동이 오히려 윤아의 호감을 사고 있으니 오히려 더 답답하고 초조해졌다.

성재는 쓰레기봉투를 분리수거장을 옮기다 이상한 메시지를 확인했다.

> ⚙ ✓ ✕
>
> 사용자 강성재에 대한 배윤아의 호감도가 10 상승하였습니다

'엥?'

옆에만 있으면 호감도가 오르나? 별일 한 것도 없는데….

성재는 민호를 바라보며 씩 웃었다.

"오늘 일 그렇게 힘들진 않을 거 같은데?"

"그러게. 아무튼, 그 여고생 나한테 말 안 걸게. 지금처럼 커버 좀 잘 쳐줘."

여자친구가 보지 않아도 민호의 일편단심, 이제는 성재의 생각이 중요하다.

'솔직히 어리긴 너무 어리네. 딱히 내 스타일도 아니고. 퀘스트에만 집중하자.'

쓰레기를 버리고 돌아온 두 사람. 이미 테이블에는 사람이 가득 차 있다.

연대장은 두 병사를 보며 환한 미소를 지었다.

"아, 거기~ 너희들 앉아서 밥 먹어라."

"알겠습니다!"

연대장의 말에 뷔페식으로 되어 있는 곳에서 식판을 꺼내 밥을 뜨는 성재와 민호.

찰기가 살아있는 쌀밥과 양념이 고루 밴 제육볶음, 정성이 가득 담긴 열무김치에, 하나하나 정성껏 부친 계란 후라이까지.

교회였지만 검소한 예산을 활용하여 장병들에게 맛있는 밥을 제공하려 노력한 권사들의 결실이 비로소 빛을 보고 있었다.

간부 포함 약 40여 명의 장병들과 그의 가족들.

"그럼 지금부터 기도하겠습니다. 하늘에 계신⋯."

기도가 끝나고 '아멘, 할렐루야.'라는 외침과 함께 식사를 드는 사람들의 표정이 밝았다. 성재 또한 권사님들이 준비한 음식을 보며 만족한 미소를 지었다.

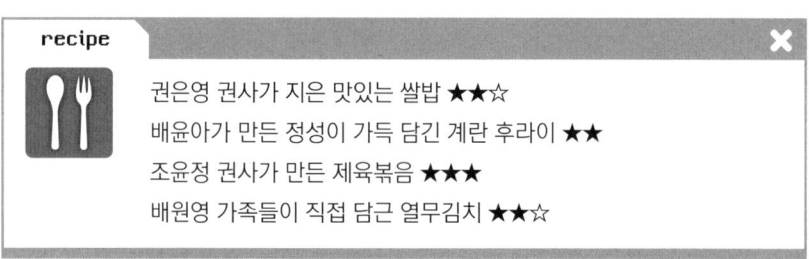

식사를 하는 도중 연대장은 자신이 알고 있는 얼굴. 성재를 보며 미소를 지었다.

"강성재? 원래 기독교인가?"

"일병 강성재! 아닙니다! 무교입니다."

배원영 대령은 안타까운 표정을 지었다. 물론 성재도 다른 의미로 안타까웠다.

"그래? 연대장이 종교 강요는 할 수 없는 거니까, 교회 나오란 소리는 못하겠고, 교회 밥은 처음 먹지? 어때?"

"맛있습니다."

"그래? 다행이다."

"계란 후라이가 정말 맛있습니다. 진짜 맛있습니다."

"그래?"

"예. 그리고 열무김치는 어디서 담갔는지, 너무 잘 익어서 좋았습니다. 오랜만에 저희 엄마가 해주던 열무김치 맛이 떠올랐습니다."

성재의 대답에 배원영 대령이 흐뭇한 미소를 지었다.

'불쌍한 녀석, 가정형편만 좋으면 진짜 아쉬울 게 없을 텐데….'

그리고 성재 또한 다른 의미로 흐뭇해했다.

> ⚙ ✓ ✗
> 사용자 강성재에 대한 배윤아의 호감도가 80 상승하였습니다
> 사용자 강성재에 대한 배원영(연대장)의 호감도가 50 상승했습니다

식사를 하다말고 성재를 보는 윤아. 그녀는 애써 미소를 지우려 하지만 요리 칭찬 때문인지 표정에 감정이 계속 드러난다.

'계란 후라이가 맛있었대.'

연대장은 좋아하는 병사인 성재에게 집중된 분위기를 돌리려 군종 목사에게 말했다.

"목사님 덕분에 저희 장병들이 맛있는 음식을 먹게 되네요. 항상 감사합니다."

"아닙니다. 이게 다 주님의 은총 덕분이지요. 연대장님이야말로 항상 저희 교회를 신경 써주셔서 감사합니다."

연대장과 군종 목사. 계급은 대령과 대위지만, 상호존칭을 사용한다.

이제 식사가 끝나고, 정리하는 시간. 설거지를 전부 전담할 줄 알았는데, 의외로 밥 먹은 장병들 전원이 다 같이 청소하기 시작한다. 청소가 순식간에 끝나자, 연대장은 교회에 참석한 간부들을 전부 불러 따로 회의를 시작했다.

그건 바로 헌금에 대한 지출 계획을 토의하기 위해서.

나머지 회의에 참석하지 않는 병사들은 드럼을 배우거나, 교회에서 영화를 보거나, 책을 보는 등 개인 활동을 시작했다. 식사 후, 따끈한 배를 만지며 조금 나른해진 성재와 민호.

"이제 생활관으로 돌아갈까?"

돌아가려는 그때, 연대 군종병이 교회의 휴게실 문을 열고 억지 미소를 지으며 말했다.

"거기 조리병분들, 할 일 없으시면 이쪽으로 오시죠? 저희들 지금 남은 사람들끼리 게임이나 할까 하는데, 함께하는 건 어떠십니까?"

손칼국수 드셔 보실래요?

김호식 상병은 군종병 자체 네트워크를 통해 오민호에 대해 알아냈다.
1. 운동하고 노래를 끝내주게 잘한다는 점.
2. 1년 이상 사귄 여자친구가 있다는 점.
그런데 다른 네트워크를 통해 알아낸 정보가 또 있었다.
그 정보는 가히 충격적.
오민호 일병이 현재 여자친구가 없다고 말했다는 것.

사람의 이중성.
여자친구의 유무를 속인다. 다분히 윤아를 꼬시겠다는 의도.
'여자친구 있는 녀석이 윤아한테 그런 시선을 보내?'
그의 오늘 목표는 경쟁자의 입에서 '나 사귀는 사람 있습니다.'라고 만드는 것. 그래서 윤아가 그에게 가진 호감을 거두고, 다시금 자신에게 관심을 기울이게 할 것이다.
"군종병 아저씨, 아무도 없잖습니까?"
군종병은 아무도 없는 방에 민호와 성재를 집어넣으며 말했다.
"지금부터 데려올 겁니다. 일단 여기 휴게실에 들어가 계시죠."
아직까지 이상한 낌새는 차리지 못한 둘. 김호식이 입술을 꽉 깨물었다.

'오민호! 네 입에서 여자친구 이야기 나올 때까지 절대 안 보낸다.'
혼자만의 착각을 진실이라 믿은 김호식은 미리 짜놓은 그물에 오민호 일병을 집어넣는 데 성공했다고 생각하며 회심의 미소를 지었다.

두 명이 들어간 휴게실. 방 안에는 판타지 책들과 만화책이 가득하다.
"와 생각보다 많다. 최신 판타지 소설도 있어."
"그러게, 『삼류호텔 막내 셰프』, 이거 내가 진짜 좋아하던 요리소설인데… 종이책으로 나왔잖아?"
"그래? 내용이 뭔데?"
"막내 셰프가 요리로 성공하는 이야기인데 엄청 재밌어. 글피아에서 골베 1등도 했거든."
"오~ 한번 볼까?"
남자 하나와 여자 하나. 남자는 자신의 심복이고, 여자는 연대장님의 딸, 배윤아다.
"자자자, 5명이 모였습니다. 일단 젠가부터 할까 하는데 어떠십니까?"
"네. 좋아요."
젠가, 직사각형의 작은 블록으로 탑 형태로 쌓아놓은 다음, 순서가 오면 하나하나 빼며, 탑이 무너지지 않게 하는 게임. 군종병으로 자연스럽게 띄우는 데 익숙한 김호식.
'처음에는 작은 것부터….'

젠가는 소소한 재미가 있었다. 긴장감도 조성하는 데다가,
"어? 윤아야. 그거 안 돼! 아…."
와르르르르!
"흐잉…."
윤아의 귀여운 모습도 볼 수 있었으니까.
여기 있는 사람들 대부분 윤아의 모습을 보고 귀엽다는 생각을 가졌다.
단 한 명, 여자친구만을 아끼는 오민호 일병 빼고.
"벌써 오후 3시다. 슬슬 가보는 게…."
오민호는 지루함을 느끼며, 성재만 들릴 정도로 작은 목소리로 말했다.
그러나 항상 오민호를 예의주시하던 김호식은 녀석이 돌아가는 것을 막았다.
"아저씨, 벌써 가시려고 하십니까? 본 게임은 시작도 안 했는데? 우리 접어 게임 하죠?"

"접어 게임 말입니까?"
"다들 이 게임 무슨 게임인 줄은 알죠? 지면 벌칙으로 진실게임입니다."
"좋습니다."

김호식의 작전 시작. 순서는 김호식, 윤아, 데려온 남자, 성재, 민호 순이었다.
'처음은 약하게….'
"파견병 접어!"
성재와 민호가 손가락 하나를 접었다. 그런데 성재가 의문을 제시했다.
"군종병 아저씨도 파견 아닙니까?"
생각해보니 그렇다. 김호식은 그의 말에 반론하지 못하고 결국 손가락 하나를 접었다.

그다음은 윤아 차례.
"음… 남자 접어."
그러자 윤아를 제외한 모두가 손가락을 접었다.
"와 윤아, 게임하는 거봐."
모두가 너무하다며 장난스럽게 말하자, 그녀가 미안한 표정을 지었다.

이제 본격적인 작전 멤버. 김호식이 데려온 남자, 고길용이 움직일 차례.
"한 번이라도 이성친구랑 교제 경험 있는 사람 접어!"
오민호를 노린 정확한 움직임. 남자들은 눈치를 보고, 윤아 또한 네 남자의 손가락을 차례로 쳐다보며 미소를 지었다. 김호식이 윤아에게 물어보고 싶은 것을 말했다.
"윤아야. 너도 사귀는 사람 없었어?"
"저 여중, 여고잖아요. 남자를 언제 만나요."
"그래? 삼척에 이사 온 지는 6개월밖에 안됐다며. 혹시나 싶어서."
"아빠가 항상 이사 갈 때마다 여중, 여고만 알아보셔서…."

윤아는 아버지가 장교라서 1~2년마다 지역을 옮겨 다닌다. 전학을 자주 다녀서 남자를 만날 시간은 물론, 친구를 사귈 시간도 없었다고.
그녀의 대답을 들은 녀석은 더욱더 윤아가 마음에 들었다.

"다음 차례 저입니까?"

고개를 끄덕이는 사람들. 민호가 주변을 둘러보다 자신이 가장 많이 손가락을 접은 것을 확인하고 공격적인 말투로 입을 열었다.

"22살 이상 접어!"

그러자 김호식 혼자만 손을 접는다.

성재는 그의 나이가 궁금해서 물었다.

"아저씨, 몇 살이에요?"

"24살이요."

"오, 동안이시다."

칭찬이 흘러나오자, 김호식은 입꼬리를 올리며 화답했다.

"아, 감사합니다."

그리고 바로 이어지는 성재의 공격.

"24살 접어!"

성재의 말에 군종병 녀석의 얼굴에 썩소가 피어올랐다.

그걸 본 윤아는 간신히 웃음을 참고 있고, 김호식이 데려온 병사도 깔깔대며 웃었다.

'왜 이렇게 된 거지?'

시간이 지나보니, 자신이 펴고 있는 손가락이 새끼손가락뿐이다. 겨우 하나.

현재 윤아가 5개, 고길용이 4개, 성재가 3개, 민호가 2개.

이제는 반격할 때.

"조리병 접어!"

상황은 이제 동일. 김호식 1개, 오민호 1개, 강성재 2개, 고길용 4개, 배윤아가 5개인 가운데, 그녀의 차례가 돌아왔다.

군종병은 마음속으로 절실하게 외쳤다.

'윤아야, 내가 너 얼마나 좋아하는지 알지? 나 찍지 마라. 쟤 노려. 쟤 노리라고!'

자신의 안타까운 초반 실수가 바로 위기. 그러나 그는 윤아를 끝까지 믿었다.

윤아는 남자들의 손가락을 하나하나 쳐다보더니, 미소를 띤 채, 게임의 종지부를 찍었다.

"너 접어!"

계획이 실패로 돌아간 김호식은 진실게임에서 자신의 단점만 털털 털렸다.
자신이 데려온 고길용이 짓궂은 질문을 해댔기 때문이었다.
"살 빼고 싶었던 계기가 있었을 것 같은데, 무슨 이유입니까?"
이상한 데서 계속 고백 분위기를 잡는 녀석.
'야! 여기서 윤아한테 고백하라는 거야? 분위기 이상해지잖아. 상황 파악 좀 해라!'
그럼에도 질문은 계속 이상한 쪽으로 빠진다.
"좋아하는 사람이 있습니까?"
땀을 뻘뻘 흘리는 김호식의 모습에 윤아는 한참 동안 웃다가 자리에서 일어났다.
"잠깐 화장실 좀 다녀올게요."
성재 또한 자리에서 일어났다.
"아, 좀 출출하지 않습니까? 간단하게 음식이라도 만들어오겠습니다."
성재가 떠나자, 같이 일어나려는 민호. 그런 그를 붙잡는 호식.
'넌 어디 가? 윤아한테 말해야지. 사귀는 여자 있다고! 말하고 가야지, 인마!'
"거기 용사님! 저랑 얘기 좀 하시겠습니까?"

성재는 어제 만들었던 반죽이 아쉬웠다. 남았던 반죽. 버려지는 재료들.
BOQ 1층에 있는 간부식당과는 불과 40m, 멀지 않은 곳.
'내가 만들면 몇 성이 나올까?'
또한, 호감도 시스템에도 의문을 가졌다.
옆에서 아무리 웃고 분위기를 맞추고 놀아줘도 배윤아의 호감도는 더 이상 오르지 않았다. 즉, 그녀는 자신을 이성으로 생각하지 않는다. 아니, 그 이전에 호감도라는 수치가 사랑을 느끼는 수치인지도 의문이 생긴다.

교회에서 저녁을 만들기 위해 남겨놓은 식재료와 자신이 만들어둔 숙성된 반죽.
어느덧 주방이 달린 조그마한 조리실에 도착했다.
"어? 저녁 준비하려고? 오늘은 그만 일하고, 들어가 봐도 돼. 우리가 할 거야."

두 명의 권사가 성재를 보며 미소를 지었다.

"아닙니다. 여기까지 왔는데, 제 할 일은 해야죠."

"어? 반죽 이거 왜 이렇게 반질반질해? 처음 본다."

"정말! 어머나? 탄력 봐."

조리병인 그는 두 권사의 말에 환한 미소로 대답했다.

"어제 하루 동안 숙성시켰습니다. 수타면 좋아하십니까?"

"수타면? 수타면도 할 줄 알아?"

"네. 보여드리겠습니다."

성재는 어제 서효석 상병으로부터 배운 수타면 뽑기를 이용해 면을 뽑았다.

그의 손에서 반죽이 놀아난다. 탄력 있는 반죽에 밀가루와 물이 묻어난다.

면을 뽑아내는 성재의 손길은 일반인들에게는 신이나 다름없었다.

'장난 아니네. 어휴. 놀래라. 요즘 저렇게 손수 뽑는 데 거의 없는데….'

"권사님! 육수 만드는 것 좀 도와주실 수 있으십니까?"

그러자 두 명의 권사가 냉장고에서 바지락을 가지고 나온다.

"네, 그거 물에 좀 담가주시면 감사하겠습니다."

성재는 면을 다 뽑고는 옆에서 콩나물과 채소를 삶기 시작했다.

보글보글 거품이 올라오자, 수타면을 풍덩! 펄펄 끓는 물에서 익어가는 면.

⚙ ✓ ✗

새로운 레시피를 시도중입니다
손칼국수 예상등급 ★★~★★★

어느 정도 시간이 지나자 성재는 권사에게 다시 한번 말을 꺼냈다.

"권사님! 바지락 좀 냄비에 넣어주시겠습니까?"

⚙ ✓ ✗

레시피가 변경되었습니다
바지락 손칼국수 예상등급 ★★★☆~★★★★★
조리완료까지 10, 9, 8, 7…
조리가 완료되었습니다

같은 시각, 민호의 사과에 오해를 푼 호식의 입가엔 미소가 걸렸다.
"오해했다면 죄송합니다. 굳이 속이려고 한 것은 아니었습니다. 선임들이 알게 되면 입방아에 오를까 봐 조심 중이었습니다. 윤아 양을 어떻게 하려던 것도 아니었고, 제가 좋아하는 감정이 있는 것도 아닙니다."
"아니면 됐습니다. 솔직하게 말씀해주시니까, 마음이 놓입니다."
"군종병 아저씨가 윤아 양을 좋아하는지는 정말 몰랐습니다. 다시 한번 사과드립니다."
"아닙니다. 제가 괜히 엉뚱하게 생각했습니다. 이 일은 서로 비밀에 부치도록 합시다. 약속하십니까?"
"예. 그렇게 해주시면 감사하겠습니다."
호식은 일단 자신의 적수를 보냈다는 사실에 안심했다. 그리고 휴게실에 다시 돌아갔다. 하지만 아무도 없다. 그러고 보니 모두가 없었다. 어디 간 걸까?
시간이 어느덧 벌써 17시. 교회 주변을 둘러보니, 모두가 주방 앞 테이블에 앉아있고, 말없이 무언가를 계속 흡입하고 있다.

recipe	강성재가 만든 바지락 손칼국수 ★★★★
	얼큰한 바지락 육수와 신선한 채소, 직접 손으로 뽑은 수타면은 언제나 옳다. 제대로 익은 손칼국수는 저절로 김치를 부른다

recipe	조윤정 권사가 직접 담은 김치 겉절이 ★★★
	굵은 소금을 이용하여 1시간 동안 절인 배추에 고춧가루 양념과 새우젓갈, 까나리 액젓으로 맛을 살렸다

회의가 끝나고 잠시 쉬고 있던 간부들의 입에서 환호성이 흘러나왔다.
"우와! 칼국수 예술이닷! 예술!"
"진짜 맛있습니다. 조윤정 권사님! 칼국수 정말 맛있습니다."
다 조윤정의 실력인 줄 알았지만, 두 권사는 고개를 저으며 성재를 칭찬했다.
"강성재 군이 직접 수타면을 뽑아 만들었어요. 그것도 혼자요. 성재군, 수고스럽겠지만, 추가로 만들어주실 수 있어요?"

"네. 반죽을 보니까 10인분 정도는 더 만들 수 있습니다. 지금 바로 만들겠습니다."
그렇게 모두의 앞에서 성재의 퍼포먼스가 펼쳐지자, 우레와 같은 박수가 흘러나온다.
"바지락 칼국수랑 김치 겉절이를 같이 먹으니까 정말 예술입니다."
"그래요? 김치 겉절이는 진짜 조윤정 권사님 요리실력이랍니다."
성재는 방금 뽑은 수타면을 냄비에 넣고는 이제 막 도착한 민호와 군종병인 김호식 상병에게도 얼큰한 칼국수 한 접시를 대접했다.
민호는 곧바로 자리에 앉아 칼국수를 흡입하듯 먹기 시작했고, 김호식 상병은 윤아의 표정을 먼저 살피며, 이 요상한 분위기가 어떻게 생성되었는지 파악했다.

배윤아의 시선은 조리복을 입은 한 사내에게만 꽂혀있었다.
키도 체격도 작은 녀석. 그 녀석의 현란한 손놀림과 태도가 시선을 사로잡고 있다.
'한 놈 보내니까, 또! 저놈은 도대체 뭐야?!'
한편, 성재는 방긋 웃음을 지었다.
'역시 호감도는 사랑하곤 다르네. 그냥 요리였어. 호감도는 무조건 요리하고 관계된 거야.'

> 사용자 강성재에 대한 배윤아의 호감도가 300 올랐습니다
> 연계 퀘스트 (연대장이 주는 선물2) 달성조건을 완료했습니다

그리고 예전과는 다른 커다란 섬광과 함께 상태창이 튀어나온다.

> 새로운 전직 퀘스트(사단회관 조리병 / Magic Class)가 생성되었습니다

성재를 보고 있는 여자. 배윤아는 성재가 준 칼국수를 먹으면서 슬쩍 미소를 머금었다.
'나도 성재 오빠처럼 요리 잘했으면 좋겠다. 나중에 가르쳐달라고 부탁할까?'
조금씩 싹트는 애정.
여고생의 마음은 이제 막 호기심을 넘어, 관심으로 이어지고 있었다.

069

새벽시장

그날 저녁. 성재는 새로운 전직 퀘스트를 확인했다.

> 전직 퀘스트 사단 회관 조리병 / Magic Class
> 해당 직업은 차상위 직업으로서, 수많은 노력을 요합니다. 간부식당 조리병 전직 퀘스트를 진행하시겠습니까?
>
> YES   NO

> 전직 퀘스트 사단 회관 조리병 / Magic Class
> 연대장(대령 배원영)에게 모든 분야를 인정받아야 획득할 수 있는 직업입니다
> 사단 회관은 군대에서 민간인에게 개방하는 숙박/판매시설로서, 조리병에게 높은 수준의 군대예절과 조리실력 등을 요구합니다
> 사단 회관 조리병 전직 시 각국 요리 레시피 스킬을 C등급까지 투자할 수 있습니다
>
> 제한시간 6개월

진행조건 1	간부식당 조리병, 레벨 10 이상
진행조건 2	연대장(대령 배원영) 호감도 500이상
진행조건 3	배윤아의 호감도 300이상 유지 (2017. 12. 28까지)
달성조건 1	한식 조리 기능사 자격증 획득
달성조건 2	제한시간 내 연대장(대령 배원영)의 호감도 3,000이상 획득
달성조건 3	배윤아의 호감도 1,000이상 금지
달성조건 4	아직 알려지지 않았습니다
달성조건 5	아직 알려지지 않았습니다
⋮	
달성조건 10	아직 알려지지 않았습니다

성재는 퀘스트 창을 보며 고민했다.

'연대장님의 눈에 들어야만 얻을 수 있는 직업이 틀림없어. 진행조건과 달성조건 등이 전부 연대장님과 따님에게 관계되어 있잖아. 가치가 있을까? 여기에 머무르는 게 좋을까?'

고민은 길지 않았다. 일단 퀘스트는 진행한다. 시작부터 포기할 필요는 없었다. 나중에 더 좋은 조건이 나타나거나, 현재가 마음에 들면 퀘스트를 포기하고, 현재 상태를 유지한다. 성재는 'YES / NO' 상태창을 보며 속마음으로 예스를 외쳤다.

같은 날, 밤늦은 시각 연대장 관사.

일요일임에도 불구하고 연말이라 퇴근을 못 한 한 장교로부터 연대장이 한 통의 전화를 받았다. 그의 직책은 육군본부 인사사령부 대령보직장교.

육군 내에 있는 대령들의 보직을 조정하고, 조율하는 사람이다.

- 배원영 대령? 나 김환수 대령이야.

"예. 선배님, 어떤 일이십니까?"

- 자네 보직 2분기 전이잖나? 어디로 갈까 싶어서….

"제가 어디어디 갈 수 있습니까?"

- 일단 교육사령부에 교리발전1처장 자리하고, 32사단 행정부사단장 자리가 있네. 또 서울 한영대 학군단장 자리도 있고….

"그 자리로 가라고 말씀하시면, 진급하지 말라는 건데…."

- 자네가 말하지 않았나? 딸 아이 때문에 학군 좋은 지역으로 가고 싶다고… 서울하고 대전 인근이니까 교육여건은 진짜 좋을 거야.
"고민해보겠습니다."
- 가족도 없는 마당에 딸아이라도 잘 키우게. 장군 진급 너무 욕심 내지 말고,
"예. 전화 감사합니다. 이만 끊겠습니다."
- 그래. 1주일 내로 갈 생각 있으면 전화 주게. 그 이후엔 원한다 해도 못 가니까.

연대장은 3년 전 교통사고로 아내를 잃었다. 중학교 1학년 때부터 딸아이와 단둘이 살며, 보직에 따라, 이곳저곳을 이사 다녔다. 다행히 딸 윤아는 무럭무럭 자라주었다. 하지만 잦은 이사로 인한 환경변화 때문에 왠지 모르게 학교성적이 자꾸 떨어지고 있다.
'내 욕심 때문에 윤아한테 너무 희생을 강요하는 것은 아닐까?'
배원영은 저녁 예배가 끝난 후, 관사에서 윤아를 따로 불렀다.
"윤아야. 아빠랑 이야기 좀 하자."
"네. 잠깐만요. 씻고 나올게요."
"그래. 기다리마."
보일러실에서 보일러를 켠 공관병을 본 연대장.
"성민아. 이제 막사로 내려가 있거라. 오늘은 이만 퇴근해."
"알겠습니다. 충성!"
"충성! 고생했다."
"아닙니다!"
그 녀석을 퇴근시키면, 집 안에는 연대장과 자신의 딸, 단둘 뿐.
어느새 씻고 내려온 윤아는 활짝 웃으며 미소를 지었다.
"아빠, 오늘 먹은 칼국수 때문에 그러죠? 진짜 맛있었어요. 너무 맛있어서 엄마가 해준 칼국수인 줄 알았어요."
"너도 그렇게 느꼈니? 이 아빠도 그렇게 생각했는데…."
"맞죠? 아빠도 그렇게 생각했죠? 그 오빠가 진짜 요리 잘하더라구요."

윤아의 웃는 모습. 하지만 지금은 말해야 할 때. 굳은 표정을 지은 남성의 입에서 진지한 말투가 흘러나온다.

"…아빠가 할 말 있는데…."
"갑자기 왜 그래요? 어색하잖아요. 아빠 같지 않아요."
그러나 딸은 그런 아빠를 어색해하고, 배 대령은 어떻게든 말을 이어가려 노력했다.
"윤아야. 아빠가 대전이나 서울로 갈까 하는데 어때? 거기 가면 최소한 3년, 최대 5년은 윤아가 마음잡고 공부할 수 있을 거야. 윤아도 아빠한테 공부 열심히 하겠다는 약속 하면, 내년에는 대도시로 이사 가자. 응?"
아빠의 말에 갑자기 윤아가 시무룩한 표정을 지었다.
"왜? 싫어? 너 대도시 살고 싶어 했잖아."
그리곤 토라진 듯 반말로 대답했다.
"싫어. 그럼 아빠 진급 못 하잖아."
"아니야. 할 수 있어. 가서 열심히 하면 돼."
"거짓말, 격오지 같은 데서 더 근무해야 된다고 했어. 아빠는 항상 아픈 엄마 때문에 편한 지역에서만 근무해서 불이익 받았다고 했잖아. 나도 이제 그런 거 다 알아."
딸의 말에 속이 쓰라린 듯 마음이 적적해진 아빠.
"윤아야. 아빠한텐 이제 너밖에 없어. 네가 행복해야 아빠도 행복해."
아빠의 말에 딸도 지지 않고 말했다.
"나도 마찬가지야. 아빠 꿈이 장군 되는 거였잖아. 나 어릴 때 항상 아빠가 말했잖아. 이 다이아몬드 계급장이 별 되는 걸 꼭 보여주겠다고. 아빠가 그렇게 말했잖아."

가슴이 미어질 듯 아파왔다. 그런데 윤아는 더 놀랄만한 말을 한다.
"나… 요리 배워보고 싶어. 사실 권사님들은 다 알고 계셔. 내가 원래부터 요리에 관심이 많았다는 거…."
"윤아야! 요리해선 먹고 살기 힘들어. 더 훌륭한 사람이 되는 길이 많은데…."
"아니야. 아빠는 나에 대해 아무것도 몰라. 내 진로는 내가 결정할 거야."
딸이 토라진 듯 고개를 돌렸다. 그러자 배원영은 딸의 손을 꼭 잡은 채, 달래는 말투로 다시 한번 부탁했다.
"대도시로 가자. 윤아야. 대도시로 가자."
그러나 윤아는 토라진 게 아니었다. 오히려 너무 생각이 깊어, 흘러나오는 울음을 아빠에게 보여주지 않기 위해 고개를 돌린 거였다. 그녀는 펑펑 울며 아빠의 품에 안겼다.

"싫어. 이제 아빠가 더 이상 꿈 포기하는 거 용서 안 할 거야. 아빠도 꿈을 위해 앞만 보고 달려. 이제 나도 내 꿈을 향해 스스로 노력할 거니까, 더 이상 희생할 생각 하지 마. 아빠 인생은 아빠 인생이고, 내 인생은 내 인생이니까, 더 이상은…아니야."

"…큭…. 흑…으…이…씨…."

흐느끼는 남자와 그런 아빠를 꽉 안은 채, 고마움을 표현할 줄 아는 딸.

윤아는 마지막까지 아빠의 꿈을 응원했다.

"남아서, 여기 남아서 아빠가 장군 될 수 있게 노력해. 나도 응원할게."

다음날 성재는 아침 일찍 일어난 후, 퀘스트 창이 바뀐 것을 알아차렸다.

진행조건 3이 해제되었습니다

'뭐지? 호감도는 뭘 의미했던 거지?'

성재는 알 수 없었다. 감을 잡을 수도 없었다. 지금은 그저 오늘 할 일을 떠올려야 한다.

'5시 30분까지 기상해서, 5시 45분까지 위병소로….'

위병소 앞. 차량 한 대가 대기하고 있다. 선임병도 걸어온다.

아직 어두운 밤. 경례는 음성 없는 거수경례로 대신한다.

성재의 거수경례에 간부식당 조리병 왕고인 김정주 상병이 알아차렸다.

"차량에 타!"

고참의 말에 스타렉스 차량에 탄 성재. 운전석에는 3대대 인사담당관인 조민식 중사.

"너냐? 오늘 담당이?"

"네. 담당관님, 저랑 1대대 신병 강성재입니다."

"그래. 안전벨트 메라. 삼척항으로 간다."

"알겠습니다."

보통은 일과 시간에 장을 본다. 하지만 오늘은 특별히 새벽에 장을 보게 되었다. 그 이유는 연대 연말 성과분석 회의가 오늘 점심에 열릴 예정이기 때문이었다. 군대에서의 연말 성과분석 회의는 기업에서 한 해를 마무리하는 종무식과 같은 의미였다. 단, 좀 더 분위기가 엄숙한 가운데 진행된다.

삼척항에 도착한 이유는 좀 더 싸게 생선을 구입하기 위해서.

삼척항 주차장에 내린 세 명의 군인들.

"담당관님, 오늘 어떤 걸로 뜨십니까?"

"일단 광어는 큰 놈으로 무조건 6마리 이상이고, 나머지는 우럭이랑 도미로 채워야지. 해산물도 많이 사야 하고."

"오! 대광어, 연대장님께서 돈 좀 많이 쓰시나 봅니다."

"그래. 연대장님이 지휘활동비로 30만 원 내주셨고, 대대장님들이 20만 원씩 내주셨다."

"그럼 70만 원입니까?"

"해안대대장님까지 포함하면 90만 원이지. 그러니까, 오늘 만반의 준비를 해야 돼."

"예. 저만 믿으십시오. 인사담당관님!"

반드시 싱싱한 것으로 준비하라는 명령. 3대대 인사담당관은 긴장했다.

삼척항에는 이제 막 항해를 마친 배들이 끊임없이 들어오고 있다.

배를 항구에 대면, 미리 배 안에서 선원들이 생선 종류별로 구분해둔 노란색 플라스틱 상자가 내려진다. 그 상자가 시멘트 바닥에 놓이면, 어민들이 크기별로 구분했다.

생선 종류에 따라 kg 단위로 구분하고, 다시 수백 마리씩 분류하여 곧바로 경매를 부친다. 그러나 담당관의 목적은 이 경매가 아니다. 경매가 끝나고 열리는 삼척 번개시장.

번개시장은 새벽 6시부터 아침 9시까지 단 3시간만 열린다.

그날 들어온 해산물이 바로 판매되기 때문에 일찍 나올수록 신선한 생선을 고를 수 있다. 추운 겨울인데도 사람은 많았다. 어촌에서 가장 활기찬 시간은 이 새벽시간이 아닐까?

"헉… 담당관님! 대게! 대게 어떠십니까?"

파라솔 밑, 건어물 형태로 놓여있는 생선. 그 옆 커다란 짙은 갈색 대야에 대게가 십여 마리가 놓여있다.

"아주머니, 대게 얼마인가요?"

"한 마리에 4,000원! 11마리 다 사면 30,000원에 드릴게."

"11마리에 30,000원이요?"

"그래. 오늘 잡은 거야. 살 거면 담아주고!"

"괜찮은 것 같은데?"

담당관은 별 고민 없이 대게를 선택했다. 성재는 요리사의 눈으로 대게를 확인했다. 11마리의 정보가 뜨는 가운데, 성재의 시선이 하나에 쏠렸다.

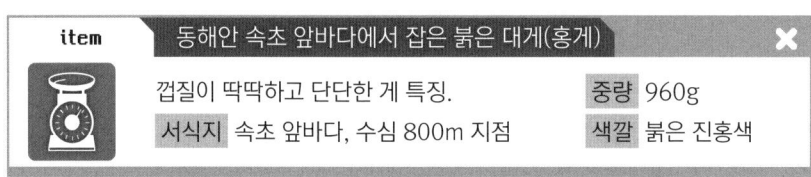

대게를 본 김정주 상병이 자신 있는 듯 담당관에게 말했다.

"영덕대게가 튼실한 것 같습니다. 이걸로 구입하면 좋겠습니다."

"그래? 이게 영덕대게인가?"

성재는 뒤에서 고개를 저었다.

'김정주 상병님, 잘못 짚어도 한참 잘 못 짚었습니다.'

후임병이 아쉬운 표정을 짓자, 아주머니가 익살스러운 눈빛으로 정정해준다.

"그거 영덕대게 아니고 홍게여! 홍게! 붉은 대게! 보니까 뒤에 있는 청년은 딱 알아챈 것 같더만. 고개 젓는 게 이름까지 알고 있었던 모양인디."

그러자 김정주가 강성재를 잠시 째려보더니 핑계를 댄다.

"앗, 그렇습니까? 모양이 비슷해서."

"영덕대게는 색깔이 좀 연해. 홍게는 붉고! 모양은 비슷한데, 먹어보면 육질이 물렁물렁하고, 짠맛이 배어 있는 게 홍게여!"

인사담당관은 어민에게 고맙다는 인사를 하고는 김정주에게 입을 열었다.

"야! 모르는 건 아는 척하지 마. 인마! 나도 헷갈리잖아!"

"죄송합니다. 너무 모양이 똑같았습니다."

"그럼 이제 광어 사러 가자. 반드시 자연산으로 사야 돼!"

"알겠습니다."

070

진술서를 작성하셔야 될 것 같습니다

그날 아침.

사단 성과분석 회의.

각 직할대대장 및 보·포병연대 대대장들이 사단 지휘통제실에 모여 아직 나오지 않은 결과를 예상하기 시작했다.

"오늘 어느 대대가 1등 할 것 같습니까?"

"아무래도 62연대 2대대 아니겠습니까? 연대 RCT 최우수, 대대 ATT 우수에, 공용화기 측정 1위까지, 적수가 없어 보이는데, 아닙니까?"

"음… 올해는 직할대대에서 나오지 않을까 싶은데… 지난 폭설 때, 수색대대 활약이 엄청나지 않았습니까? 독립가옥에 갇힌 독거노인 구출한 것도 뉴스에 나오고…."

"거긴 병력 관리가 잘 안 돼서 탈영 많이 하지 않았나? 결과는 까봐야 알지."

모두 62연대 2대대와 수색대대를 주목하는 가운데, 김관우 중령은 고개를 푹 숙이며 주변을 둘러보았다.

여기에도 육사, 저기에도 육사, 비육사 출신인 자신이 설 자리는 도저히 보이지 않는다.

위관 장교시절에는 몰랐던 출신의 차이. 소령이 되고, 중령이 되자 체감하고 있다.

육사출신은 중령 진급 시 임관자 중 100%를, 3사 출신과 학군(ROTC)출신은 임관자 중

25%를 중령 진급 보장한다.

나머지 남은 보직을 기타 출신(학사, 간부) 등이 나눠 먹기로 가져가야 하는 실태.

자신은 그나마 3사 출신이라 중령까진 어찌어찌 달았지만….

'대령은 힘들겠지?'

대령 진급률 60~70%인 육사들과 비교할 때, 대령 진급률이 10%도 안 되는 비육사인 자신이 너무나 초라해 보였다.

육사출신 대대장들은 서로를 응원하며, 자신들이 이번 성과분석 회의 시 표창을 독점할 것이라며 호언장담을 하고 있었다.

하지만 예상과 다른 결과.

사단 지휘통제실은 그 날, 난리가 났다.

    종합전투력평가 최우수부대 : 60연대 1대대
    작전태세 최우수부대 : 60연대 1대대
    군수관리 최우수부대 : 60연대 1대대
    공보활동 최우수부대 : 60연대 1대대

총 10개의 부대표창 중 4개 부대가 비육사 출신인 60연대 1대대가 차지한 것.

김관우 중령은 모두의 예상과 전혀 다른 결과에 의아해하며 생각에 잠겼다.

'아… 이게 이렇게 되나?'

사단 실무급인 대위급 장교들은 지휘통제실 바깥에서 지휘통제실 내부 스크린을 통해 결과를 확인 후 각자의 생각을 입밖에 꺼내기 시작했다.

"작전은 왜 60연대 1대대가 1등이야?"

"저번에 화력지원반장 건 있지 않습니까? 그거 초동조치 잘했다고 참모장님이 작전참모님께 1등 주라고 하셨답니다."

"그럼 군수는? 군수는 왜 개네가 1등인데? 보급수송대대도 있잖아. 적어도 1년 동안 군수 업무만 하는 보수대대장한테 표창 가야되는 거 아니야?"

"두 달 전에 부식수령 간에 상한 닭 발견한 게 60연대 1대대이지 않습니까? 그것 때문에 군단장 표창도 나오고, 사고 예방차원에서 큰 기여를 했다며 사단장님이 결정하셨습니다."

"그럼 공보는 또 왜?"

"올해 사단 이름으로 난 기사 중에 국방일보 1면에 실린 것은 그건 하나뿐이랍니다. 그래서 60연대 1대대가…."
"사단장님이 60연대 1대대장을 아주 대놓고 밀어주는 거 같은데?! 사단장님 육사 출신이잖아. 같은 출신도 아닌데 뭔가 있는 거 아니야? 뇌물이라도 준 거 아니냐고!"
"야! 그런 말 함부로 꺼내지 마. 헌병한테 끌려가 인마!"

같은 시각, 연대 지휘통제실.
연대 또한 성과분석 회의 한 시간 전.
각 중대장들과 직할중대장들은 다들 연대본부 지휘통제실에 모여 있었다.
이미 결과는 오픈. 10개 표창 중 4개의 표창이 4중대에 집중되어 있다.

    종합전투력평가 최우수부대 : 1대대 4중대
    부대 관리 최우수부대 : 1대대 4중대
    군수관리 최우수부대 : 1대대 4중대
    초동조치 최우수부대 : 1대대 4중대

각 연대 성적들을 본 중대장들은 혀를 차며 말했다.
"아무리 선임 중대장이어도 이건 아니지 않습니까?"
"아, 진짜 소초에서 뭐 잘한 게 있다고 이렇게 차별합니까?"
"진짜 너무 합니다. 너무 해!"
그러자 평가를 담당했던 담당관들은 곤란한 표정으로 중대장들에게 말했다.
"저희는 평가 점검표에 의해 평가했을 뿐입니다. 누굴 잘 평가하고 말고가 없습니다. 평가 점검표 보십시오."
잠시 후.
각 중대장이 연대 지휘통제실 뒤편에 서 있고,
연대장의 부대 표창을 받는 중대장들에게 표창 수여가 이어졌다.

"표창장! 종합 전투력 우수부대 1대대 4중대……."

"표창장! 부대 관리 최우수부대 1대대 4중대……."
"표창장! 군수관리 최우수부대 1대대 4중대……."
"표창장! 초동조치 최우수부대 1대대 4중대……."

중대장과 대대장이 받은 8개의 부대표창 중 4개가 이제 막 입대한 지 3개월밖에 안 된 강성재 일병 때문이라면 믿을 사람이 있을까?
조석호 대위는 4개의 표창을 연달아 받고 지휘통제실 뒤쪽 중대장들의 배정좌석에 앉으며, 성재의 활약을 다시 한번 떠올렸다.
'TOD로 안 보내길 잘했어. 복덩어리 녀석!'

어느덧 성재는 광어를 구입하기 위해 형제수산(주)라는 가게 앞에 섰다.
인사담당관이 고개를 갸웃거리며 광어를 보고 있는데, 문턱에서 턱수염을 짧게 기른 아저씨가 담당관을 향해 물었다.
"양식? 자연산? 어떤 것으로 찾으십니까?"
"아, 저희 군인들 회식하려 하는데, 자연산 대광어로 구하려고 하거든요."
"그러세요? 예. 잠시만요."
그 아저씨는 인사담당관의 행동을 보고 완전 생초보라는 것을 알아차렸다. 그래서 일부러 자연산이라고 표시된 노란 플라스틱 바구니에서 양식 광어를 꺼내려는데, 김정주 상병이 자신 있게 말했다.
"광어는 배를 보면 자연산인지 아닌지 압니다."
그러자 인사담당관이 호기심에 조리병에게 되물었다.
"그래? 어떤 차이가 있는데?"
"다른 거 없습니다. 배 부분을 까서 흰색이면 자연산, 검은색이면 양식."
"구별하기 쉽네?"
"네. 맞습니다."

고참의 이야기를 들은 상인은 집으려던 노란 바구니가 아닌 위쪽의 주황색 바구니를 들어 올렸다.

광어(넙치)를 뒤집어 배가 하얀 것을 보여주며 자연산임을 확인시켜주는 아저씨.
"아직 어린데 많이 알고 있네? 횟집에서 일했어요?"
"아니, 그건 아니고, 학교에서 배웠습니다."
"아…그랬구나. 3kg짜리 대광어 자연산 몇 마리 주면 되나요? 싱싱한 놈으로 다 골라드릴게."
"6마리 주시죠."
"네. kg당 35,000원이니까 10만 5,000원에 6마리, 63만 원인데, 특별히 60에 드린다. 어때?"
"네. 카드 계산되죠?"
"음, 곤란한데, 군인이니까 뭐, 특별히 해드려야죠?"
"감사합니다."

선임병과 인사담당관, 그리고 상인의 대화.
성재는 이 모든 것을 보며 어처구니가 없음을 느꼈다.
어설프게 알고 있는 선임병과 인사담당관은 지금 턱수염을 기른 아저씨한테 한 방 제대로 먹는 것도 모르고, 좋은 놈을 골라주고, 가격을 깎아준다는 말에 헤벌레 입을 벌리고 있다.

"아저씨!"
성재가 목소리를 높이자, 상인은 일병 계급장을 단 병사를 보며 눈길을 돌렸다.
"뭐 더 필요한 거 있으신가요?"
상인의 말에 일병의 얼굴이 진지하게 변했다.
"아저씨가 지금 챙겨주시는 거, 진짜 자연산 맞습니까?"
실수일 수 있었다. 그래서 확실히 하고 싶었다.
"봤잖아요. 배 하얀 놈! 양식은 이끼가 껴서 배가 까매지거든. 자 여기 봐요. 요놈 배가 어떻코롬 생겼나!"
턱수염이 꼬챙이로 양식 광어라고 적혀있는 바구니에서 광어의 배를 뒤집자, 정말 배가 검은색으로 변한 게 보였다.
김정주는 의기양양한 얼굴로 강성재에게 말했다.

"성재야. 내가 다 확인했잖아. 뭘 또 그렇게 나서. 너 요리의 요 자도 모르는 게! 아저씨한테 결례야. 인마!"
그러자 상인은 김정주의 말에 씩 웃으며 입담을 쏟아냈다.
"그러게, 확실히 선임병이라 그런지 더 잘 아네! 어떻게 회는 미리 떠줄까?"
그러자 인사담당관이 고개를 끄덕이며 입을 열었다.
"그렇게 해주세요."

성재는 잠시 고민했다. 배를 가르는 순간 자연산과 양식을 더 이상 구분할 수 없어진다. 지금 말해야 했다.
"인사담당관님!"
"어. 왜?"
"신고하십시오!"
"뭐?"
"이 아저씨 사기 치고 있습니다. 신고하십시오!"
"뭐야?!"
일병 녀석이 나서자 상인이 불같은 화를 내며 말했다.
"뭐가 사기야. 말 똑바로 해 인마! 군인 아저씨, 요즘 병사 왜 이렇게 막 나가요? 관리 못 해요?"
"아, 죄송합니다. 이 녀석이 미쳤네요. 야! 쟤 왜 저래?"
인사담당관의 말에 김정주가 간부의 귀에 대고 살짝 귀띔했다.
"담당관님? 저만 아는 사실인데, 쟤 관심병사입니다."
"진짜야?"
"예. 인사계원한테 들었습니다."
그러나 성재는 둘의 행동을 보며 혀를 차며 곧바로 어디론가 홀로 걸어갔다. 그걸 본 인사담당관은 어이없는 표정을 짓곤 김정주에게 지시했다.
"야! 저 새끼 왜 저래? 따라가! 따라가서 데려와!"

잠시 후, 성재와 김정주 상병은 누군가를 데리고 조금 전 가게에 돌아왔다.

인사담당관은 그 옆에 있는 존재를 보며 신기한 듯 인사를 건넸다.
"유 경사님?"
유성용 경사. 1대대 인사담당관 허란희의 남편이자 경찰.
"조 중사님이셨군요. 오랜만입니다."
"예. 오랜만입니다. 그런데 왜 저희 병사랑 같이 오십니까?"
"아, 강성재라는 친구가 양식 광어를 자연산이라고 속여 판다는 신고를 한다고 해서요."
"그래요?"

삼척, 작은 도시.
경찰인 유성용 경사는 형제수산(주)의 상인도 잘 알고 있었다.
"석봉이 형! 무슨 일입니까?"
"아니, 저 병사 XX가 나한테 양식을 자연산이라고 속여 판다고 지랄하잖아! 무슨 경찰을 불러 미친 XX가!"
"음… 어종이 뭔데요?"
"넙치(광어)! 배 하얀 놈이면 딱 표 나는데, 내가 속일 게 뭐가 있다고, 아 어이없네. 이거 씨X, 군부대 이 잡것들 아주 기분 잡치게 만드네. 민원 넣을까? 어이! 거기 중사 아저씨! 어떻게 할까? 사단장한테 민원 넣어?"
최석봉, 그는 형제수산을 꾸린지 15년, 베테랑 중의 베테랑 어민.
그의 말에 유성용은 둘 사이를 중재하기 시작했다.
"석봉이 형! 참으세요. 거기 조 중사님도 병사 구슬려서 사과하시고요. 배 하얀 놈 맞네요."
유 경장의 말에 인사담당관이 성재를 향해 다그쳤다.
"야, 조리병, 빨리 잘못했다고 사과해. 일 크게 만들지 말고!"
그러나 성재는 오히려 유성용 경장을 보며 똑똑히 말했다.
"경찰아저씨, 지금 바디캠 있으십니까?"
"우리나라는 바디캠 안 써!"
"그럼 휴대전화로 제 행동 녹화 좀 해주십시오."
유성용은 어이가 없으면서도, 일단 녹화는 하기로 했다. 신고를 받았으니, 증거자료를 남기는 것도 중요했기 때문이었다.
"이 아저씨가 팔려던 광어입니다. 돌려보겠습니다."

배가 하얀 광어. 하지만 성재는 지느러미를 가리켰다.

"지느러미가 검은색이죠? 날개 지느러미도 똑같습니다. 자, 그럼 위쪽 파란색 플라스틱 바구니 돌려보겠습니다."

아까와 같이 돌렸는데, 이번에는 지느러미까지 하얀 녀석이 모습을 드러낸다.

그러자 인사담당관은 물론 유 경사도 고개를 갸웃거리며, 이 상황을 파악하려 애쓴다.

"어? 뭐지?"

성재는 다시 한번 유경사를 향해 말했다.

"경찰 아저씨, 방금 지느러미는 까맣고 배만 하얀 놈은 양식입니다. 이미 8년 전부터 무흑화 양식기술이 개발되었다고 합니다. 그러나 지느러미까진 감추지 못한다고 들었습니다. 바로 지금 이 아저씨가 저희한테 자연산이라고 내민 생선이 바로 그 무흑화 양식기술로 기른 광어입니다. 다 녹화 하신 거 맞으십니까?"

성재의 말에 유 경장이 혀를 차며, 자신의 친한 동네 형 최석봉에게 되물었다.

"이 병사가 하는 말이 맞아요? 석봉이 형! 석봉이 형!"

"…야…, 그게 아니고, 뭔가 내가 착각했던 모양이야. 파란 바구니에서 준다는 걸 그만 주황 바구니 걸 꺼내서…."

성재는 입장을 바꾼 그 아저씨를 향해 다시 한번 소리 질렀다.

"아저씨! 분명 자연산이라고 적어놓으셨잖습니까!"

"……."

"석봉이형, 일단 경찰서 가서서 진술서를 작성하셔야 될 것 같습니다. 증거자료도 확보되었으니, 부정하진 않으시겠죠?"

그때, 울리는 시스템창.

> ⚙ ✓ ✗
>
> 사용자 강성재에 대한 대대장(중령 김관우)의 호감도가 80올랐습니다
> 사용자 강성재에 대한 중대장(대위 조석호)의 호감도가 210올랐습니다
> 사용자 강성재에 대한 3대대 인사담당관(중사 조민식)의 호감도가 250 올랐습니다

'뭐야? 대대장님하고 중대장님은 왜 올라?'

071

뭐해? 다들 박수 안 치고!

"강성재?"
"일병 강성재!"
"잘했다. 담당관이 잠시나마 널 의심했는데, 정말 미안해. 네 이야기를 들어줬어야 하는데….".
"아닙니다. 담당관님, 저도 차분히 설명해 드리고 싶었는데, 워낙 주인이 으름장을 놓아서 좀 흥분했던 것 같습니다."
"그래. 늦었다. 얼른 차에 타자."
요상하게 흘러가는 분위기. 이런 느낌은 언제나 들어맞기 마련이다.
"김정주!"
"상병 김정주?"
"뒷좌석에 타. 성재가 앞에 타고."
선임병은 한순간에 변한 분위기에 적응을 하지 못했다.
'뭐야? 나 까인 거야?'
생각이 채 끝나기도 전에 담당관이 다시 한번 강조한다.
"뭐해! 뒤에 타라니까?!"
"알겠습니다."

조수석에 성재를 태운 담당관은 운전을 시작하며 얼굴에 미소가 걸렸다.
"우리 성재 덕분 아니었으면 담당관도 연대장님께 혼쭐 날 뻔 했네. 자연산 구별하는 법은 어디서 배웠어?"
조 중사의 말에 성재는 잠시 고민하다 대답했다.
"어머니가 시장에서 일하셨었습니다."
"그래? 그래서 많이 알고 있었구나. 홍게도 구별할 줄 알았고, 광어도 구별할 줄 알고."
"그렇습니다."
성재가 또박또박 간부의 질문에 대답할수록, 김정주 상병은 어이가 없어 미칠 지경이었다.
'너 엄마 없잖아, 어디서 뻥카를 쳐?! 장난하냐?!'
하지만 여기서 당장 이런 말을 내뱉을 수도 없는 지경. 이미 자신이 내뱉은 말이 오히려 독이 되어 돌아온 시점. 지금은 다른 방법이 없다.
추락한 신뢰도를 회복하기 위해서는 시간이 필요할 뿐.
'젠장, 저 자식! 과거에 뭐했던 놈이야?!'
저번 3대대 부사관 축구 사건 때부터 생긴 의문은 계속 쌓여만 가고, 풀리질 않는다.

간부식당에 도착한 담당관은 이미 분주하게 움직이고 있는 조리병들을 통제하는 사제담당관을 향해 경례를 했다.
"충성! 회 구입해왔습니다."
"자연산으로 잘 구입했어?"
"네. 잘 구입했습니다. 확인해보시겠습니까?"
사제담당관은 배의 색깔을 보더니 씩 웃으며 입을 열었다.
"잘했네. 그런데 왜 이렇게 오래 걸렸어?"
"중간에 사고가 있었습니다."
"그래? 어떤 사고?"
둘의 대화에 누군가가 끼어들었다. 그건 1대대 담당관인 허란희 상사였다.
"조 중사, 대단하네. 우리 남편한테 대강 전해 들었다."
"앗, 네. 들으셨습니까?"
"그래. 지금 그 사건 곧 강원지방검찰청으로 송치예정이라니까, 나중에 대외기관 표창이 나올지도 몰라. 아직 확정적인 건 아니니까, 일단 연대 주임원사님께는 미리 귀띔해드려. 그나저나 그 일이 정확히 어떻게 된 거야?"
"그게 말입니다…."

연대 성과분석 회의 후 간부들이 모이기 시작했다.
테이블과 의자를 다닥다닥 붙여서 억지로 자리를 만든 식당.
성재는 미리 세팅되어 있는 간부들의 테이블을 보며 안도의 한숨을 돌렸다.
오늘은 자신이 크게 할 일이 없었다. 선임 조리병들이 이제까지 숨겼던 요리실력을 마음껏 발휘하고 있었던 것.
자신에게 화가 나 있는 김정주 상병은 감정을 죽인 채 홍게탕을 조리하고 있었고, 고유성 상병은 김치부침개를 만들고 있었으며, 나머지 조리병들은 기존 마른반찬들과 양념장 등을 옮겨 담아 회식준비에 만반을 기했다.
준비가 거의 끝났을 때, 연대 성과분석 회의를 마친 간부들이 들어오기 시작한다.
하사급부터, 소위, 중위 등 초급간부들은 이미 자리에서 대기하고 있고, 연대장과 각 과장들이 차례로 들어오는 가운데, 3대대 인사담당관이 연대 주임원사를 발견하고 오늘 있었던 일을 보고 했다.
"주임원사님, 오늘 장 보는 과정에서 일이 하나 있었습니다."

얼마 지나지 않아, 들어오는 배원영 연대장.
그가 베레모를 벗고 드디어 간부식당 메인석, 원형 테이블에 앉았다.
"자자자, 다들 나 기다리지 말고 먹지!"
"네. 연대장님! 한 해간 고생 많으셨습니다."
"하하, 고생은 뭘, 다 똑같지."
다들 허기진 지, 김치전과 주변 반찬들을 먹고 있을 때, 조리병들이 하나둘 나오며 양손에 광어회와 우럭회가 담긴 접시를 들고 나오고.
"오오오!"
기대에 찬 간부들의 목소리가 흘러나온다.
간부식당에서 처음 나오는 활어회.

아직 회를 뜬 지 3시간도 지나지 않아 횟감이 싱싱하다. 연대장이 뿌듯한 미소를 지으며 간부들을 향해 손을 흔들었다.

연대 주임원사가 자리에서 일어나 연대장을 보며 말을 꺼냈다.

"연대장님! 오늘 같은 날! 축배 제의 하셔야 합니다. 다들 빈 잔에 술을 따라주십시오."
주임원사의 말에 연대장은 주변을 둘러보았다.
그러자 멀리서 지켜보고 있던 3대대 인사담당관이 마이크를 들고 달려가 배원영 대령에게 건넸다.

"자자자, 오늘 이 자리, 내가 혼자 준비했으면 좋겠지만, 이 자리에 없는 1, 2, 3대대장의 지휘활동비를 모아서 같이 준비한 자리니까, 이따가 다들 대대장 오면 박수 한 번 칠 수 있도록 해!"

"네. 알겠습니다!"

"잔들 따르고 있나?"

"그렇습니다!"

모두가 맥주와 소주 등 개인이 원하는 술들을 빈 잔에 따르는 가운데, 1대대 간부들이 눈치를 보기 시작했다.

그러자 연대장이 씩 웃으며 입을 열었다.

"1대대는 작전 부대니까! 술 대신 음료수를 먹어야겠지?!"

그의 말에 간부들이 실망한 듯, 술을 내려놓고 사이다와 콜라로 빈 잔을 채웠다.

"너무 아쉬워하지는 마. 2주 뒤부터는 3대대가 그렇게 될 거니까. 하하, 안 그런가? 3대대 작전과장!"

연대장의 말에 테이블에서 멀리 떨어진 간부 중 하나가 자리에서 일어나 대답했다.

"맞습니다! 연대장님!"

"후후후, 패기 하나는 좋구만! 다들 알다시피 오늘 부대 표창은 1대대 4중대장인 조석호 대위가 거의 휩쓸었더군. 조석호 대위! 연대장이 특별히 너한테 발언 기회를 줄까 하는데, 어때? 일어나지?!"

연대장은 자신 대신 조석호 대위를 일으켰다.

그러자 4중대장은 멋쩍은 얼굴로 연대장에게 90도 굽혀 예의를 갖추고는 다시 주변 사람들을 바라보았다.

"제가 군 생활을 하면서 가장 중요하게 생각했던 게 있습니다."
처음부터 분위기를 깔고 들어가는 중대장.
다들 기대감에 4중대장을 쳐다보고.
"그건 바로 부대 관리입니다."
부대 관리란 말에 고개를 끄덕인다. 사고예방, 적절한 상벌 조치를 통해 제대의 전투력을 항상 최상으로 유지하는 게 바로 부대 관리의 목적.
"저희 4중대가 이번에 성과를 낼 수 있었던 것은 어느 한 병사의 역할이 매우 컸습니다."
그러나 4중대장은 담담한 표정으로 자신이 지켜보았던 병사에 대한 이야기를 풀어갔다.
"그 녀석은 집안 환경이 썩 좋지 않은 녀석이었습니다. 우울증도 있어 보였고, 군 전입 후 적응하지 못해 혼잣말을 하는 등 중대장으로서 참 난감했습니다."
"오오오, 흥미진진하구나. 다들 이야기 길어질 것 같으니까 잔들 내려놔!"
연대장의 말에 간부들은 손에 든 잔을 내려놓고 중대장의 말에 집중한다.
"저는 부하를 볼 때, 인내심과 끈기를 봅니다. 그리고 어려움을 이겨내려는 의지를 테스트하곤 합니다. 물론 중대장으로서 정당한 권리이자, 권한 범위 내에서였지만, 그 병사 입장에서는 꽤 힘들었을지 모릅니다. 군장만큼 무거운 999K를 들고 천국의 계단이라 부르는 악마의 코스를 올랐습니다. 체력의 한계가 오면서도 녀석은 '할 수 있습니다!'라고 외치며 자신의 의지를 증명해주었습니다."
"크, 중대장이 사설이 길구나. 그래서 결론이 뭐야?"
"그 녀석이 떠나고 소초 밥이 맛없다며 마음의 편지가 계속 접수되고 있습니다. 연대장님이 뽑아가신 강성재 일병 때문에 병력들이 난리가 아닙니다. 바로 지금 조리병으로 임무 수행하는 강성재 일병 이야기입니다."

그러자 연대장이 성재를 응시했다.
조리실 뒤편에서 물수건으로 선반을 닦고 있는 일병. 그에게 곧바로 손짓하고.
그가 연대장 옆에 서자, 연대장이 중대장을 보며 또 한 번 물었다.
"성재가 요리 잘하는 건 나도 알지. 바로 어제만 해도 우리 딸이랑 이 녀석이 해준 손칼국수 얘기로 얼마나 수다를 떨었던지… 하하하."

"연대장님?"

"어. 4중대장!"

"성재, 이제 소초로 돌려주시면 안 됩니까?"

그러자 배원영 대령은 털털하게 웃더니, 입을 열었다.

"그건 양보 못 하지. 후후, 그게 하고 싶은 말인가?"

"그렇습니다."

"자! 모두 강성재 일병 이야기가 나와서 말인데, 이 녀석이 바로 부식 검수 간에 상한 닭 발견한 그 병사다. 모두 박수 한번 쳐라!"

끝없는 박수가 계속해서 이어졌다.

"그리고 각 과장들은 알지? 나한테 보고했다는 이등병! 군단에서 조치할 문제였다고! 그걸 보고한 녀석도 이 녀석이야."

그러자 간부들이 고개를 끄덕이며 다시 한번 우레와 같은 박수가 쏟아졌.

성재는 간부들이 박수치는 대상이 자신이란 것을 보며 정면을 응시했다. 이 모든 것이 꿈만 같았다. 현실에선 절대 일어날 수 없는 일이 지금 막 일어나고 있었다.

그러나 여기서 끝난 게 아니었다.

"연대장님, 오늘 아침에 미담사례가 있었습니다."

"주임원사! 갑자기 그 이야기가 왜 나오죠?"

"강성재 일병에 관한 이야기입니다."

"그래요? 한번 들어볼까?"

또 다른 마이크가 주임원사에서 다시 3대대 인사담당관에게 건네졌다. 그는 담담하게 오늘 있었던 사건을 말했다.

"오늘 삼척 번개시장에서 자연산 광어를 구입하는 과정에서 상인이 저희에게 양식장에서 기른 광어를 자연산으로 속여 팔려는 행위가 있었습니다. 그것을 강성재 일병이 경찰을 불러 현장에서 검거했습니다."

"그래? 요즘에도 광어를 속여 파는 사람이 있나? 배가 흰색이면 다 자연산 아니야?"

"저도 그런 줄 알았는데, 그게 아니었습니다. 무흑화 양식기술이라고 이미 자연산처럼 배를 하얗게 만들어서 양식하는 기술이 나왔다고 합니다. 그것을 이 병사가 잡아내서 경찰에 넘긴 상황입니다."

"오, 나도 회를 수십 년간 즐겨 먹지만 그건 또 처음 듣네. 과장들, 이 사실 알고 있었어?"

"저도 몰랐습니다."

"저도 몰랐습니다."

간부들이 처음 듣는 이야기에 고개를 저으며 강성재를 신기한 듯 바라보고, 배원영이 박수를 유도한다.

"뭐 해? 다들 박수 안 치고!"

우레와 같은 박수가 이어지자, 강성재는 그 상황에서 보여줘야 할 행동을 실시했다.

두 손이 건빵 주머니에 딱 달라붙었고,

양발은 45도 각도.

허리는 곧게 편 채,

전방 15도를 주시하는 눈.

그리고 오른손의 세찬 동작과 함께 흘러나오는 육성!

"충성! 사랑합니다!"

이어지는 상태창의 응답.

> 사용자 강성재에 대한 연대장의 호감도가 30 상승했습니다
> 사용자 강성재에 대한 연대 작전과장의 호감도가 30 상승했습니다
> 사용자 강성재에 대한 연대 인사과장의 호감도가 30 상승했습니다
> 사용자 강성재에 대한 연대 정보과장의 호감도가 30 상승했습니다
> 사용자 강성재에 대한 연대 군수과장의 호감도가 300 하락했습니다
> 사용자 강성재에 대한 1대대 인사담당관의 호감도가 30 증가하였습니다
> 연대 군수과장의 호감도가 0 이하로 하락하여 적개심으로 변환되었습니다
> 사용자 강성재에 대한 연대 군수과장의 적개심이 250 상승하였습니다
> 호감도 상승에 따라 군대 내 인지도가 1.5 상승하였습니다
> 호감도 상승에 따라 대외 인지도가 0.1 상승하였습니다

저 자식이었단 말이야?

군수과장 장희철 소령은 홀로 속을 삭였다.
'저 새X 였어? 저 자식이었단 말이야?'
그동안 홀로 연대장님께 보고한 이등병이 누군지 샅샅이 뒤졌었다.
그럼에도 찾아낼 수 없었다. 그럴 수밖에.
'소초에 있었던 놈이었다고? 이 쥐새끼 같은 녀석이!'
장 소령은 그 날 이후 모든 게 꼬였다고 생각했다.
연대장으로부터 공개망신 당한 이후의 생활.
처절하고, 비참했다.
후배 장교들은 자신을 무시하고 그들끼리만 쑥덕거렸다. 군수과 소속 담당관들은 자신과 마주치지 않으려 사무실을 한동안 비운다든가, 전화를 받지 않는다던가, 그런 일련의 행동들이 눈에 밟혔다.
사실 부하들이 실제로 그런 것은 아니었다. 자격지심 때문에 스스로를 비관해서 극단적인 생각을 하게 되었을 뿐. 후배 장교도 자신의 소속 담당관도 그렇지 않지만, 군수과장의 생각은 계속 부정적인 방향으로만 쏠려 있었다.
폭설 사건 이후 자신에게 모든 책임이 전가되자 군수과장은 도저히 간부들을 믿을 수가 없었다. 자신은 대민지원을 하기 위해 현장에서 발로 뛰며 노력한 것밖에 없는데, 그것이 오히려 부메랑이 되어 불이익으로 돌아왔다.

얼마 남지 않은 군 생활. 도대체 어디부터 꼬여버렸을까?
그 원인인 녀석이 바로 앞에 있었다.
조그마한 체격, 겨우 일병 나부랭이가 자신도 군 생활동안 평생 받지 못한 박수세례를 받고 있었다. 건방진 얼굴로 거수경례를 하는 뻔뻔한 기회주의자. 엿 먹어 보란 듯 바로 옆에서 연대장에게 점수를 따기 위해 노력하는 병사의 모습이 아니꼽게 보인다.
젠장! 저 새X를 진작에 찾아냈어야 하는데….
군수과장은 상념에 잠겼다.
'내일? 모레? 언제 족치는 게 좋을까? 징계 쪽으로 갈까? 아니야. 그걸로는 안 돼. 항명이 좋겠다. 아니, 나도 리스크가 커. 관심병사 만들어서 뺑뺑이나 돌려버리자. 정신병원 보내고, 사단 캠프 같은 데 돌려서! 스스로 미쳐버리게! 그래! 그게 맞아!'

장희철 소령은 앞에 놓인 두꺼운 회를 입안에 넣으며 미소를 지었다.
결심을 실행하기만 하면 된다. 하루, 이틀. 그 안에 판가름 나겠지.
좋아. 됐어! 이거야!
분위기가 무르익고, 사단 성과분석 회의에 참석했던 1, 2, 3대대장이 연대 간부식당에 들어왔다. 대대장들은 경례 대신 90도로 고개를 숙이며 예의를 갖춘 후, 베레모를 한쪽 베레모 걸이에 걸쳐놓은 후 원형 탁자에 앉았다.
연대장은 각 대대장을 바라보며 결과를 물었다.
"오, 어떻게 됐나?"
그러자 2대대장은 익살스러운 얼굴로 배 대령에게 대답했다.
"연대장님, 1대대장이 부대 표창 휩쓸었습니다!"
"뭐야? 진짜야?"
연대장이 환한 웃음을 머금자, 김관우 중령이 담담한 표정으로 보고했다.
"10개 표창 중 종합전투력, 작전태세, 군수관리, 공보활동 4개 분야 받았습니다. 다 연대장님 덕분입니다. 감사합니다."
부하의 말에 호탕한 웃음을 터트린 연대장.
"전투력이야, 내가 신경 쓴 건 있지만, 작전태세, 군수관리, 공보활동은 다 대대장이 혼자

한 건데, 다 내 덕분은 아니지."

"아닙니다. 연대장님의 냉철한 가르침 덕분에 저도 군 생활에 희망을 품을 수 있었습니다. 또한, 사실 제가 표창받은 건 강성재 일병이라는 조리병의 역할도 큽니다. 그 병사가 없었다면 군수 분야나 공보활동 분야는 절대 저희가 1등 하지 못했을 겁니다."

김관우 중령의 말에 배원영 대령은 그럴 줄 알았다는 듯 흐뭇한 미소를 지었다.

"야~ 그거 벌써 너네 4중대장이 이미 말했어. 설마 똑같은 레파토리로 분위기 잡으려 한 거야?"

"그럴 의도는 아니었습니다. 죄송합니다."

"죄송은 무슨, 부하 복도 다 군생활하면서 복이지. 다들 들자고!"

또다시 언급되는 강성재.

이쯤 되면 군수과장 입장에서도 배알이 꼴려 미쳐버릴 상황.

'이 XX가 날 팔아먹었구나. 이 X 같은 새X가….'

한편 성재는 조리실에서 계속 뜨는 메시지에 흠칫 놀랐다.

> 사용자 강성재에 대한 연대 군수과장(장희철 소령)의 적개심이 50 올랐습니다
> 사용자 강성재에 대한 연대 군수과장(장희철 소령)의 적개심이 60 올랐습니다
> 사용자 강성재에 대한 연대 군수과장(장희철 소령)의 적개심이 72 올랐습니다

상태창은 거짓말을 하지 않는다.

메시지는 사람을 대비하게 만든다.

인생의 선택지를 보여주며, 이성적인 판단을 내릴 수 있게 만든다.

또한, 간접적으로 어떤 일이 일어날지도 알 수 있게 해준다.

성재는 과거 경험을 통해 여러 가지 사실을 유추해냈다.

1. 시스템 메시지는 미래를 일부 또는 전부를 알고 있다.
2. 이 능력은 현대 과학으로는 설명할 수 없는 초자연적 현상과 미래기술이 결합되어 있을 거라 추정된다.
3. 요리사의 길 시스템은 융통성이 있다.
4. 요리사의 길 튜토리얼을 이행하지 못할 사항에서는 패널티로 기억과 능력을 잃는다.

먼저, 1번을 알게 된 것은 소초에서 삼겹살을 구우면서다.
삼겹살에서 25초 이내 행정보급관에게 삼겹살을 먹이라는 퀘스트와 5분 이내 중대장에게 등급 높은 삼겹살을 먹이라는 퀘스트에서 어느 정도 의심을 했었다.
그리고 전직 퀘스트를 통해 확신했다. 달성조건이 그 직책으로 갈 수 있는 최선의 길을 제시하고 있다.

다음 2번.
시스템 창은 자신에게만 보인다. 스킬 포인트를 찍을 수 있고, 고유 기술, 즉 스킬도 찍을 수 있다. 홀로그램이 나오고, 레시피 숙련도에 따라 그 레시피를 그대로 구현한다.
요리사의 눈을 집중하면, 관련 재료도 알 수 있고, 원산지, 신선도, 기타 정보 등도 확인할 수 있다. 그러므로 초자연적 현상과 미래기술이라고 충분히 예측 가능하다.

다음 3번.
융통성 관련해서는 단 한 번 나온 적이 있었다. 그건 바로 중대장으로부터 요리로 인정받기 퀘스트였다. 그때 당시 요리로 인정받기에는 너무나 어려운 환경이었다. 아니, 24시간이란 여유가 더 있었으니, 또 한 번 기회가 왔거나, 그 순찰 복귀 후 중대장님에게 요리를 대접했으면 성공했을지도 모른다.
하지만 성재는 요리가 아니라 자신의 의지를 관철하며 인정받는 데 성공했다.
그 직후 시스템에서 보여주는 퀘스트도 바뀌었다.

마지막 4번.
튜토리얼의 실패와 능력과 기억의 소멸.
현재까지 관심병사와 관련된 사항에서만 그러한 메시지가 나왔다.
즉, 관심병사가 되면 튜토리얼을 완료할 수 없게 된다.
지금도 그러했다.

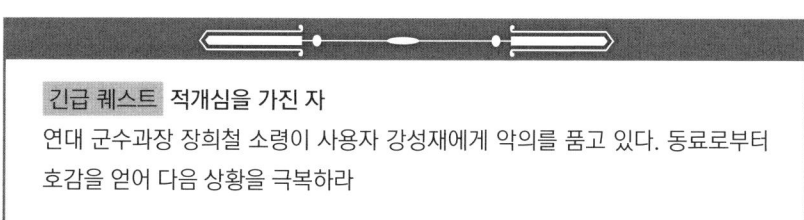

> 성공 시 보상 EXP 1,000 획득
> 실패 시 패널티 관심병사로 재분류, 사단 보충대로 전출, 요리사의 길 튜토리얼 실패, 튜토리얼 시작 후 얻은 기억 및 능력 소멸

성재는 곧바로 장희철 소령을 쳐다보았다.

적개심 가득한 눈빛이 곧바로 자신을 향하고 있다.

'왜? 저 사람이 왜!'

얼른 시선을 외면했지만, 여전히 성재를 향한 고압적인 시선이 떠날 줄을 모른다.

성재는 복도로 자리를 옮겼다. 일단 시선을 피하기 위해서였다.

그가 조리실에서 떠난 후, 군수과장 또한 자리에서 급하게 일어났다.

성재는 자신을 뒤따라오는 군수과장의 움직임을 간접적으로 알게 되었다.

> ⚙ ✓ ✗
> 사용자 강성재에 대한 연대 군수과장(장희철 소령)의 적개심이 81 올랐습니다
> Danger!
> Danger!
> 연대 군수과장(장희철 소령)의 적개심이 위험 수치에 도달했습니다
> 자리에서 이탈하십시오

성재는 일단 건물 2층으로 도망치듯 올라갔다.

대충 소리를 통해 여기저기 누군가를 찾는 장 소령의 모습이 예상된다.

그리고… 자신이 익히 잘 알고 있는 얼굴이 뒤따라 나온 것이 보인다.

연대장이었다. 군수과장의 상기된 얼굴을 보며 걱정되어서 따라 나온 것.

"군수과장! 군수과장!"

연대장의 다급한 외침에 장희철 소령이 뒤를 돌아보았다.

그러자 각 과장들도 안에서 연대장의 목소리를 듣고 웅성거리며 갸웃갸웃거린다.

"작전! 다 들어가. 군수랑 따로 할 말 있으니까!"

"알겠습니다."

작전과장을 비롯한 예하 간부들을 돌려보내고, 배원영 대령이 흡연장으로 군수과장을 데려갔다.

"담배 태우지?"

"…네. 피웁니다."

"피워!"

"……."

연대장 앞에서 맞담배를 태우는 군수과장은 여전히 불안정해보였다.

성재는 복도 끝에 놓인 흡연장 바로 위 2층 건조실에서 둘의 대화를 엿들었다.

"도대체 무슨 생각으로 그 병사를 따라간 건가? 한 대 치려고? 어떻게 해보려고?"

"아닙니다."

"아니긴 뭐가 아닌가. 이제는 좀 사람답게 살아야 되잖아. 너도 이제 40넘었는데 도대체 언제까지 그렇게 즉흥적으로 살아야겠어?"

"……."

"알고 있는 거지? 보직해임 처분. 사단장님이 결심하셨다는 거."

"…알고 있었습니다. 다만 그게 언젠지는 잘 몰랐습니다."

"네가 잘 못 알고 있는 게 있어. 보직해임은 그 병사 탓이 아니야. 다 네가 처신을 잘 못 하고, 판단을 잘 못 해서 생긴 거지. 군수과장으로서 아직도 모르겠어?"

"……."

"중령 진급은 물 건너갔지만, 다행히 군대는 보직해임 건에 대해서 3년 이후엔 기록을 말소해준다. 이 연대장도 과거엔 그쪽 실무자로 일해봤으니까 더 잘 알고."

"…연대장님…, 저 군수과장 계속하면 안 됩니까?"

"안타깝게도 오늘로 끝이야. 고생했네 군수과장! 짐 싸고, 준비되면 유선으로 보고해."

"……알겠습니다. 그동안 감사했습니다."

"그래. 나중에 보게 될 때는 좀 더 당당하고 멋진 간부의 모습으로 볼 수 있었으면 한다. 식당 들어오지 말고, 곧바로 사무실 가서 짐 싸. 사단 보충대까진 스스로 갈 수 있지?"

"네. 가서 연락드리겠습니다. 그동안 감사했습니다. 충성!"

연대장은 안타까운 얼굴로 장 소령의 뒷모습을 바라보았다.

성과분석 회의가 끝나고, 연말 회식 때까지는 데리고 있고 싶었다. 그래서 사단장님께 며칠만 더 정리의 시간을 달라고 건의해놓은 상태였다.

쓸쓸한 영관장교의 뒷모습을 바라보며 마음이 아파오는 상관.

그는 씁쓸한 표정을 뒤로하고 다시 회식이 진행되는 식당으로 향했다.

그런 두 사람의 대화를 2층에 숨어 엿듣던 성재 또한 가슴을 쓸어내리며 고개를 저었다.

연대 군수과장(장희철 소령)의 적개심이 안전 수치로 낮아졌습니다

긴급 퀘스트 적개심을 가진 자 / 완료
연대 군수과장 장희철 소령이 사용자 강성재에게 악의를 품고 있다. 동료로부터 호감을 얻어 다음 상황을 극복하라

경험치 1,000을 획득하였습니다

연대장은 돌아오지 않는 조리병 성재를 한참 동안 찾았다.

다행히 녀석은 아무렇지 않은 얼굴로 조리실에 돌아왔다.

'마지막까지 이름을 밝히지 말았어야 하는데, 내가 실수했군.'

군수과장의 저돌적인 성격을 알고 있었음에도 관리를 하지 못한 연대장은 반성했다.

'포상 휴가라도 줄까?'

배원영 대령이 3대대 인사담당관을 불러 입을 열었다.

"담당관! 내가 며칠 전에 먹은 칼국수가 정말 맛있더라. 혹시 지금 추가로 가능한가?"

"네. 바로 준비시키겠습니다."

성재는 퀘스트를 기억하고 있기 때문에 담당관이 오기도 전에 그가 무엇을 시킬지 이미 알고 있었다. 서효석 상병이 매일 연습용으로 만들어놓은 반죽을 꺼내는 녀석.

그리고 그런 성재를 지켜보는 선임 서 상병.

"강성재, 그걸 왜 꺼내?"

"이리로 오십시오. 담당관님이 분명 칼국수 만들라고 하실 겁니다."

"칼국수?"

"네. 수타면으로 뽑은 손칼국수 말입니다."

성재의 말이 끝나기 무섭게 3대대 인사담당관이 조리실 병사들에게 말했다.

"야! 너희들 지금 칼국수 만들 수 있냐?"

그러자 가장 선임인 김정주 상병이 바로 대답했다.

"칼국수면 사놓은 게 없습니다. 죄송합니다. 안 될 것 같습니다."

그러나 그의 말을 끊는 병사.

"담당관님! 칼국수면 반죽으로 바로 뽑을 수 있습니다. 저랑 서효석 상병이 같이하면 15분 내로 만들 수 있습니다. 시작해도 되겠습니까?!"

"어! 그래! 성재야! 빨리 준비해! 회식도 끝나갈 때 다 되니까, 얼큰한 국물 내서, 연대장님이 만족하실 수 있게!"

"알겠습니다. 서효석 상병님하고 같이 준비하겠습니다."

서효석은 성재를 바라보고, 성재는 서효석을 바라보며 서로의 감정을 교환했다.

머뭇거리는 착한 선임 서효석을 향해 약간은 건방진 듯 말하는 성재.

"뭐하십니까? 포상받고 싶어 하지 않으셨습니까? 지금 시작하셔야 합니다."

하지만 속마음은 전혀 그렇지 않다는 것을 알기에 서효석이 고개를 끄덕였다.

연계퀘스트 연대장의 선물 3

연대장이 강성재에게 포상 휴가를 주려 한다. 서효석 상병과 협업하여 포상 휴가증을 추가 획득하라

진입조건 1 수타면 뽑기 (초급) 수준 달성
진입조건 2 연대장의 호감도 500 이상 획득
성공 시 보상 1 연대장 포상 휴가 4박 5일 / 2장
성공 시 보상 2 신뢰하는 동료 획득(서효석)

073

신뢰하는 동료를 얻었습니다

서효석 상병은 처음으로 간부들과 선임들 앞에서 자신의 실력을 발휘하기 시작했다.
조리실 안, 기다란 도마. 그 앞에 선 남자. 옆에서 준비를 돕는 작은 체형의 후임병.
반죽을 놓을 도마 위에 성재가 하얀 밀가루를 얇게 뿌려준다.
서로 대화 한마디 나누지 않아도, 무엇이 필요한지 아는 눈치.
무협 고수들은 상대방이 어떤 무공을 익혔는지 알기만 하면 대결하기도 전에 서로의 움직임을 예측할 수 있다고 한다.
요리의 고수들도 마찬가지.
상대방이 수타면을 뽑는다는 것을 이미 알고 있는 성재는 서효석이 무엇을 필요로 하는지, 다음 동작으로 무엇을 할 지 다 알고 있었다.
더구나 수타면 뽑기 방법을 가르쳐 준 사람이 바로 그 남자.
단 한 번의 가르침이었지만, 모든 동작을 스펀지처럼 흡수한 성재는 선임의 옆에서 같은 자세, 같은 동작을 취했다. 간부들은 조리실에서 똑같은 동작을 하며 면을 뽑은 선임과 후임의 움직임을 보고 놀라움을 감추지 못했다.

'내가 공연장에 온 건가?'
술을 먹지 않은 사람들도, 약간 취한 간부들도 이때만큼은 모두가 쥐죽은 듯 조용해진 채,

강성재 일병과 서효석 상병에게 시선을 보냈다.
한편의 뮤지컬. 난타 공연이 부럽지 않을 정도.
군대에서 이만한 즉석 공연이 더 있을까 싶을 정도였다.
수십 년 동안 같이 함께 한 사람처럼 서효석 상병과 강성재 일병의 움직임이 합을 이룬다.
간부들은 그 둘의 움직임을 보며 각각 생각에 빠졌다.
'대단해. 면 뽑는 광경이 이렇게 재밌을 줄은 몰랐어.'
'저 손놀림 봐. 어떻게 저렇게 딱딱 맞출 수 있지?'
'정말 맛있겠다. 이게 소문으로만 듣던 장인들인가?'

앞에 놓인 두툼한 생선회와 맑은 국물이 일품인 홍게탕보다 칼국수가 더 기대된다.
멀리서 지켜보고 있던 오민호 일병.
그 또한 성재의 놀랄만한 움직임을 보며 자신을 반성했다.
'나하고 같은 날 시작했잖아. 1주일도 안 됐는데 넌, 어떻게 벌써 그런 경지에 오를 수 있는 거니?'
자신은 몸으로 하는 것은 뭐든지 자신 있었다.
축구, 농구, 테니스, 유도, 태권도 등 못하는 운동이 없었다. 대한민국의 국가대표처럼 최고 수준은 아니었지만, 운동신경이 좋아 모든 종목에 프로 입문할 수준은 된다고 생각했다. 그래서 요리도 자신 있었다. 지식을 많이 필요로 하는 부분은 시간이 필요하겠지만, 지식보다는 힘과 반복동작으로 익힐 수 있는 반죽, 볶음밥 이런 것들은 자신도 충분히 경쟁력이 있다고 생각했다.

그러나 아니었다.
천재의 움직임에 또 한 명의 천재가 동작을 맞춘다.
서효석 상병의 손에서 국수 면발이 두 갈래로 갈라지고,
그 위에 강성재 일병이 밀가루를 공중에서 뿌린다.
반죽이 늘어지지 않게, 탄력을 유지할 수 있게, 마찰이 없도록!
이번에는 반대였다.
강성재 일병의 손에서 면발이 두 갈래로 갈라지고, 서효석 상병이 밀가루를 뿌렸다.
완벽한 하모니.

천상을 울리는 기적의 세레머니.

둘의 손에 들린 면발이 도마 위에 내려지자, 누군가가 박수를 치기 시작했다.

그건 바로 연대장.

배원영 대령은 이미 교회에서 봤기 때문에 성재가 수타면을 잘 뽑는다는 사실을 알고 있었다. 그러나 옆에 있는 녀석 또한 정말 대단했다.

그런 두 녀석이 서로의 눈빛을 교환하며, 말 한마디 없이 서로를 응원하고 있다.

그래서 나온 반사적인 행동.

짝! 짝! 짝짝짝! 짝짝짝짝짝!

연대장이 손뼉을 마주치자, 여기저기서 박수가 흘러나왔다.

짝짝짝짝짝짝짝! 짝짝짝짝짝짝짝!

모두가 둘의 퍼포먼스에 매료된 상황.

지휘관이 먼저 박수를 쳐서 따라 하는 것이 아니었다. 자발적으로 그런 분위기에 편승해서 그랬을 뿐. 군대라서 박수가 흘러나온 게 아니다.

감동 그 자체! 심금을 울리는 두 장병의 장인정신에 대한 칭찬인 것이다.

반면, 조리실에서 둘의 동작을 지켜보던 김정주 상병이 두 손을 불끈 쥐었다.

강성재는 원래 건방져서 한 번은 손 봐줘야겠다고 생각했었다.

오늘 아침 회를 고를 때도 자신의 말을 계속 끊으며, 인사담당관에게 점수를 따려는 녀석이 못마땅했다. 하지만 서효석은 그렇지 않았다. 같이 지내는 동안 고분고분한 게 마음에 들었다. 앞에 나서지 않고 항상 뒤에서 자신의 지시에 불응 없이 따르는 똘마니였다. 방해되지 않고, 적당히 자기 일을 하며, 시키는 일에 고분고분 따르는 허수아비. 그래서 이제까지 건드리지 않았다.

그런데? 그게 아니었다?

녀석이 오히려 앞장서서 간부들 앞에서 알랑방귀를 뀌고 있다.

그는 다시 한번 상념에 빠졌다.

역시, 간부들은 다 멍청하다. 깊게 생각하지 않는다. 겉면만 본다. 생각이 짧다.

자신이 후임 조리병들을 잘 관리하고, 간부식당을 체계적이면서 안정적으로 운영하기 위해 노력한 모습을 인정해 주지 않는다.

어떻게 해서 식사의 질을 끌어올렸는데, 간부들 도움 없이 혼자 얼마나 헤쳐 왔는데, 그건 깡그리 무시하고 저 하나만을 보고 평가해?
손칼국수를 먹고 난 후, 연대장의 말 한마디.

"사제담당관! 가져와!"
연대 사제담당관의 품에서 포상 휴가증이 꺼내졌다.
"상병 서효석! 감사합니다!"
먼저 서효석 상병이 포상 휴가증을 받고, 이제 성재가 받으려는데, 연대장이 머뭇거렸다.
'어, 뭐지? 왜 난 안 줘?'
성재는 일단 차분히 기다렸다. 그러자 연대장이 씩 웃었다.
"성재는 포상 휴가 많지 않나? 군단장님 포상 휴가도 받았고, 대대장도 포상 휴가를 줬었고."
연대장의 농담에 성재의 얼굴에 당황스러운 표정이 걸렸다.
'후후, 녀석! 골려 먹는 재미가 있군. 부하들 앞이라 이쯤만 할까? 너무 장난을 치면 가벼워 보일지도 모르니까.'
연대장의 농담 섞인 말투에 옆에 있던 대대장이 당혹스러워 하는 가운데, 연대장은 사제담당관으로부터 건네받은 포상 휴가증을 성재에게 주고, 악수를 권했다.
"일병 강성재! 감사합니다!"
"그래. 이건 연대장이 그냥 주는 게 아니고, 모든 간부들이 당연히 줘야 된다고 생각했을 거야. 간부들 다 그렇게 생각하지?"
연대장의 말에 또 한 번 박수와 함께, 간부들의 복명복창이 이루어졌다.
"맞습니다. 연대장님!"
"저도 그렇게 생각합니다."

같은 시간. 조리실. 상병 김정주의 두 눈이 성재를 향해 있었다.
포상 휴가증. 자신과 바로 직속 후임인 유 상병을 건너뛰고, 서효석과 고작 온 지 10일도 안 된 일병 녀석이 독차지했다.
아드득, 아드득, 이빨이 갈리면서도 도저히 화가 풀리지 않는다. 왜? 도대체 왜 자신에게 이런 일이 일어나는 걸까?

내가 이기적인 걸까? 아니면 저 녀석들이 이기적인 걸까? 간부식당 조리병 중 왕고참은 불끈 쥔 손을 여전히 펴지 않고 두 녀석에게서 시선을 떼지 못했다.

모든 청소가 끝난 후. 서효석 상병은 조리병 임무수행하면서 난생 처음으로 받은 휴가증에 신나는 목소리로 말했다.
"성재야! 고맙다."
"아닙니다. 다 서효석 상병님이 잘하셔서 그런 겁니다. 덕분에 저도 포상 휴가증 받지 않았습니까?"
서효석은 후임병이 마음에 들었다. 물론 처음에는 경계도 했었다. 자신의 기술을 훔쳐가는 것은 아닐까?
천부적인 재능을 가진 사람. 그들은 대부분 이기적이고 자기중심적이라고 들었다.
하지만 성재는 전혀 그렇지 않았다. 오히려 끝없이 노력하는 모습을 보여준다. 또한, 그 행동이 과하지 않다.
조금 앞서 나간다 싶더라도, 그 이면에는 주변 사람을 배려하는 무언가가 있다.
서효석은 같이 배워나가고 싶었다. 자신보다 어린 동생이면서 후임병인 성재에게 자신의 기술을 가르쳐주고, 녀석의 장점과 기술, 지식을 배워 훗날 같은 길을 걸어가고 싶었다.
자신은 중화요리의 대가로서, 성재는 자신의 꿈인 세계 최고의 요리사로서 수십 년이 지나도 반갑게 만나고, 교류할 수 있으면 좋겠다고 생각했다.

강성재는 포상 휴가증을 받고 오민호와 같이 막사로 복귀하는 길이었다.
사실 자신에게는 이미 조명탄 사격 시 오므라이스와 건프레이크로 받은 대대장의 3박 4일 포상 휴가증이 있었다.
거기에 오늘 받은 연대장의 4박 5일 포상 휴가증. 이제 남은 휴가만 총 9일이다.
게다가 군단장 포상 휴가 7일에 중대장 포상 휴가 1일을 썼으니, 포상 휴가만 17일을 받은 게 된다.
'이제 포상 휴가증은 더 받아도 1일밖에 못 쓰네.'
본래라면 포상 휴가는 받은 만큼 나갈 수 있었어야 한다. 하지만 올해 국방부에서 발표한

휴가 평등제 때문에 육군 장병은 군생활 동안 최대 18일밖에 포상 휴가를 나가지 못한다.
'아껴 써야 돼. 꼭 필요할 때… 민지가 초등학교 입학할 때나, 아버지 생신… 또 뭐가 있지?'
아쉬웠다. 그러나 한편으로는 뿌듯하기도 했다.
군 생활 겨우 2개월 반이 지났을 뿐이었다.

'연예병사 녀석들이 사고만 안 쳤어도 내가 피해 볼 일은 없었을 텐데…'
하여간 돈 많은 녀석들이 문제다. 군대는 돈이 없으나, 있으나 평등한 곳이어야 하는데, 꼭 잘 사는 녀석들은 군인 신분으로 안마방을 가거나, 유흥업소 등을 가서 사고를 친다.
'난 돈 많이 벌면 저러지 말자. 사회에 환원하면서, 멋지게 살 거야. 그러려면 돈을 벌어야 돼. 군대에 있는 기간 뭐든지 열심히 하자. 헛되게 보내지 말고, 내가 요리에 더 집중할 수 있게, 다들 나를 인정할 때까지'
그때, 성재의 시야에 올라온 상태창.

연계 퀘스트  연대장의 선물 3 / 달성
연대장 포상 휴가증 (4박 5일)을 획득했습니다
신뢰하는 동료(상병 서효석)를 얻었습니다
신뢰하는 동료 목록 List
1. 윤동현   2. 서효석 (신규)

'서효석 상병님도 이제 날 믿어주시는 건가?'
성재는 민호와 같이 발걸음을 맞추며, 대대본부 막사에 도착했다.
생활관 안.
오늘은 간부들이 전부 자리를 비워서인지 선임병들도 사무실을 비우고, 생활관에서 휴식을 취하고 있었다.
군대 와서 느끼는 거지만, 선임들의 패턴은 언제나 똑같다.

1. 침대에 눕는다.
2. 턱에 손을 괸다.

3. TV를 켠다.
4. 프로그램을 돌린다.

1, 2, 3번은 항상 고정이다. 그런데 4번에서 갈린다.
정훈병이자 분대장인 임규성 병장은 항상 가요프로그램에서 걸그룹 영상만을 본다.
각선미를 강조하는 자극적인 춤과 팬티가 보일 정도로 짧은 미니스커트, 엉덩이와 가슴을 부각시키는 댄스 동작까지.
혀로 할짝할짝 입술을 훔치면서 헤벌레 보고 있는 모습을 보면 그가 동물인지 사람인지 이해가 안 갈 정도다.
하지만 그를 따르는 추종자가 생활관에서만 2명.
"분대장님! 쥑입니다! 쥑여!"
"사투리는 쓰지 말아줄래?"
"몸매가 쥑여서 그랬습니다. 죄송합니다."

그다음은 게임방송이다. 게임온넷이나 KBC게임즈 채널을 주로 보는 선임은 바로 인사계원 김민철 상병.
임규성 병장이 자리를 비웠을 때 리모컨은 항상 그의 차지다.
"아! 아깝다. 이니시 제대로 걸었는데!"
"아! 그렇습니다. 거기서 알라스타가 쿵쾅 제대로 했는데 딜러들이 지원을 못 해줬습니다. 명장면 될 뻔했는데, 역시 땅콩해운팀은 안 되는 것 같습니다."
"그러니까! 역시 스크네. 제이커가 점멸로 피한 거 봤지? 저거 제이커 반응속도니까 피한 거야. 아무나 못 해."
"그렇습니다. 역시 명불허전 세계 1위! 제이커 진짜 쩝니다. 쩔어!"
게임을 좋아하는 김민철 곁에서 그를 빨아주는 병사. 바로 오민호.
운동과 게임은 항상 옳다며 주장하는 녀석.

그때, 복도에서 소리치며 들어오는 병사의 소리가 들려왔다.
"우와아아아아아아!"
커다란 함성. 그리고 이어지는 환호성!

"정말입니까? 진짜?! 대박! 대박!"
병사들은 다들 신이 났는지 서로서로 소리를 치고 있다.

성재는 소리 치며 생활관에 들어온 임규성 병장이 왜 저렇게 신이 났는지 궁금했다.
그러나 묻지 않아도 금방 알 수 있었다.
김민철 상병에게서 리모컨을 빼앗더니, 곧바로 뮤직비디오에서 현재 재생순위 3위에 있는 곡을 틀어 보인다.
그 곡은 옐로 핑크의 '오빠, 나 어때?!'
옐로 핑크의 멤버의 동작에 맞추어 임규성 병장이 골반을 돌리고, 그를 추종하는 병사들 두 명 또한 그의 옆에서 위, 아래, 위, 아래 춤을 따라 하며 더티 댄스를 춘다.
눈살을 찌푸리는 가운데, 임규성 병장이 씩 웃으며 말했다.
"다음 주 위문공연 우리 생활관에서 나는 무조건 간다! 알았냐?"
"알겠습니다."
"또 가고 싶은 사람은 가위바위보 해. 생활관 당 2명만 갈 수 있다니까!"
"임규성 병장님! 저 가고 싶습니다!"
"저도 가고 싶습니다!"
"크크크, 가위바위보 하라니까?"
성재는 손을 들지 않았다. 들 필요가 없어 보였다.
'조리병들은 희망만 하면 갈 수 있을 것 같은데?'

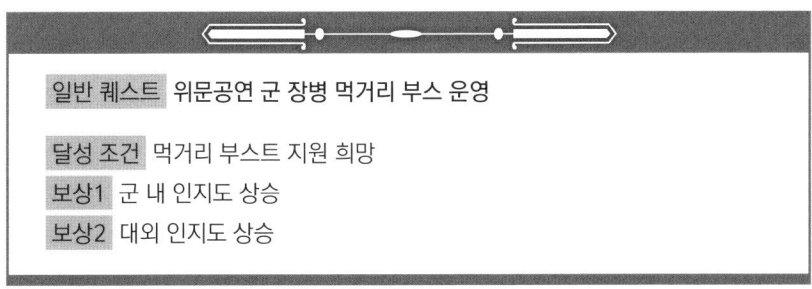

○○○ 레시피를 선택했습니다

전 병력은 30분 조기기상.
[지휘통제실에 전파합니다. 해맞이 행사 집합 5분 전!]
오늘부터 새해.
대부분 군부대는 1월 1일. 병력 사기 증진 차원에서 해맞이 행사를 간다.
그곳에는 이미 수많은 관광객들이 수평선에서 떠오를 해를 보기 위해 기다리고 있었다.
오늘 행사를 통제하는 본부중대장. 차 중위는 관광객들의 인원에 혀를 찼다.
혹시나 병력과 민간인이 충돌할까 걱정되었던 것.
"다들, 민간인 없는 언덕 쪽으로 올라간다! 실시!"
해수욕장에서 해맞이를 보려는 사람들을 뒤로하고, 해수욕장 끝, 철책 안으로 들어가도록 지시하는 본부중대장.
그 와중에도 병력들은 오랜만에 주둔지 밖에 나와서 얼굴에 미소가 걸렸다.
"이렇게 사람들이 많을 줄 몰랐습니다."
성재의 말에 김민철 상병이 웃음을 지었다.
"나도 그래. 바깥 공기 마시니까 기분이 참 좋다."
"저도 그렇게 생각합니다."

오전 6시 40분, 드디어 해안선 끝에서 붉은 노을이 올라오기 시작했다.
"우와! 뜬다."
"헉, 뜹니다!"
"해가 뜨고 있습니다."
군인들은 국방무늬로 된 장갑을 차고, 새해 첫날의 기분을 만끽하고 있었고.

"오빠! 사랑해!"
"효리야. 우리 사랑 끝까지 행복하자!"
"웅! 나도!"
이제 막 풋풋한 20대 커플들과.

"다시 태어나도 당신하고 또 결혼할 거야."
"나는 다시 태어나면 다른 남자랑 결혼할 건데?"
결혼한 지 20년이 넘은 부부들.

"아빠! 해가 떠요."
"그래? 서현아, 해맞이는 처음 보지? 저렇게 가까워 보여도 지구에서 1억 킬로미터 이상 떨어진 거란다."
"아빠, 1억이 많아요? 1만이 많아요?"
아직 학교도 못 들어간 아이를 데리고 멀리 동해까지 온 가족들까지.
수많은 사람들이 떠오르는 태양 앞에서 자신의 신년 소망을 빌기 위해 추위도 참으며 기다리고 있었다.
해안선 끝자락. 다행히 구름 한 점 없는 맑은 날씨로 태양의 끝이 보이기 시작했다.
찰칵! 찰칵! 찰칵!
모두가 희망을 품으며 소원을 빌었고, 성재 또한 새해 첫 일출에 자신의 소망을 담아 기도했다.
'할머니, 아빠 아프지 말고 건강하세요. 민지야. 너도 잘 자라야 한다.'

이어지는 포토타임!

본부중대장 차 중위는 군대에서 인가받은 카메라를 꺼내더니, 모두에게 말했다.
"다들 밀착해 봐! 사진 찍게!"
"알겠습니다!"
덜덜 떨면서도 한곳에 모인 장병들의 표정은 그 어느 때보다 밝아 보였다.
본부중대장은 임규성 병장을 불렀다.
"야! 규성아! 와서 찍어야지."
"알겠습니다."
정훈병 임규성. 그는 본부중대장이 들고 있던 카메라를 건네받고 모두의 앞에 섰다.
"사진 촬영하겠습니다. 하나, 둘, 셋 하면 웃는 포즈 해주시면 감사하겠습니다. 사진 촬영합니다. 하나! 둘! 셋!"

어색한 웃음을 짓는 병사도 있고, 해맑은 웃음을 짓는 병사도 있다.
병장답게 노련미 있는 임규성은 다시 한번 카메라를 잡으며 모두의 앞에서 입을 열었다.
"한 번 더 촬영하겠습니다. 이번에는 하나, 둘, 셋에 오른손 주먹을 쥔 채 어깨 위로 올려, 아자! 아자! 아자! 구호를 외치시면 되겠습니다. 하나, 둘, 셋!"
"아자! 아자! 아자!"
찰칵!

신년 해맞이 행사를 마치고, 주둔지로 돌아왔다.
평소라면 묵묵하게 복귀하겠지만, 오늘 통제 간부는 조금은 느슨한 본부중대장이었다.
그래서인지 다들 편한 분위기에서 왁자지껄 떠들며 서로의 대화를 나눴다.
"전역 며칠 남으셨습니까?"
"35일인가?"
"오! 대박이십니다."
"대박은 무슨 대박이야. 이제 곧 혹한기인데, 존나 꼬인 군번이다."
"혹한기가 언제부터입니까?"
"1월 15일부터 1월 19일. 4박 5일."
"컥… 혹한기 소문만 들었는데, 진짜 하기 싫습니다."

"그건 그래. 유격은 근육 안 풀린 첫날만 힘든데, 혹한기는 처음부터 마지막 날까지 다 추워. 핫팩 10개씩은 챙겨야 할 거다."
"그 정도입니까? 상상도 되지 않습니다."
"상상? 모든 게 상상 이상이지. 23사단의 혹한기는 정말… 크크."

그날 점심.
조 중사는 조리병들 중 가장 선임인 김정주 상병에게 말을 꺼냈다.
"위문 열차 먹거리 부스 멤버 뽑았어?"
인사담당관의 말에 2명을 제외하고는 서로를 쳐다보며 영문을 모른다는 표정을 지었다. 그러나 김정주는 당당했다.
"네. 이번에 3명 뽑으라고 해서 서효석 상병이랑 강성재 일병, 그리고 오민호 일병 보내기로 했습니다."
선임병의 보고에 다시 한번 확인하는 담당관.
"그래? 다 동의한 거 맞지?"
"네. 다 동의했습니다."
"그럼 너희 3명은 내일 13시에 나랑 같이 먹거리 부스 설치하러 간다. 나머지는 알아서 쉬고!"
"네. 알겠습니다."

인사담당관은 바쁜지 자리를 비웠다. 하긴 오늘 휴일이니까 그럴 만도 했다. 출근 안 해도 되는 날임에도 준비상태를 확인하기 위해서 직접 행차하셨으니, 이제 여자친구를 만나러 가던가, 아니면 출타를 하던가, 그것도 아니라면 다음 주 해안 투입 준비 관련해서 문서를 작성할 것이다.
문제는 지금 김정주 상병이 말없이 부스 운영하는 멤버를 정했다는 것이다.
성재는 사실 그가 시키지 않는다고 하더라도, 자원해서 할 생각이 있었다.
인지도라는 능력치를 올리는 것은 쉽지 않은 기회다. 방법은 몰랐지만, 기회 자체를 놓치고 싶진 않았다. 그래서 위문 열차 관람 신청도 하지 않았다.
오히려 지금 그의 결정은 고마운 상태.

반면 서효석과 오민호는 눈살을 찌푸렸다.
가장 먼저 서효석이 입을 열었다.
"저, 내일 관람 인원으로 신청했습니다."
"그런데?"
"못할 것 같습니다. 다른 인원으로 바꿔주시면 좋겠습니다."
"우리도 내일 관람 인원인데?"

김정주 상병과 고유성 상병은 서효석의 말에 얄미운 표정을 지었다.
대부분의 생활관은 이런 기회가 왔을 때, 짬 순으로 혜택을 끊는다. 이번 장병 위문 열차 공연도 마찬가지였다.
상병 말 호봉과 6호봉 선임들인 녀석들은 이미 자신들도 걸그룹 공연을 보기 위해 신청을 했다고 한다.
이런 분위기가 안쓰러운지 3대대 병사인 조리병 윤문호가 입을 열었다.
"서효석 상병님? 그럼 제가 바꿔드려도 괜찮을 것 같습니다."
그러자 이어지는 김정주 상병의 호통.
"야! 윤문호!"
"일병 윤문호?"
"네가 그렇게 나오면 내가 담당관님께 거짓말한 게 되잖아. 나 X 되어 보라는 거지?"
"그럴 의도는 아니었습니다. 죄송합니다."
"더 이상 말 하지 마. 서효석, 오민호, 강성재 이렇게 3명이 먹거리 부스 참가한다. 바뀌는 거 없어! 알았어?"
"알겠습니다."

모두가 떠나고. 김정주와 고유성 상병은 둘만 남은 자리에서 키득키득 웃어댔다.
"효석이 표정 보셨습니까?"
"어. 가관이더라. '못 할 거 같습니다.'라고 대답하는데, 완전 울상이었던 거 대박!"
"그렇지 말입니다. 그나저나 옐로 핑크! 진짜 보고 싶어 미치겠습니다."
"나도 그래. 크크크."
"그런데 오민호 일병은 뭐 하러 붙이신 겁니까? 걔는 딱히 김정주 상병님한테 잘못 한 것도 없지 않습니까?"
"걘 요리를 못 하잖아. 도움 안 되는 녀석이 붙어있는 것만큼 골치 아픈 게 없지."
"오~ 거기까지 생각하신 겁니까? 역시 김정주 상병님, 머리 진짜 좋으십니다."
"너도 짬 먹으면 나처럼 돼."

다음날. 13시. 그 앞에는 3명의 병사들이 먹거리 부스용 식자재들을 챙겨놓은 상태.
"창고에서 캐노피 꺼냈어?"
"캐노피는 안 꺼냈습니다."
"들고 와. 구석 안에 60연대 부사관단 일동이라고 적힌 흰색 캐노피 있을 거야."
"알겠습니다."
식재료와 캐노피를 챙기고 민수용 트럭 화물칸에 싣자, 이제 막 간부식당에 도착한 1대대 인사담당관 허란희 상사가 3대대 인사담당관에게 말했다.
"태워주기만 하면 돼?"
"네. 맞습니다. 병력들 태워주시면, 저는 물자랑 식재료 싣고 동해대학교로 가겠습니다."
"그래. 고생이 많다."
"아닙니다. 이게 마지막 준비행사라 괜찮습니다."
이제 내륙대대 소속에서 해안대대로 교대하게 되면, 이 모든 일은 허란희 상사가 맡아서 해야 한다. 그래서 허 상사도 인수 받기 전 어떻게 행동하는지 확인하러 나온 것.

"성재랑 민호. 차량에 타. 아, 그리고 거기 이름이 뭐지?"
"상병 서효석?"
"그래. 효석이도 차에 타라!"
인사담당관의 차는 경차였다. 파란색상의 마티즈.
담당관과 서효석 상병이 앞자리에 타고, 강성재 일병과 오민호 일병이 뒷좌석에 탔다.
서효석 상병은 궁금한 점을 물었다.
"담당관님, 혹시 이거 일찍 다 팔면 공연 볼 수 있습니까?"
"음, 그거야 당연하지."
"열심히 해야 될 것 같습니다."

"그래. 나도 너희들이 잘 팔았으면 좋겠다. 메뉴 어제 갑자기 바꿨다며?"
"네. 그렇습니다. 호떡은 아무래도 아닌 것 같아서 저희가 잘할 수 있는 메뉴로 바꾸었습니다."
"그래. 담당관도 오늘은 너희들 옆에 있을 거니까, 잘해 보자."
"네. 감사합니다!"

동해대학교 삼척캠퍼스. 언덕 위를 간신히 오르는 힘겨운 마티즈가 안타까운 엔진음을 내는 가운데, 운동장을 중심으로 벌써부터 무대가 설치 중이었다. 쌀쌀한 바람이 불고, 캐노피 설치 위치에는 각 연대의 담당관들이 서로 모여 의견을 조율하고 있다.
"62연대는 어떤 메뉴 선정되셨습니까?"
"아, 저희는 오뎅 하기로 했습니다. 61연대는?"
"아, 메뉴 정말 부럽습니다. 오뎅은 정말 잘나가는 메뉴지 말입니다. 저희는 군밤 하는데… 이게 되려나 모르겠습니다."
"에이, 군밤도 괜찮지 않습니까? 저희 붕어빵보다야…."
"후후, 그나저나 호떡 파는 60연대보다야 다들 낫지 않습니까?"
서로 웃고 떠들면서 어떻게 하면 준비된 200인분 이상을 다 팔까 고민하는 간부들. 그러나 각 담당관들은 60연대의 메뉴에 비해서는 자신들은 승리자라며 미소를 지었다.
먹거리 부스 준비 1주일 전.
각 연대 사제담당관은 모여서 연대 별로 메뉴가 겹치지 않도록 정했다.

그 결과.
61연대는 굽기만 하면 되는 군밤.
62연대는 데우기만 하면 되는 오뎅.
포병연대는 기계만 있으면 쉽게 만드는 붕어빵을 하기로 했다.
60연대 사제담당관은 가장 짬이 안되는 관계로 밀리고 밀려, 메뉴조차 원하는 것을 고르지 못했다.
그건 바로 호떡.

"꼭 호떡 안 해도 돼. 그런데 호떡이 그나마 길거리 음식 중에서는 제일 나을걸?"

다른 길거리 메뉴와 다르게 호떡은 난이도도 높고, 정성이 많이 들었다. 그것만이면 괜찮은데, 숙련도에 따라 맛이 천차만별이었다.
골고루 익히는 게 매우 어려운 호떡.
그래서 다른 연대 담당관들은 자기들끼리 모여 회심의 미소를 지었다.
"오늘 퇴근은 60연대가 가장 늦게 하겠군."
"그러게 말입니다. 사제장교가 난리 칠 겁니다. 60연대 아직까지 못 팔았냐면서… 크크."
"그나저나 오늘 판매수익은 어디로 기부되는 겁니까?"
"아, 천우원이라고 노인복지시설에 기부하기로 했다던데?"
"기부 수익 100만 원 이상 나오면 사단장님 표창도 나온다고 하지 않았습니까?"
"에이, 어떻게 100만 원치를 팔아? 그냥 사기진작 차원에서 하는 말이지. 이제까지 이거 운영하면서 표창 받아본 적이 없다."
"그래도 많이 팔면 잘 보일 것 같긴 합니다. 선배님들도 많이 파십시오."
"그래. 너희들도 많이 팔아라!"
각 연대 담당관들은 각자만의 미소를 지은 채, 판매 부스 준비에 여념이 없었다.

그러나 60연대는 그리 바삐 준비하지 않았다.
캐노피 옆에는 가스통도 없고, 불판도 없고, 가스레인지도 없다.
이상한 물엿 같은 재료와 밀가루 범벅뿐.
"서효석 상병님? 오늘은 저희가 아무래도 메인인 것 같습니다."
"그래. 16,384가닥으로 뽑아내야 하니까 오늘은 긴장 좀 하자."
"네. 역시 꿀타래는 얇아야 진리 아니겠습니까?"
성재는 씩 웃은 채, 어제 밤새 서효석 상병, 오민호 일병과 연마한 레시피의 이름을 속마음으로 외쳤다.
'꿀타래 레시피!'

꿀타래 레시피 ★★★☆(100%)를 선택했습니다

과한 겸손은 때론 독이 되는 법

꿀타래를 생각해낸 것은 서효석 상병 덕분이었다.
그의 수타면 뽑는 실력을 본 인사동 꿀타래 판매 본점에서 영입제안이 왔고, 고심 끝에 한 달 정도 일했었다고 한다.
월급은 중국집에서 온종일 일하면서 월 300만 원 받다가 8시간에 월 350만 원정도로 나쁘지 않은 편이었다.
하지만 꿀타래를 파는 가게의 단점. 그건 자신의 실력이 크게 늘지 않는다는 것.
중화요리는 수백 가지의 요리가 있다. 만드는 방법도 제각각. 배우는 재미가 있다.
하지만 꿀타래는 한 가지 방법 뿐이다. 맛에 변화를 주기 위해 꿀타래 소(안에 첨가하는 재료)를 바꿀 뿐, 꿀타래 자체가 메인이기 때문에 만드는 방법은 항상 똑같았다.
금방 질렸고, 적성과 꿈에도 맞지 않았다. 더구나 꿀타래의 인기가 식으면, 더 이상 갈 곳도 없어지고, 경력도 날아간다.
그래서 서효석은 중화요리에 인생을 걸기로 했다.
아무튼, 그가 투자한 1개월의 시간이 덧없는 것은 아니었다.
꿀타래를 완벽하게 만들 수 있는 기술을 배웠으니까.

꿀타래는 생각보다 재료가 고급스럽다.

수타면은 반죽과 밀가루를 사용하는데, 꿀타래는 반죽 대신 숙성된 꿀을, 밀가루 대신 옥수수 가루를 사용한다. 고급식재료의 확보. 거기서 이미 결과는 나와 있었다.
보통 50%의 수분을 머금고 있는 꿀의 수분을 쪽 빼면, 엿가락같이 늘어지는 숙성된 꿀이 만들어진다. 이것을 호빵처럼 둥그렇게 만들면 손바닥만 한 둥근 꿀이 만들어진다.
여기부터가 진짜였다.
반투명한 숙성된 꿀이 옥수수 가루에 풍덩 빠졌다. 그러자 끈적끈적한 꿀이 옥수수 가루에 묻어 마찰력을 잃는다. 이 시점에 서효석 상병은 커다란 쇠젓가락으로 동그란 꿀 중앙에 구멍을 뚫었다. 그리고는 엿가락처럼 늘리며 그 안의 구멍을 넓힌다.
도넛 모양의 숙성된 꿀로 만든 반죽이 완성되고. 그것을 수타면과 같은 방법으로 접으며 2가닥, 4가닥으로 계속해서 늘려간다. 면이 보통 64가닥이나 128가닥에서 멈춘다면, 꿀타래는 해당 과정을 무려 15회나 반복하여 실보다 가는 16,384가닥으로 뽑아낸다.

그야말로 극강의 난이도.
그러나 서효석에게는 그리 어려운 일이 아니었다.
면으로 뽑으려면 절대 불가능한 가늘기. 하지만 숙성된 꿀은 밀가루 반죽보다 점성이 10배는 강했다. 거기에 수타면을 뽑았던 경험이 있었기에 만들 수 있었던 16,384가닥의 꿀로 만든 실.
그렇게 실력이 대단한 서효석도 성재를 보며 감탄을 금치 못했다.
'쟤는 어떻게 단 두 번 만에 성공하지?'

어제 저녁. 사제담당관이 재료를 늦게 구한 탓에 연습할 시간이 부족했던 세 사람.
숙성된 꿀을 찾으려고 온 사방을 뒤졌다고.
이 중 꿀타래를 직접 만들 능력이 전혀 없는 오민호는 꿀타래 소를 만드는 일을 맡았다.
단순히 믹서기에 갈기만 하면 되어서 제법 훌륭하게 임무를 소화했다.
하지만 성재는? 설마 했던 것이 실제가 되자, 서효석은 성재를 천재로 인정했다.
그야말로 기적. 환상의 미라클이 그의 눈 앞에 펼쳐진 것이다.
오늘도 마찬가지였다.
두 명의 조합은 꿀타래에서만큼은 과히 최강이라 불려도 손색이 없었다.
미소를 머금은 서효석과 강성재가 똑같은 동작을 시작한다. 정확히는 3명이었다. 레시피를 선택해 소환된 홀로그램도 그들과 함께였다.
오민호도 놀고 있지만은 않았다. 그는 미리 만들어놓은 꿀타래 소를 이미 만들어진 꿀타래에 숟가락으로 얹어주며 두 명이 동작을 줄일 수 있도록 보조했다.
각 연대 담당관들이 신기해하며 60연대 앞으로 몰려들었다.
자신들은 고작 군밤, 오뎅에 붕어빵을 만들고 있는데, 저쪽은 강원도에서는 들어보지도, 먹어보지도 못한 꿀타래란 음식을 만들고 있다.
담당관들은 황당한 표정으로 성재에게 말했다.

"병사야. 먹어봐도 되냐?"
그러자 성재 대신 얼굴마담 민호가 고개를 숙이며 간부들에게 말했다.
"죄송합니다. 이거 돈 받아야 된다고 지시받았습니다. 10개에 5,000원입니다."
"야, 우리도 군인이야. 그냥 하나 줘봐."
"정말 죄송합니다. 이거 원가가 좀 비쌉니다. 10개 전부 사셔야 될 것 같습니다."
민호의 행동에 지켜보던 3대대 인사담당관이 속으로 생각했다.
'잘했다. 민호야. 너한테 바란 게 그거야.'
"어떻게 공짜로 먹을 생각을 하니?"
"아, 허 상사님, 진짜 너무 하신 것 같습니다."
"나도 돈 내고 먹을 거야."
나름 고참인 인사담당관 허란희 상사.
그녀 덕분에 오민호 일병은 간부들의 눈초리도 쉽게 벗어날 수 있었다.

각 연대 담당관들이 한자리에 모여서 꿀타래를 맛보기 시작했다.
어느새 다 같이 한편이 되어서 60연대를 견제하는 가운데….
"헉… 이거 왜 이렇게 맛있어? 입에서 실이 살살 녹네?"
"더구나 실이 달콤해. 그리고 이 안에 든 건 뭐야? 아몬드? 거기에 건포도까지? 미치겠다."
그때, 포병연대 인사담당관이 61연대 사제담당관을 불렀다.
"61연대 담당관님?"
"어. 최 중사."
"제가 꿀타래 검색해보니까, 외국인들이 엄청 찾는답니다. 인사동에서 제일 잘 나가는 길거리 음식이랍니다."
"그런데 강원도는 왜 그런 거 안 팔아? 팔면 대박 날 텐데?"
"그게, 장인들만 만들 수 있답니다. 배우는 데만 1년 이상 걸린다고 합니다."
"그럼 쟤네들은 다 그렇게 배운 녀석들이란 거야?"
"그런 것 같습니다."
"하아… 진짜… 연대장님 오시면 준비 덜했다고 욕 뒤지게 먹겠네."
"저희도 마찬가지입니다."

그리고 15시. 그들의 예상대로 연대장이 나타났다.
하지만 연대장만 온 것은 아니었다. 그랜저 HG차량이 ★★간판을 탄 채 올라오고, 그 뒤로 각 연대장의 개인차량이 줄줄이 올라온다.
"사단장님! 아직 무대는 설치 중인 것 같습니다. 현장지도 순서는 먹거리 부스부터 장기자랑팀 격려, 그리고 무대 설치팀 순으로 이동하시겠습니다."
인사참모가 지휘봉으로 먹거리 부스 쪽을 가리키자, 사단장이 고개를 끄덕이며 입을 열었다.
"그래. 가 보자고!"
사단장과 인사참모가 앞장서고, 각 연대장들은 자신 있는 태도로 사단장을 수행했다.
사실 이렇게 사단장을 연대장들 전부가 직접 수행하는 자리는 얼마 없다. 더구나 각 연대장들은 서로 경쟁관계. 여기서는 누가 사단장에게 인정받느냐가 확연하게 판가름 나기에, 이번 부스 준비는 각 연대장이 관심을 두고 추진한 사항들이었다.
한 명의 장군과 그 뒤를 따르는 5명의 영관장교. 그들은 자신의 운명을 알지 못한 채 사단장의 질문에 응했다.

"62연대장! 3년 전에 너희가 제일 많이 팔았다면서?"
"예. 전임자로부터 그렇게 들었습니다. 그때 당시에 저희가 솜사탕을 팔면서 정말 많이 팔았다고 들었습니다."
"이번에는 뭘 준비했지?"
"아무래도 겨울철이라 솜사탕은 안 팔릴 것 같아서 오뎅으로 선회했습니다. 겨울철 날씨에 따끈한 오뎅국물만큼 잘 나가는 먹거리는 없을 거라 판단했습니다."

"그래? 어떻게? 100만 원 순이익 나올 수 있겠나?"
"예. 자신 있습니다."

"포병연대장! 너희는 뭘 준비했지?"
"저희는 붕어빵을 준비했습니다."
"그래? 붕어빵?"
"네. 그렇습니다. 어제 붕어빵 기계를 직접 돌려가며 가장 맛있게 구워지는 시간을 참모들과 연구했었습니다. 모두가 한마음이 되어서 붕어빵의 굽는 정도, 안에 들어가는 크림과 팥의 양까지 비교해가며 만반의 준비를 다 했습니다. 오늘 매출은 아마 저희 포병이 제일 잘 나올 것 같습니다."
"그래? 그렇게까지 했어? 기대만큼 나왔으면 좋겠군."

"사단장님? 아무래도 겨울에는 군밤 아니겠습니까?"
"군밤?"
"그렇습니다. 저희가 옛날 그 힘들었던 60~70년대 시절에 군밤 장수가 얼마나 많았습니까? 저희는 그 추억을 살려 길거리 음식으로 군밤을 준비했습니다."
"그래? 군밤은 요즘 좀 아니지 않냐? 잘 팔리겠냐? 한 봉지에 얼마 받는데?"
"5,000원 생각하고 있습니다."
"61연대장!"
"대령 오성훈!"
"인마, 넌 좀 더 공부 좀 해야겠다. 젊은 사람들이 밤 구운 것을 5,000원이나 주고 먹겠냐? 나 같아도 안 먹겠다. 생각 좀 해 인마!"
"죄송합니다."

'크크, 군밤이 팔리겠냐? 이 병X아?'
'쯧, 저렇게 감각이 없어서야….'
반면 60연대장인 배원영 대령은 각 연대장들이 짜웅(아부)을 하든 말든, 뒤에서 묵묵히 따라가고 있다.
이제 막 먹거리 부스가 보이기 시작했다. 각 부스는 60연대, 61연대, 62연대, 포병연대 순으로 설치되어 있었다. 연대장들은 다들 의기양양한 얼굴을 하는 가운데, 사단장이 60연대 부스를 보며 입을 열었다.
"60연대장? 너 말이 없어? 준비가 미흡했던 거야?"
"아닙니다. 저는 말보다는 직접 보여드리면서 설명드리는 게 나을 거라 판단했습니다."
"그래? 일단 보자고!"
그때, 미리 60연대 부스 앞에서 기다리고 있던 여군 상사가 힘찬 경례를 실시했다.
"충성! 60연대 먹거리부스 준비 끝!"
"허란희 상사?"
"1대대 인사담당관!"
"고생이 참 많아. 준비는 많이 했나?"
"그렇습니다!"
사단장은 처음 보는 길거리 음식을 보며 휘둥그레 눈이 커졌다.
"어? 이게 뭐지?"

이제까지 말이 없던 배원영 대령이 사단장 바로 옆에 달라붙어 브리핑을 시작했다.
"사단장님, 이게 해외 관광객들이 가장 많이 찾는 꿀타래라는 길거리음식입니다."
"꿀타래?"
"예. 꿀을 실타래처럼 만들었다고 해서 꿀타래입니다. 일단 드셔 보십시오."
각 연대장은 60연대에서 준비한 꿀타래를 보며 혀를 차고 말았다.
'뭐지? 호떡 아니었어?'
'배 대령 뭐야? 가만히 입 다물고 있었잖아? 너 뭐야?! 이 새XX야!'
'헉… 꿀타래… 생각도 못 했다. 배원영 이 자식이 완전 이를 갈았네?'
사단장은 앞에 서 있는 오민호 일병에게 고개를 돌리며, 입을 열었다.
"그래. 병사야! 어떤 걸 먹으면 좋을까?"
"아무거나 드셔도 맛있습니다."
"그래? 한 개만 줄래?"

그러자 오민호는 살짝 고민하다 자신이 배운 대로 입을 열었다.
"사단장님! 10개에 5,000원에 팔고 있습니다."

그러자 분위기가 갑자기 가라앉았고, 배원영 대령의 이마에는 식은땀이 흘렀다.

인사담당관 또한 오민호를 보며 속으로 한숨을 쉬었다.

'어휴, 눈치가 왜 이렇게 없어? 사단장님은 연대장님보다 높잖아.'

그러나 사단장은 오히려 오민호의 행동을 칭찬하며 인사참모를 쳐다보며 말했다.

"그래. 이거 다 수익 기부하려고 파는 건데, 나도 공짜로 먹는 건 아니지. 60연대장!"

"네."

"병사들 잘 가르쳤네! 어디 먹어볼까?"

돈을 지불한 사단장은 꿀타래를 맛보았다. 그리고 놀라움을 감추지 못했다.

'이게 무슨 맛이야? 뭐지, 왜 이렇게 맛있어?'

성재는 꿀타래를 먹는 사단장의 얼굴을 보며 성공을 직감했다.

"야! 연대장들! 다 먹어봐라. 여기 하나씩 집어서 일단 먹어봐!"

각 연대장들은 사단장의 말에 꿀타래를 이쑤시개로 찍어 하나씩 먹어보기 시작했다. 그들의 놀란 얼굴을 본 사단장이 웃으며 대령을 쳐다보았다.

"진짜 맛있네. 외국인들이 찾을 만해. 60연대장 어떻게 이런 생각을 할 수가 있지?"

"다 부하 덕입니다. 저는 그저 부하들이 원하는 대로 지원했을 뿐입니다."

배원영 대령의 답변에 사단장이 주변 연대장을 쓱 둘러보더니, 배원영 대령에게 말했다.

"후후, 과한 겸손은 때론 독이 되는 법이야. 저기 네 경쟁자들 얼굴 봐. 다들 상기되어 있잖아."

"아닙니다."

"크크, 일단 답이 나온 것 같은데? 그나저나 62연대장?"

"네. 사단장님!"

"아까 자신만만했던 것 같은데, 너흰 뭘 준비했었다고 했었지?"

사단장은 회심의 미소를 지은 채, 각 연대장들이 준비한 부스를 바라보았다. 배원영 대령을 제외한 모든 연대장이 사단장의 갈굼에 고개를 푹 숙였고, 각 담당관들도 아연실색이 되어 아무 말도 하지 못했다.

연대장은 항상 널 믿는다!

행사 전반을 모두 돌아본 사단장은 연대장들을 앞에 세웠다.
"60!"
"네. 사단장님!"
"준비 잘했다!"
"감사합니다!"
"배 대령! 그럼 너희 연대간부들 지도하러 가봐!"
"네? 다시 한번 말씀해주시겠습니까?"
"잠깐 빠져보라고!"
"알겠습니다. 충성! 계속 작전하겠습니다."
"그래. 오늘 고생했다. 배 대령!"
"감사합니다."
사단장은 배원영 대령을 보내고는 인사참모를 향해 고개를 돌렸다.
"인사! 망봐라!"
"제가 이해를 못 했습니다. 다시 한번 말씀해주시겠습니까?"
"망보라고, 민간인들 오는지 망보라고 이새X야!"
인사참모는 사단장의 욕설에 고개를 푹 숙였다. 그리고는 재빨리 걸음을 옮겨 건물 뒤쪽으로 향하는 곳 모서리로 간 그는 다른 사람들이 접근하는지 망을 보기 시작한다.

인사참모가 양손으로 머리 위로 동그라미 표시를 보내자, 사단장이 나머지 61, 62, 포병 연대장을 향해 고개를 돌렸다.

사단장의 매서운 눈초리. 이제까지는 볼 수 없었던 참 군인의 모습이었다.

그리고 시작되는 폭언.

"연대장들! 너네 하는 꼴 보니까, 답이 안 나온다. 답이 안 나와. 그렇게 머리가 안 돌아가서 어떻게 전투할래?"

사단장의 말에 4명의 연대장이 고개를 푹 숙였다.

"생각 좀 해라. 너희가 안 돌아가면, 너희 부하들이 있잖아. 배 대령 봐라! 부하들 의견 받아서 조치한 거라잖아. 61연대장! 넌 인마 네 밑에 부하 몇 명 있어? 어?"

"2천 명 정도 있습니다."

"이 XX야! 그 2천 명한테 조사 한 번만 했어도 군밤은 안 나왔겠다. 군 내부에서 단독 행사하는 것도 아니고, 삼척시, 동해시, 동해대학교에서 예산 지원받아서 민, 관, 군이 같이 하는 행사인데, 준비를 이따위로 해?! 민간인들이 우리 군인들을 어떻게 보겠어? 얼어 죽을 붕어빵은 무슨 붕어빵이고! 추울까 봐 오뎅을 팔아? 어떻게든 비싼 거, 맛있는 거 준비해서, 민간인들이나 외부인들이 볼 때, 요즘 군대는 사병들은 이런 것을 먹인다! 이제 안심하셔도 좋다! 군대 많이 좋아졌다! 이렇게 인식시켜도 모자랄 판에 뭐? 기대하셔도 좋다고? 너희 연대 참모들은 다 돌대가리만 모였냐? 멍청한 것들이 무슨 붕어빵을 가지고 연구를 해? 그 고급인력들이 아주 잘하는 짓이다. 잘하는 짓이야! 어휴! 이 답답한 놈들!"

사단장은 불같이 화를 냈다. 각 연대장은 고개를 숙인 채 아무 말도 하지 못했다.

예전 군대였다면 조인트도 까이고, 싸대기도 맞을 텐데, 다행히 사단장은 그렇게 폭력적으론 나오지 않았다.

"내가 80년대에 너희가 내 소대장으로 만났으면 다들 반 뒤졌어? 알아? 아오, 이것들이 진짜 생각이 없어. 그러면서 부대에서는 뒷짐 지고 다니면서 부하들 졸라 갈구겠지. 안 봐도 훤하다. 이 돌대가리 새X들아!"

사단장의 화는 불같이 치밀었다. 아무리 생각해도, 아무리 둘러봐도 꿀타래랑 군밤, 붕어빵, 오뎅의 수준차이는 이해되지 않는다.

"멍청한 새X들! 당장! 당장 다시 해와! 꿀타래를 만들든, 꿀과자를 만들든, 하나를 해도 제대로 하란 말이야! 당장 안 뛰어! 뛰어! 이 새X들아! 꺼져!"

각 연대장들은 사단장의 명령에 결국 후다닥 흩어지기 시작했다.

연대장이 흩어지고 나서야 인사참모가 조심스럽게 사단장님께 다가갔다.

사단장은 여전히 화가 덜 풀렸는지, 씩씩거리고 있었다.

"인사! 차 준비시켜!"

"알겠습니다."

사단장. 그는 오늘 드디어 자신의 본 성격을 연대장들 앞에서 보여줬다.

그는 여전히 풀리지 않는 화를 삭이며 또다시 생각했다.

'이 새X들, 내가 직접 확인 안 했으면 시장이나 대학교 총장 앞에서 개망신당할 뻔했잖아!'

각 준비 부스는 사단장님이 떠난 후, 지금이라도 만회하기 위해서 열심히 준비했다.

군밤을 선택한 61연대 사제담당관은 어떻게든 좋은 평가를 받기 위해 기계를 돌렸다.

기계를 돌리기 시작하자, 차량의 소형 엔진에 의해 기어가 돌아가며 탈탈탈탈 소리와 함께 군밤이 담긴 철제 원형 바구니가 그 안에서 회전을 하기 시작한다.

'맛있어져라. 괜찮아. 연대장님도 먹어보시면 좋아하실 거야.'

병사들도 간부들이 혼난 것이 안타까운 지 조용히 군밤 기계 돌리는 데 집중했다.

시끄러운 소리, 타는 냄새, 불은 기계 옆으로 계속 번져 나오고, 회전하는 기어는 자꾸 빠져 손으로 끼워 맞춰줘야 한다. 파견 나온 조리병들은 양손에 목장갑을 낀 채, 매 10초마다 기어를 끼워 맞추고 있었다.

사제담당관은 그것을 보며 한숨을 내쉬었지만, 그래도 군밤 기계 자체는 돌아가고 있었으므로 최악의 사태는 면했다며 속을 삭였다. 그의 앞에 연대장이 걸어오는 게 보였다. 사제담당관은 멀리서 자신의 연대장이 다가오는 것을 보며 힘찬 거수경례를 시도했다.

"충성! 61연대 먹거리 부스 정상 가동 중!"

그러자 연대장이 그를 똥썹은 표정으로 바라보았다.

경례는 올라가 있고, 경례를 받아야 할 대상은 자신을 노려본 채, 도저히 손을 올려주지 않는다. 손을 내리기도 뭐하고, 가만히 있기도 뭐한 상황.

그때 연대장이 사제담당관을 노려보며 욕설을 내뱉었다.
"야이! 병X새끼야! 인사과장 어딨어? 왜 너 같은 나부랭이만 나와?!"
사제담당관은 처음으로 대면에서 자신의 연대장에게 욕을 먹었다.
"과장들 이것들이! 내가 나왔는데, 지네들은 편한 집에서 떵까떵까 놀고 있다, 이거지?"
"……"
사제담당관은 군생활 하면서 처음으로 겁을 먹었다. 자신의 계급은 중사.
그게 끝이 아니었다. 극도로 화가 난 상태. 그리고 그건 분명 자신과 관계된 업무.
그리고 스피커폰으로 그쪽의 목소리가 들린다.
- 통신보안, 61연대 당직사령 소령 민석우입니다. 무엇을 도와드릴까요?
"야! 작전!"
- 통신보안?
"연대장이다. 작전!"
- 충성! 작전간 이상 없습니다.
"간부 초기대응반 긴급 소집! 소집장소 동해대학교 삼척캠퍼스! 당직근무 빼고 다 소집해!"
- 알겠습니다. 휴가 간 인원은 어떻게 하면 되겠습니까?
"다 소집해! 다! 다 소집하란 말이야! 내가 한번 말하면 알아들어! 이 새X야!"
- 알겠습니다. 연대장님! 바로 초기대응반 동해대학교로 소집하겠습니다!

다음은 62연대. 도망가는 그를 보며 병사들이 어이없어했지만, 62연대 사제담당관은 이러다 자신도 죽겠다며 자리를 피했다.
하지만 차량을 타고 그 앞을 지나는 62연대장.
"야! 사제? 어디가나?"
"…화장실 가려고 했습니다."
"그쪽 방향이 아닐 텐데?"
"…죄송합니다."
"이 새X야! 차에 타!"
연대장 차에 탄 사제담당관. 그는 평생 들어먹을 욕을 단 하루 만에 듣고 있었다.

포병연대도 마찬가지. 붕어빵을 굽는 그의 앞에 자신의 연대장이 도착하자, 자신이 얼마나 초라한지 실감하였다.
"붕어빵 구우니까 좋냐?"
"……."
"거지 같네. 진짜!"
"……."
"넌 얼른 전역해야겠다. 그게 아주 잘 어울려! 잘 어울려!"
인격모독이 의심되는 발언. 하지만 여기서 자신이 반항해봐야 소용없다. 이런 게 군대였고, 간부들은 이런 발언에 매우 익숙했다.
단, 대령급 간부에게 당하는 것은 처음이었겠지만….

한편, 매우 여유롭고 편안하게 장사를 시작하는 60연대 먹거리 부스.
아직까지 무대 준비가 되지 않았기에 손님은 하나도 오지 않았지만, 정성스럽게 꿀타래를 포장하는 간부들과 병사들의 모습은 평온하기까지 했다.
배원영 대령은 부스 앞에서 아까 만들어놓았던 꿀타래를 입안에 넣으며 만족한 듯 병사와 간부들을 칭찬했다.
"허 상사, 고생이 많아. 사제담당관은 왜 아직 안 나왔지?"
인사담당관은 담담한 목소리로 연대장의 질문에 대답했다.
"오늘부터 휴가입니다."
그러자 연대장은 담당관의 얼굴을 마주 보며 격려의 말을 건넸다.
"그래? 인수인계는 아주 잘 한 것 같네. 오늘 아주 잘했어."
"감사합니다. 연대장님!"
그리곤, 가족의 안위를 묻는 연대장.
"그래. 내가 1대대 인사담당관이 고생하는 것은 아주 잘 알지. 남편이 경찰이라지?"
"그렇습니다. 이따가 근무 끝나고 밤에 이곳으로 와준다고 했습니다. 매번 감사합니다."
"아니야. 나중에 통합방위훈련 하게 되면 내가 특별히 자네 남편 챙겨주도록 하지."

남편을 신경 써주겠다는 연대장님의 말에 인사담당관의 얼굴이 활짝 피었다.
"감사합니다!"

그리고 연대장은 오늘의 일등공신 서효석 상병에게 고개를 돌렸다.

"아 참~ 거기 서효석이라고 했나?"

"상병 서효석?"

"너 정말 잘 만들더라. 연대장이 일단 네 이름을 몰랐던 거 사과하마. 우리 간부식당 조리병 중에 너같이 뛰어난 녀석을 몰라보고 있었다니, 네가 어제 꿀타래 말 안 했으면 우리 연대도 저렇게 되었을 거야. 정말 잘했어."

배원영 대령은 61, 62, 포병연대의 부스를 가리키며 승리의 미소를 취했다.

그러자 서효석도 연대장의 칭찬에 큰 목소리로 대답했다.

"감사합니다!"

"아, 그리고 아까 돈 받았던 일병?"

"일병 오민호!"

"너도 잘했다. 사단장님한테 너는 작전 간에도 명령을 따르는 유능한 병사로 보였을 거야. 정말 잘했다."

"감사합니다!"

강성재는 동료들과 자신의 소속 간부들이 칭찬을 받자 스스로도 기분이 좋아졌다. 그러나 아쉬운 감정도 들었다. 자신도 알아봐 줬으면 했는데, 연대장은 끝까지 자신의 이름을 부르지 않았다.

하지만 그건 시간문제였을 뿐. 애정이 듬뿍 담긴 연대장의 말이 흘러나왔다.

"그리고 우리 성재!"

"일병 강성재!"

"연대장은 항상 널 믿는다!"

"감사합니다!"

연대장의 말 한마디에 모두가 기분이 업 되었다. 연대장은 격려금으로 10만 원을 허란희 상사에게 건넸다. 조금 과분한 금액이다.

하지만 연대장은 아무렇지 않은 듯 활짝 웃는 미소로 허란희 상사를 향해 말했다.

"허 상사! 이제 90만 원만 팔면 되는 거지? 힘내라고!"

"감사합니다!"

잠시 후. 가죽 잠바를 입은 남자가 헐레벌떡 뛰어왔다.
그의 시선에 꿀타래를 팔고 있는 먹거리 부스가 보였다.
꿀타래 부스 앞에 선 여자에게 말을 거는 매니저.
"저기요! 여기 근처에 편의점 어디 있나요?"
허란희 상사는 그 남자의 말에 친절하게 대답했다.
"아, 아마 대학로 입구에 있을 텐데… 저쪽 방향으로 가시면 됩니다."
"아 그래요? 이건 얼마예요?"
"꿀타래. 1상자 10개에 5,000원입니다."
"그래요? 일단 2상자 포장해주세요."
"네. 감사합니다."
그 남자는 꿀타래를 챙긴 후, 점점 빠른 걸음으로 차량으로 이동했다.
검은색 밴, 운전석에 탄 남자는 곧바로 편의점에서 차량을 멈췄다. 삼각김밥, 소시지, 음료수 등을 잔뜩 사 들고 다시 밴으로 향한 남자.

뒷좌석 문을 연 그는 아까 포장했던 꿀타래와 편의점 음식들이 든 봉지를 차에 탄 여성들에게 건네며 입을 열었다.
"일단 이거라도 먹고 있어 봐. 리허설 30분 뒤 시작이래."
"알았어요. 오빠!"
그녀는 음식물 중 새로 포장된 실 같은 음식을 보며 입을 열었다.
"매니저 오빠? 이거 음식 이름이 뭐야?"
"나도 몰라. 그냥 군인들이 팔아서 사 왔어."
"정말 맛있네?"
"그래? 피곤할 텐데, 30분이라도 자 둬. 나머지 멤버들도 다 자잖아."
"알았어. 오빠도 좀 자."
"그래."

전설의 시작!

무대 앞에는 객석이 두 분류로 구분되어 있었는데, 위문 열차가 주가 되다 보니, 군인들이 앞에 10줄을, 나머지 뒤쪽 20줄은 일반 시민들과 동해대학교 대학생에게 개방되었다.
돈을 받지 않는 무료공연. 그러나 질서 있는 시민들은 공연장 주변을 서성이며, 서늘한 날씨에도 동해대학교 캠퍼스 전경을 바라보고 있었다.
어느새 하나하나 설치되고 있는 푸드트럭들.
트럭 뒷문이 열리자 나타나는 새로운 길거리 음식. 거기에는 수년간의 노하우를 가진 계란빵, 꽈배기, 닭꼬치, 떡볶이, 만두에다가 피카츄 돈가스까지!
외지 이곳, 저곳에서 장사도 하고, 공연도 즐기기 위해 도착한 푸드트럭들을 보며 성재는 아버지를 떠올렸다.
'아버지도 저렇게 재미있게 다니셨으면 좋겠는데…'
그러나 가족만 떠올리면 마음만 아픈 법. 지금은 판매에 집중할 때.
성재가 딴생각을 하자 서효석 상병이 옆구리를 살짝 치며 말을 꺼냈다.
"지금 시작할까?"
"그러시겠습니까?"
둘의 퍼포먼스.
베르벤의 교향곡, 신과 연민하는 삶. 인간에게 주어진 놀라운 연기. 그러한 공연이 시작되자, 신기한 듯 몰리는 사람들.

"이게 뭔가요?"

앞에 온 손님의 질문에 대한 대답은 오민호 담당.

"실처럼 만든 꿀. 꿀처럼 만든 실. 그래서 꿀타래입니다."

여기서 서효석은 자신의 직업 경험을 드러내며, 앞에 있는 꼬마 손님에게 말을 걸었다.

"아저씨, 잘 봐! 이게 지금은 하나야. 맞지?"

"넹!"

"원 플러스 원은 뭐야?"

"투요!"

"투 플러스 투는?"

"포!"

"그럼 포 플러스 포는?"

"에이트!"

"그럼 본격적으로 간다? 에이트 플러스 에이트는?"

"아… 음….'

"정답은 식스틴! 식스틴 플러스 식스틴은?"

"너무 빨라. 이 아저씨 너무 빨라… 나 영어 공부 잘하는데…."

"아저씨가 너무 어렵게 했나? 그럼 이렇게 1에서 2를 열다섯 번 곱하면 몇이게?"

손가락을 접어보는 아이. 하지만 16,384라는 숫자를 아이가 계산하기에는 무리였다.

"식스틴 싸우전드 쓰리 헌드레드 에이티 포!"

서효석이 영어로 정답을 말하자, 아이가 신기한 듯 그를 바라보았다.

서효석의 손에서 만들어진 꿀타래. 식칼에 의해 먹기 좋은 크기로 잘라지고.

그 안에 견과류, 크림류, 건과일 등을 넣고 다시 감싸면?

꿀타래 한 개 완성.

처음에는 푸드트럭 앞에서 서성이던 사람들도 꿀타래 앞에서 신기한 공연이 펼쳐지자, 하나, 둘 먹거리 부스 쪽으로 모이고, 그런 손님의 움직임에 상인들도 신기한지, 염탐하러 오기 시작했다.

"아, 너무 많이 사가시면 안 될 것 같습니다. 지금부터 1인당 2박스로만 한정하겠습니다."

너무 긴 줄. 사람들은 하나, 둘 꿀타래를 직접 맛보며 처음 맛보는 달콤한 실에 만족에 만족을 거듭했다.

본격적으로 장사 시작한 지 겨우 1시간. 준비한 600박스가 이제 20박스도 남지 않았다.

이제 마지막 퍼포먼스. 서효석과 강성재가 마지막 숙성꿀을 반죽하는 가운데 그들의 앞에 야구점퍼에 선글라스를 낀 여성이 다가왔다.

"이걸 뭐라고 부르죠?"

"꿀타래입니다."

"아 정말 맛있었어요. 열 박스만 주실래요?"

그녀의 말에 얼굴마담 오민호가 단호한 말투로 그 여성한테 말했다.

"죄송합니다. 개인당 두 박스 밖에 안 팝니다."

"진짜 맛있는데 안 되나요?"

그러자 오민호는 자기 멋대로 여성에게 멘트를 날려버렸다.

"그건 안 되지만, 특별히 만드는 과정을 보여드릴 순 있습니다. 성재야!"

강성재는 오민호의 부탁을 가장한 지시에 혀를 차면서 여성에게 미소로 화답했다.

그러자 옆에 있던 서효석 상병이 성재를 툭툭 치며 비켜달라는 제스처를 취했다.

'어? 서효석 상병님?'

"꿀타래 만드는 과정을 보여드리겠습니다. 집중하시면 놀라운 세계가 펼쳐질 겁니다."

서효석은 자신의 온 정성을 다해 꿀타래 만들기에 집중했다.

조금 전까지와는 또 다른 놀라운 경지가 펼쳐지고 있었다. 공중에서 실들이 비행하며 나뉘지고, 그것을 양손으로 교차하며 받아내는 그의 동작은 가히 놀라울 정도였다.

그의 움직임 덕분이었을까? 지켜보던 여성도 선글라스 뒤로 웃음을 가득 담았다.

서효석은 자신이 만든 실타래에 맛있는 아몬드를 듬뿍 담아 포장했고, 그것을 건네받은 오민호가 활짝 웃으며 그녀에게 건넸다.

"맛있게 드십시오."

"고마워요. 잘 먹을게요. 서효석, 오민호 군인아저씨!"

그러자 서효석도 입가에 미소를 지은 채, 그녀에게 고개를 숙였다.

'실물 봐서 전 행복해요.'

닭꼬치와 오므라이스 컵밥, 거기에 미니닭강정까지. 짧은 시간이었지만, 연대장의 불호령에 안 되는 것은 없었다. 다만 문제는 음식의 질이 떨어졌다는 것.
"아, 이걸 어떻게 먹어요? 소스가 맛이 없잖아요!"
"오므라이스는 계란이 생명인데, 다 찢어졌잖아요. 환불해주세요!"
"닭강정 처음 튀겨봐요? 튀김이 너무 두껍네요!"
애초에 준비한 것도 아니고, 지금 막 급하게 준비한다고 잘 될 리가 없다.

공연이 시작되기 전, 전 장병들은 제일 앞줄을 제외하고 채워 앉았다.
제일 앞줄은 본래 주요직위인사들이 앉는 자리로서, 사단장, 시장, 법원장과 검찰청장, 경찰서장에 병무청장, 그리고 마지막에는 각 연대장에게 배정되어 있는 자리.
그런데 연대장들이 앉아야 할 네 자리에 성재와 민호, 효석과 인사담당관이 앉아있다.
김정주 상병과 고유성 상병도 와 있었다.
"아쉽네. 7번째 줄이 뭐냐? 62연대 녀석들 왜 이렇게 빨리 도착한 거야?"
"그래도 포병보단 저희가 빠르지 않았습니까? 이 정도면 그래도 실물은 보입니다."
이제 본격적인 행사가 시작되려 하고 있었다. 무대를 보여주다 객석을 비추는 스크린.
제일 앞줄에는 자신들이 잘 아는 병사들이 앞에 있었다.
"어? 뭐야! 쟤네들이 왜 제일 앞줄에 있어?!"
"컥… 말도 안 돼. 김정주 상병님, 이건 말이 안 됩니다."
"이 씨… 장사하고 있어야 될 녀석들이 공연 구경을 왜 하는데?"
불만을 가득한 두 녀석의 표정에서 짜증이 섞여 나왔다.
그때, 성재는 그 둘이 자신을 질투한다는 것을 간접적으로 알게 되었다.

> ⚙ ✓ ✗
> 사용자 강성재에 대한 김정주의 호감도가 30 떨어졌습니다
> 사용자 강성재에 대한 고유성의 호감도가 30 떨어졌습니다

하지만 성재는 개의치 않았다. 호감도는 공격적인 항목이 아니다. 적개심 같은 수치가 나

오지 않는다면 위험하지 않다는 것을 직접 체험했기에 별 신경 쓰지 않았다.
잠시 후, MC를 맡은 사람이 무대 앞으로 나왔다.
수년 전 군대를 병장 만기 제대한 최고쥬니어 출신의 유특이었다. 그는 화려한 말솜씨와 친화력으로 행사를 진행했고, 예비역답게 군인들의 마음도 확실히 사로잡았다.
[어차피 여기 군인 장병들! 남자 연예인 보고 싶어 하지 않는 것 알아요. 그래서 이번에 한 명도 섭외 안 했어요! 그럼 바로 첫 무대 시작하겠습니다. B.O.B의 짧은 미니스커트!]
흰색 셔츠에 붉은색 미니스커트가 인상적인 B.O.B의 다소 노골적인 각선미에 군인 장병들이 환호성을 질렀다.
"호우!"
"예~이~예!"

바로 시작되는 안무.
그녀들이 서로의 등을 바라보고 허리를 숙이자, 장병들이 다 같이 일어났다.
이어지는 서로의 엉덩이를 만지는 안무! 거기에 어느 한 장병이 일어나서 자신의 엉덩이를 노골적으로 문지르고, 그 화면이 갑자기 스크린에 잡혔다.
"야! 저 병사 누구야? 저, 네 번째 줄 어디 소속이야!"
그러자 옆에 붙어 있던 인사참모는 식은땀을 흘리며 대답했다.
"62연대입니다."
"이 망할 XX, 쟤 품위유지 위반으로 징계해라!"
"알겠습니다."
사단장이 그러거나 말거나 분위기는 과열되고, 여러 걸그룹이 계속해서 등장하자 분위기는 더욱더 불타올랐다. 그리고 마지막! 이 시대 최고의 군통령!
쓰리와이즈가 드디어 등장하자, 갑자기 앞줄에 있던 군인들이 일제히 일어났다.

"왔다! 왔어! 왔다! 왔어! 왔어! 왔어!!!"
"우릴 구원해줘요!"
"나 봤어? 나 본 거 맞지? 나한테 손 흔든 거 맞지?"
"씨X, 졸X 이뻐! 우와! 우와! 우와!"
"꺄야아아아아아앗! 끼야아아아아!"

"What the F***?"

사단장은 병사들이 욕설을 내뱉고 너무 날뛰자 제지하려 인사참모에게 말했다.
"각 지휘관들 다 불러서 통제하라고 해."
그러자 인사참모는 담담한 목소리로 사단장에게 현실을 보고한다.
"사단장님, 이건 통제 안 됩니다."
"그러냐?"
"네. 참모총장님이 와도 이건 안 됩니다. 그냥 즐겨야 될 것 같습니다."
"너도 그렇게 생각했냐?"
"그렇습니다."
참모총장이란 말에 사단장도 고개를 끄덕이며, 체념한 듯 군통령에게 눈을 돌렸다.
남심의 중앙선을 넘은 그녀들이 무대 앞으로 나왔다. 그리고 시작되는 댄스. 열광적인 무대로 군인들은 환호성을 지르고, 그의 앞에서 열렬하게 응원하는 서효석과 오민호의 얼굴이 시야에 잡힌다. 한 곡이 끝나고, 스텝에 의해 무대세팅이 바뀌는 동안, 멤버 중 한 명인 지민이 마이크를 잡았다.

"여러분! 쓰리와이즈 지민입니다! 반갑습니다!"
"와우우우우, 반갑다! 반갑습니다! 와우우우우우!"
"오늘 군인 장병 및 일반 시민분들 앞에서 공연할 수 있는 시간을 가져서 너무 행복해요."
"우리도 행복하다! 꺄아아아아아악!"
"우유빛깔 서지민! 우유빛깔 달달해!"
"후우, 열기가 정말 뜨거운데요. 사실 이건 저희가 방송이 나가지 않는 콘서트에만 해드리는데, 오늘은 특별히 국군 장병 여러분들을 위해 팬 서비스를 할까 해요. 다음 곡 '오빠를 향한 유혹'에 남자 안무를 맡으실 분, 함성 한번 질러주세요!"

"오빠를 향한 유혹!"
안무 콘셉트는 의자에 앉은 심드렁한 톱스타를 유혹하는 걸그룹 이야기. 남자 댄서는 의자에 앉고 턱을 괴고 있으면, 쓰리와이즈 멤버들이 돌아가면서 그를 유혹하는 춤을 추는 게 이 노래의 포인트. 군인들은 대부분 이 노래를 들을 때 이 말을 하곤 했다.

"다시 태어나면 쟤네 스타킹으로만 태어났어도 소원이 없겠다."
"아니지. 저 남자로 태어나는 게 낫지! 5명이 유혹하는데, 내 목숨을 버려도 되겠다."
"오오오, 안무 쩔어! 쩐다! 쩔어!"
안무 자체가 19금이라 공중파 방송에서는 1주일도 안 돼 방송금지되었던 문제의 춤.
각종 SNS에선 그 춤을 에로에로 댄스라고 불렀다.
그만큼 꼴린다고….

"소리가 작네요. 자신의 이름을 힘껏 불러주세요!"
"강창우! 김묘성! 조현석! 최현숭! 이수준! 채현석! 김정주!"
모두가 자신의 이름을 크게 부르지만, 너무 웅성 되는 탓에 잡음에 묻히고 말았다. 그러자 씩 웃는 쓰리와이즈 멤버의 지민이 마이크를 통해 이름을 불렀다.
"서효석 군인 아저씨 나오세요!"
그러자 제일 앞줄에 있던 서효석이 신나게 소리지르며, 무대 위로 달려갔다.
"끼야아아아아아아아, 끼야아아아아아아!"
"그럼 바로 안무 시작합니다. 음악 큐!"

신나는 댄스 음악이 울리고, 조명이 꺼졌다 켜졌다를 반복하며 의자에 앉은 남성과 댄스 동작을 하는 걸그룹을 비춘다. 그러자 부러워서 미치겠다는 듯, 소리를 지르는 장병들.
서효석은 넋이 풀린 눈으로 걸그룹들의 에로에로 댄스를 지켜보고, 장병들이 난리 쳤다.
"키야야야야야! 미쳤다! 미쳤다! 미, 미미미쳤다!"
"저 변태새X, 눈 풀린 거 봐! 으아아아아아아, 부러워! 부럽다!"
"오민호! 오민호 군인 아저씨 앞으로 나오세요!"

오민호는 신기하해 하면서도, 정작 무대 앞으로 불려 나가자 곤란한 표정으로 걸그룹 멤버 지민을 바라보았다.
"표정이 안 좋네요? 쓰리와이즈 안 좋아해요?"
"아니, 여자친구가 있습니다."
그러자 장병들이 또 한 번 웅성대기 시작.
"우우우우우우!"

"헤어져라! 지민이 앞에서 무슨 망언을 하는 거냐!"
"저 똘빡이 아주!"
"그 마음 이해해요. 그럼 단 한 번의 기회를 드릴게요. 오민호씨가 가장 좋아하는 선임 분을 이곳으로 데려오시면, 그분을 위해서 특별히 에로에로 댄스를 해드리겠습니다. 10초 드리겠습니다. 10, 9, 8!"

시간은 흘러가고, 오민호는 지민의 말에 재빨리 무대에서 내려왔다.
그리고 그의 시선에 꽂힌 선임. 서효석 상병은 이미 춤을 추었고, 인사담당관은 여자였다.
이제 제일 앞줄에 남은 사람 중 자신보다 높은 사람은 사단장과 연대장과 인사참모뿐인데, 당연하게도 오민호는 가장 높은 사람을 지목했다.
그러자 걸그룹 지민은 환하게 미소를 지으며, 모든 장병에게 말을 꺼냈다.

"그분 모시고 바로 스테이지로 올라오세요! 주변 분들 도와주시고요!"

그가 지목한 간부는 당연하게도 연대장.
연대장이 사단장보다 낮다는 것을 아직도 인지하지 못한 건지, 아직 눈치가 없는 건지, 그것도 아니면 진짜 자신의 머리를 쥐어짜서 그렇게 한 건지는 모르겠지만.
그로 인해 사단장의 마음을 완벽히 사로잡았다.
배원영 대령이 당황하는 가운데. 사단장이 낄낄대며 웃음을 짓더니, 자신에게 건네진 마이크를 통해 뒤에 있는 장병들에게 말했다.

"빨리 데려가지 않고 뭐하냐? 60연대! 연대장 데리고 올라가!"
"알겠습니다! 우와와와와와!!"

그날, 60연대에서 조리병과 연대장에 대한 전설은 다시 한번 역사의 한 획을 그었다.
훗날… 두고두고… 몇 십 년 동안, 계속… 부대가 해체되기 전까지.
오, 민, 호 라는 이름…은 선임과 후임, 후임과 또 후임을 통해 영원히 기억될 것이다.

인터뷰

그날 저녁. 모두가 복귀한 가운데, 저녁 점호 전 개인정비 시간은 오로지 오민호 일병의 이야기뿐이었다.

"연대장님이 쟤 영창 보내는 거 아니야?"

"그럴지도?"

"크크큭, 미친 또라이!"

성재와 민호가 임시로 생활하고 있는 생활관도 마찬가지였다. 임규성 병장은 생활관에 돌아온 오민호에게 물었다.

"오민호!"

"일병 오민호?"

"너 미쳤냐?"

"아닙니다."

"근데 너 왜 나한테 거짓말했나?"

"어떤 것 말씀이십니까?"

"어떤 것? 어떤 것 말.씀.이.십.니.까? 옥수수 털려볼래?!"

임규성 병장 또한 7번째 줄에서 직접 관람했기에, 위문 열차에서 있었던 일을 누구보다도 생생하게 기억하고 있었다.

"…아셨습니까?"

"당연히 알지, 인마! 우리 지민님 앞에서 여친 있다고 춤을 거부해? 이 자식이!"

"헉… 죄송합니다."

"죄송하다면 다야? 넌 맞아야겠다. 얘들아 베개 세팅해라. 흉터 안 나게 졸라 패자!"

임규성의 말에 그의 똘마니 둘이 자신의 베개를 들고 왔다.

그러자 겁먹은 표정으로 오민호가 말했다.

"다 말씀드리려고 했습니다."

"또 거짓말하는 거 봐라? 어?"

"진짜입니다. 이번 주 여자친구가 부대로 면회 오기로 했습니다."

"호오? 그러니까 네 말은 즉, 어차피 면회 오면 분대장인 나한테 보고 해야 되니까, 마지 못해 말하려고 했다는 거잖아! 맞냐? 틀리냐?"

"…죄송합니다."

"야야야! 이 새X 당장 패! 죽도록 패!"

임규성이 막 소리치자, 그의 직속 후임병이 베개를 들고 휘두르는 동작을 하고, 그제야 임규성이 손으로 제지했다.

"됐어. 여기까지! 어휴~ 이놈을 내가 전역 전까지 손 볼 수 있을까?"

사태가 진정되고 분대장이 이제는 자신을 때리지 않을 거라는 것을 알게 된 오민호.

"분대장님?"

"또 왜? 뭐야?"

"제 여자친구가 면회를 혼자 오기 무서워서 친구들이랑 같이 온답니다. 같이 나가시겠습니까?"

오민호의 말에 이제까지 장난 섞인 짜증을 부리던 분대장의 입가가 찢어질 듯 벌어졌다. 그리고는 분대원들을 향해 한 마디!

"오구구~ 내 새끼! 오구구구구! 야! 오늘부터 민호 건들면 내가 다 죽인다? 알았냐?!"

같은 시각.

연대장은 관사에서 누군가로부터 전화를 받고 있었다.
"아, 이 밤에 무슨 일이시죠?"
- 오늘 동해대학교 삼척캠퍼스에서 취재하던 KBC 윤성모 기자입니다. 60연대장님이시라고 들었는데, 오늘 병력들을 위해 앞에서 창피함을 무릅쓰고, 몸을 던지셨던 것을 멀리서 지켜보았습니다. 배원영 대령님의 인생사와 군복무 간 있었던 일에 대한 칼럼을 하나 쓸까 하는데요. 혹시 인터뷰 가능할까요?
"아…그건 제가 결정할 문제는 아닐 것 같습니다. 일단 저희 공보계통으로 한번 연락해보시겠습니까? 군 취재 문제는 저 혼자 결정할 수 있는 문제가 아니라서…."
- 예. 감사합니다. 그럼 사단 정훈참모님인가요? 그분하고 연락드리면 되는 거죠?
"네. 맞습니다. 그쪽과 통화해보시고, 괜찮으시면 동석해서 인터뷰 진행하는 것으로 하죠."
- 감사합니다.

전화를 끊은 연대장은 소파에 몸을 뉘인 채, 오늘 있었던 아찔한 경험을 떠올렸다.
'딸하고 몇 살 차이도 안 날 텐데….'

그래도 대령급 장교답게 그는 흔들리지 않았다.
시선을 앞에다 고정시킨 후, 일절 돌리지 않았다.
제아무리 가슴을 부각하는 동작이나, 엉덩이를 뒤로 뺀 채, 자신의 시야 앞에서 흔들거려도, 항상 시선은 정면이었다.
덕분에 더 호응이 좋았다. 본래 안무 취지는 심드렁한 톱스타를 유혹하는 걸그룹.
그런 콘셉트와 너무나 잘 어울리는 경직된 군 장교를 유혹하는 걸그룹.
이번 인터뷰도 그런 취지에서 요청이 온 것이 분명했다.

'일이 이렇게 풀리나?'

다음 날. 오전 10시 간부식당. 이제 중식 조리를 시작할 시간.
"야! 너희 셋, 어제 제대로 즐겼더라?"
김정주 상병은 어제 있었던 일이 억울했는지 그들을 불러놓고 말했다. 서효석은 분명 제대로 즐긴 게 맞는데, 오민호와 강성재까지 싸그리 불러 혼내는 그의 행동.
'뭐야? 시기야? 질투야?'
성재는 어린애처럼 행동하는 김정주를 담담한 얼굴로 마주했다.
"그러니까 오늘 식사는 너희끼리 다 준비해. 우리는 도저히 못 하겠다!"
그의 말에 서효석이 잠시 고민하다 이건 아니다 싶어 말을 꺼내려는데, 간부식당으로 전화가 걸려왔다.
"서효석 상병님? 지금 오민호 일병하고 강성재 일병하고 같이 연대장실로 오랍니다."
"뭐? 지금? 오민호만 아니고 나도? 강성재도?"
"그렇습니다."
연대장실에서의 호출, 서효석과 오민호, 강성재는 곧바로 환복하고 나가버리고, 고유성 상병은 사라진 그들의 뒷모습을 보며 김정주 상병에게 말했다.
"아무래도 점심은 저희가 준비해야 될 것 같습니다."
"…알아. 인마! 요즘 왜 이렇게 내 생각대로 되는 게 없냐?"
김정주 상병이 신경질을 내자, 고유성 상병은 무표정한 얼굴로 생각했다.
'김정주 상뱀! 본인 생각이 한 번이라도 잘 풀린 적 있습니까?'

연대장실을 걸어가며, 서효석 상병이 걱정스러운 얼굴로 말을 꺼냈다.
"다 같이 징계받는 거 아니야?"
그러자 성재는 선임병에게 미소를 띤 얼굴로 입을 열었다.
"그건 아닐 겁니다. 징계를 받아도 오민호 일병만 받지 않겠습니까?"
성재의 말에 민호의 얼굴이 순간 경직되었다.
"나, 이번 주 여자친구 오는데… . 징계받으면 어떻게 하지? 영창 가면 어떻게 해…."
성재는 생각했다. 민호 쟤는 정말 앞뒤를 모르는 것 같다고.
'그럴 거면 처음부터 연대장님을 무대에 세우지 말았어야지.'
하지만 이미 사건은 벌어졌고, 수습하기에는 시간이 너무 흘러버렸다. 아니, 애당초 수습할 수 있는 사건도 아니었다. 바로 옆에 사단장님이 계셨기에 망정이지. 아니었으면 그 자리에서 곧바로 군복을 벗고 육군 교도소로 끌려갈 수도 있었지, 라고 생각하던 참이었다.
CP실 앞에는 조금은 만만한(?) 사제담당관 대신 대위 한 명이 기다리고 있었다.

"충성!"

"충성. 맞네? 간부식당 조리병들. 크크."

"그렇습니다."

그는 바로 연대 정훈장교 민호규 대위.

정훈병과지만 경계작전부대이니 하는 일의 50%는 지휘통제실에서 상황대기 및 작전현황 종합하는 게 주요 업무로 실제 정훈장교인지 가늠이 가지 않는다.

작전장교보다 더 작전을 잘하는 정훈장교를 꼽으라면 아마 이 민호규 대위일 것이다.

오랜만에 자신의 주요 업무를 맡게 된 그의 얼굴에는 희망이 피어올랐다. 더구나 오늘은 자신과 같은 병과인 정훈참모도 오기로 되어 있다. 참모에게 잘 보이면 군단이나 군사령부 쪽으로도 발령 날 수 있을 거라 생각한 그였다.

"너희는 여기 CP실에 앉아 있어. 기자님 오시면 군인 자세 유지한 채로 대답하고. 알았니?"

"예. 알겠습니다."

정훈장교가 3명의 병력들에게 지시하고는 지휘통제실로 걸어갔다. 아무래도 기자가 들어오면 바로 나갈 수 있도록 위병소 출입여부를 실시간으로 확인하려는 모양이었다.

서효석은 후임 2명을 보며 환한 표정으로 말을 꺼냈다.

"기자? 뭐야? 민호가 징계받는 건 아닌가 보네?"

그러자 이제까지 불안해했던 오민호의 구겨졌던 얼굴도 점차 생기가 돌기 시작한다.

성재가 동기인 민호를 향해 말했다.

"민호야. 너 진짜 죽었다 살아난 것 같다. 하늘에 감사해라!"

"그렇지? 나 오늘 운 좀 좋은 듯."

"초딩처럼 말 줄이지 마."

"알았어."

CP실에서 대기하고 있는데, 정훈장교가 연대장실로 들어가고, 연대장은 정훈장교와 함께 다시 나와 복도를 지나친다. 당번병은 기다리고 있던 세 명에게 작은 목소리로 말했다.

"아저씨들, KBC 기자 도착한 것 같습니다."

세 명의 병사가 자신의 옷매무새를 바로 잡고 있을 때, 복도 너머로 연대장님과 국방부 기자들의 접견 모습이 소리를 통해 전해지고 있다.

조리병들의 대기시간은 생각보다 길었다.

연대장실에 들어간 기자와 카메라맨, 사단 정훈참모와 공보장교, 그리고 연대 정훈장교가 함께하는 가운데, 취재 전 티타임이 먼저 진행되었다.

"그래요. 윤 기자. 정훈참모로부터 이야기 많이 들었습니다. 저희 군 취재만 22년째시라고요?"

"네. 맞습니다. 연대장님! 68사단 시절부터 지금까지 23사단과 함께 하고 있습니다."

"대단하네요. 그럼 나이가?"

"나이는 그리 많지 않습니다. 이제 오십입니다. 강릉 무장공비 침투사건 때부터 삼척에서 뼈를 묻었었죠."

"아, 그러셨군요."

연대장은 더 이상 나이를 언급하지 않았다. 자신보다 나이가 많은 기자. 그런데 얼굴은 자신보다 더 동안이다. 이럴 때는 입을 꾹 다무는 게 좋다.

배원영 대령이 아무 말 없자, 정훈 참모가 취재 전 협조사항에 대해 이야기를 꺼냈다.

"일단 취재 전에 미리 말씀드릴 사항이 있습니다."

그러자 기자는 익숙한 듯 고개를 끄덕였다.

"첫 번째는 군 비방 내용이 들어가면 안 됩니다."

"예. 잘 알고 있습니다."

"두 번째로는 사진은 저희가 제공하는 사진만 쓰셔야 하며, 사진 밑에는 23사단 자료 사진 제공이라는 문구를 넣어주셔야 합니다."

"네. 그것도 잘 알고 있습니다."

"세 번째, 9시 메인 뉴스에 올라갔으면 좋겠습니다."

정훈참모는 첫 번째, 두 번째 요구사항에서는 '안 됩니다.', '넣어주셔야 합니다.' 등 강제성을 부여했었다. 하지만 세 번째 요구사항은 다소 누그러진 말투로 전환했다.

'올라갔으면 좋겠습니다.'

이건 즉, 자신도 무리일 것을 알기에 하는 이야기였다.

"정훈참모님, 그건 저희도 중앙에 올려봐야 하는 거라서, 일단 확답은 못 드립니다. 일단 건의는 올려보겠습니다."

"예. 감사합니다."
KBC 9시 뉴스는 21시부터 21시 30분까지는 중앙소식을 전달하고, 21시 30분부터 21시 45분까지는 지방 소식을 전달한다. 이 중앙 소식은 각 지방 방송국에서 올라온 기사와 중앙방송국에서 취재한 기사를 종합하여 회의 끝에 가장 중요한 것들을 취합해서 올린다. 그래서 가끔씩 21시에 방송한 것을 21시 30분에 앵커와 아나운서만 바꾸어서 또 방송하는 것은 그러한 업무체계 때문이었다.
"그럼 취재 시작할까요? 연대장님의 군 생활은 어디서부터 시작하셨나요?"

화기애애한 분위기가 계속되는 가운데, 기자는 오민호 일병에게 물었다.
"걸그룹보다 여자친구가 좋은 이유 한 마디!"
"사랑하고 있습니다!"
그리곤 바로 서효석에게 다시 질문.
"꿀타래는 몇 년 동안 배웠나요?"
"1개월 정도 배웠습니다."
"음… 1개월 말고 1년으로 가죠? 1개월은 너무 성의 없어 보여서, 동의하시죠?"
"알겠습니다."
"거기 후임병은 꿀타래 얼마나 배웠나요?"
"하루 배웠습니다."
"음… 거기는 군 입대하기 전에 6개월 배운 거로 하죠."
"네."
"연대장님, 취재 다 끝났습니다."
"그런가요? 그럼 밖으로 식사하러 가시죠? 한정식 괜찮으시죠?"
"네. 좋습니다."
"갑시다! 정훈참모는 끌고 온 차량 타고, 기자님은 제 차량 타시는 거로."

강원도 삼척의 한정식집은 15,000원에서 25,000원 대로 저렴한 가격이었기에 김영란 법에도 저촉되지 않았다. 간부들과 기자가 떠나자 서효석이 불만스러운 목소리를 냈다.
"우리가 메인은 아니었네?"

"어쩔 수 있습니까? 그래도 이 정도면….."
"그건 그렇지?"
성재는 아쉬움을 토로하는 선임 앞에서 그저 담담한 얼굴로 고개를 끄덕였다. 다음날 21시 33분에 방송이 시작되었다. 아쉽게도 중앙방송은 타지 못했지만.

- 요즘 군대에 장병들과 함께하는 연대장이 있어 화제입니다. 23사단 60연대에서 약 2,000여 명의 장병을 지휘하고 있는 배원영 대령은 장병들의 무리한 요구에도 내색하지 않고 걸그룹과 함께 무대에 섰는데요. 자료 화면 보시죠!
(공연장면 Close Up! 이후 주변 시민 반응.)
- 정말 대단해요. 예전이라면 상상도 못 했을 텐데, 군대가 정말 많이 변한 것 같아요. [강응복 (49세 / 자영업)]
- 보기 좋습니다. 아무래도 저렇게 솔선수범하는 간부가 과거에는 많이 없었죠. 윗물이 맑아야 아랫물도 맑을 텐데요. 군 장병들도 표정이 밝네요. 이런 시대가 오니 제가 참 기분이 좋습니다. 이제 곧 손주 놈이 입대한다고 하던데, 안심하고 군대에 보낼 수 있을 것 같습니다.[김관철 (61세 / 소설가)]
- 여기서 끝이 아닙니다. 저희는 화제가 된 연대장을 직접 찾아뵙고 인터뷰도 해 보았는데요. 한번 들어보시죠.
- 저희 연대는 해안 경계를 맡고 있는 작전부대로서 항상 긴장의 끈을 놓지 않고 불철주야 최선을 다하고 있습니다. 그러나 위문 열차 앞에서도 그렇게 할 필요는 없죠. 군 장병들에게도 휴식이 필요하지 않겠습니까? 저로 인해서 군 장병들이 조금이라도 마음에 위안을 갖고 행복한 시간을 가졌다면 전 만족합니다. 23사단 파이팅! [배원영(49세 / 육군 대령)]
- 아, 그리고 이번에 이것만 화제가 된 것은 아니었죠? 강원도 삼척에서 처음으로 서울 먹거리, 꿀타래를 선보였다면서요?
- 네. 제가 생각해서 한 것은 아니고, 저희 연대 조리병 중에 서효석 상병과 강성재 일병이 준비한 작품이었습니다. 저는 그저 예산만 지원한 거죠.
- 그러니까, 다 부하들 덕택이다?
- 그렇습니다. 다 차려진 밥상에 젓가락만 올렸다? 이 정도면 설명이 될 것 같습니다.

- 정말 대단하신 것 같습니다. 공을 부하에게 돌리는 게 쉬운 일은 아닌데, 그걸 실천하고 계신 것을 보니, 연대장님의 부대에는 항상 좋은 일만 가득할 것 같습니다.
- 과찬이십니다.

(화면 전환.)

- 자, 다음 소식으로….

그때, 생활관에 있던 성재에게 떠오르는 시스템창.

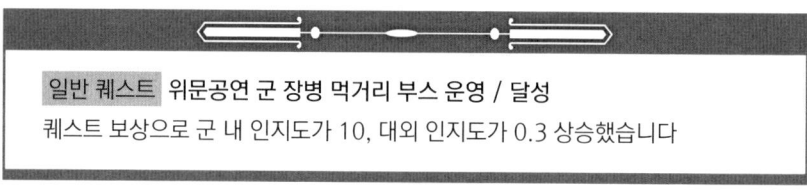

당직병이 생활관에서 대기 중인 오민호 일병을 찾았다.

"오민호! 면회 왔단다. 사령님께 찾아가!"

"예. 알겠습니다."

오민호는 자리에서 벌떡 일어난 채, 각 생활관에서 전투복을 말끔히 다려 입은 선임들과 자신의 동기인 성재에게 말했다.

"지휘통제실로 오라고 합니다. 다 같이 이동하시겠습니다."

"그래. 가자!"

성재 또한 같은 생활관이었기에, 면회실에 이미 도착한 오민호의 여자친구와 친구들을 만나기 위해 자리에서 일어났다.

성재의 눈 앞에 떠오르는 시스템창.

고무신이란?

위병소를 넘어 주차장에 기안자동차의 하늘색 쏘울스 차량이 멈춰 섰다.
멈춘 차량에서 각기 다른 색상의 컬러 블라우스를 깔 맞춤한 여성들의 한쪽 다리가 빠져나오고, 곧이어 그녀의 잘록한 허리를 강조한 검정치마가 차량 밖으로 딸려나왔.
그러자 위병소 근무를 섰던 병사들의 시선이 정면에서 주차장으로 향했다.
선글라스를 끼고 요염하게 걸어오는 여성들.
"면회실은 어디로 가야 하나요?"
군대 내에서는 들을 수 없는 하이톤의 맑은 목소리. 단순한 질문이었지만, 병사의 얼굴은 환하게 피어났고, 멋있어 보이려고 했는지 절도 있는 동작으로 면회실 위치를 가리켰다.
"보시는 곳 전방 30m에서 좌측 유리문 열고 들어가시면 바로 면회실입니다."
위병소에서 근무하던 병사는 나름 미소를 지은 채, 여성들을 쳐다보았다.
'이 정도면 멋있게 보였겠지?'
하지만 군바리 따위에게 시선을 줄 여성들이 아니다.
대답을 듣자마자, 곧바로 고개를 돌려 친구들에게 말을 꺼내는 여성. 매몰차게 모르쇠로 일관하며, 친구들에게 환한 미소를 보내고 있다.
"얘들아! 저기래!"
"그래? 춥다. 빨리 들어가자."

그리고 5분 후. 위병소에 카니발 한 대가 들어왔다. 이번에도 면회객이었다.

칙칙한 남자들. 다들 삼선 슬리퍼로 유명한 아이다스 츄리닝, 거기에 요즘 유행하는 롱코트 패딩을 깔맞춤 했다.

조금 전까지 4명의 여성을 보며 미소를 지었던 경비병 사수의 얼굴이 순식간에 구겨졌다. 딱 보기에도 험악한 인상의 그들에게는 도저히 친절할 자신이 없었다.

"여기 흡연장 어디?"

말하는 것도 싹수없다. 군인이란 신분만 아니었으면 그냥 무시하고 마는 건데….

경비병 사수는 억지로 친절을 짜냈다.

"저쪽 주차장 끝에 마련되어 있습니다."

이놈들도 아까 그 여자들처럼 싹수없기는 마찬가지. 알려줬으면 고맙다고 해야 되는데, 또 쌩깐다. 그러나 같은 행동이지만 이번이 더 기분 나빴다.

왜냐고? 남자들이니까!

군인들은 같은 남자하고 말 섞는 거 별로 안 좋아한다. 좋아하면 이상한 거 아닌가?

막사를 지나 위병소 옆 면회실로 가는 병사 4명의 발걸음이 가벼웠다.

네 명의 면면을 보자면,

분대장인 다혈질 임규성 병장과 부분대장이면서 따뜻한 성격의 소유자인 인사계원 김민철 상병. 멀쩡한 듯 보이면서도 나사 빠진 오민호, 그리고 강성재. 이렇게 네 명.

임규성은 기대 만발의 얼굴로 민호에게 물었다.

"야, 진짜 예쁘냐?"

"진짜 예쁩니다. 제 여자친구도 예쁘고, 그 친구들도 다 예쁩니다."

"너 여자가 예쁘다는 기준하고 남자가 예쁘다는 기준, 정말 다른 거 알지?"

"그게 무슨 말이십니까?"

"여자들은 여자들 칭찬할 때, 한 곳만 괜찮으면 예쁘다고 하잖아. 코가 예쁘다든지, 눈썹이 예쁘다든지, 걔는 입술이 귀엽다든지, 그렇게 모든 여자가 다 예쁘다고만 하잖아."

"음… 그 친구들은 진짜 예쁩니다. 여자친구가 예쁘다고 하는 게 아니라, 제가 직접 봤기 때문에 예쁘다고 하는 겁니다. 믿어보십시오."

오민호는 자신은 모르는 말이라는 둥 고개를 저었다.

자기 주변엔 예쁜 여자밖에 없다고 당당하게 말하는 그의 자신감에 다혈질인 임규성도 더 이상 뭐라 하진 않았다. 실제로 보면 아니까.
면회실 안에는 블라우스를 입고 나온 모델 같은 몸매의 여성들이 한자리에 앉아있었다. 그녀들 중 유독 빨간 블라우스를 입은 여성이 혼자 일어나서 손을 흔들었다.
그러자 민호에게서 다시는 들을 수 없는 다정한 목소리가 흘러나왔다.

"재희야. 오래 걸렸어?"
커다란 체형에서 저런 아기자기한 목소리가 나오자 어색했지만, 일단 다른 여성들이 있기에 어색한 웃음이 걸린 선임들과 성재.
그런 그들을 뒤로하고, 민호의 여자친구가 자신의 친구들을 소개했다.
"응, 4시간이나 걸렸엉. 흐잉. 인사해. 저번에 봤었지? 내 절친들!"
"아, 안녕하세요. 저번에 우리 재희 생일 때 봤죠?"
"넹, 진짜 잘 생기셨다. 몸도 완전 좋으시고!"
"하하, 그건 오버에요. 아, 여기는 제일 고참이신 임규성 병장님이시고요."
민호의 말이 끝나기도 무섭게 여자친구 재희의 옆 여성이 두 손을 입에 가져다 대며 놀란 목소리로 말했다.
"꺄야, 완전 호감형! 체형이 완전 모델 체형이신 것 같아요."
그러자 눈과 키만 큰 게 아니라 다 큰 임규성은 입이 찢어질 듯 기뻐했다.
"여기는 김민철 상병님."
"우와 공부 진짜 잘하실 듯."
그리고 강성재.
"어? 완전 귀여우셔."
간단한 소개를 마치고, 4대 4 미팅처럼 양 갈래에 선 민간인 여자와 군인 남자들은 어색한 미소를 뒤로 한 채 서로를 쳐다보았다.
"아~ 맞당. 자기 먹인다고 맛있는 거 해 왔거덩? 이거 일단 먹자."
송재희는 자신이 들고 온 보자기를 풀며 4단 도시락을 꺼내 들었다.
"재희야~ 이거 만드느라 힘드렸겠당, 우리 자기한테 뽀뽀해도 돼?"
"에이, 남들 보잖앙. 나중에 따로 있을 때 행!"
"알았소, 하나부터 열까지 따랑해!"

"웅, 나도!"
오글거리는 말투로 대답하는 민호. 하지만 그걸 신경 쓰는 사람은 없었다.
이미 짝이 있는 여성 따위에 관심 주는 것보다 이렇게 추운 날, 강원도까지 날아온 여성한테 눈길을 보내는 것이 훨씬 나은 선택이란 것을 모르는 장병은 없었다.
"정말 예쁘시네요. 어디서 오셨어요?"
"아, 전 서초구 방배동이요."
"와 대박, 저랑 진짜 가까우세요. 저도 방배 카페골목."
임규성은 프로답게 자연스레 대화를 이어갔고, 그 앞에 앉은 여성들은 임규성 계급장이 병장인 것을 보고, 호감 어린 시선을 보내며 즐거워했다.

임규성과 다르게 김민철은 자신의 외모가 여성들에게 크게 어필하지 못한다는 것을 잘 알고 있었다. 그래서 다른 방향으로 승부를 보려 했다.
"여행 좋아하세요?"
"여행이요?"
"네. 전 여행 엄청 좋아하거든요. 유럽 배낭여행 했을 때, 정말 너무 즐거워서 1년에 한 번씩은 해외여행 다니고 있어요."
"우와 정말 대단하세요. 저도 여행 다녀보고 싶은데…"
"후후, 그럼 제가 좋은 곳 추천해드릴까요? 발리라고… 괜찮은 곳이…"
성재는 민호의 성화에 억지로 끌려 나오긴 했지만, 그렇다고 앞에 여성이 마음에 들진 않았다. 분명 첫인상은 나쁘지 않았음에도 그리 끌리지가 않았다.
왜일까? 미묘하게 다른 느낌? 억지로 웃음 짓는다는 그런 느낌? 가식이 팍팍 묻어나는 그녀들의 행동이 썩 기분 좋게 다가오지 않는다. 그래도 일단 젓가락을 들며 말했다.
"맛있네요."
서비스 멘트 수준. 실제로 음식이 먹을 만하다 정도지. 엄청 맛있다, 이런 건 아니었다.
"그런가요? 어? 여기 많아요. 많이 드세요. 거기 병장님도 많이 드세요."

임규성 병장을 향해 쏠리는 도시락. 확실히 남자는 큰 키에 잘생기고 봐야 한다. 임규성은 여성들의 관심이 자신한테 쏠리자, 기분이 좋아져서 자랑을 늘어놓기 시작했다.
"사실은 제가 모델 지망생이었거든요. 무대도 설 뻔했는데, 군대 때문에 포기했어요."

"아~ 어쩐지, 키가 정말 크시더라. 얼굴도 잘생기시고."
"하하, 이렇게 외모로 칭찬받을 줄은 몰랐습니다. 그럼 제가 춤 한번 보여드릴까요?"
조금은 무리수. 다행히 아침 일찍 온 면회객이라 면회실에는 그들 말고는 아무도 없다.
즉 눈치 볼 것 없다는 이야기.

"와 모델에 춤에, 못하는 게 없으신가봐. 보여주세용."
재희의 친구들 또한 임규성 병장의 말에 호응하며 박수를 치기 시작했다.
임규성은 자신이 군 생활동안 연마한 멋진 춤을 그녀들 앞에서 선보이기 시작했다. 가슴
털기 춤부터, 벽타기 춤, 사랑의 하트 춤 등을 추며 여성들의 마음을 제대로 잡았다.
민호는 그런 선임병의 모습을 보고 즐거운 표정을 지었다.
그러자 임규성 또한 만족한 얼굴로 다시 자리에 앉았다. 홍조 띤 얼굴, 그리고 여성들의
부담스러운 시선이 합쳐지자, 용이 승천하는 것과도 같은 기분이 들어버린 녀석.
분위기가 업 된 상태에서 민호의 여자친구 재희가 진지한 표정으로 입을 열었다.

"자기양, 그런데 나 할 말 있어."
"응. 말 해봐. 다 들어줄게. 우리 재희 말이라면 내가 다 들어줘야지."
"응. 잠깐만!"
면회실 유리문을 통해 나가는 재희. 그녀의 행동에 성재는 낌새를 차렸다. 꺼림칙한 자리,
이 자리에 머물 필요는 없어 보인다.
'어휴, 오민호, 내가 이럴 줄 알았다. 어리버리 이 등신….'
성재가 빠진 자리. 민호의 여자친구 재희가 손짓하자 4명의 사내가 주르륵 들어왔다.
민호보다 덩치가 더 큰 4명의 사내. 그들을 보고 순식간에 구겨진 민호의 얼굴.
"재혁이 형이 어떻게 여기에…."
"왜? 재희가 아직도 네 여자친구인 줄 알았어?"
사태가 파악이 안 되는 가운데, 민호가 재희에게 매달리며 말했다.
"재희야. 재혁이 형이 왜 여기 있어? 나랑 사귀는 거 아니었어?"
"너는 군대 갔고, 재혁이 오빠는 예비역이잖아. 네가 잘못한 거야. 네가 날 두고 군대 가질
말았어야지."
"너 정말 나쁘다. 나한테 어떻게…선임들 앞에서 이렇게…."

민호의 당황한 모습을 본 재희의 친구들은 조금 전까지의 미소를 지우고 일어났다.
"재희야. 이제 끝난 거지?"
"응. 오빵 고마워. 이렇게까지 했으니까 이제 얘도 더 이상 끈질기게 연락 안 할 거야. 잠깐만 차에 타 있을래? 오빠들도 차에 타서 기다려주세요. 금방 정리하고 우리 강릉 경포대 구경 가요."

그녀의 말에 민호의 선배 재혁이 회심의 미소를 짓고 자리를 떴다.
모두가 떠나고, 재희는 자신의 주머니에서 반지를 꺼냈다. 오민호가 군 입대 전 재희한테 선물한 반지. 하지만….
"야! 이거 반지, 이미테이션이더라? 거짓말할 게 없어서 이런 걸 거짓말하니?!"
벌레 보는 듯한 표정으로 돌변한 여자.
민호를 따라 나온 임규성과 김민철도 한심하다는 표정을 지었다. 임규성은 어이가 없어 혀를 차고, 민호의 선배가 다시 들어와서 분이 안 풀렸는지 협박의 말투를 내뱉었다.
"야, 오민호, 너 앞으로 우리 재희한테 다시는 연락하지 마라. 재희가 헤어져달라고 하면 헤어져야지. 그렇게 집요하게 연락하고, 집착하는 거 범죄다. 범죄! 알았냐?"
재희의 같은 학교 선배 김재혁. 그리고 그의 동기이자 친구들. 그들은 오민호 면회를 오려던 게 아니라, 그의 집착을 경고하고, 헤어지라며 강요하러 온 것.
물론 주목적은 재희의 친구들과 함께하는 즐거운 강원도 여행.
재희에게 집착하는 남자친구도 제거시켜주고, 좋아하는 사람과 커플도 맺고,
그들에겐 1석 2조. 민호에겐 1타 2피.
그동안 민호는 헤어지자는 재희를 계속 붙잡았다. 그녀 또한 군대 간 그에게 이제 좋아하는 사람이 생겼다며 헤어지자고 여러 번이나 말했다. 만나지 못하고, 계속 전화통화로 실랑이만 하다 지쳐, 결국 민호에게 극약처방을 내린 것.

그렇게 고무신 제대로 거꾸로 신은 여성이 자신의 일행과 나가버리고, 선임병들은 갑자기 울기 시작한 민호를 일으켜 생활관으로 돌아갔다.
괘씸하면서도 씁쓸한 녀석의 모습.
임규성은 혀를 차며, 민호에게 한마디를 쏘아붙였다.
"에라이! 저번에 에로에로 춤이라도 받지 그랬냐, 내 그럴 줄 알았다 인마!"

"강성재! 면회 왔다!"

"면회 말씀이십니까? 저는 오늘 면회 올 사람이 없습니다."

"윤동현이라고 네 선임이었다던데?"

위병소 밖. 양복에 가디건을 두른 짧은 스포츠머리의 사내. 뒤에는 벤츠 차량이 서 있다.

"성재야!"

"어? 윤동현 병장님!"

"병장은 무슨! 형이라고 부르랬잖아."

"예. 동현이형! 오늘 전역 아니었습니까? 복장이…."

"그래. 어제 휴가 복귀하면서 미리 호산터미널에 차 세워뒀었거든. 거기서 차 안에 놓았던 옷 갈아입고 이제 집에 올라가는 길에 들렀다. 요즘 잘 나간다며?"

"헤헤, 군대에서 잘 나가봐야 뭐해요. 그냥 시간만 빨리 갔으면 좋을 것 같아요."

"크크, 그건 그래. 넌 인마, 전역하면 뭘 하든 성공할 거야. 그러니까 다른 생각하지 말고 무사히 전역할 생각만 해. 형이 키워줄게. 형 뒤에 차 보이지?"

"설마 벤츠가 형 거에요?"

"그래. 우리 집 생각보단 잘 살아. 형이 집에 빨리 가봐야 돼서 시간이 없네, 아무튼 잘 지내고 나중에 연락하자! 형 번호 알지?"

"예. 알죠. 동현이 형, 전역 축하드려요."

"그래 인마! 이제 진짜 간다."

우정의 악수를 건넨 그는 찐한 포옹 후 벤츠 운전석에 올랐다. 전역하는 날, 벤츠 차량을 타고 복귀하는 뒷모습을 보며 성재는 아쉬우면서도 씁쓸한 감정을 감추지 못했다.

'형 말대로 나도 돈 벌고 싶다. 진짜 돈 많이 벌어서 집안을 일으키고 싶어.'

성재는 지휘통제실에 돌아온 후, 다음주 주간훈련 예정표를 확인했다.

월 : 해안 경계근무 교대 (1대대 ↔ 3대대)

화 : 개인정비

수 : 개인정비

목 : 혹한기 훈련 준비 사열(대대장), 훈련지역 CPMX(지휘소 이동훈련)

금 : 혹한기 훈련 준비 사열(연대장)

※ 휴가 통제기간 : 1. 10 ~ 1. 20(11일간 / 혹한기 훈련)

080

취사병들이 죽으면 밥은 누가 하나?

연대 교회에서 예배가 끝났다.
한 여성이 고개를 갸웃갸웃거리며, 누군가를 기다리고 있었다.
'성재 오빠는 오늘 안 오려나? 물어보고 싶은 게 많은데….'
그녀의 손에 들린 책.
『요리 입문 - 기초, 당신에게 소개해 줄 287가지 간편 레시피』
"저기, 오늘은 성재 오빠 안 오나요?"
배윤아의 말에 오늘 당번인 서효석은 고개를 좌우로 흔들며 그녀에게 대답했다.
"성재는 다음주에 올 거 같은데…."
"그래요? 할 말 있었는데…."
"네. 오늘 짐 싼다고 못 올 거라고 들었습니다. 말씀하시면 대신 전달해드리겠습니다."
"아니에요."

같은 시각. 본부중대는 간부들은 물론 병사들까지 사무실과 생활관을 정리하느라 분주하게 움직였다.
"내일 막사, 연대막사로 옮기니까 빨리빨리 정리해. 비품은 한 곳에 정리하고, 개인 짐은

씻을 것 빼고는 다 더플백에 넣어놓고!"

"알겠습니다!"

성재 또한 본부중대장의 통제에 따르며 자신의 개인짐을 의류대(더플백)에 집어넣었다. 집에서 가져온 사진은 작은 상자에 넣은 다음, 액자가 깨지지 않게 테이프로 단단히 밀봉했다. 윤동현이 준 수첩은 서류봉투에 넣어, 혹시라도 물이 묻지 않게 소중히 보관했다.

그다음은?

'거의 다 했나?'

그때, 떠오르는 시스템창.

사용자 강성재에 대한 배윤아의 호감도가 30 하락했습니다

'교회를 안 가서 그런 건가? 뭐, 이제 상관없겠지?'

배윤아의 호감도가 1,000이상만 올라가지 않으면 되는 전직 퀘스트. 너무나 예측 가능한 시나리오가 성재의 머릿속에 펼쳐진다.

이제 올해 고2로 올라가는 연대장의 딸. 그녀와 친해지면 그다음은 뭘까?

1. 고백한다.

2. 서로 사귄다?

아무튼 연대장은 자신의 딸이 연애하는 것을 원치 않는다.

물론 성재도 윤아에게 딱히 특별한 감정을 느끼진 않는다. 그래도 불미스러운 일은 사전에 피하는 게 좋겠지. 남녀관계란 어떻게 될지 예측하지 못하니까.

'당분간 교회는 안 가는 게 낫겠네.'

성재는 결론을 내리고, 내일 막사 이동 전 개인 짐을 싸는 데 집중했다.

정리가 대충 끝나자 생활관 분대장인 임규성 병장이 아쉬운 얼굴로 말했다.

"강성재, 너 내일부터 4중대로 간다고?"

"네. 그렇습니다. 파견 끝내고 연대 막사 3층으로 갑니다."

성재의 대답에 임규성이 자신의 속마음을 삭혔다.

'아쉽네. 좀 더 챙겨줬어야 하는데….'

그의 눈에 성재의 동기 오민호도 보였다.

"오민호! 너도 3중대로 가지?"

"네. 맞습니다."
임규성은 성재와 마찬가지로 오민호에게 해주고 싶은 마음을 꾹 참았다.
'가서 잘해라. 눈치 없이 행동해서 선임들한테 맞지 말고….'
지원과 작전과 정훈실 정리가 끝난 계원들은 한자리에 모였다.
모두가 두 사람과 헤어짐을 아쉬워하는 자리.
"내일이 되면 바로 가겠네?"
"네. 이제 뵐 일 자주 없을 것 같습니다."
"사람은 원래 만나고 헤어지는 법이야. 너희들은 군대에 이제 막 입대해서 잘 모르겠지만, 병장쯤 되면 그것도 익숙해져. 내 위에 한 40명 있었는데, 어느 순간 아무도 안 남더라. 다 전역한 거지."
"그럴 것 같습니다."

또 같은 시각. 강림소초 취사장.
'마지막이다. 4중대 2소대 이 개XX들….'
강희철은 성재가 떠난 빈자리 후임으로 대신 일하며 욕이란 욕은 다 먹었다.
자기가 잘못한 것도 아니고, 전임자에 비해 밥맛이 없었다는 이유 하나만으로 이렇게까지 욕먹을 줄 몰랐던 녀석.
병사들만 욕하면 말을 안 하는데….
"병사야. 너 밥 왜 이렇게 못하나?"
황금마차 아저씨도 자신을 갈구고.
"행정보급관요! 어떻게 할 거예요? 우리 암퇘지들이 당신네 소초밥을 이제 거들떠도 안 봐. 사료밖에 안 먹잖아. 입맛 버려놓고 어떻게 하자는 거야?"
짬 아저씨의 성화에 행정보급관도 자신을 갈군다.
나름 자신 있었는데, 지암 소초에서는 자신이 최고로 요리 잘했는데, 왜 이런 취급을 받아야 하는지 이해가 가지 않았다. 그래도 오늘은 마지막으로 일하는 날. 그는 3대대 12중대 취사병으로 올라온 병사에게 취사장 전반에 대해 모든 것을 인수인계하며 말했다.
"아저씨, 응원할게요."

선발대와 본대. 선발대는 약 1/3병력을 투입하여 밤 12시까지 1대대 병력들과 동반근무를 하고, 밤 12시 이후부턴 1대대는 철수하고 3대대가 책임구역 전부를 점령하는 개념.
다음날 아침. 수십 대의 차량이 연대 주둔지 연병장에 도착했다.
병력들은 추운 날씨임에도 다들 얼굴에 환한 미소가 걸렸다.
"우와! 주둔지다. 주둔지!"
연대 주둔지. 커다란 연병장, 대규모 식당, 황금마차 대신 충성마트, 커다란 위병소 옆에 달린 면회실까지. 기본이란 기본은 다 갖춘 곳.
그곳에서 차량에 내린 병력들은 각 지휘관에 의해 연병장 사열대 앞으로 집결했다.
대대장 대신 사열대 앞에 나온 작전과장.
"지금부터 인원 보고를 실시한다. 준비된 제대부터 보고!"
그에 따라 철수한 4중대장이 먼저 보고를 실시했다.
"충성! 4중대 인원보고!"
"보고!"
"총원 130, 열외 47, 현재원 83, 열외인원 선발대 43, 휴가3, 간부식당 조리병 1."
"이상 없나?"
"이상 없습니다!"
"오케이! 4중대 막사로 입장!"
"입장!"

여기서 막사의 구조를 설명하자면 다음과 같다.
연대 지휘통제실, 연대장실, 주임원사실, 상담실, 여군휴게실.
정보과, 군수과, 인사과, 의무대, 본부중대, 통신중대 생활관,
대대 지휘통제실, 대대장실, 대대 작전과, 지원과,
정보과, 정훈실, 1대대 본부중대, 1중대, 연대 수색중대.
더플백과 군장을 챙겨 올라가는 사람들. 생활관에 짐을 풀고 정리하는 일만 남았다.
"다들! 빨리빨리 안 해? 빨리해야 쉬는 시간 많아진다! 빨리빨리 움직여!"
간부들은 소리를 고래고래 지르면서 병사들을 닦달하고, 병력들은 긴장감 넘치는 막사의

분위기에 휩쓸려 일사불란하게 움직인다.
"4중대! 생활관당 2명씩 복도로 나와!"
"직사화기 부소대장 따라가! 화기창고 정리하러 간다!"
"나머지 병력들은 담당구역 청소 시작한다. 믹싱까지 다 할 거니까 빨리빨리 움직여라."

이렇게 한바탕 하고 나니, 시간은 벌써 17시. 동절기라 그런지 조금은 이른 17시에 국기 하강식이 시작된다.
갑자기 막사에 애국가가 흘러나온다. 모두가 갑자기 국기게양대를 쳐다보고, 국기가 보이는 사람들은 거수경례를, 국기가 보이지 않는 곳에 있던 사람들은 그 자리에 멈춰 서서 국기가 보이는 정면으로 몸을 돌린 채, 시야를 고정했다.
국기게양대에서 국기가 내려가고. 이어지는 방송.
[지휘통제실에서 당직사령이 전파합니다. 오늘부터 석식 식사순서에 대해 알려주겠습니다. 식사 순서는 각 중대별로 실시하고, 본부 및 1중대 17시 30분부터 17시 40분, 2중대 17시 40분부터 17시 50분, 3중대 17시 50분부터 18시, 4중대 18시부터 18시 10분으로 실시하겠습니다. 시간은 1주일마다 교대하며 실시할 예정이므로 시간에 따른 불만은 갖지 말도록 합시다. 다시 한번 전파합니다. 오늘… 반복.]
소초에서 누렸던 자유는 어느새 사라지고….
소초에선 '철수' 이후 빈칸으로 남아 있었던 주간훈련 예정표가 게시판에 붙기 시작한다.
"으아아아악! 다음주 혹한기다!"
상병 말호봉 녀석이 그것을 발견하고 소리치자, 모두가 웅성대며 주간훈련 예정표를 확인하기 시작했다.
"뭐야? 철수했는데 바로 혹한기? 대박! 대박! 대박!"
"군생활 졸라 꼬였습니다."
그러나 그들이 몰랐던 것이 있었으니… 일반적인 혹한기 훈련과는 차원을 달리하는데?!

사단 지휘통제실.
"사단장님 다음주 훈련계획입니다."
교훈참모는 자신이 준비한 PPT 보고자료를 스크린에 띄웠다.

"이게 KCTC훈련을 대비한 네 계획인가?"

"그렇습니다. 다음주 4박 5일로 진행되는 혹한기 훈련은 대대 쌍방 훈련으로서, 60연대 1대대와 61연대 2대대가 서로 공격부대, 방어부대를 묘사하며 진행될 예정입니다."

"그래. 여기까진 특별하진 않은데?"

"여기서부터 하이라이트입니다. 각급 부대는 저희 CPX(지휘소 훈련)에 연계하며 진행하며, 각 소제대 하나당 통제관이 하나씩 붙습니다."

"그래?"

"예. 기존에는 중대별 통제관이 한 명씩 붙었었는데, 이번에는 특별히 60연대 1대대와 61연대 2대대의 경우 소대별 통제관 한 명씩 운용하여 전장묘사를 더욱 세밀하게 부여할 예정입니다."

"음…그러니까, 부대의 움직임을 프로그램상에 자세히 구현할 수 있다?"

"그렇습니다."

"그런데 말이야. KCTC(과학화훈련단)에선 마일즈 장비를 활용해서 하지 않냐? 그거 활용하면 공포탄 발사하면 직선으로 레이저 나가서 사람 죽는 것도 묘사되고, GPS 시스템 때문에 포탄 떨어지는 것도 묘사는 하는데? 그건 못 구했어?"

"죄송합니다. 마일즈 장비는 쉽게 구할 수가 없습니다. 하지만 포탄 떨어지는 것뿐만 아니라, 차량 기동, 전사상자 처리 등에 대한 전장묘사는 실제로 진행할 예정입니다."

"그래? 그게 무슨 말이지?"

"전장모의 프로그램으로 전장21이란 프로그램이 이미 십여 년 전 개발되어 있습니다. 그 프로그램을 신교대와 보충중대, 그리고 이번 훈련부대에 포함되지 않은 62연대 병력들을 운용해서 실제 지휘소에서 획득하는 정보와 전장모의 프로그램상으로 보이는 정보를 취합할 예정입니다."

"말이 어렵다?"

"음… 스타크래프트처럼 실시간 전투 정보를 취합할 수 있는 모의 프로그램입니다."

"나도 스타크래프트는 아는데, 설명이 어렵다니까?"

교훈참모는 사단장을 이해시키기 위해 부단히 노력했다.

1. 각 통제관은 두 분류가 있다.
   가) 훈련장소에 직접 나가 있는 훈련통제관(사단 실무자, 직할대 실무자)

나) 전장모의훈련장이라고 쓰여있는 컴퓨터실에서 프로그램을 돌리는 통제관
  (사단 평가장교)
2. 훈련통제관들은 서로 유선을 통해 부대의 움직임을 프로그램 통제관(평가장교 or 평가장교 밑에 소속된 간부)한테 전달한다.
3. 평가장교는 전달받은 내용을 밑에 있는 간부 또는 병사들에게 다시 전달하여 각 소대의 움직임을 그대로 구현한다. (이때, 군사좌표 이용)
4. 전장모의 프로그램에 의해 각 부대가 움직이고, 전투가 묘사된다. 그에 따라 받는 피해상황은 다시 평가장교가 각 통제관에게 다시 전파해준다.
5. 그럼 각 통제관이 해당제대에 그 상황을 이런 식으로 전달해준다.

"이곳에 포탄이 낙하되었습니다. 방어진지 미구축 상태로 피해경감률 0%가 적용됩니다. 현재 3명 사망, 4명 중상, 2명 경상. 소대장은 지금부터 통제관이 전달한 내용에 따라 조치하기 바랍니다."
교훈참모의 설명을 들은 사단장이 씩 웃었다.
"그러니까, 게임대로 돌아가는 상황에 따라 전장이 묘사되는 거네?"
"그렇습니다. 그 정보는 프로그램 운영 최종 책임자인 평가장교만 볼 수 있고, 나머지 각 제대는 자신의 말단 제대로부터 보고받은 정보를 취합해서 전투를 진행하고⋯."
"쉽게 말하라고 했지?"
"예. 쉽게 보고드리겠습니다. 사단장님 종족이 테란이라면, 현재 커맨드 센터를 운영하시는데, 커맨드 센터 주변만 보이시는 상황입니다. 벙커나 배럭, 전진 기지들에 대한 시야는 어두워진 상태로, 직접 유선이나 기타 통신수단을 통해 상황을 파악하셔야 됩니다."
"호오⋯그럼 평가장교 이놈은 운영자인 옵저버로 보면 되겠구나?"
"그렇습니다. 평가장교는 모든 것을 볼 수 있습니다. 말 그대로 신입니다."
"오케이, 잘 알았어! 진작에 쉽게 말했어야지."
"감사합니다."
"그런데 말이야."
"네. 사단장님."
"취사병들이 죽으면 밥은 누가 하냐?"

여기 만져봐. 따뜻할 거야(?)

준비사열 때문인지, 부대는 바쁘게 돌아갔다.
취사병 또한 마찬가지였다.
생전 처음 보는 취사용 트레일러를 움직이기 위해서였다.
대대에서는 전시에만 편제되어 있는 급양담당관.
평시에는 이러한 임무를 연대 급양담당관이 대신해주지만, 훈련 때는 대대 군수담당관이 급양담당관 역할을 대신 해야 한다.
즉, 그가 취사용 트레일러 작동법을 스스로 익혀야 된다는 사실.
"급양담당관님?"
"뭐?"
"무동력 버너, 어떻게 씁니까?"
"내가 어떻게 알아? 너희가 알아서 해야지!"
"……."
그러나 가르쳐줄 사람이 없다는 게 문제다.
전역지원서까지 낸 연대 급양담당관에게 무엇을 바라리….
군수담당관의 이마에 짙은 주름이 더욱 인상적인 하루였다.

그와 반대로 평온한 간부식당.

성재는 여전히 요리에서는 배제된 채, 파와 양파를 썰고, 감자를 깎았지만 불만은 없었다.

> ⚙ ✓ ✗
>
> 업적 파썰기 100회를 달성했습니다
> 업적 양파썰기 100회를 달성했습니다
> ⋮
> 업적 감자 깎기 10회를 달성했습니다
> 업적 달성으로 인해 경험치 700을 얻었습니다

옆에서 도와주던 서효석이 담담한 표정으로 성재에게 물었다.

"혹한기 때 출동한다며?"

"그렇습니다."

"뭐 하기로 했냐?"

"중대장님하고 같이 있을 것 같습니다. 정확히는 경계병 할 것 같습니다."

"성재는 나하고 똑같네. 나도 지휘소 경계병이라던데?"

"그렇습니까? 그럼 서효석 상병님도 24인용 텐트 치십니까?"

"어. 그럼 너도 그거 하겠네?"

"그렇습니다. 화기중대는 대대지휘소하고 항상 붙어있어서 24인용 텐트도 쳐주고, A형 텐트도 쳐야 된다고 들었습니다."

"그래도 혹한기 때 할 건 많이 없겠네."

"그렇습니다. 경계하고, 지휘소 주변에서 근무만 하면 된다고 들었습니다."

"그럼 밥은 누가하냐?"

"아마도, 대대 취사병들이 할 것 같습니다. 저희 중대는 강희철 상병이 하기로 되어 있습니다."

"음… 너 취사용 트레일러는 사용 안 하겠네."

"트레일러 말씀이십니까?"

"그래. 취사용 트레일러!"

 Keyword 취사용 트레일러를 알게 되었습니다

"그게 뭡니까?"
"어이쿠, 조리병이면서 그것도 모르면 어떻게 해?"
"가르쳐주시면 안 됩니까?"
"알고 싶어?"
"그렇습니다."
"그럼 이거 다 하고 따라와. 금방 가르쳐줄 테니까!"

 고유권능(Passive Skill) 취사용 트레일러 사용법(입문)을 알게 되었습니다

어느덧 목요일 15:00.
대대장 준비사열, 연병장에는 1대대 전 장병이 모두 나와 있다.
양팔 간격으로 벌린 제대. 각 인원 앞에는 개인 군장 물품들이 하나하나 꺼내져 있었다. 가장 아래에는 텐트가 깔려있고, 그 위에 모포, 전투복, 속옷, 세면대, 핫패드에 수건, 여분의 전투화와 구두솔에 반합까지. 사열이 끝난 대대장이 취사용 트레일러 앞에서 연대 급양담당관과 대대 군수담당관에게 말을 꺼냈다.
"작동해봤어?"
그러자 연대 급양담당관이 자신 있는 표정으로 대대장에게 보고했다.
"예. 다 해봤습니다. 대대군수담당관한테도 작동방법 인계했습니다."
"그럼 해봐!"
"지금 말씀이십니까?"
"어. 지금 해보라니까?"
"내일까진 반드시 작동시켜보겠습니다."
"이 자식이! 전역한다고 아주 막 나가냐?"

연대 급양담당관이 폐급이라는 것을 이미 알고 있는 대대장은 매우 꼼꼼하게 취사용 트레일러를 살폈다.

다음 날. 연대장님 주관 사열.
"그래. 대대장! 어제 자체 사열결과는 어땠어?"
"다른 부분은 문제없었습니다. 다만, 취사용 트레일러 숙련도가 많이 떨어지는 것 같습니다. 일단 병사 숙련도 향상을 위해 제가 지속적인 관심을 가지고 있습니다만…."
연대장은 대대장의 말에 일단 자리를 옮겼다. 병력들은 추위에 떨며 사열이 끝나기를 기다리는 가운데, 간부들은 연대장을 따라 전부 취사용 기구가 설치되어 있는 야전천막 쪽으로 향했다.
연대장은 취사용 트레일러가 설치된 곳을 바라보았다.
쇠말뚝과 나무말뚝이 땅에 박혀있고, 그 말뚝 위에 위장천막이 씌워져 있다.
그 아래에는 취사용 트레일러와 솥과 조리대가 덩그러니 놓여 있었다.
"공간을 많이 차지하네. 취사용 트레일러 가지고는 밥하고 국밖에 조리 안 되지 않나?"
"그렇습니다. 그래서 바로 옆에 솥하고 조리대를 별도로 설치해야 식사를 제대로 제공할 수 있습니다."
"답답하네? 2018년 군 현실이 이것밖에 안 된단 말이야? 민간인들은 밥차라며 차 안에서 밥도 하고, 반찬도 하고, 국도 다 할 수 있는데, 겨우 밥하고 국밖에 안 된단 말이야? 이게 말이 된다고 생각해?"
"그렇습니다. 죄송합니다."
"그렇긴 뭐가 그렇다는 거야? 군대에서도 늦었지만, 3년 전에 연구개발 들어갔는데? 내가 이미 군수사에서 실무자 할 때 다 돌던 이야기던데, 이게 뭐야? 1980년대도 아니고, 어떻게 20~30년 장비를 그대로 쓰냐…."
"알아보겠습니다."

연대장은 대대장의 답변을 듣고 곧바로 사단 군수참모에게 전화를 걸었다.
- 통신보안, 군수참모 중령 최기환입니다.
"아, 군수참모? 나 60연대장!"

- 예. 충성! 연대장님께서 무슨 일이십니까?

"야! 내가 알기로는 기동형 취사차량 3년 전인가, 연구 개발된 것으로 아는데, 아직 전방에 도입 안 됐어?"

- 아, 기동형 취사차량 말씀이십니까? 그게 올해 하반기에 보수대대부터 들어올 예정입니다. 작년까지 시범운용하고 올해부터 확대보급 중이라서….

"그거 3월 전에 우리부터 보급시켜 봐."

- 그게 제 마음대로 되는 게 아닙니다. 육군본부 군수사령부 승인을 거쳐야 하는 사항이라서….

"그럼 내가 사단장님께 보고를 드릴까? 아니면 군수참모 네가 먼저 사단장님께 보고를 드리는 게 맞을까?"

한편, 사단 군수처 참모실에서 전화를 받던 군수참모는 60연대장의 말에 머리를 굴렸다.

'61연대장님으로부터 듣긴 들었지만, 진짜 이렇게 나올 줄은 몰랐네. 인사참모는 훌륭한 사람이라고 하고, 각 연대장님들은 하나같이 60연대장 완전 쓰레기라고 하고, 누구 말이 맞는 거야?'

대답은 정해져 있었다. 일단 보고 후 조치. 군수과장의 음성이 60연대장에게 전해졌다.

- 예. 사단장님께 건의해서 보고하겠습니다.

"그래. KCTC에는 이런 장비 가지고 전갈대대랑 못 싸워. 군수 쪽에서 힘 좀 써봐."

- 알겠습니다. 사단장님께는 제가 직접 보고 드리겠습니다.

"그래. 군수참모, 믿고 있을게."

- 네. 감사합니다.

전화가 끊기고, 연대장은 대대장과 군수담당관을 보며 입을 열었다.

"일단 이번 훈련까지는 이 장비로 해봐. 어떻게든 취사병들 연습시켜서 잘 싸워보자고!"

"알겠습니다."

연대장은 병력들의 군장은 쳐다보지도 않았다. 다 대대장을 믿어서였다.

김관우 중령은 그런 연대장의 행동을 보고 깨달았다.

'빡세게 해야 된다. 연대장님을 실망시키면 안 된다.'

연대장님이 떠나고, 김관우 중령은 대대 간부들을 집결시켰다.

"각 간부들 오늘 밤새워서 전투 임무 수행철 다 최신화해라. 그리고 공격, 방어용 지도 각 중대장들한테 내려줄 테니까, 각 소대장 통제해서 상황판 다 최신화해라. 알겠냐?"

같은 시각. 사단 군수참모는 61연대장과 통화를 하고 있었다.
그 둘은 23년 전, 중대장과 소대장이었던 사이였다.
그래서 통화할 때는 연대장과 군수참모로 부르기보다, 과거처럼 중대장, 소대장으로 부른다.
"충성! 중대장님! 접니다."
- 어, 우리 소대장! 사단도 바쁘지?
"중대장님 부대보다 바쁘겠습니까?"
- 어휴, 이번에 60연대장 아주 박살을 내야 되는데, 저번에 꿀타래인가 뭔가 그것 때문에 된통 당해서, 사단장님 뵐 면목이 없네.
"그래서 제가 팁 하나를 드릴까 합니다."
- 팁?
"예. 시작하자마자 정찰부대로 수색대대에서 1개 소대를 배정받으시지 않습니까?"
- 그래. 그건 알지.
"걔네들 활용해서 첫날부터 취사용 트레일러를 부숴버리시는 겁니다."
- 뭐?
"부숴보시면 압니다. 그렇게만 해주시면 제가 전장묘사는 제대로 해드리겠습니다."

또다시 일요일. 성재는 이번에도 교회를 가지 않았다. 훈련 때문이었다.
교회에서도 오늘은 점심식사를 주지 않는다고 연락이 왔다.

사용자 강성재에 대한 배윤아의 호감도가 40 올랐습니다

'뭐야? 안 만났는데, 이번에는 왜 올라?'
여자의 마음은 갈대라던가? 성재는 호감도 창을 지우고 내일 출동준비를 위한 준비를 시작했다. 그러자 옆에 있던 임상희 일병이 고개를 저으며 말했다.
"야, 성재야! 너 요즘 딴생각이 많아졌다?"

"아닙니다. 아무 생각도 안 했습니다."
"아닌 것 같은데?"
"진짜 아무 생각 안 했습니다. 그나저나 임상희 일병님?"
"어. 왜?"
"맛다시 안 사갑니까?"
"뭐?"
"저희 조리병 선임들이 맛다시 챙겨가랍니다. 그거 없으면 훈련 힘들다고 합니다."
아직 한 번도 훈련을 안 받아본 임상희 일병은 성재의 조언에 충성마트에 가서 '맛다시'를 구입했다.

훈련당일.
연병장에는 수많은 차량이 기동준비 되어 있고, 병력들은 전부 차량에 탑승해 있다.
육공(2 1/2t)차량에는 최대탑승인원보다 적은 20명이, 포차(5/4t)차량에는 14명이 탑승했고, 각 차량의 선탑은 장교인 소대장이, 후탑은 부소대장이 하고 있었다. 대대장은 인원 보고를 전부 받은 다음, 연대장에게 보고했다.
"혹한기 출동인원 보고!"
"보고!"
"총원 661, 열외 0, 현재원 661. 현재 인원, 장비, 차량 전부 이상 없습니다."
"그래. 출발해라!"
"예. 출발하겠습니다."
대대장이 96k 무전기를 들었다.
- 좌측 1중대부터 출발한다. 강원도 고성까지는 거리가 머니까, 시속 50km이상 내지 말고 천천히 기동한다.
- 1중대 이상 무.
- 2중대 이상 무.
- 3중대 이상 무.
- 4중대 이상 무.
- 본부 이상 무.

- 구급차량 이상 무.
- 전제대 이상무, 1중대부터 출발.

걸어서는 못 가고, 차량으로 약 4시간 거리.
그래서 훈련도 군용차량으로 이동한다.
각 차량이 출발하는 가운데, 4중대 본부 인원들은 뒤에 타고 있었다.
조상준 병장이 몸을 달달 떨며 말했다.
"아 추워! 추워 미치겠다!"
그러자 통신병 임상희 일병이 그의 말에 대답했다.
"그렇습니다. 정말 춥습니다. 왜 행보관님은 성재만 이뻐하시는지…."
인사계원 김영민 병장도 달달 떨리는 다리를 더플백 안에 집어넣으며 말했다.
"아오, 추워. 추워. 아! 춥다! 나도 행보관님한테 충성충성 할걸…."
반면 같은 차량 앞에 탄 행정보급관은 씩 웃으며 옆에 탄 성재에게 말했다.
"성재야."
"일병 강성재?"
"많이 춥지?"
"아닙니다. 괜찮습니다."
"여기 만져봐. 따뜻할 거야."

행보관이 자신의 오른쪽 바지주머니에 보이는 불룩 튀어나온 무언가를 가리켰다.
성재는 행보관의 명령에 따라 그것을 만졌다.
평소에는 느낄 수 없는 뜨거운 감촉.
"헉… 행보관님?"

082

○○○가 파괴되었습니다

"아! 미쳐! 미쳐! 뒤지겠다!"
전역 한 달 남은 보급병 김도준 병장은 불같이 화를 내며 더플백을 풀었다.
그 안에 담긴 모포를 꺼내 무릎에 담요로 두른 그가 미친 듯이 소리 질렀다.
"아! 졸라 꼬였어! 꼬였다. 꼬였다! 혹한기 이거 실화냐?"
그가 미친 듯이 소리 질렀지만, 차량 앞에 탄 행정보급관은 전혀 듣지 못한다.
왜? 바람 소리에 묻혀버렸기 때문이었다.
본래 철수기간이 당겨지지만 않았어도 그에게 혹한기 훈련은 없는 훈련이었다. 그것뿐만이 아니었다. 그가 꼬였다고 소리 지르는 데는 확실한 이유가 있었다.

그가 왜 소리를 질렀는지, 그의 훈련경험을 잠시 살펴보자.
김도준은 2016년 5월에 입대해서 그해 6월 자대 보직 후 이틀 만에 유격훈련을 받았다.
거기에 만인이 공통으로 싫어하는 유격훈련과 혹한기를 2번씩 받았다.
그래도 KCTC는 안 받으니까 편하게 군 생활 한 거 아니냐고? 혜택 받은 거 아니냐고? 전혀 아니다. 원래는 이번 혹한기 훈련은 위병사관이나 서면서 빠지는 상황이었다.
그래서 그는 안심했었다.
그러나 KCTC라는 변수가 있었다. 완벽한 KCTC훈련을 위해서는 간부나 병사 다 참석하라는 사단장의 명령 때문에 이번 혹한기 비 훈련부대인 62연대에서 위병소까지 대신 잡아주었기 때문이었다.

그렇게 그의 꿀 빨려던 계획은 수포로 돌아가고, 어쩔 수 없이 강원도 최전방 고성까지 끌려가는 그의 얼굴은 비장함만이 가득한 상태.

거기에 설상가상. 이번 훈련에서 열심히 해서 포상 휴가를 타더라도 쓸 수 있는 기간이 없다. 훈련 복귀 후 전역까지 남은 기간과 현재 정기휴가 및 보상휴가 일수가 정확하게 일치하기 때문이다.

불운도 이런 불운은 없으리….

더구나 지금 날씨는 졸라 춥다. 영하 6도, 풍속 2m의 맞바람. 하지만 포차나 육공 뒤를 타본 사람은 안다. 거기에 탄 순간 그 2m의 바람은 초속 10m로 바뀔 거라고…. 영하 6도에 초속 10m 바람에 노출되면, 감각이 저하되고, 온몸의 체력이 순식간에 바닥난다.

지금이 바로 그 꼴.

"핫팩… 핫팩!"

김도준 병장이 자신의 품에 핫팩 하나를 터트리려 하자, 김영민 병장이 말렸다.

"김도준 병장님, 참으십시오. 아직 전투기간은 깁니다. 4박 5일을 핫팩 6개로 버텨야 합니다. 우리에겐 남은 기간이 너무 많습니다."

"씨X, 지금 버티기도 힘든데 5일 뒤를 왜 생각해?"

"…5일 뒤에 복귀할 때를 생각하십시오. 그때도 차량을 타야 할 텐데, 몸 안 좋아지셔서 중대장님이 휴가 안 보내면 어떻게 하실 겁니까? 지금은 안 쓰시는 게 좋습니다."

그건 부정할 수 없는 사실.

김도준은 결국 자신의 몸을 동그랗게 말아 움츠리는 고전적인 방법으로 체온을 유지하기로 결정했다.

'젠장!'

그의 행동에 공감하는 모두가 몸을 웅크렸다.

급격하게 줄어드는 대화. 그들이 선택한 유일한 생존방법.

불쌍한 군인. 그러나 모든 군인이 저렇게 군생활을 하는 것은 아니다.

같은 시각. 포차 차량 안.

행보관에게 핫팩을 받은 성재는 선임병과 반대로 더워 미칠 것 같았다. 물론 그건 행보관도 마찬가지.

"운전병, 히터가 너무 센 거 같지 않냐?"

"아, 그렇습니까? 3단에서 2단으로 줄이겠습니다."

"그래. 졸리다. 졸려."

"네. 히터 2단으로 줄였습니다."

최신형 포차에서는 온도도 확인할 수 있다. 외부 온도 영하 6도, 내부 온도 영상 21도. 성재는 껴입은 야전상의 안쪽에서 흘러나오는 땀 때문에 곤란한 표정을 보였다. 그러자 행보관은 씩 웃으며 성재에게 말했다.

"행보관처럼 벗어서 뒷좌석에 둬."

"네. 행보관님."

"오구구, 그래그래."

나 홀로 편한 자리에서 혜택 받는 도중에도 계속해서 선임병이 신경 쓰인다.

'나 혼나는 거 아니야? 아니겠지?'

그러자 그런 성재의 걱정을 알아차린 행보관이 환한 미소를 지었다.

"성재 넌 걱정 안 해도 돼."

"그렇겠죠? 행보관님?"

성재는 이제 이등병이 아니었다. 행보관에게 간단한 농담도 할 줄 아는 훌륭한 일병. 성재의 말에 행보관은 그의 머리를 쓰다듬으며 칭찬했다.

약 4시간 후 1월 8일(월) 12:21. 강원도 고성군 00면 00리.

주요 벙커가 이미 구축되어 있는 최종 방어선.

그곳에 도착한 병력들은 지휘관의 명령에 따라 '집결지 행동'을 시작했다.

먼저 원형으로 방어선을 구축하고, 1중대 1소대, 2중대 1소대를 정찰부대로 선정해, 각 중대 최종방어선 인근에 보냈다. 나머지 병력들은 집결지 인근에 배수로를 만들고, 텐트를 치며, 훈련 준비에 여념이 없었다.

성재는 행정보급관의 지시에 따라 일단 배수로를 파며 행보관과 만난 중대장의 대화를 듣고 있었다.

"중대장님! A형으로 쳐 드립니까? D형으로 쳐 드립니까?"
"아, 전 A형이 편할 것 같은데요."
"아, 그럼 중대장님은 누구랑 주무실 겁니까?"
"상희는 통신병이니까 저랑 있어야 되고, 통신기기는 성재도 잘 다루니까, 성재로 하죠."
"음… 그건 안 될 것 같습니다. 성재는 저랑 나중에 사하지점 같이 다니면서 식사 추진해야 합니다. 영민이 데려가십시오. 영민이도 999K 잘 다룹니다."
"그렇게 하죠, 뭐… 행보관님 특이사항 있으면 무전기로 연락주십쇼. 저는 화기중대장이라 계속 대대지휘소에 들어가 있을 것 같습니다."
"네. 잘 알고 있습니다. 중대장님이 전시에는 화력참모시니까요. 그럼 이따 식사할 때 뵙겠습니다."
중대장의 결정에 행정보급관은 A형 텐트 한 동과 D형 텐트 한 동을 치기로 했다.
A형 텐트에는 중대장과 통신병 임상희 일병, 행정병(인사) 김영민 병장.
D형 텐트에는 행보관과 보급병 김도준 병장, 행정병(군수) 조영준 병장, 그리고 강성재가 같이 자게 된 것.
행보관은 김도준을 데리고, 대대 군수담당관에게 이동하고, 남은 조영준 병장이 강성재에게 텐트 치는 법을 가르쳤다.
"성재야. 배수로 깊게 파라. 깊게 안 파면 나중에 난리 난다."
"알겠습니다."
배수로를 판 다음 할 일은 땅을 평평하게 까는 일.
야전삽으로 큰 돌과 작은 돌을 걸러낸 다음, 넓은 면으로 땅바닥을 두드리며 평평하게 다진다. 그리고 가져온 비닐하우스용 비닐을 바닥에 깔아 습기가 차오르지 않게 하고, 폴대와 지주핀을 사방에 박아준다.
그다음 노끈이나 얇은 밧줄 그게 없다면 전투화 끈 등을 활용해 텐트를 설치해준다.
이때 삼각형 모양으로 텐트를 치면 2~3인용 크기의 A형 텐트라 부르고, 사다리꼴 모양으로 텐트를 치면, 4~5인용의 D형 텐트라 부른다.
텐트를 다 치자, 행보관이 성재와 조영준을 불렀다.
"둘 다 따라와!"

행보관이 부른 이유는 다름 아닌 취사용 대형 천막을 치기 위해서였다.

행보관의 말이 끝나기 무섭게 저 멀리서 군수담당관이 커다란 나무 폴대를 들고 왔다. 나무폴대 중앙에는 검은색의 갑바천이 올려져 있었는데, 그는 익숙한 듯 아무렇지 않은 표정으로 병력들 가운데로 들어가더니, 나무 폴대를 들어 올리며 각 행보관들에게 말했다.

"행보관님들, 제 중심으로 제가 지정한 여섯 군데에 폴대 좀 세워주십시오!"

"아~ 알았어!"

군수담당관의 말에 각 행보관들이 나무 폴대 6개를 각자 들고 오고, 그것으로 각 여섯 면에 넓은 직사각형 모양으로 기둥을 세운다.

물론 폴대를 지지하고 버티는 것은 다 병사 몫이다.

"자! 거기 2명, 위장막 들어라!"

군수담당관이 일사불란하게 움직이며 위장망을 들고 있는 2명에게 말했다.

그 2명의 위치를 지정하며, 한쪽 방향으로 움직이게 만들자, 위장막이 어느새 천막 위에 올라가고, 멀리서는 잘 식별되지 않는 위장천막이 완성되었다.

"금방 했네?"

"네. 이거 별것 아닌 것처럼 보이지만, 1주일 내내 연습했습니다."

"24인용은 누가 치기로 했나?"

"교지관(교육지원담당관/작전과)이 오자마자 치고 있을 겁니다. 아마 지금쯤이면 다 되었을지도 모르겠습니다. 설영대(주력부대 전 미리 점령하는 부대)로 출발했으니까 완성되어 있지 않겠습니까?"

"그래."

훈련일정은 대략 이랬다.

즉 오늘은 여기서 자고, 내일도 여기서, 모레까진 한곳에서 잔다. 성재는 군수담당관과 함께 친 천막 안쪽으로 취사용 트레일러가 서는 것을 보았다. 그리고 내려지는 장비들.

'쟤네들이 전부 취사병들이구나?'

다행히 3대대 취사병들이 물갈이가 돼서 현재 병영식당의 맛은 조금 개선되었다. 평균 ★☆이었던 음식 수준이 ★★까지 올랐으니, 어느 정도 맛있어진 것은 사실.

그래도 병사들은 여전히 병영식단에 불만이 많았다.

집결지 행동이 어느 정도 끝나가자, 대대 군수담당관은 4중대 행보관에게 전투식량 10개를 건네며 입을 열었다.

"이것 좀 대대 지휘소에 갖다 주시면 안 됩니까?"

"왜?"

"저 저번 주 사열 때, 못해서 대대장님께 찍혔습니다. 행보관님은 대대장님이 완전 좋아하시지 않습니까? 저희 대대에서 가장 잘 나가시기도 하시고."

"그래. 그렇게까지 말하면 내가 가야지. 성재야! 들고 따라와!"

"알겠습니다. 행보관님!"

강성재는 처음으로 대대지휘소에 들어가 보았다.

간부들은 위장부터 완벽했다. 얼굴을 거의 검은색으로 칠하다시피 해서 누가 누군지 알아보기 힘들었다.

대대장은 ATCIS(육군전술지휘 프로그램)을 보다 말고, 들어온 4중대 행보관과 강성재를 보며 혼잣말하듯 말했다.

"아, 식사를 안 했구나? 다 데워서 줘!"

작전과장과 교육장교, 정보과장은 ATCIS에 현재 파악된 부대 위치와 화기들을 그려넣기 바쁘고, 조금은 한가한 지원과장과 정훈장교가 4중대 행보관으로부터 즉각취식형 전투식량을 받았다.

"4중대 행보관!"

"상사 박재영?"

"전투 식량이 총 몇 개지?"

"전체가 몇 개인지는 잘 모르고, 공격국면, 방어국면 합쳐서 개인당 6개 정도 돌아간다고 들었습니다. 나머지는 전부 직접 만들어야 합니다."

"음… 그럼 크게 문제는 없겠네?"

"그렇습니다."

대대장은 안심한 얼굴로 시선을 박재영 상사에서 훈련통제관으로 옮겨갔다.

"통제관! 식사 같이하죠?"

"네. 대대장님, 감사합니다. 마침 출출하던 참입니다."

그때, 울리는 총소리.

- 탕! 탕! 탕!

"뭐야? 갑자기 총소리가 왜 울려? 누가 공포탄 쏜 거야?"
대대장이 이 어수선한 상황을 파악하는 가운데.
통제관의 전화가 울리고.

"통신보안, 사단 교육장교 대위 윤성환입니다."
- 어. 평가장교인데 너 60연대 1대대 지휘소 맞지?
"충성! 그렇습니다."
-지금 61연대에서 운영하는 단도화기 사격조 침투해서, 노출된 야전취사장소 RPG-7으로 파괴된 상황이다.
"네. 그럼 피해상황은 어떻게 됩니까?"
- 1대대 취사용 트레일러 못 쓰게 만들고, 취사병들 다 전사상자 처리소로 옮겨야 된다고 해. 거기로 옮겨도 하루 동안은 이곳으로 못 온다고 전파하고.
"그럼 여기 밥은 어떻게 먹습니까?"
- 전투식량 있잖아.
"그렇습니다."
- 61연대가 작전 잘 짠 거지. 그대로 통제해!
"알겠습니다."
아직 상황을 전파받지 못한 대대장은 심각한 표정으로 통제관 윤성환 대위에게 물었다.
"무슨 상황이 생긴 건가?"
"그렇습니다. 단도화기사격조가 사용하는 RPG-7로 취사용 트레일러가 파괴되었습니다."
"……그것뿐인가?"
"현장에 있던 취사병도 사망처리 되었습니다."

복수는 이렇게!

대대장이 단단히 화가 나서 지휘소 밖으로 뛰쳐나갔다.
탕! 탕! 탕!
총소리는 여전히 주변에서 들려온다. 놈들을 잡으려는 본부중대 병사들의 움직임이 숨가빠 보인다. 그때, 무전으로 들리는 기분 좋은 소식.
- 전원 생포했습니다!
"잘했어. 그놈들 다 데려와!"
대항군 파란색 띠를 방탄 위에 찬 녀석이 무려 4명.

본부중대장이 총소리가 난 곳으로 자신의 계원들과 통신병들을 전부 투입해서 녀석들을 생포하는 데 결국 성공한 것이다. 그리고 대대장의 시야에 보이는 취사용 트레일러. 안타깝게도 '폭파'라고 붙어 있는 스티커가 덩그러니 붙어 있었다.
그때, 다가오는 남자. 통제관 완장을 찬 대위 하나가 대대장에게 경례를 시도했다.
"충성!"
"충성! 누구?"
"안전통제관으로 나온 사단 동원처 예비군훈련장교입니다."
그를 보자 대대장은 생포한 4명 앞에서 통제관에게 불만을 토로했다.

"이거 너무 한 거 아니야? 병력들 밥은 먹여야지. 트레일러를 폭파시키는 게 어딨어?"
그러자 통제관은 별거 아니라는 듯, 대대장에게 입을 열었다.
"공격국면 때 똑같이 복수하시면 될 것 같습니다."

결국, 철회는 안 된다는 이야기.
대대장의 시선은 다시 취사병에게로 향했다. 녀석들은 대대장이 왔는데도 불구하고 그대로 누워 눈을 감고 있다. 취사병 위에 태극기 대신 포단을 덮어주는 행정보급관들.
통제관인 예비군훈련장교는 사전 교육받은 대로 각 간부들에게 전달했다.
"사상자들은 직접 전 사상자 처리소까지 이동시켜야 보충병으로 다시 투입시킬 수 있습니다. 여기 7명은 본인이 사상자 처리소까지 걸어가서는 안 되고, 누군가가 들것이나 차량에 탑승시켜 이동해야만 합니다."
대대장은 통제관이 FM대로 하는 것을 보고 결국 두 손, 두 발을 다 들고 말았다.
다시 지휘소에 씁쓸한 표정을 하고 돌아온 대대장. 이제는 자신이 해야 될 일을 떠올리고 명령을 내려야 한다.
일단은 상황보고부터.
연대 지휘소는 핫라인으로 연결되어 있었다.

"충성! 1대대장입니다. 작전 특이사항 보고 드리겠습니다."
- 어. 대대장, 집결지 행동 다 끝났나?
"예. 아직 1중대, 2중대 각 1개 소대가 책임구역 내 투입로를 정찰 중입니다. 현재까지 피해상황으로는 적 침투조에 의해 취사용 트레일러가 13:58분부 파괴되었으며, 13:59분부 취사병 7명도 사망 처리되어 연대장님께 정비병 지원 요청 건의 드리는 바입니다."
- 뭐야? 취사용 트레일러를 노렸어? 지휘소가 아니고?
"그렇습니다. 지휘소는 아직 노출되지 않은 것 같습니다."
- 대대장, 잘 알았고, 그럼 제한사항은 뭐야?
"일단 현재 트레일러는 사용 할 수 없습니다. 수송대에 있는 정비병을 보내주시면 즉각조치가 가능할 것 같습니다."
- 좋아. 그건 바로 보내주도록 하지. 또 다른 것은 없나?
"현재 사상자 7명을 작전지역 후방에 위치한 전사상자 처리소로 보낼 예정입니다. 취사병 보충되는 즉시 병력들에게 질 좋은 식사 제공하겠습니다."
- 시작부터 꼬이는군.
"죄송합니다. 지금부터 완전 작전 하겠습니다."

각 중대 행정보급관은 답답한 얼굴로 서로를 쳐다보았다.
망연자실. 본래 식사추진을 해야 될 행정보급관들이 순식간에 할 일을 잊은 채 서로를 쳐다보고 있다.
"이거 어떻게 해야 됩니까?"
"글쎄다. 이런 일은 처음이라서…."
"아니, 이 쉐기들, 이거 일부러 그런 거 아니야? 밥 못 먹으라고?"
"그런 것 같습니다."
행정보급관의 대화를 듣던 훈련통제관이 씩 웃으며 행보관에게 농담을 던졌다.
"아니, 행보관님들, 빨리 정비대 애들 불러와서 차량 수리하셔야죠. 죽은 취사병들도 부활시켜야 하고요. 이러다가 내일까지 밥 못 먹습니다. 전투식량도 넉넉하지 않을 텐데? 설마 혹한기 때 병력들 굶길 생각은 아니겠죠?"
통제관의 말에 심각해진 행보관들.
"하아, 미치겠네. 이거 우리들이 직접 밥해야 되는 거 아니야?"
본부중대 행정보급관이 3중대 행정보급관을 보며 말했다.
"3중대 행보관, 너희 간부식당 조리병 한 명 있었잖아. 걔 시키면 되지 않나?"
그러자 3중대 행정보급관이 고개를 저으며 말했다.
"아, 오민호라고 있긴 있는데, 걔는 요리 진짜 못합니다. 소초에서 그냥 취사보조나 시켰었습니다."
"그래도 연대장님이 직접 뽑으셨는데?"
"연대장님은 인성 보고 뽑은 겁니다. 요리실력 보면 절대 걔를 뽑을 리가 없습니다."
"……."

한편 성재는 각 중대 행정보급관의 대화를 듣다가, 주변 상황을 확인했다. 폭파라고 붙은 딱지가 추레라(트레일러)에 걸려 있다.

"행정보급관님?"
"어?"
"혹시 이거 폭파는 트레일러만 된 거 아닙니까?"
"그렇지."
"그럼 밥하고 국만 못하는 거 아닙니까? 반찬은 해도 되지 않습니까?"
"그건 그렇나? 그렇지?! 맞아. 되잖아. 트레일러만 파괴된 거잖아. 통제관님!"
박재영 상사는 성재의 말에 흥분조로 말했다.
"네. 행보관! 말씀하세요."
"이 차량만 안 쓰면 되는 거잖습니까?"
행보관의 말에 예비군훈련장교가 고개를 끄덕이며 대답했다.
"일단은 그렇겠죠?"
"그럼 반찬은 만들 수 있겠습니다."
"그거야 알아서 하시는 거니까. 트레일러만 안 쓰시면 됩니다."
4중대 행보관의 얼굴에서 근심걱정이 사라지고 미소가 떠올랐다. 그는 가장 선임답게 각 중대 행보관들에게 소리를 질렀다.
"야! 행보관들 집합! 지금부터 저녁 식사 준비한다!"

박재영 상사는 각 중대 행보관으로부터 훈련을 제대로 뛰지 못하는 환자들을 이곳에 모았다. 취사 경험이 있는 인원도 불러냈다.
그게 오민호 일병 한 명 뿐이라는 게 문제지만, 지휘하는 자가 똑똑하면 문제 될 게 없다.
강성재는 오늘 행정보급관의 열렬한 지원 덕분에 일일 취사반장이 되었다.
다른 중대 행정보급관 또한 간부식당에서 수타면 공연과 위문 열차 때 꿀타래 활약 덕분에 큰 반문 없이 박재영 상사의 말을 따랐다.
이제 성재의 앞에는 다섯 명의 환자들이, 옆에는 오민호 일병이 있었다.
성재는 홀로그램의 도움을 받아 정확한 양을 계산하고는 모두에게 말했다.

"용사님들, 한 번만 말씀드리겠습니다. 오늘 저희는 밥과 국을 만들 수 없습니다. 하지만 반찬은 여기서 만들 수가 있습니다. 여러분들이 하실 일은 행보관님들이 주신 비닐에 2인분씩 생쌀과 조리되지 않은 국의 재료를 담아 각 중대별 인원만큼 나누는 일입니다. 제가 여기 쌀하고 국에 들어가는 재료를 식판 위에 챙겨놓았으니까, 지금부터 비닐에 담으시면 됩니다. 더 많이도 넣지 마시고, 더 적게도 넣지 마시고, 여기 제가 놓은 비닐에 든 만큼만 넣으시면 됩니다. 꼭 지켜주시기 바랍니다. 그래야 고체연료로도 맛있게 조리할 수 있습니다."

"네. 알겠습니다. 레전드 용사님하고 함께라면 저흰 할 수 있습니다."

"크크, 맞습니다."

병사들의 말에 오민호가 머리를 긁적거렸다.

그는 이미 60연대 또라이의 대명사이자 아이콘. 이대로는 더 놀림당할 게 뻔하다. 성재는 동기를 불렀다.

"민호야. 넌 이리 와서 나 좀 도와줘."

"내가 할 게 있어? 난 요리 못 하잖아."

"난 지금부터 제육볶음 만들 테니까, 넌 멸치 볶음 좀 부탁해."

성재는 비닐장갑을 건네주며 오민호에게 막중한 임무를 맡겼다.

"정말이야? 나한테 맡긴다고?"

"그래. 진심이야."

평소라면 그에게 맡기지 않았겠지만, 오늘은 급했다. 한시라도 빨리 요리를 만들어야 한다. 성재는 레시피를 선택했다.

멸치볶음 레시피 ★★☆ (100%)를 선택하였습니다

무동력버너에 행정보급관이 경유를 넣어 불을 피웠다.

무동력 버너는 단 2개, 야전용 솥도 2개.

현재 자신의 실력으로는 혼자 2개의 솥을 전부 쓸 수는 없다. 숙련도가 떨어지니까.

그렇다고 하나만 사용해서 600여 명의 요리를 혼자 할 순 없다. 제아무리 국과 밥이 빠졌다고 해도 그렇다. 시간적으로 무리다.

그래서 오민호의 도움이 절대적으로 필요했다.

어느 정도 무리수를 던진 성재. 그러나 그에게도 방안은 있었다.
그건 레시피 사용시 나오는 홀로그램을 이용하는 것.
동료가 만드는 요리의 레시피를 선택해 민호의 조리방법과 비교하면서 그의 실수를 줄이겠다는 전략.
레시피의 완성도는 떨어지겠지만, 성재의 요리는 이미 기대치가 높다. 성재가 요리했다가 완성도 낮은 요리에 실망하는 것보단, 기대치가 낮은 민호가 요리하면 같은 요리더라도 사람들이 좋아하지 않을까?

'멸치볶음 레시피' 선택으로 나온 홀로그램이 성재를 보더니 씩 웃는다.
성재는 재생속도 1배를 선택했다. 홀로그램 녀석이 멸치 볶음을 만들기 시작했다.
"민호야. 넌 여기에서 멸치볶음 만들어. 내가 순서 알려줄게."
"어."
그러면서 기억을 더듬어, 제육볶음을 하기 시작한다.
그나마 다행인 것은 취사병들이 미리 양념은 해놓고 죽었다는 것. 그래서 밑간을 할 시간이 절약되었다.
성재는 목살을 자신의 솥에 넣으며, 민호에게 말했다.
"멸치 있지? 그거 솥에 다 넣어. 다 넣은 다음에는 충분히 초벌 시작해."
"이걸 다 넣으라고?"
"어! 다 넣어버려! 전부! 멸치는 1인분 양이 적어서 다 넣어도 돼. 싹 넣고, 요리 삽으로 퍼가면서 골고루 볶아줘. 이게 핵심이야. 쉬지 말고 계속 퍼가면서 볶아."

성재는 자신의 홀로그램 동작과 민호의 동작이 동일해지도록 세밀하게 지시했다.
자신의 요리도 신경 써야 하고, 민호의 요리도 신경 써야 하는 투 트랙!
그러나 전혀 당황하지 설탕과 양념장을 어느 정도 익은 목살에 넣고 요리 삽으로 볶아주기 시작했다.
그다음은? 조직이 두꺼운 당근과 양파를 넣어야 했다. 한쪽 면만 들러붙어 타는 것을 방지하기 위해 부지런히 요리 삽으로 재료를 볶는다.
멸치도 어느 정도 초벌이 된 것을 확인하고 민호에게 말했다.

"설탕 4컵."

"4컵?"

"그래. 600인분이잖아. 4컵 넣어."

"어."

"그다음 청양고추 잘라놓은 거 반만 투하해! 나머지 반은 내 거다."

성재는 아차 싶었다.

자신의 제육볶음 재료를 놓칠 뻔했다.

'집중하자. 할 수 있어.'

대파와 남은 청양고추 중 남은 반의 1/2을 자신의 솥에 넣고는 다시 한번 볶아준다.

그 위에 통깨를 뿌리며 완성.

일단 300인분을 완성한 성재는 자신의 완성된 요리를 보며 만족했다.

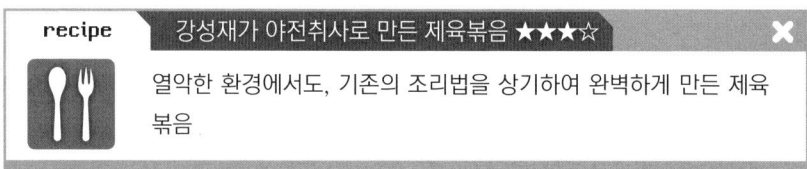

성재는 '요리사의 눈'을 뜬 상태로 민호가 만든 요리를 확인하기 위해 눈을 돌렸다.

그런데 저 멀리 성재의 시야에 의문의 녹색 점이 잡힌다.

'뭐지? 신선도가 좋다? 유통시간이 길다? 식품? 그게 왜 땅에? 도대체 뭐야? 뭔데 땅에서 이게 표시되는 거지?'

성재가 갑자기 어디론가 걸어가자 행정보급관이 성재 쪽을 쳐다보며 물었다.

"왜? 성재야. 뭐 발견했어?"

"예. 행보관님, 아까 잡은 4명 있지 않습니까?"

"어. 대항군! 걔네가 왜?"

"여기 흙에다가 전투식량하고, 지도를 묻은 것 같습니다."

"지도?! 지도를 묻었어?!"

안전통제관으로 나온 사단 교육장교는 답답한 국면을 바라보며 속으로 생각했다.

'도대체 대대장님은 왜 화력을 사용 안 하시는 거야? 이미 취사병 녀석이 지도 주워서 좌

표도 획득하셨으면서….'

지원과장은 행정보급관들에게 전달받은 내용을 대대장님께 보고했다.

"대대장님! 15분 뒤부터 저녁 식사 가능합니다."

그러자 대대장은 아까 취사용 트레일러 공격받았던 것은 잊고 자신의 얼굴에 회심의 미소를 띠웠다.

"그래?"

대대장의 미소에 지원과장이 보고를 이어갔다.

"네. 행보관들이 병력들한테 고체연료 다 지급했고, 쌀하고 국은 2인 1반합으로 각각 불만 피우면 조리할 수 있도록 나눠줬다고 합니다."

그러자 김관우 중령은 작전과장을 향해 고개를 돌리며 물었다.

"좋아. 저쪽도 지금쯤 석식시간이겠지?"

작전과장 또한 확신에 찬 얼굴로 대대장께 보고했고.

"아마, 해가 곧 떨어지니까 곧 먹지 않을까 싶습니다."

대대장은 4중대장에게 명령을 내렸다.

"4중대 일반지원하는 81mm 8문, 좌표 DH36XX65XX, 고폭탄 32발, 효력사로."

"알겠습니다."

"아, 그리고 작전과장!"

"네."

"저것만 가지곤 곤란해. 연대에 요청에서 4.2인치 박격포도 같은 위치에 화력요청해버려!"

"알겠습니다!"

"저놈들이 우리한테 했던 행동처럼 나도 저 녀석들 오늘 밥 못 먹인다."

"좋은 생각입니다. 대대장님. 앞으로 34초 후 고폭탄 결과 관측 가능합니다."

성재는 XXX에 지원해야 합니다

같은 시각. 상대편 진형.
불운하게도 61연대장은 하필 그때, 61연대 2대대 지휘소에 현장지도를 나와 있었다.
"그래? 취사용 트레일러를 파괴해 버렸다고?"
"그렇습니다. 수색대대 1소대장이 성공했다고 통신 왔었습니다."
"그래? 녀석들은? 빠져나왔어?"
"일단, 현재 3시간 동안 연락은 안 되고 있습니다. 아마 난청지역에 있을 겁니다."
"그래. 크크, 녀석들, 밥도 굶고, 지금쯤 난리 났겠지."
"예. 그렇습니다. 다 연대장님의 혜안 덕분입니다. 이로써 저희가 전투 시 이점 하나를 제대로 가져간 것 같습니다. 이번 전투 반드시 승리하겠습니다."
"그래. 대대장! 충분히 잘하고 있어."
"연대장님? 그리고 제가 생각해둔 작전이 하나 더 있습니다."
"그래? 그게 뭐지?"
"때린 데 또 때리는 작전입니다."
"음, 설마… 내가 생각하는 그게 맞나?"
"그렇습니다."
"이제 좀 출출하군. 병력들은 식사할 시간인가?"

"예. 이제 거의 다 준비 완료되었고, 10분 내로 배식할 예정입니다."

그때, 지휘통제실에 같이 있던 훈련통제관에게 전화 한 통이 걸려오고,
띠로리 ♩♪ 띠리리리링 ♬
훈련통제관은 두 눈을 동그랗게 뜨며 사단 평가장교와 연락을 나눴다.
"네. 지금 여기에 연대장님 계십니다. 대대장님도 계십니다. 네. 여기 말씀이십니까? 알겠습니다. 그렇게 조치하겠습니다."
연대장과 대대장의 시선이 훈련통제관에게 쏠리고…. 급하게 영문을 묻는다.
"뭔가? 뭐 있어?"
통제관이 씁쓸한 표정을 지으며 말했다.
"네. 상황 발생했습니다."
"무슨 상황?"
"현 시각 부로 현 위치인 대대 지휘소에 고폭탄 72발이 효력사로 떨어졌습니다. 그에 따라 연대장, 대대장을 비롯한 지휘소에 있는 간부, 병사 할 것 없이 전원 사망했습니다. 대대 통제는 이제 가장 대대에서 가장 고참이며 선임중대장인 7중대장으로 넘어갔으며, 연대장님 대리임무는 연대 작전과장에게 넘어갔습니다. 지금부터 전부 사상자 처리 하셔야 합니다. 7중대장이 올 때까지 여기에서 꼼짝 말고 누워계십시오."
"뭐?! 누워 있으라고?"
"네. 맞습니다. 밥도 드시면 안 됩니다. 누워계십시오."

상황은 그것뿐만이 아니었다. 배식하기 위해 행정보급관들이 서 있는데, 갑자기 통제관이 나타나더니 배식하는 곳 위에 자신의 얼룩무늬 가방에서 꺼낸 연막탄을 터트린다.
"통제관이 상황부여 합니다. 현 시각부터 현재 위치에 4.2인치 박격포에 의해 연막소이탄이 떨어졌습니다. 해당 탄은 발연 화학제 탄약으로 주변 50m 이내에 있는 인원, 장비는 물론 식재료까지 모두 오염되었습니다. 각 통제간부는 병력들을 어떻게 해야 할지 통제하기 바랍니다."
행정보급관은 어이가 없어 통제관을 멍하니 바라보았다. 통제관은 눈 한번 깜빡이지 않고, 그들에게 말했다.

"바람은 북쪽 방향으로 붑니다. 그대로 있으면 화상 위험이 있습니다. 행보관? 그쪽에 있으면 위험할 겁니다."

7중대 행보관이 통제관이 터트린 연막탄을 무시하고 트레일러 근처로 걸어갔다.

어떻게 만든 저녁인데, 포기할 수 없었던 행보관이 연기로 휩싸인 배식대에서 음식을 옮기려 하자 통제관이 7중대 행보관에게 말했다.

"전술적 행동 미실시로 상사 1명 소이탄에 노출. 인화성 물질에 의해 화상을 입고 있습니다. 지금부터 당신은 움직일 수 없으며, 의무병에 의해 조치가 불가능하면, 10분 내로 중상, 30분 내로 사망에 이르게 됩니다."

7중대 행보관이 통제관의 제지를 무시하고 움직이자, 통제관이 불같이 화를 냈다.

"저는 사단장님의 명령에 의해 이곳에서 통제관을 하고 있습니다. 제 통제를 따르지 않는 것은 사단장님 명령을 어기는 것과 같습니다. 행보관! 지금이라도 당장 전술적 행동을 하기 바랍니다!"

아군 진형. 집결지 행동에서 방어진지 점령까지 실시한 1, 2중대는 각 사하지점(작전간 장비, 물자, 식재료 등을 수령하기로 약속된 장소)에서 각 중대 행정보급관으로부터 저녁 식사를 분배받고 있었다.

각 중대 비리비리 환자들과 보급병들이 얼룩무늬 배낭에서 반찬을 꺼냈다.

고소한 냄새가 솔솔 올라오는 멸치볶음과 매콤한 양념이 일품인 제육볶음. 그리고 비닐봉지에 든 2인분의 쌀과 조리용 국 재료.

"이거, 2명당 하나씩이고, 반합 2개에다가, 하나에는 밥하고, 하나에는 국 하면 된다. 밥에는 수통 반 통, 국에는 수통 한 통이라니까, 더도 넣지 말고, 덜도 넣지 않는다. 알았나?"

"알겠습니다!"

사하지점에 집합한 병력들은 고체연료 하나씩을 받아가며 고개를 저었다.

"맛있을까?"

"에이, 김을용 병장님, 훈련까지 와서 맛있는 걸 왜 따집니까? 먹는 것만 해도 감지덕지인 것 같습니다."

의심스러운 눈빛을 하고 기다리는 동안 익어가는 밥과 국.

반합은 자신이 받은 모든 열기를 안에 담긴 식재료에 전달하며, 역할을 다 했다.

자신의 반짝반짝한 황금빛 몸은 어느새 구릿빛을 거쳐 흑색으로 변해갔지만, 대신 안에 있던 식재료에는 생명력을 불어넣었다.

"헉, 김을용 병장님, 이렇게 밥 잘 지으셨었습니까?"
"그렇게 맛있냐?"
"그렇습니다. 밥에서 윤기가 자르르 흐릅니다. 완벽합니다."
"너도 국 진짜 잘 끓인다? 소고기 미역국이 아주 대박인데?"
"그렇습니까? 사실 처음 해보는 데 말입니다?"
"크, 오 진짜 맛있네. 미치겠다. 반찬은 괜찮으려나?"
"아까 간부님들 하는 이야기 듣기로는 취사병들 공격당했다고 들어서 밥 못 먹을지도 모른다고 했었습니다. 아마, 너무 기대하시진 않으시는 게 좋을 것 같습니다."
"일단 먹어보자. 먹어보면 알겠지."
그리고 활짝, 두 명의 얼굴에 미소가 걸렸다.
"진짜 맛있습니다. 멸치 볶음도 맛있는데, 제육볶음은 더 맛있습니다."
"오오오, 멸치는 원래 쓴맛 나야 되는데, 그런 게 없네. 초벌 좀 했나 봐. 그리고 제육볶음은 진짜 김천(김밥천재) 저리 가라다. 와! 초대박! 진짜 맛있어. 꿀맛!"
"아오, 양이 너무 적습니다. 벌써 바닥입니다."
"아니, 훈련 왔으면 정량보다 더 줘야 되는 거 아니야?"
"진짜 너무합니다. 양이 적습니다."

같은 시각. 대대 지휘소에서는 작전이 한창 진행 중이었다.
"대대장님! 좋은 소식입니다. 저희 관측병이 적군 연대장 차량이 1시간 전에 대대 지휘소에 도착한 것을 확인했다고 합니다."
"그래? 그럼 저쪽 연대장도 뒈진 거야?"
"확실치는 않으나, 1시간 동안 차량의 움직임이 없는 거로 봐서 거의 100% 사망 처리된 것이 분명합니다."
"흠… 큰 성과군."
"그렇습니다. 대대장님, 식사 거의 준비되었습니다. 바로 드시겠습니까?"

"기다려 봐. 일단 연대장님께 보고는 해야지."
"알겠습니다."
핫라인 가동.
"충성! 1대대장 중령 김관우입니다. 작전간 이상 없습니다. 좋은 소식이 있어 보고드릴까 합니다."
- 말해봐.
"61연대장도 상대방 대대 지휘소에 있었던 것 같습니다. 1시간 동안 연대장 차량이 움직이지 않는다고 합니다."
- 그래? 잘했어! 아주 잘했어! 김관우! 내가 넌 진짜 100프로 진급시켜준다. 인마! 아주 잘했어! 너무 잘했다. 야! 1대대는 이렇게 잘하고 있는데 2대대는 왜 성과가 없어?

연대장이 기뻐하며 자신의 과장들에게 소리치는 모습이 핫라인을 통해 김관우 중령에게도 전해졌다. 잠시 후 연대장이 다시 수화기를 들며 대대장을 향해 말했다.
- 지도를 찾아낸 병사가 누구라고?
"연대장님이 가장 좋아하시는 병사입니다."
- 뭐? 내가 좋아하는 병사가 한둘인가?
"놀라실 겁니다. 바로 간부식당 조리병! 강성재 일병입니다."
대대장의 말이 끝나기 무섭게 연대장이 소리쳤다. 군대에서는 절대 쓰지 않는 용어.
- 우리 성재가 지도를 발견했어? 그게 우리 귀여운 성재였어?
그러자 대대장도 입꼬리가 찢어질 듯 올라가며 말을 꺼냈다.
"그렇습니다. 바로 우리 성재가 해냈습니다."
- 하아, 정말 잘했군. 본래 지도 같은 건 땅에 숨겨두지 않나?
"네. 아마 며칠 더 은거할 생각으로 땅굴을 파둔 모양입니다. 하지만 그걸 우리 성재가 발견한 겁니다."
- 말이 나오지가 않네. 요리도 잘하지, 경례도 잘하지, 전투도 잘하지. 모든 걸 다 갖췄군.
"그렇습니다. 부사관 지원시키면 부대에 정말 좋은 영향을 줄 것 같습니다."
- 그것도 그렇겠군. 좋아. 훈련 끝나면 설득시켜 봐.
"네. 해보겠습니다."
핫라인이 끊겼다. 대대장은 싱글벙글 웃음을 머금고, 자신의 부하들을 쳐다보았다.

"대대장님, 식사는 하고 작전하시는 게 좋을 것 같습니다. 전부 대대장님 기다리고 있습니다."

작전과장의 말에 대대장이 고개를 끄덕이며 모두의 앞에 섰다.

식판 위에 담긴 멸치 볶음과 제육볶음. 그리고 소고기 미역국과 흰 쌀밥과 김치. 초라하지만 병사들이 열심히 준비해 준 정성. 모두의 노력이 담겼다. 대대장은 부하들 앞에서 미소를 지은 채, 숟가락을 들며 입을 열었다.

"다들 먹자."
"식사 맛있게 하십시오!"
"식사 맛있게 하십시오. 대대장님!"
"잘 먹겠습니다. 대대장님!"

부하들도 별다른 말없이 비닐로 싸인 식판 위에 놓인 밥과 반찬, 국을 먹기 시작하는데….
'어라?'

자신이 생각한 맛을 훨씬 뛰어넘었다.

고소한 멸치향이 점심때 먹은 전투식량 특유의 거북한 느낌을 지워주고, 제육볶음의 달달하고 매콤한 맛의 조화 덕에 이마에 땀이 송글송글 맺는다. 윤기가 흐르다 못해, 넘친 밥이 혀 안에서 춤을 추며, 소고기 미역국이 이 모든 맛을 개운하게 정리한다.

"대대장님? 괜찮으십니까?"
"어. 너희도 얼른 먹어라. 이거 왜 이렇게 맛있냐?"
"훈련 와서 그런 거 아닙니까? 정말 꿀맛인 것 같습니다."
"그러냐? 진짜 예상치도 못했네. 간부식당보다 훨씬 맛있네."
"진짜 그렇습니다. 너무너무 맛있습니다."

우물우물우물….

간부들의 식판은 어느덧 거덜 나고, 김치를 제외한 모든 반찬은 싹 비워진 상태. 대대장은 걱정스러운 얼굴로 지원과장에게 말했다.

"지원과장, 밥 양이 너무 적지 않아? 이거 가지고 병력들이 버티겠어?"
"아닙니다. 대대장님, 밥은 적지 않습니다."
"아니야. 적잖아. 너희들도 양 적어서 다 먹은 거 아니야?"
"아닙니다. 훈련기간에는 모든 쌀과 식재료가 20% 증량되어 제공됩니다. 오늘 먹은 양도 평소보다 20% 많았습니다."

"그래? 난 전혀 그렇게 못 느꼈는데…."

반면, 취사장 트레일러에 도착한 연대 수송대 정비병.

트레일러를 분리했다가 다시 결합했고 통제관은 수리 완료했다고 답변해 주었다. 본부 행보관과 4중대 행보관이 통제관을 향해 감사의 말을 전했다.

"정말 감사합니다. 원래 수리에 12시간 정도 걸린다고 들었는데, 통제관님 덕분에 정비병 녀석들이 고생 덜 하는 것 같습니다."

천막 안 난로 옆에서 성재가 만들어준 저녁을 먹고 있던 예비군 훈련장교는 행정보급관에게 대답했다.

"이렇게 맛있는 음식을 만들어주시는데, 저도 이 정도는 신경 써 드려야죠. 아까 은거지 발견하면서 이 병사한테 놀랐었는데, 밥도 맛있게 해서 또 한 번 놀랐습니다. 너무 완벽해서 솔직히 더 이상 볼 것도 없는 것 같습니다. 며칠 쉬다 간다 생각하고 있으려고요."

통제관은 우물우물, 제육볶음과 밥을 먹으며 행복한 미소를 보냈다.

그러나 성재는 이 정도에서 끝낼 생각은 없었다. 더 확고히 우리편으로 만들어야만 했다.

"통제관님? 여기, 건프레이크 만들어 왔습니다."

"뭐? 건프레이크?"

"그렇습니다."

우유에 사르르르 녹아든 건빵조각이 우유 사이에서 둥둥 떠다닌다. 그 위에 별사탕 가루를 뿌렸다. 성재는 싱긋 웃으며 예비군 훈련장교가 앉은 난로 옆 탁자 위에 건프레이크가 담긴 식판을 올려놓았다.

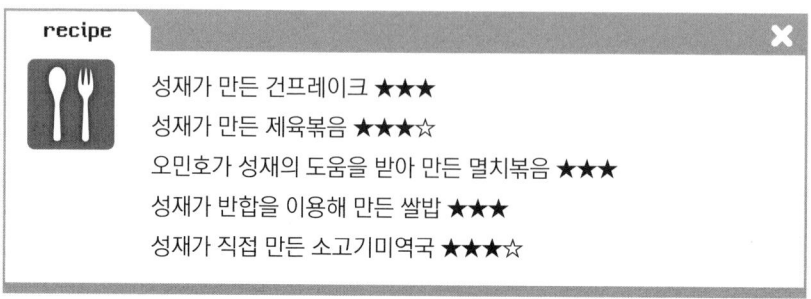

평균 3성 이상.

거기에….

신뢰받는 부하 호칭을 장착하였습니다

푸르스름한 오오라가 둥근 모양을 만들어 예비군 훈련장교 주변을 돌고 있다. 안전통제관의 얼굴에는 싱글벙글. 웃음꽃이 피어 있었다.

반면, 성재는 갑자기 떠오른 'Keyword' 창에 놀랐다.

Keyword 부사관 지원에 대해 알게 되었습니다

일반 퀘스트 현역 부사관 지원
대대장이 사용자 강성재에게 현역 부사관 지원을 시키려 한다. 거절 의사를 확실히 전달하라

성공 시 EXP 3,000, 대대장 호감도 50 하락, 연대장 호감도 50 하락
실패 시 현금 192만 원 통장 입금, 연대장 호감도 500상승, 대대장 호감도 500상승, 중대장 호감도 500상승, 행정보급관 호감도 1,000상승

085

활약 결과!

7중대장이 연대장 앞에서 벌벌 떨며 자신의 몸을 다 가릴만큼 큰 태극기를 건넸다.
"연대장님, 죄송합니다."
61연대장이 통제관을 향해 불같이 화를 냈다.
"야! 통제관! 너 미쳤냐? 야! 인마! 인마! 인마!"
그러나 훈련통제관은 61연대장의 말을 한 귀로 흘리며 말했다.
"이미 사단까지 보고된 사항입니다. 교훈참모가 CCC(지휘통제본부)를 통해 연대장님 사망 처리된 것을 사단장님께 보고 드렸습니다."
"야 인마! 군 생활 하다 보면 다 만나. 네가 이렇게까지 하고 나서 무사할 것 같아? 나 평생 안 볼 것 같아?"
훈련통제관은 개의치 않은 듯 씩 웃었다.
"네. 안 봅니다. 전 연대장님 평생 볼 일 없습니다."
"뭐라고? 말장난해?!"
"장난 아닙니다. 저 이번 달 말에 직보반 갑니다. 소령 진급 안 돼서 전역합니다. 군에 계속 남고 싶은 생각도 없습니다."
"이 자식이! 말하는 거 봐라?!"
대대장은 연대장님을 억지로 모시고 나가며 속으로 자신의 생각을 삼켰다.

'전역 얼마 안 남은 녀석은 건드리지 않는 게 좋습니다. 미친개 물어서 뭘 하겠습니까? 똥 밟았다고 생각하십시오.'

대대장은 연대장과 함께 지휘차량을 타려 했으나, 거기에는 이미 폭파 딱지가 붙어있다. 또 다른 훈련통제관이 대대장에게 건의했다.

"전사상자는 육공이나 포차 타고 가셔야 합니다. 시체를 지휘차량에 태울 일은 없지 않겠습니까? 연대장님 포함, 다른 간부님들도 뒷좌석에 타주시면 감사하겠습니다."

이번에는 고작 다이아몬드 2개짜리 중위가 눈을 말똥말똥 뜨고 61연대장에게 시비를 건다. 연대장은 빡친 얼굴로 입을 열었다.

"앤 또 뭐냐?"

녀석이 환하게 웃으며 대답했다.

"1함대 연락장교입니다."

자세히 살펴보니, 전투복에 붙은 계급장이 흰색이다. 녀석은 육군이 아니다. 해군이었다.

"그런데 여긴 왜 있어? 해군 1함대에 있어야지?"

"현재 23사단에 파견 중입니다. 현재 사단장님 명령에 따라 훈련통제관으로 임무수행 중입니다. 연대장님, 전사상자 처리하고 난 후 12시간 후에 부활하니, 지금이라도 빨리 가시는 게 좋습니다. 제가 알기로는 지금 연대 지휘소도 엄청 공격받고 있다고 합니다."

"뭐야? 우리 지휘소가 털려?"

"그렇습니다."

다음 날. 배원영 대령은 성재가 얻은 지도를 바탕으로 핵심 우선 타격 순위를 매겼다.

1. 적 지휘소

2. 적 공용화기

3. 적 밀집병력

4. 적 수송차량

그리고 0번은?

"와 훈련 개꿀이다!"

"크크크, 시작하자마자 죽으니까 하는 것도 없고 좋네."

그런 병사들 틈에 강제로 누워있어야 하는 연대장.

병사들은 연대장과 대대장이 죽어서 전사상자 처리소에 온 것도 모르고, 와자지껄 누운 채로 떠들고 있다.

"솔직히 이대로 훈련 끝났으면 좋겠다."

"연대 RCT 때도 훈련 시작 때 죽어버린 선임들이 진짜 편했다고 했는데 정말 개꿀이네!"

"5중대 아저씨도 그 말 들었어요? 저도 그 소문 듣고 설마 했었는데, 진짜 개꿀 맞네요."

"7중대 아저씨도 그랬어요? 크큭, 솔직히 훈련 제대로 받는 게 바보죠. 안 받을 수 있으면 안 받는 게 나아요. 시간만 때우면 되는 거지."

"큭, 부활 안 했으면 좋겠네요."

누워있던 연대장은 자신의 화를 참지 못하고, 소리를 질렀다.

"2대대장! 병력들 교육을 어떻게 한 거야?"

"죄송합니다. 연대장님!"

"여긴 꼴통들만 모였나!"

떠들던 병사들의 운명은? 하늘에 맡기도록 하자.

혹한기 훈련 전투 결과는 이미 결정된 것이나 다름없었다.

지휘관이 없는 부대가 어떻게 전투를 이기겠는가?

더구나 병력들의 돌격을 지원하는 공용화기가 이미 선제타격에 의해 대부분 파괴된 상태. 이럴 때는 무작정 돌진이 답이지만… 그것도 여의치 않았다.

방어선 앞에 있는 다리 2개. 그곳을 향해 2대대 5중대와 6중대가 '약진 앞으로'를 외치며 달려가는데, 4중대 직사화기 부소대장인 김하늘 중사가 여유있는 표정으로 자신의 병력들에게 명령했다.

"지금 다리 파괴해!"

"네. 두 개 중 어떤 것을 파괴하면 되겠습니까?"

"둘 다 해야지!"

"알겠습니다."

곧바로 축사탄 넣는 자세를 취하고, 90mm무반동총 사수와 부사수가 교대로 돌아가며 다리 쪽으로 발사하는 동작을 취한다. 그리곤 김하늘 중사가 통제관을 불렀다.
"통제관님! 90mm 철갑탄으로 다리 두 군데 다 부쉈습니다."
"다리를 부쉈다고 말씀하셨습니까?"
"그렇습니다. 철갑탄 사용해서 둘 다 부쉈습니다. 프로그램 돌리는 간부에게 전달 좀 부탁드리고, 저쪽 앞에서 다리 통해서 건너오는 대항군들 출입통제 좀 부탁드리겠습니다."

황당하지만 가능한 이야기.
물론 전장21 프로그램에서도 가능하다. 훈련통제관은 90mm 무반동총 진지 앞에 있는 다리로 걸어가, 약진하는 61연대 2대대 5, 6중대 병력들에게 말했다.
"이 다리는 파괴된 다리입니다. 전 인원! 돌아갑니다!"
그러자 힘차게 달려왔던 녀석들이 당황하며 소대장을 쳐다본다.
소대장이 용기를 내서 통제관에게 묻지만.
"네? 다리가 파괴되면 어떻게 건넙니까? 전투는 어떻게 합니까?"
훈련통제관이 그런 대답을 해줄 사람이 아니다.
"그건 소대장이 알아서 해야지. 나한테 물으면 어떻게 해. OBC(장교 초군반 교육)에서 안 배웠어?"

그리고 30분 후. 이 추운 겨울에 2대대 5, 6중대 병력들이 파괴된 다리를 어쩌지 못하고, 그 옆 강으로 도하를 시작했다.
"으으으으, 춥습니다."
"건너! 건너 이 새X들아!"
"소대장님…. 살려주십시오! 겨울에 도하는 무리입니다!"
"돌아가서 중대장님께 죽을래? 나하고 여기서 강 건너서 상대방한테 죽고 푹 쉴래?"
"상대방한테 죽고 쉬겠습니다."
"건너!"
강을 건너는 병력들을 향해 온갖 화력이 집중되고, 4중대 직사화기 부소대장인 김하늘 중사는 회심의 미소를 지었다.
'작년에 전장21 프로그램 게이머 하길 잘했어.'

혹한기 훈련이 끝나고. 결과는 60연대 1대대의 완승.
주둔지에 돌아온 병력들.
육공, 포차, 레토나, 코란도 스포츠 차량에서 내린 장병들. 대대장은 사열대에 올라간 연대장을 향해 힘찬 경례를 실시했다.
"충성! 60연대 1대대 총원 661 현재원 661. 2018년 혹한기 훈련 완벽작전 이상 무!"
앞에서 연대장이 훈련을 무사히 마치고 돌아온 병력들을 향해 입을 열었다.
연대장의 목소리가 방송 스피커에 의해 모두에게 들렸다.
"다들 고생 많았다."
힘찬 병력들의 목소리가 다시 한번 연병장에 울려 퍼졌다.
"고생 많으셨습니다!"
연대장은 병력들 앞에서 격려와 칭찬의 목소리를 늘어놓았다.
"다들 고생이 많았지만, 연대장이 이번 훈련 간 가장 열심히 했다고 생각하는 2명의 장병이 있다. 먼저 김하늘 중사! 앞으로!"
한때는 중대장과 행정보급관 사이에 끼어, 소대장 앞에서 눈물을 보이며 어리광을 부리던 녀석이 중사 계급장을 달고 연병장 사열대로 뛰어나간다.
"다음! 강성재 일병! 앞으로!"
성재 또한 연대장의 부름에 힘찬 걸음으로 달려나갔다. 연대 인사과장이 연대장의 뒤에서 마이크를 집어 들고, 식순을 시작했다.

"표창장 수여가 있겠습니다. 연대장님께 대한 경례!"
김하늘 중사가 구호를 외치자, 강성재 일병과 부사관의 손이 동시에 올라가고.
"바로!"
바로란 말에 동시에 내려간다.
"표창장, 1대대 4중대 중사 김하늘. 위 사람은 평소 성실한 복무자세와 열성적인 태도로 타인의 귀감이 되어왔으며, 특히 이번 혹한기 훈련에서 적 2개 중대의 발을 묶어 이번 작전을 승리로 이끄는 데 공이 크므로 이에 표창함. 2018년 1월 19일 대령 배원영!"
연대장이 자신의 표창과 부상을 준다.

"부상으로 50,000원 충성마트 상품권이 수여되겠습니다."
"감사합니다!"
그리고 이어지는 표창장.
"표창장, 1대대 4중대 일병 강성재. 위 사람은 평소 투철한 사명감과 솔선수범으로 타인의 귀감이 되어 왔으며, 특히 이번 혹한기 훈련에서 사병이 다 전사한 가운데에서도, 훈련 낙오자들을 통제하여 훈련기간에도 맛있는 식사를 제공하였으며, 적이 숨겨둔 작전상황판을 획득, 적 주요핵심목표의 정보를 얻어, 이번 작전을 완전 작전으로 이끈 공이 크므로 이에 표창함. 2018년 1월 19일 대령 배원영!"
"부상으로 중대원 병사 전원, 포상 휴가 1일씩 수여되겠습니다!"
"감사합니다!"

연대장은 포상 휴가를 주면서도 안타까워했다.
'그놈의 휴가평등제!'
휴가를 이미 17일 받아서 1일밖에 더 주지 못했기에….
이왕 이렇게 된 거 차라리 중대원 전부에게 1일씩 휴가를 부여했다.
'기특한 것. 연대장이 장군이었으면 휴가를 더 많이 보내줬을 텐데….'

> 사용자 강성재에 대한 연대장의 호감도가 200 올랐습니다
> 사용자 강성재에 대한 대대장의 호감도가 650 올랐습니다
> 사용자 강성재에 대한 4중대…
> 사용자 강성재에 대한 중대원 전원의 호감도가 200 올랐습니다

표창장 수여가 끝나고… 연대장이 모두의 앞에서 다시 말을 이어갔다.
"자자자, 훈련 복귀했으니까, 이제 행군해야지?"
"그렇습니다↘"
그러나 다들 지쳤는지… 답변 소리가 줄어든다.
다시 한번 목소리를 크게 높이는 연대장.
"목소리가 왜 그래? 그러고도 너희가 군인이야? 행군 자신 없나?!"
"자신 있습니다↗!"

연대장은 60연대 1대대 병력들의 목소리를 듣고 기분 좋게 모두의 앞에서 말했다.

"좋아. 너희들의 자신 있는 목소리가 마음에 든다! 1대대장!"

"네. 연대장님!"

"혹한기 행군 지금 출발하면 전원 완주할 수 있을 거라 생각하나?"

"네. 지금 전원 다 완주할 수 있습니다."

대대장의 힘찬 대답과는 달리, 고개가 푹 숙여지는 병사들. 강성재 또한 기분 좋을 리 없었다. 연대장은 지난 5일간 모든 힘을 짜내 전투를 승리를 이끈 병력을 둘러보았다. 그리고 그들이 원하는 선물을 선사했다.

"좋아. 혹한기훈련 마지막 행군은 연대장 직권으로 면제하겠다. 생활관으로 들어가!"

그 말과 동시에 터져 나오는 함성.

"우와와아아아아아아아!"

"감사합니다! 연대장님!!!!!!!"

"사랑합니다! 연대장님!!!!!!!"

지휘관이 부하들로부터 사랑받는 법. 이렇게 간단하거늘.

배원영 대령은 얼굴에 미소를 띤 채, 뒤를 돌아 연대장실로 들어갔다.

생활관에 도착한 성재를 보며, 타 소대 선임들이 한마디씩 하고 지나갔다.

"야! 강성재! 잘했다!"

"성재야. 포상 휴가 고마워! 나 감동먹었다."

"오오오, 조리병! 대박! 지도를 어떻게 찾았냐?"

"강성재! 밥 잘 먹었다. 네가 한 밥 진짜 맛있더라."

타 소대 선임병들의 칭찬을 너무 많이 들어서 이제는 좀 지친 성재. 중본 생활관의 침대에 양팔을 벌리며 누웠다.

1대대 장병 전원이 사용자 강성재에 대해 알게 되었습니다
군 내 인지도가 30 상승합니다

교활한 주임원사

훈련이 끝난 주말.
중대본부 생활관에는 전역을 앞둔 김도준 병장이 마지막 휴가를 떠나기 전 후임병에게 감사의 표시를 전했다.
"성재야. 고맙다."
"아닙니다. 행군 사라져서 포상 1일 받은 거 쓰실 수 있어서 다행입니다."
"크, 넌 정말 내 인생의 은인이야."
모두가 언젠간 부대를 떠난다. 그런데 떠나는 방법은 하나가 아니다.
김도준 병장처럼 전역을 위해 떠나거나.

"축하한다! 하사 돼서 오겠네?"
"크크크, 미쳤다! 미쳤어! 왜 간부 지원했어?"
"아, 돌아오면 저한테 충성! 하셔야 합니다. 응원 좀 해주십시오!"
"그땐 나 전역해 있을 텐데?"
2소대 3분대장인 박주현 상병처럼 현역 부사관에 합격해서 부대를 떠나거나.

당직사관은 둘에게 신신당부를 했다.

"김도준!"
"네?"
"마지막 휴가라고 전화 안 하면 안 된다."
"예. 걱정하지 않으셔도 됩니다. 미복귀 이런 거 없습니다."
"크크, 알았어 인마. 다음 박주현!"
"상병 박주현?"
"넌 교육 갔다가 포기하고 퇴소해서 다시 오면 안 된다. 꼭 임관하고 와라. 알았냐?"
"부소대장님? 저 못 믿으십니까? 제가 우리 중대 에이스 아니었습니까?"
"어. 이제 넌 에이스 아니야. 성재가 에이스지."
"……."
아무튼, 오늘 한 명은 3차 정기휴가를, 한 명은 부사관으로 임관하기 위해 부대를 나섰다. 둘 다 각자 다른 꿈을 지니고 동시에 출발한다.
성재는 아쉬움을 뒤로 한 채, 오랜만에 간부식당에 출근했다.

다음날, 대대 지휘통제실에서 아침 상황보고를 마치고 올라온 중대장이 중대 아침 회의를 소집했다. 중대 행정반은 간부들만 남고, 나머지 행정병들은 각자 자신의 생활관으로 들어왔다.
오늘 오전엔 비번이라 쉬는 성재.
생활관에서 요리 레시피 책을 보고 있다가 갑자기 선임병들이 들이닥치자 인사를 드린다.
"오셨습니까?"
"어. 성재야."
"네."
"너 부사관 지원하냐?"
김영민 병장의 말에 성재가 당황한 표정으로 대답했다.
"아닙니다. 전 그런 말 한 적 없습니다."
"그래? 행보관님이 너 간부 시켜야 된다고 말하던데?"
"……."
성재는 그제야 잊고 있던 일반 퀘스트가 생각났다. 뭐였더라?

'퀘스트 열람!'

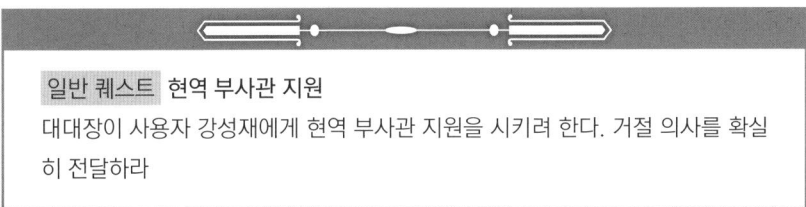

일반 퀘스트 현역 부사관 지원
대대장이 사용자 강성재에게 현역 부사관 지원을 시키려 한다. 거절 의사를 확실히 전달하라

젠장… 올게 왔다. 역시 퀘스트는 거짓말을 하지 않는다.

그리고 임상희 일병의 후속타.

"김영민 병장님? 행보관님이 성재 데리고 행정반으로 오라고 하십니다."

행정보급관실.

행정반 바로 안쪽 구석에 샌드위치 판넬로 만든 조그마한 공간.

이곳에는 TV도 없고, 침대도 없지만, 재떨이는 있다.

조금 전까지 이곳에서 담배를 피웠는지, 역한 냄새가 코를 찔렀다. 박재영 상사는 미안한지 창문을 열고, 선풍기를 틀었다.

"성재야. 앉아 있어 봐."

"네. 알겠습니다."

행정보급관은 잠깐 한숨을 내쉬더니 썰을 풀기 시작했다.

"행보관은 말이야. 원래 군대 체질이 아니었어."

성재는 미소를 지우고 행보관의 말에 귀를 기울였다.

"96년도에 강원도에서 무장공비 침투사건 있었던 거 알지? 그때 행보관은 알았지. 국가에서 날 불렀다는 걸… 대잠 작전 40일을 하는데, 어땠는지 알아? 예비군은 물론 현역 군인들 수십만 명이 잡겠다고 얼마나 난리 쳤는지…."

"그때 이후 1998년인가, 23사단 창설멤버에 행보관도 있었어. 그때가 행보관이 중사 막 진급했을 때니까, 세월이 참 빠르네."

"2002년 월드컵 때 서해교전 터져서 얼마나 난리 났었는데, 그때 비상 걸려서 행보관 정말 마누라랑 대판 싸웠잖아."

구구절절, 20년 넘은 군생활의 이야기를 끝내며 행보관이 본론을 이야기했다.

"어때? 행보관처럼 부사관 지원해보는 건?"
"죄송합니다."
"야! 강성재! 행보관이 2시간 동안이나 설득했는데, 죄송합니다가 다야?"
행보관의 말에 성재가 고개를 푹 숙이며 할 말을 목구멍으로 삼켰다.
'설득이 아니라, 본인 군생활 잘 났다고 하신 거잖습니까?'
그러나 행보관의 고압적인 눈빛에 결국 성재가 한걸음 물러났다.
"생각해보겠습니다."
"생각해 봐. 행보관 실망시킬 생각 하지 말고."
"알겠습니다."

> ⚙ ✓ ✗
> 사용자 강성재에 대한 행정보급관의 호감도가 50 떨어졌습니다

처음으로 행보관이 자신에게 고함을 질렀다. 호감도가 떨어져서일까?
그러나 호감도는 사실 상관없었다. 문제는 이거였다. 여전히 떠 있는 퀘스트창.
'퀘스트가 왜 안 끝나?'
간부식당에 가서 설거지를 하고 딱 끝난 시간 현재 14시.
저녁 준비까지 한 시간 정도 여유 시간이 생겼는데, 하필 그때, 식당으로 전화가 왔다.
"강성재! 오민호! 대대 지원과로, 전투복 환복하고 지금 바로 가."
"알겠습니다."

동년 동월 동일 14:16분, 주임원사실.
그곳에는 이미 3중대, 4중대 행보관이 원형 티테이블에서 주임원사와 한잔하고 있다.
"뭐야? 대대장님이 이렇게 관심을 가지고 계신데, 너희 중대만 이거 하나 못해?"
그러자 3중대 행정보급관이 고개를 푹 숙였다.

"현역 부사관 목표 획득률이 81% 밖에 안되는 게 너희 3중대 때문이잖아. 아니, 전투분대

장은 자기 중대에서 채워야지. 매일 다른 중대 지원자로 채우면 말이 되냐? 자체 획득이 그렇게 안 돼? 부사관으로서 모범을 못 보이니까 그렇게 되는 거잖아. 넌 17년이나 군 생활하면서 병사 마음 하나 설득 못 하는 거야?"
"죄송합니다."
"4중대 행보관!"
"상사 박재영?"
"너희 중대는 자체적으로 잘 해결하는 거, 내가 인정은 해."
"감사합니다."
"그래도 인마, 대대장님이 그 취사병인가, 조리병인가, 걔 부사관 시킨다고 했으면, 뭔가 성과를 내야 될 거 아니야. 그래서 원사 진급 하겠어? 지휘관이 원하는 결과를 만들어와야지. 매일 어영부영!"
"잘하겠습니다."
"됐어. 너희들 손 떼. 이번 건 내가 해결한다."
"죄송합니다."
"허 상사!"
- 네. 주임원사님!
"그 둘 왔어?"
- 네. 30분만 간부 지원 제도에 대해 더 홍보하고 들여보내겠습니다.
"그래. 너무 애쓰진 마. 내가 알아서 다 할테니까."
- 알겠습니다.

인사담당관은 간부 임관제도 팜플렛 여러 장을 보여주며 설명을 이어갔다.
육군 부사관으로 지원하는 제도는 여러 가지가 있지만, 일단은 이 세 가지가 지금 성재가 지원할 수 있는 부사관 제도였다.

   1. 현역 부사관
   2. 민간부사관
   3. 특전 부사관

"현역 부사관으로 지원하면 군 입대일수에 따라 192만 원에서 360여만 원까지 차등 지급돼. 성재도 그렇고 민호도 그렇고 군 입대한지 3개월 정도 지났으니까 부사관 합격하면 일시금으로 192만원 지급될 거야."

그러자 민호가 옆에서 고민 끝에 인사담당관에게 물었다.

"현역 부사관하고 민간 부사관의 차이는 어떻게 되는지 알고 싶습니다."

그러자 허란희 상사는 씩 웃으며 대답했다.

"담당관 같이 행정병과는 보통 민간 부사관이고, 너희 전투분대장이나 부소대장 같은 경우는 거의 대부분 현역 부사관이야. 보통 행정병과는 민간 부사관 제도를 통해 선발하는 게 대부분이고, 현역 부사관은 본인 부대에서 병 생활을 하다가, 군인이 맞다 싶을 때, 본인이 복무했던 부대 부사관 자원으로 선발해서 활용하기 위한 제도지."

오민호는 부사관 지원 제도에 대한 팜플렛을 읽고는 한 곳에 꽂힌 것 같다.

"담당관님, 특전 부사관은 어떻게 지원합니까?"

"특전 부사관?"

"네. 특전사에 대해 알아보고 싶습니다."

그때, 성재에게 상태창이 떠올랐다.

특전 부사관에 대해 알게 되었습니다

대대 주임원사는 강성재와 오민호를 원탁에 앉히고는 당번병을 불렀다.

"성재야. 민호야. 차 뭐 마실래? 커피? 녹차?"

"커피 마시겠습니다."

"녹차 마시겠습니다."

주임원사의 얼굴 깊은 주름 밑에 달린 사악함이 드디어 둘 앞에 공개됐다.

"그래. 일단 우리 민호부터 얘기해보자. 특전사에 지원하고 싶다고?"

"아닙니다. 그냥 궁금해서…."

"그래. 특전사가 좋긴 좋지. 남자답고 멋있고. 그런데 걔네들 오래 못 가."
주임원사는 씩 웃으며 자신의 분위기로 병사 둘을 이끌어갔다.
"걔네들이 얼마나 병을 달고 사는 줄 아냐? 무릎 인대는 다 나갔지. 허리는 제구실 못 하지. 몸은 다 골병 들어가지고, 특전사치고 40대 넘어가서 주임원사처럼 건강한 사람 거의 못 봤어. 아니, 40대까진 그나마 괜찮을 수 있지. 50대 가면 100프로야. 다 골병 들어서 노년에 고생해. 이 주임원사가 장담할게. 특전 부사관은 장기적으로 볼 때 아니야."

주임원사는 털털한 웃음을 지은 후, 민호를 쳐다보며 다시 공략을 시작했다. 아주 쉬운 먹잇감이 바로 앞에 놓여 있었다.
"민호야. 얼마 전에 여자친구랑 헤어졌다고?"
그러자 오민호는 깜짝 놀란 얼굴로 주임원사를 쳐다보았다.
"주임원사는 부대에서 일어난 일 다 알아. 학교 선배가 여자친구 뺏어갔다며?"
"……."
오민호는 아픈 기억을 떠올리고 고개를 저었다. 이때를 놓치지 않고 주임원사는 달콤한 음성으로 포장한 말을 내뱉었다.

"부사관 되면 그럴 일 없어. 보고 싶을 때 휴가 내서 보면 되고, 아니면 결혼하면 되고."
물론 말도 안 되는 말이지만, 군인일 때는 저 말이 얼마나 현혹되는지, 현역이라면 알 것이다. 교활한 주임원사의 계략에 결국 넘어가는 민호.
"결혼… 말씀이십니까?"
"그래. 부사관 되면 집도 주지. 돈도 벌지. 보험도 되지. 얼마나 좋은데? 거기에다가 휴대폰도 사용 가능하니까, 여자친구와 매일매일 전화도 할 수 있고… 좋잖아?"
"부대에서 집도 줍니까?"
"당연하지. 결혼하면 하사여도 집 다 줘. 물론 아예 주는 건 아니야. 빌려주는 거지. 관리비로 한 달에 50,000원 정도는 내야 돼. 전역하면 반납해야 되고. 하지만 장기복무하면 복무기간 동안에는 계속 살 수 있고, 네가 원하는 지역에서도 복무할 수 있는데?"
"집 근처에서도 복무할 수 있습니까?"
"그럼 당연하지. 물론 처음 하사 달고 바로는 아니야. 군 복무 하다가 기회 되면 갈 수 있는 거지. 민호야. 어때? 현역 부사관 지원해보는 건?"

주임원사는 곧바로 지원서류를 내밀었다.
이미 완벽하게 채워져 있는 빈칸. 사인만 하면 된다.
그만큼 철저했던 준비.

"…아직 잘 모르겠습니다."
하지만 민호는 아직 이 정도로 넘어가지 않았다.
그러자 주임원사는 일단 여기서 민호에게 생각할 시간을 주기로 하고, 성재에게 시선을 돌렸다.

"성재야."
"일병 강성재?"
"어때? 들어보니까, 할 만하지 않아?"
"음… 전 아닌 것 같습니다."
"전역해서 뭐하려고? 부모님한테 효도도 해야 되잖아. 이만큼 안정적인 직장이 어디 있다고 그래? 장기복무 되고 20년 이상 군대에 있으면 매월 150만 원 이상 연금 나오지. 주임원사처럼 원사 달고 33년 복무 후 만기전역하면 월 300까지 연금 나오는데, 50대 초반부터 죽을 때까지 연금 300만 원 나온다고 생각해 봐. 성재도 일 해봐서 알잖아. 300만 원이 얼마나 큰 돈인지…."
성재는 주임원사의 말에 처음으로 혹했다.
그는 중학교 졸업 이후부터 일용직으로 일하며 돈의 소중함을 잘 알고 있었다.
남의 돈, 단돈 만 원 벌기도 쉽지 않았다. 얼마나 구차한지, 얼마나 비위 맞추면서 견뎌야 했는지… 특히 3D 건설 업종에 일하는 성재의 경우는 더 심했다.
그의 약한 부분을 아는 주임원사가 회심의 미소를 띠며, 어린 양에게 마수를 뻗쳤다.
"성재야. 네 아버지께 조금 전 통화 드렸어. 아버지가 우리 아들 장하다고 주임원사한테 잘 부탁한다고 말하더라. 어때? 아버지랑 한번 통화해보는 게?"

뭘 망설여?

주임원사의 말에 성재는 고심에 빠졌다. 아버지와 연락을 했다고?
'생각해보니 아빠한테 소홀했어. 핸드폰도 살렸는데….'
조리병의 입에서 주임원사에게 부탁의 말이 흘러나왔다.
"잠시 통화하고 와도 되겠습니까?"
"아니야. 성재야. 여기 주임원사 휴대폰으로 해."
"…감사합니다."
주임원사는 말도 없이 성재의 아버지에게 전화를 걸더니, 성재에게 수화기를 넘겼다.
'지금은 받지 않으셨으면 좋겠다.'
가족사를 주변에 밝히는 걸 누가 좋아하겠는가?
하지만 비밀이란 없는 군대.
이미 아버지한테 전화하다니, 이정도까지 부사관을 시키려는 이유가 뭐지?
성재는 자포자기한 심정으로 주임원사의 휴대폰을 받았다.
통화음이 끝나고, 익숙한 목소리가 수화기 너머로 들려왔다.
- 여보세요? 주임원사님?

성재는 울컥했다. 아버지의 목소리에 지난 추억이 떠오른 것이다.

"아빠, 접니다. 성재."

- 성재야. 별일 없지?

"네. 잘 지내고 있습니다."

- 조금 전에 주임원사님께서 전화하셔서 군 생활 아주 잘한다고 칭찬하더라. 부대원들 앞에서 표창도 받았다고?

"네. 그렇게 됐습니다."

- 그래. 이 아빠가 원사님 하는 말씀 들어보니까, 군대 부사관 지원하는데, 너를 1순위로 추천해주신다고 하더라. 일도 잘하고, 훈련도 잘 받고, 군대 생활도 잘해서 선임들은 물론, 간부들도 다 널 좋아한다고….

"네. 열심히 하고 있어요. 날씨는 안 춥습니까? 1월인데, 난방은 하시는지 모르겠습니다."

- 어이쿠, 이놈 자식, 자식이 부모 걱정하는 게 어디 있어. 부모가 자식 걱정해야지. 나는 잘살고 있으니까, 걱정 마라. 아, 날씨 추워져서 이제 오뎅이랑 호빵도 같이 팔기로 했다. 아빤 이제 혼자서도 잘하니까, 너무 걱정하진 말어.

"네."

- 그나저나 하사관(예전에는 부사관을 하사관이라고 불렀다)을 지원한다고? 그거 요즘 괜찮은지 모르겠네. 아빠가 군 생활 때는 허구한 날, 밟히고 몽둥이로 뚜들겨 맞아서 다들 안 하려고 했는데, 요즘은 또 다르다니까. 결정은 한 거야?

"아닙니다. 아직 지원하고 그런 거 아닙니다."

- 주임원사 말대로 아빠는 아들이 군대의 말뚝 박는 게 사실 좋지. 너도 이제 성인이니까 이 아빠랑 민지 걱정은 말고, 네 인생 갈 길 가. 네가 하사관 하고 싶으면 하고, 아니면 말고, 아빠는 언제나 널 응원한다.

그때, 주임원사가 휴대폰 대화내용을 듣고 있었는지, 성재로부터 휴대폰을 낚아채듯 받아갔다.

"아, 아버님, 주임원사입니다.

- 네. 주임원사님.

"요즘 군대 예전하고 다릅니다. 결혼하면 그냥 다 쓰러져가는 관사 주는 건 옛말이고요. 요즘에는 민간에서 지은 아파트 분양받아서 간부들한테 제공해줍니다. 그게 싫으면 전세금의 80%까지 무이자로 대출도 해주고요."

- 아 그런가요?

"네. 더구나 언제까지 아드님을 불확실한 공사판에 보내실 생각은 아니시잖아요. 번듯한 직업 가지고, 미래와 노후를 보장받는 게 좋죠. 더구나 성재라면 100% 장기 복무가 될 재목이고, 그게 국가를 위해서나 저희 군을 위해서나 정말 큰 도움이 될 겁니다."

- 아… 그렇게까지 저희 아들놈을 말씀해주셔서 정말 몸 둘 바를 모르겠습니다.

"아닙니다. 그만큼 아드님이 인정받고 있다는 것이겠지요. 그럼 다시 성재 바꿔드리겠습니다."

주임원사는 다시 한번 강일용의 마음을 설득한 후, 휴대폰을 넘겨주었다.

성재는 고개를 푹 숙인 채, 죄스러운 마음으로 아버지와 통화를 이어갔다.

"아빠, 일단 고민해보고 연락드리겠습니다. 제 인생이 걸린 문제니까 좀 더 신중하게 생각하고 싶습니다."

- 그래. 뭐든 한 가지만 잘하면 되는 거야. 아빠는 우리 아들이 정말로 자랑스럽다. 그려. 들어가.

"네. 아빠. 나중에 또 전화하겠습니다."

툭….

전화가 끊기고, 원형 탁자에 앉은 주임원사는 다시 설득에 들어갔다.

"집안 사정도 어려운데, 아버지가 성재를 많이 위하네. 너도 이제 효도해야지. 1년 동안 바짝 모으면 천만 원도 넘게 모으니까, 아버지 생활도 보태드릴 수 있고, 동생도 내년이면 초등학교 입학할 텐데, 할머니랑 같이 사는 것보다는 아버지랑 같이 사는 게 좋지. 할머니 모시고 살면 더 좋고. 그래야 학부모 부르면 가서…."

성재는 입술을 꽉 깨물었다. 이건 해도 해도 너무 한 것 같았다. 자신의 약점을 너무나 잘 파고드는 주임원사의 말에 도저히 이겨낼 자신이 없었다.

그래서 말을 끊었다.

"주임원사님, 잠깐 화장실 좀 다녀오겠습니다."

"그래. 그래. 다녀와."

성재는 주임원사실을 나온 후, 1층 화장실로 들어갔다.

눈물이 펑펑 나왔다.

동생과 할머니, 그리고 아빠.
자신에겐 가장 소중한 가족들. 그것을 위해 간부를 지원하는 게 맞을까?
분명 지금 이 순간에도 자신과 같은 고민을 하는 사람들이 많을 것이다. 그중 일부는 부사관에 지원했을 테고, 일부는 장교에 지원했을 테고.
성재는 지원과에서 본 팜플렛을 마음 속으로 떠올리며, 아직은 그려지지 않은 미래를 엿보았다.
초급부사관 평균 연봉 1,800만 원….
그걸로 과연? 아버지와 동생, 할머니의 생계를 책임질 수 있다고?
사탕발린 말, 좋은 이야기만 하는 주임원사는 정작 간부들이 얼마를 받는지, 실수령액이 얼마인지는 말도 하지 않고 있다.
모든 정보를 주지도 않으면서, 어떻게든 지원시키려고, 한 명이라도 더 뽑으려고 아버지에게 전화까지 하며, 감성을 자극하는 작전.
분명 성재에겐 통했다.
그렇지 않으면 이렇게 화장실에서 울고 있진 않았을 것이다.
그러나 부사관 지원을 결심하지는 않았다. 전역 후에도 얼마든지 열심히 살아갈 자신이 있었다.
'더 독하게 마음먹자. 이대로는 안 돼. 군 생활동안 계속해서 이런 식으로 지원하라며 설득하겠지. 나도 언젠가는 마음이 흔들릴지 몰라. 무슨 방법이 필요해. 더 이상 주임원사가 권하지 못하게… 더 이상 건드리지 못하도록!'

다시 들어간 주임원사실.
주임원사는 결국 오민호의 마음을 얻는 데 성공하며, 부사관 지원서 사인을 받아냈다.
"그래. 민호야. 정말 잘 생각했어. 민호는 특급전사니까, 충분히 합격할 수 있을 거야."
민호는 주임원사한테 다시 한번 되물었다.
"네. 주임원사님, 아, 아까 말씀하신 거 정말 되는 거 맞습니까?"
바뀐 제도에 의하면 부사관에서도 특전 부사관 지원이 가능해졌다.
"그래. 일단 현역 부사관으로 임관하고, 하다가 그때도 특전사 하고 싶으면 특전 부사관으로 지원하면 돼."
그래서 일단 오민호에게 현역 부사관부터 지원하라고 설득했고, 그게 통한 것.

"알겠습니다. 열심히 해보겠습니다."
"그래. 민호는 지원하기로 했고, 성재는 생각해봤어?"
"네. 주임원사님, 일단 대대장님하고 상담해 봐도 되겠습니까?"
"뭐? 대대장님? 대대장님은 왜?"
"대대장님이 저 부사관 시킨다고 말씀하셨다고 들었습니다. 대대장님이 왜 그런 말씀을 하셨는지 이야기를 듣고 싶어졌습니다."

다 넘어왔다고 생각했던 주임원사는 대대장 이야기가 나오자 당황했다.
'뭐야? 대대장님이 하신 이야기가 왜 퍼져나가? 간부들 입단속 하라고 그렇게 말했는데….'
주임원사는 일단 그 원흉을 찾으려 했다.
"그거 누가 말했어?"
성재는 주임원사의 질문에 둘러댔다.
"혹한기 훈련하다 들었습니다."
"그래?"
자신이 친 그물에 잡혔다고 생각한 먹이가 달아나는 게 아쉬웠지만, 일단은 보내주기로 했다.
녀석은 아직 일병, 언제든 꺼내먹을 수 있는 사육장의 먹이나 다름없다. 한번은 도망칠 수 있어도, 두 번, 세 번은 도망칠 수 없지.
대대장이 부사관 지원시키는 데 실패해도, 주임원사는 이 일병을 설득할 자신이 있었다.
'내가 시킨 놈이 몇 명인데, 1, 3, 4중대 행보관도 생각해보면 내가 지원시킨 거잖아.'
"그래. 성재야. 그럼 주임원사가 한 가지만 더 말하자."
"네."
"민호랑 동기지?"
"그렇습니다."
"다음 주까지 지원하면 민호랑 같은 부대, 하사 동기로 같이 근무할 수 있어. 부사관들은 장교하고 다르게 월별로 끊으니까, 이번에 지원 안 하고, 늦게 지원하면 민호가 네 선임 된다? 어때? 주임원사가 왜 빨리 지원해야 한다고 하는지 알겠지?"
"……."

주임원사의 이야기가 끝나고, 다시 지원과로 온 성재와 민호.
그런 그 둘을 기다리던 3중대 행보관과 4중대 행보관.
"오민호!"
"일병 오민호!"
"행보관이 너 키워줄게. 행보관만 믿어."
"열심히 하겠습니다."
"그래. 어휴~ 이 똘똘한 자식!"
반면, 성재가 대대장과 면담 신청을 했다는 이야기를 듣고, 4중대 행보관이 고개를 저으며 말했다.
"강성재! 무슨 생각이야? 부사관 지원하는데 왜 대대장님하고 면담을 해? 여기 행보관도 있고, 담당관도 있고, 주임원사님도 있는데? 부사관 지원에 고민이 있으면 부사관들하고 이야기를 해야지."
"대대장님이 저 부사관 지원시키라고 말씀하셨다고 들었습니다."
그러자 4중대 행보관이 마치 '너냐?'라고 말하듯이 인사담당관에게 눈치를 주었다.
그러자 허란희 상사가 고개를 갸웃거리며, 행정보급관에게 반문했다.
"저 아닙니다? 행보관님이 말씀하신 거 아닙니까?"
"내가 그런 이야기를 왜 해? 내가 바보냐?"

옆에 서 있던 성재가 보충 설명했다.
"행보관님, 대대장님께서 지휘소에서 하시던 말씀을 들은 겁니다."
"그래? 아, 인사담당관! 쏘리!"
곧바로 태세전환하는 행보관과 짜증이 섞인 말투를 내뱉는 여군.
"아, 진짜! 행보관님!"
"알았다! 내가 잘못했다! 알았어!"
"아, 그러니까 좀 알아보시고 말씀하십쇼."
그 둘의 대화가 이어지는 동안 성재의 시선은 다시 홍보용 팜플렛으로 향했다. 하나하나 꼼꼼히 읽는 그는 확신했다.

이렇게 대답하면 더 이상 부사관 지원하라는 말은 나오지 않을 거라고.
그때, 인사담당관은 대대장님의 전화를 받은 후, 성재와 행보관에게 말을 꺼냈다.
"행보관님, 주임원사랑 같이 성재 데리고 들어오랍니다."

대대장실에선 김관우 중령이 자신의 지휘관실로 들어온 강성재를 보며 환한 미소를 지어 보였다.
"앉아. 우리 성재. 대대장하고 면담하고 싶다고?"
호감도 때문일까? 대대장이 부르는 호칭이 바뀌었다.
'우리 성재… 라고 부른 건 저번 훈련 때부터였지?'
행정보급관과 주임원사가 양옆에 앉은 가운데, 강성재가 대대장의 질문에 대답했다.
"네. 맞습니다. 간부 지원 건으로 대대장님하고 면담하고 싶었습니다. 저를 왜 추천하셨는지 듣고 싶었습니다."
"그래. 우리 성재가 군 생활 정말 잘하고 있는 거, 이 대대장은 잘 알아. 그래서 부사관 지원하면 어떨까 생각도 했었던 거고."
"감사합니다. 사실 저도 대대장님 존경합니다."
"그래? 하하. 그건 몰랐네. 대대장은 생각해. 성재가 고작 3개월 만에 군단장님 표창과 연대장님 표창을 받았잖아? 이것만으로도 충분히 부사관에 선발되지 않을까 하고. 지금까지 보아 온 성재의 모습으로 볼 때, 부사관이 되면 군대에서의 앞날은 창창할 것 같은데? 그렇게 생각 안 해?"
"저도 그렇게 생각합니다."

성재의 대답에 행정보급관과 주임원사의 입꼬리가 찢어질 듯 길어졌다.
곁에만 있어도 행운을 불러오는 녀석.
행보관이 씩 웃으며 자신의 생각을 곱씹었다.
'그래. 성재야. 잘 결정했어. 좋아. 잘했어.'
대대장 또한 성재의 생각을 듣고, 다시 한번 그를 독려했다.
"그렇게 생각하는데? 그럼 뭘 망설여. 지원하고 도전하는 게 남자지. 안 그래?"
그러자 일병의 힘찬 대답이 흘러나왔다.

"그렇습니다. 대대장님?"

일병의 울림이 주변에 퍼지고, 행정보급관은 이제 성재가 결심을 말해줄 거란 걸 확신했다. 대대장도 마찬가지 생각을 했다.

"그래. 말해."

"전 아무래도 부사관보단 장교가 나은 것 같습니다."

"장교?"

"그렇습니다. 아무리 생각해도 부사관보다는 대대장님이나 연대장님처럼 훌륭한 장교가 되고 싶습니다."

그러자 대대장의 우려스러웠던 얼굴에 환한 미소가 걸렸다.

"그래! 잘 생각했어. 그거지! 그거야!"

반면 주임원사의 얼굴에는 썩은 미소가 피어올랐다.

그때, 떠오르는 상태창.

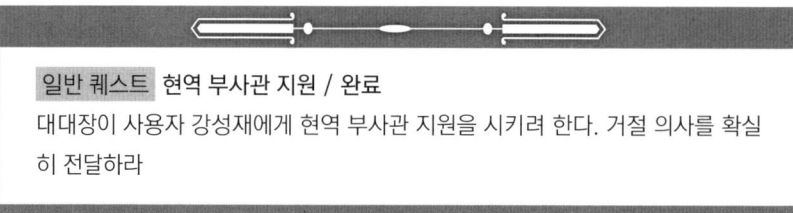

기존 보상칸이 스르륵 지워지더니, 새로운 보상이 떠올랐다.

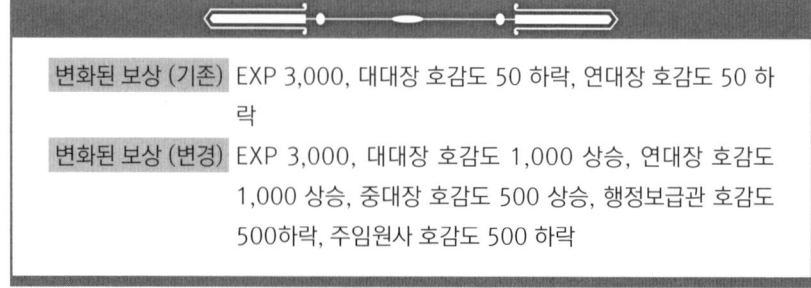

이제는 병영식당을 접수한다

일반퀘스트 (현역 부사관 지원)을 완료하였습니다
사용자 강성재에 대한 연대장의 호감도가 1,000 상승했습니다
사용자 강성재에 대한 대대장의 호감도가 1,000 상승했습니다
사용자 강성재에 대한 중대장의 호감도가 500 상승했습니다
사용자 강성재에 대한 주임원사의 호감도가 500 하락했습니다
사용자 강성재에 대한 행정보급관의 호감도가 500 하락했습니다
대대 주임원사의 호감도가 0 이하로 하락하여 적개심으로 변환되었습니다
전직 퀘스트(사단 회관 조리병 달성조건 2)를 충족하였습니다

전직 퀘스트 사단 회관 조리병 / Magic Class
연대장(대령 배원영)에게 모든 분야를 인정받아야 획득할 수 있는 직업입니다
사단 회관은 군대에서 민간인에게 개방하는 숙박/판매시설로서, 조리병에게 높은 수준의 군대예절과 조리실력 등을 요구합니다

사단 회관 조리병 전직 시 각국 요리 레시피 스킬을 C등급까지 투자할 수 있습니다

```
제한시간  6개월
달성조건 1  한식 조리 기능사 자격증 획득
달성조건 2  연대장의 호감도 3,000이상 획득 / 완료
달성조건 3  배윤아의 호감도 1,000이상 금지
달성조건 4  아직 알려지지 않았습니다.
             ⋮
달성조건 10  아직 알려지지 않았습니다
```

대대장은 갑자기 싱글벙글 웃으며, 성재를 두둔했다.

"그래! 맞아! 간부는 장교를 해야지! 성재. 너 말 잘 한번 잘했다."

대대장의 말에 주임원사는 기분 상한 듯 자리에서 일어났고, 4중대 행정보급관도 눈치를 보며 일어났다.

"아, 주임원사. 일어납니까?"

"네. 아무래도 이제 제 소관은 아닌 것 같습니다."

"네. 그런 것 같습니다. 성재 녀석은 제가 따로 면담하도록 하죠. 나가보세요."

"네. 대대장님."

그러나 대대장은 주임원사가 그러거나 말거나, 이미 시선을 성재에게 빼앗겼다.

"너 대학은?"

"아직 안 나왔습니다."

"그래? 그럼 어떻게 3사관학교를 간다는 거야? 전역하고?"

"그렇습니다. 전역하고 도전해 대대장님이나 연대장님처럼 멋진 장교가 되고 싶습니다."

물론 장교를 지원할 생각은 전혀 없었다. 다만 이렇게 말하면, 앞으로도 부사관 지원하란 소리는 듣지 않게 된다. 박주현 상병 또한 1년 동안 부사관 지원하라는 꼬임에 넘어가고 말았으니, 자신도 그러지 말라는 법은 없었다.

'2보 전진을 위한 1보 후퇴인가…'

나쁜 점만 있었던 건 아니다. 장교인 대대장과 연대장의 눈에도 들 수 있다.

또한, 요리사의 길 튜토리얼인 '연대장 호감도 얻기'도 충족한다. 이건 곧… 기회.

'호감도 3,000을 이렇게 쉽게 얻을 줄은 몰랐어.'
대대장은 성재의 말에 신이 나서 말했다.

"후후후, 그거 좋지! 그런데 꼭 장교 되는 길이 꼭 3사관학교만 있는 것은 아니야. 간부사관이라는 제도가 있거든."
"그것도 알고 있습니다. 하지만 저는 대대장님처럼 생도생활을 해보며, 참된 군인의 길을 걸어가고 싶습니다."
"그래. 대대장이 우리 성재 마음 잘 알았으니까, 다시는 부사관 하라고 말하지 않으마. 성재가 그런 꿈을 꾸고 있을 줄은 상상도 못 했네."
"죄송합니다. 저도 그런 걸 말씀드렸어야 했습니다. 대대장님 죄송합니다."
"아니, 뭐가 죄송하다는 거야. 강성재!"
"일병 강성재!"
"화이팅이다! 그 꿈 잊지 말고 화이팅!"

다음 날. 간부식당. 성재는 아침 일찍 출근해서 조리복으로 갈아입었다.
"서효석 상병님! 나오셨습니까?"
"어. 일찍 나왔다."
"민호는? 안 나왔어?"
"민호, 오늘 고등학교 생활지도기록부 떼러 간다고 들었습니다."
"진짜 부사관 지원한 거야?"
"그렇습니다. 민호는 아마 그쪽으로 갈 것 같습니다."
"잘됐네. 걔는 운동이나 노래는 잘해도, 요리는 영 아니었잖아."
"맞습니다. 요리는 정말 못했습니다."

쌀을 씻으며 서효석은 성재에게 궁금한 점을 물었다.
"그런데 넌, 자격증 안 따?"
"자격증 말씀이십니까?"
"어. 한식이나 중식, 일식 조리 자격증 있잖아."

"안 그래도 어제 시험 희망인원 조사하길래 한식 조리 기능사 자격증 시험 신청해두었습니다."

"잘됐네. 나중에 전역하고 호텔 취업할 때, 그런 건 필수로 하나씩은 있어야 되거든."

"아… 감사합니다."

서효석이 밥과 계란국을 준비하고. 성재는 혼자 특별한 카레를 만들기 시작한다.

큼직하게 써는 채소. 각진 부분은 세심하게 둥글게 다듬어준다.

양파는 굵직하게. 밑간을 미리 해둔 목살. 지글지글 열을 제대로 머금은 팬에 올려 겉만 미리 구워주었다.

굵직하게 썰어둔 양파를 그 위에 올려놓는 성재의 손. 고기의 잡내가 순식간에 사라졌다.

그다음은? 큼직하게 썰어둔 채소를 넣고 익힐 차례.

채소가 충분히 익기 시작하자 성재가 카레가루를 뿌렸다.

마지막은 역시 브로콜리와 파프리카. 빨간색과 녹색의 색감이 식욕을 자극한다.

감자, 당근, 파프리카와 브로콜리, 속까지 제대로 익은 목살 스테이크가 들어간 카레.

평소라면 이렇게까지 만들지 못 할 텐데, 오늘 아침은 마지막 식사이기 때문에 럭셔리한 메뉴를 제공할 수 있었다. 서효석 상병이 성재가 만든 음식을 보며 감탄한다.

"플레이팅 제대로 했네?"

"플레이팅 말씀이십니까?"

"그래. 예쁘게 잘 세팅했다고. 음식 배열이 보기 좋아."

"아. 감사합니다."

그래서일까? 평소보다 등급이 높다.

> **recipe** — 강성재가 만든 목살 스테이크 카레 ★★★★ ✖
>
> 채소가 큼직해서 더욱 맛있어 보이는 카레. 실제로도 굉장히 맛있는 편. 특히 목살스테이크를 한 접시에 하나씩 담아 시각적 효과는 물론 맛까지 한꺼번에 잡았다.
> 간부식당 조리병 직업 보너스에 의해 등급이 ☆만큼 향상되었다

"에이, 서효석 상병님도 별거 아니라곤 해놓고 요리에 힘 딱 주셨는데 말입니다?"

"헤헤, 알아차렸어?"

recipe | **서효석이 만든 초간단 계란국 ★★★**
미리 만들어 둔 멸치육수를 활용하여 끓인 계란국. 부추와 양파, 대파, 달걀을 메인재료로 사용하고, 다진 마늘을 양념재료로 넣어 만들었다

recipe | **서효석이 압력밥솥에 직접 지은 밥 ★★☆**
햅쌀을 이용해 맛과 영양을 고루 잡은 쌀밥. 윤기와 풍미를 잃지 않고 그대로 유지하여 사람들 대부분이 맛있다고 느낀다

성재는 마음 속으로 선임의 요리를 평가했다.

'그래도 중화요리보다는 확실히 별로인 것 같습니다. 서효석 상병님은 면 뽑을 때가 역시 최고십니다.'

"그나저나 근무는 오늘 이게 마지막이네?"

"그렇습니다. 당분간은 중대에서 작업이나 할 것 같습니다."

"넌 중대에서 이제 뭘 하냐? 나는 통신선 보수작업 하러 갈 것 같던데?"

"음… 전 일단 보급병이 말출 휴가 나가서 그거 시킬 것 같습니다."

"아, 좀 그렇네. 하필이면 지금 공사를 왜 하는지 모르겠네."

"저도 그렇게 생각합니다."

주둔지에도 변화가 있었다.

그건 간부식당의 리모델링 공사.

한 달 전 있었던 지진 때문에 공병부대에서 자체안전진단을 실시했고, 진단 결과 기초 보강 공사가 필요했던 것.

"인사과장님, 간부식당은 당분간 어떻게 됩니까?"

"3주 동안은 폐쇄해야 될 것 같은데 뭐 문제 있나요?"

"간부들 식사는…."

"병영식당에서 병사들하고 같이 먹던가, 아니면 밖에 나가서 먹어야죠. 아무래도 병식은 선호도가 떨어져서, 위병소 앞에 식당 6곳 섭외해 놓았습니다. 이번 달 공사가 끝날 때까지, 한 끼에 5,000원만 지불하면 점심제공 해주는 것으로 협조해두었으니까 간부들은 나가서 사 먹으면 됩니다."

그날 오후. 간부식당 리모델링 공사가 시작되었다. 그로 인해 700여 병사들이 식사를 하는 병영식당에서 올해 처음으로 식사를 해 본 배원영 대령.
안타까우면서도 한 편으로는 이해도 간다. 잔반이 생겼는데도 병력들에게 뭐라 하지 못했다.
'뭐야? 이게 똥국이지… 밥은 설익었고, 국은 완전 짰고, 도대체 식당 관리는 왜 이 모양이야? 연대 주임원사하고 1대대, 3대대 주임원사는 도대체 뭐하는 인간이야. 급양담당관 하나 통제 못 해서….'
결국, 연대장은 식사를 대충 끝내고, 연대장실에서 주임원사를 불렀다.
"네. 연대장님, 부르셨습니까?"
"주임원사, 앉아 봐요."
"네. 그동안 정말 고생 많으셨습니다. 완전 작전 하셨다고, 훈련 간 정말 대단하셨다고 소문이 자자합니다. 연대장님 덕분에 우리 연대가 이렇게 승승장구하니까 주임원사로서 저도 기분이 좋습니다."
배 대령은 자신의 의도를 파악하지 못하고, 아부만 하는 주임원사가 한심하게 보였다.
안 그래도 저번 조리병 선발 과정에서 병사들 부모의 직업만 보며 고르던 사람. 아부만 하는 평소 그의 모습에 저절로 한숨이 흘러나왔다.
"주임원사, 오늘 식사 어디서 했나요?"
"아, 오늘 1대대, 3대대 주임원사랑 같이 나가서 오리훈제 먹고 왔습니다. 가격도 괜찮고, 맛도 좋아서 1주일에 한 번은 갈 정도입니다. 연대장님도 나중에 저희와 한번 같이 가시겠습니까?"
주임원사는 연대장의 생각도 읽지 못한 채, 자신의 발등을 찍는 말을 술술 내뱉었다.
"아니, 주임원사는 부대에서 임무가 도대체 뭡니까? 병영식당에서 식사해보긴 했나요? 오늘 가서 먹어보니까, 진짜 말도 안 나오겠던데! 도대체 주임원사는 어디다 포커스를 맞추고 있는지 모르겠어. 그렇게 아부만 하면서 군 생활 하고 싶어요? 실력은 쥐뿔도 없는 사람들이 아부, 아첨하는 겁니다. 잘 나가는 사람들은 주변에서 알아서 사람들이 몰려듭니다. 주임원사라면 주임원사답게 체통을 지키세요."
"연대장님, 저는 그럴 의도로 말씀드린 게 아니라…."

"아! 그만! 됐습니다. 나가보세요! 이럴 시간에 순찰이라도 돌면서, 병력들이 필요한 거 하나라도 더 파악하고 오세요! 그게 주임원사가 할 일입니다."

연대장과 연대 주임원사.
이때부터는 장교와 부사관과의 사이가 많이 바뀐다.
대대급까지는 대대장보다 보통 주임원사가 나이가 많다. 하지만 연대장부터는 다르다. 연대장보다 주임원사가 어릴 경우가 많다. 보통 연대장이 50세 정도 되고, 주임원사는 최대 53세이지만, 40대 초반에도 연대 주임원사를 달기 때문에 이런 장교 지휘관을 만나면 꼬이는 케이스가 생긴다. 지금이 바로 그런 상황.
연대 주임원사는 병력들이 식사하는 병영식당에서 처음으로 식사를 해보았다.
말 그대로 최악. 연대장이 왜 노발대발하는지 이해도 되고, 한편 부끄럽기도 하다.
결국, 그는 자신의 SNS로 두 명을 호출했다.
- 각 대대 주임원사! 취사장으로 집합!

"야! 너희들!"
"네. 주임원사님!"
"너희들 병사식당에서 밥 한번 먹어보긴 하냐?"
"저희는 주임원사님하고 같이 다니지 않습니까? 따로 병사식당에서 밥 먹지는 않습니다."
"어휴! 이 진상들아, 너희들이 맨날 내 뒤꽁무니만 쫓아다니니까, 병영식당 질이 이렇게 떨어지잖아. 직접 먹어봐! 하나 다 먹어봐!"
간도 제대로 맞추지 못한 음식을 맛본 대대 주임원사들이 고개를 저으며 말했다.
"이거 너무 심한 거 아닙니까?"
"심한 건 나도 알아 인마! 대책! 대책을 내놓아야지."
세 명은 고심 끝에, 결론을 내지 못하고 결국 부하를 불렀다.
바로 1대대 인사담당관. 까칠하긴 하지만 꽤 스마트한 여군.
"간부식당 리모델링해서 그런 거니까, 그 조리병 요리하는 데 쓰시면 되는 거 아닙니까?"
듣고 보니 그랬다. 노는 병력, 아주 요리를 잘하는 병력이 때마침 쉬고 있었던 것.
"그럼 내일부터는 조리병들 싹 불러. 괜히 행보관들이 작업 못 시키게 통제 잘하고!"
"알겠습니다."

3명의 병사와 1명의 간부

주임원사들에게 임무를 받은 허란희 상사.
그녀의 생각은 간부식당 조리병과 취사병이 같이 조리를 하는 것이었다. 서로 부족한 것을 채워주면서 수준을 끌어올릴 수 있지 않을까? 생각했다.
그러나 자신보다 후배인 연대 급양담당관의 생각은 전혀 달랐다.
"아, 귀찮습니다. 이건 아닌 것 같습니다."
"뭐? 야! 너 나한테 뭐라고 했어? 귀찮다고?"
여군의 날카로운 목소리. 하지만 올해 전역하는 급양담당관은 그녀가 높인 언성을 무시하며 말했다.
"그럼 어떤 말 해드립까? 참견이라고 해드립까?"
"야! 야!"
"어디 한번 같이 시켜보십시오. 우리 애들이 잘하나, 그쪽 애들이 잘하나."

시작부터 어긋난 상황. 간부들이 저 모양인데, 병사들이 괜찮을 리 없다.
취사병과 조리병. 보통이라면, 같은 음식을 준비하는 병사라고 막연히 생각할 수 있다.
하지만 그 둘의 목적은 달랐다.
병영식당은 병사를 대상으로 대량급식을 하는 조리시설. 간부식당은 소량이라도 질 높은 음식을 제공하여, 간부들의 삶의 질을 높이기 위해 별도로 만든 조리시설.

두 식당은 조리방법도 다르고, 추구하는 방향도 다르다.

다른 특징을 가진 병사를 한곳에 모아두었으니 당연히 문제가 발생할 수밖에.

간부식당은 시간이 좀 걸리더라도 최대한 질 좋고 맛있는 음식을 내놓는 게 중요했다. 반면, 병영식당은 어떻게든 700인분을 만들어서, 빨리빨리 인원들에게 밥을 먹이고 빨리 내보내는 게 중요했다.

대량 급식.

신경 쓰면 한없이 신경 쓸 게 많아지고, 신경을 안 쓰면 한없이 할 게 없어진다.

그래서 발생되는 의견 충돌.

간부식당 조리병들은 자신의 의견을 적극 주장했다.

'그렇게 조리하면 맛없습니다.'

'이걸 어떻게 내놓을 생각을 합니까?'

하지만 그런 말을 들은 병영식당 취사병들의 생각은 달랐다.

'너네가 700인분 해보던가?'

'이게 마음대로 되는 줄 아냐? 대량급식 해보긴 했어?'

서로의 의견이 갈린 가운데 가장 큰 문제는?

바로 서열.

같은 부대와 다른 부대의 병사들이 여기저기 섞여 있으니, 누가 위이고, 누가 아래인지 구분이 서지 않는다.

그래서 부른 호칭, 〈아저씨〉.

"아저씨, 저렇게 하니까 욕을 먹죠. 중불에 오래 익혀야 밥이 잘 되는 건 상식 아닌가?"

한 명의 핀잔에, 상대편 여러 명이 집단으로 반발한다.

"그럼 아저씨들이 해보던가?"

"하아, 어이없네. 그럼 아저씨가 해보세요! 해보시라고!"

여기서 끝나지 않는 충돌. 거기에 정면승부하는 조리병.

"허허, 웃음 밖에 안 나온다. 한다. 해! 밥 맛있기만 해봐! 진짜⋯."

간부식당 조리병들은 병영식당에서 일하는 취사병들한테 평소 불만이 많았다.

밥도 못하는 것들이 꼬박꼬박 받아가는 것.
바로 취사병 위로휴가.
심지어 이 휴가는 휴가평등제의 휴가 제한 18일에도 포함되지 않는다.
자신들은 간부들 비위 맞추느라 매일매일 맛있는 밥과 반찬을 만들어내며 고생하는데, 저것들은 대충대충 음식을 만들면서 받을 건 다 받아가니까, 배알이 꼴리고, 불만이 터져나온 것이다.
물론 병영식당 취사병들도 간부식당 조리병들에 대한 불만은 있었다.
'간부들 앞에서 비위만 맞추면서 떵까떵까 노는 주제에! 저 자식이지? 간부들 앞에서 노래 부른 놈이?'

특히 오민호.
이미 60연대 사이에서 전설이 된 오민호의 활약을 모르는 병사는 없었다.
자신들은 새벽부터 나와서 밤늦게까지, 개인 정비시간까지 반납하며 열심히 일을 해서 얻어가는 휴가를, 저 조리병 놈들은 간부들 앞에서 장기자랑 하듯 노래하고, 술안주를 만들어주며 너무 쉽게 포상 휴가를 받아간다. 상대적 박탈감이 바로 이런 게 아닐까?
병영식당에서 일하는 강희철 상병은 성재를 불러 대화를 나눴다.
"성재야. 꼭 이렇게 싸울 필요 있냐? 너희 그 조리병 선임 어떻게 좀 해봐라."
"죄송합니다. 그 선임은 제 선임 아닙니다. 저랑 완전 갈라서 버려서…."
"으이구, 이야기가 왜 이렇게 되냐…."
"조리병과 취사병의 숙명인 것 같습니다."

잠시 후. 이제는 병장으로 진급한 간부식당 조리병, 김정주 병장.
그는 아까 자신만만하게 이야기한 밥 짓기 실력을 증명하기 위해 취반기에서 조리된 밥을 꺼냈다. 자신감이 가득 담긴 목소리.
"아저씨! 한번 보자고! 내가 한 밥, 어떻게 되었나 보자! 당신들 말대로 망했는지, 아니면 엄청 잘 됐는지! 어?"
그런데 간부식당에서 압력밥솥으로 했던 밥이랑, 현재 지은 밥의 상태는 확연한 차이를 보였다. 성재는 눈살을 찌푸리며, 김정주 병장이 지은 밥을 쳐다보았다.

> **recipe**  묵은 쌀로 지은 설익은 밥 ★

성재는 한숨을 내쉬었다.

'물을 너무 적게 넣었어. 거기에 식초도 넣지 않았으니 잡내가 많이 날 꺼야. 묵은 쌀로 한 번도 밥 한 적이 없어서 저렇게 등급이 낮게 나온 거야. 항상 좋은 재료만 썼었으니까 저런 실수가 나올 수도 있구나.'

상대편 취사병 고참 중 왕고참인 지호준 병장은 의미심장한 미소를 지은 채, 그가 지은 밥을 주걱으로 떠서 김정주에게 내밀었다.

"아저씨! 한번 먹어봐. 그 잘난 자신감! 한번 보여줘! 보여주라니까?"

으드득… 톡톡!
덜 익어서 이빨에 씹히는 쌀알이 실패를 말해준다.
지호준은 김정주를 비웃으며 소리쳤다.

"개뿔, 자신감은! 아저씨들 입만 나불댈 줄 알지. 아무것도 모르네. 나서지 마. 밥도 못하면서 무슨 개소리야! 개소리는?"

결국, 주도권은 원래 일하던 취사병들에게 넘어가고, 조리병들은 한쪽 구석에서 그들을 지켜볼 수밖에 없었다.

그날 저녁. 지호준 병장은 자신의 급양담당관에게 애로사항을 보고했고, 김정주 병장 또한 허란희 상사에게 취사병과 같이 일 못 하겠다며 보고했다.

담당 간부인 허란희 상사와 연대 급양관은 긴급회의에 들어간 후, 결론을 도출했다.

"제가 뭐라고 했습니까? 이렇게 될 거라고 말씀드리지 않았습니까?"

후임인 연대 급양관이 먼저 의견을 전달했다.

"그래서 어쩌자고? 방법을 강구해야 될 거 아니야?"

"저는 모르겠습니다. 전 어차피 전역만 기다리는 입장입니다. 어떻게 하시겠습니까? 고작 3주 때문에 병사들끼리 계급 트라고 합니까?"

하지만 허란희 상사는 고개를 저었다.

"그건 안 돼. 병력들이 혼란스럽기만 하고, 지금 한바탕 충돌도 있었는데, 억지로 화해시키는 것도 뭐하잖아. 이러다 더 크게 충돌하면 괜히 일만 커져."
허란희 상사는 고심 끝에 계획을 세웠다.
적어도 자신이 노력하는 모습을 연대장님이나 대대 주임원사가 알 수 있도록.
"급양관리관, 그럼 이렇게 하자. 너희가 하루하고, 우리가 하루하고 번갈아가면서 병영식당을 담당하는 거야. 그리고 병사들한테 스티커를 붙이게 해서, 누가 더 잘 만드는지 투표하게 만드는 거지. 내일은 우리 조리병들이 먼저 새벽부터 출근해서 조리해볼게."
"그래 주십니까?"
"대신 우리 애들이 더 잘하면 너희 병력들은 불만 없이 우리가 시키는 대로 하는 거다?"
"알겠습니다. 저희 애들이 음식을 더 잘하면 더 이상 관여 없이 손 떼시는 겁니다."

다음날 새벽. 병영식당 취사병들은 신이 났다. 모처럼 찾아온 꿀맛 같은 휴식.
아침 점호를 마치고, 간부식당 조리병들이 만든 음식을 맛보러 병영식당으로 간다.
"클클, 멍청한 놈들."
"그러게 말입니다. 요리가 쉬운 줄 압니다. 말만 하면 뚝딱 만들어지는 것도 아니고."
"그렇습니다. 지호준 병장님, 너무 신경 쓰지 마십시오. 별것도 아닌 녀석들입니다."
"그래. 내가 간부들 뒤꽁무니만 쫓아다니는 녀석들 뭐라 신경 쓰겠냐? 내가 그래도 여기서 1년 반을 일했는데, 설마 쟤네들보다 못하겠냐?"
"그렇습니다. 맞는 말씀이십니다."

그리고… 역시나 싱거운 미역국에, 이번엔 탄내 나는 쌀밥. 냉장고에서 꺼낸 중국김치, 그리고 소시지와 김.
그나마 소시지하고 그냥 포장되어 나오는 김은 먹을 만했지만, 나머지는 역시나 자신의 예상과 크게 다르지 않았다.
"클클, 이것 봐. 지네들이 요리를 잘 한다고? 한번에 700인분 하는 게 쉽겠냐? 쟤네들이 취반기에서 밥 14통을 연달아 꺼내보길 했냐? 아니면 국솥 6개를 끓여보길 했겠냐? 멍청한 짓이지. 능력 없는 놈들!"
"그냥 오늘은 꿀맛 같은 휴식이라고 생각하면 될 것 같습니다."

"크크크, 그래!"

같은 시각.
취사장 안에서는 땀을 무수히 흘린 채, 고생하는 병력들이 있었다.
그건 바로 성재와 민호였다.
"야야야! 너희 동작이 왜 이렇게 느려? 밥 빨리빨리 안 빼?"
"국 얼른 옮겨!"
성재와 민호는 막내이기 때문에 군말없이 끝냈다.
하지만 선임들의 짜증은 끝나지 않았다.
"아 짜증나. 밥은 왜 이렇게 타는 거야. 답답해 미치겠네. 압력밥솥 할 때처럼 물량 딱 표시되어 있으면 얼마나 좋아. 밥을 무슨 50인분씩 14개나 하고 지랄인데?"
"김정주 병장님, 너무 신경 쓰지 마십시오. 첫술에 배부를 수 있겠습니까? 그냥 3주 똥 밟았다고 생각하고 시간 보내시면 됩니다."
"여기서 3주나 어떻게 버텨? 그렇다고 우리가 그 녀석들한테 자존심 굽혀야 돼? 차라리 행보관님한테 말해서 우리를 빼달라고 하자."
"그럼 저도 같이 말씀해주십시오. 저도 여기서 뺑이 치느니 작업이나 하렵니다."
김정주에게 항상 붙어 다니는 고유성 상병 또한 그에게 동조했다.
같은 시각, 성재는 억울한 감정뿐이었다.
'내가 밥이나 국 담당시켜주면 잘할 수 있는데… 이딴 뒷정리나 시키고. 저렇게 대충대충 하니까 별 하나가 나오지. 저걸 어떻게 먹으라는 거야?'
서효석 상병은 오늘 홀로 700인분의 비엔나 소시지를 조리하곤, 피곤한지 한쪽 구석 벽에 기대 땀을 닦고 있었다. 인사담당관은 언제나 밝고 즐거운 표정으로 간부 식당 조리실에서 일하던 병사들이 힘겨워하는 것을 보며 속으로만 가슴을 쳤다.
'확실히 대량급식이 힘들긴 힘든가 보네. 맛도 간부식당에서 먹던 그 맛이 아니야. 이러면 곤란한데…'

오전 9시 30분. 병력 700명이 떠나고, 취사지원이라며 취사장에 나온 10여 명이 취사장 내부 청소를 해주고 나간 시간.

인사담당관에게 한 통의 전화가 걸려왔다.

연대 수색중대 행정보급관이었다.

- 담당관! 우리 조리병 둘 올려보내!

"네?"

- 간부식당 애들 빼서 너 뭐하는 짓이야? 멀쩡히 잘 돌아가는 식당을 뭐하러 우리 애들까지 빼서 도와주는 건데?

전화가 끝나고, 칭얼대는 문제의 두 녀석.

"담당관님, 저 그냥 중대에서 작업시켜주시면 안됩니까? 이런 데서 왜 일해야 되는지 모르겠습니다."

"저도 그렇습니다. 저희가 왜 멀쩡한 취사병 대신 일해야 합니까?"

김정주 병장과 고유성은 다시 한번 못하겠다고 담당관에게 말했다.

곤란한 표정을 짓는 허란희 상사.

'이렇게 흘러가면 안 돼.'

"너희들, 그게 나한테 할 말이야?"

"죄송합니다. 담당관님. 그래도 하기 싫은 건 하기 싫습니다. 저희가 왜 이걸 해야 되는지도 모르겠습니다."

"저도 그렇습니다. 취사병들이 있는데, 왜 저희가 이곳에서 왜 이런 일을 하는지 이해가 안 갑니다."

허란희 상사는 어떻게든 연대장님이나 주임원사들의 기대를 충족시키고 싶었다. 여군이라고 은근히 무시당하는 현실. 편견 어린 시선.

극복하고 싶었다. 그런데 병사들이 도와주질 않는다.

그녀는 결국 병영식당을 개선할 가능성이 없음을 알고 포기했다.

"그래. 담당관도 지친다. 그만하자. 괜히 너희들 불러서 고생시켰네. 막사로 돌아가 봐. 취사병들 불러서 점심부터는 걔네들에게 준비하라 할게."

"충성! 올라가보겠습니다."

"충성! 올라가보겠습니다."

자포자기한 얼굴로 인사담당관이 연대 급양관에게 전화를 걸었다.

그런데 세 명의 병사가 취사장에 남아 인사담당관을 불렀다.
말을 가장 먼저 건 것은 성재였다.
"담당관님?"
"어? 너희는 왜 안 가?"
"저 소초 출신이라 시켜만 주시면 잘합니다. 저 기구들 소초에서 다 다뤘던 거고, 밥 어떻게 해야 하는지 양도 다 알고 있습니다."
"그래? 자신 있어?"
인사담당관의 민감한 질문에 서효석이 나섰다.
"담당관님, 성재는 연대장님한테 인정받은 병사입니다. 저도 연대장님께 마찬가지입니다. 저희가 같이하면 못 할 게 없습니다."
"그래?"
"네. 보란 듯이 맛있는 음식 해 보겠습니다. 그런데 부탁 2가지가 있습니다."
"말해봐."
"이번에 저희가 3주 동안 여기서 일하면 보상휴가 1일만 챙겨주시면 감사하겠습니다."
"보상휴가?"
"그렇습니다. 취사병은 보상휴가 받는다고 들었습니다. 3주니까 1일 정도는 받아도 된다고 생각합니다."

병사들의 말에 담당관은 일단 고개를 끄덕였다. 충분히 일리가 있고, 자신의 업무영역 내라서 들어줄 수 있는 요청이었다.
"그럼 다른 건?"
"취사보조 1명만 붙여주십시오. 1명만 더 있으면 완벽하게 할 수 있을 것 같습니다."
인사담당관은 서효석과 강성재의 자신 있는 얼굴에 고개를 끄덕였다.
'그래. 믿어보자. 내가 괜히 급양담당관한테 굽힐 필요 없어. 더구나 이번에 잘 되면 연대장님이나 주임원사님에게 인정도 받을 수 있는 기회고.'
"그럼 담당관이 같이해줄게. 나도 요리는 자신 있으니까."
"네? 담당관님이 도와주시는 겁니까?"
"그래. 나! 여군이기 전에, 한 가정의 주부야. 담당관 손맛을 믿어!"
"알겠습니다!"

090

사제 관계

성재는 오민호에게 가장 쉬운 양배추와 청양고추 씻기를 시켰다.
청양고추는 물로 씻기만 하면 됐고, 양배추는 흐르는 물에 씻은 후, 삶기만 하면 되었기에 아무리 요리를 못 하는 오민호도 혼자 할 수 있는 메뉴였다.
인사담당관은 알아서 자신이 잘할 수 있는 것을 찾았다.
그건 밥 짓기였다.
성재는 담당관에게 자신의 노하우를 알려주었다.
"담당관님? 물은 손바닥 높이보다 조금 높게 넣으시면 됩니다. 묵은 쌀이니까 식초 세 방울 정도 넣는 거 잊으시면 안 됩니다."
"어? 이거 다 묵은 쌀이었어?"
"그렇습니다. 짬밥은 대부분 군량미라서 묵은 쌀입니다."
"취반기는 어떻게 써야 돼?"
"표준 조리 누르시면 되는데, 지금은 겨울이니까, 표준 조리버튼 누르고, 수동으로 몇 분 더 데우시면 밥 맛있게 나옵니다. 지금은 실내온도가 6도까지 떨어졌으니까 수동으로 1분 20초 정도 더 데우시면 맛있게 나올 겁니다."

인사담당관은 성재의 확신에 찬 말투에 신뢰를 갖고 밥솥을 자동취반기에 넣고 돌리기 시작했다. 이제 남은 메뉴는 소불고기와 닭볶음탕.
서효석은 성재를 믿었다.
"성재야. 소불고기 네가 할 거지? 내가 닭볶음탕 한다."
"괜찮으시겠습니까?"
"그래. 닭볶음탕이야, 군대 오기 전에도 자주 하던 건데…."
성재는 서효석 상병의 배려에 고개를 숙여 감사의 인사를 대신했다.
'중국집에선 둘 다 다루는 메뉴입니다. 닭볶음탕보다는 오히려 소불고기를 더 많이 다루지 않았습니까? 저 배려하는 거 다 압니다.'

난이도는 닭볶음탕이 훨씬 높기 때문일까?
아무튼, 서효석은 자신이 닭볶음탕을 준비한다며 재료를 손질하기 시작했다.
성재는 불고기용으로 들어온 소고기를 먹기 좋은 크기로 잘랐다. 커다란 조리용 솥에 손질된 소고기를 전부 집어넣고, 그 위에 설탕을 부었다.
'이렇게 해야 고기 안에 단맛이 잘 스며들어.'

그다음 넣어야 할 것은 물엿.
올리고당이나 꿀을 넣어도 좋지만, 이곳 취사장에는 물엿밖에 없었다. 그다음은 갈아놓은 마늘을 넣을 차례다.
그다음은 대부분의 요리에 들어가는 파를 넣을 차례.
송송 썰어둔 파가 고기와 만났을 때, 성재의 손에는 이미 까나리액젓이 준비되어 있다.

'한 컵 반 정도는 넣어야 돼.'

액젓으로 짠맛도 살린 성재는 곧바로 취사병들이 부식수령 하자마자 손질해놓은 양파를 꺼내 그 안에 집어넣었다. 아직 불을 올리지 않은 넓은 스테인리스 솥에서 고무장갑을 낀 채로 재료를 버무려주기 시작했다.
어느새 양파와 액젓, 파와 마늘, 설탕 양념이 고스란히 밴 소불고기.
이제는 익혀줄 때.

성재의 손과 요리삽이 물아일체가 되어 같은 동작으로 움직이자, 뒤섞이는 식재료들.
한편, 인사담당관은 취사장에서 병력들의 어려움을 직접 체험했다.
'이게 진짜 힘들구나. 병사들이 불만 없이 일하느라, 이렇게 힘든 일인지 몰랐어.'
그녀는 땀을 뻘뻘 흘리고 있었다. 옆에서 오민호 일병이 밥솥을 같이 들어주었기에, 자동 취반기에 넣을 수 있었지. 혼자라면 절대 넣을 수 없었다.
'엄청 무거워.'
그만큼 상당한 체력을 요구하는 군대 내 극한 보직.
성재가 담당관에게 미리 당부의 말을 꺼냈다.
"담당관님, 너무 무리하진 마십시오. 저희가 다 할 수 있습니다."
그러자 서효석도 닭볶음탕을 만들며 담당관에게 말했다.
"일반 가정에서 하시는 것하고는 많이 다르실 겁니다. 무리 안 하셔도 됩니다."

영상 6도밖에 안 되는 실내 온도. 그들의 이마에는 땀이 송글송글 맺혀 있다.
요리삽으로 계속해서 재료들을 뒤집으며 익히는 성재와 국자로 계속해서 재료를 저어주는 서효석. 같은 동작을 반복하느라 팔이 아프고 저려올 텐데도 그들은 묵묵하게 임무를 수행하고 있다.
5분 후.
성재는 완성된 요리를 보면서 한숨을 내뱉었다.
"서효석 상병님? 저 이제 200인분 끝났습니다. 세 번 더 해야 합니다."
서효석도 후임병의 한숨을 받아주며, 자신 또한 푸념을 늘어놓았다.
"그러냐? 나도 200인분 째… 100인분씩 5번 더 해야 돼."
하지만 오전과는 달리 서로를 믿으며 끌어주고, 으쌰으쌰 어떻게든 해 나가자는 분위기.

"성재야. 채소 다 씻었어. 뭐 할까?"
요리를 못 하는 오민호는 적극적으로 나서며 성재에게 물었고, 그 또한 정확한 지시로 민호가 실수하지 않게 도와준다.
"아, 넌 취반기에서 밥솥 꺼내줘. 그것도 일이다. 먼저 4개만 꺼내 봐. 다 꺼내놓지 말고."
"어. 알았어."

인사담당관이 다 익은 밥을 꺼내려 하는데, 갑자기 취반기에서 김이 팍 올라와 눈 앞을 가렸다. 오민호가 담당관의 손을 잡고 옆으로 끌어내리며 말했다.

"괜찮으십니까? 문 바로 열면 좀 위험합니다. 그리고 지금 많이 뜨겁습니다. 제가 혼자 꺼내겠습니다."

담당관도 병사처럼 50인용 밥솥을 들려는데, 혼자 들리지가 않는다.

'엄청 무겁잖아.'

그때, 성재가 자신이 만든 반찬을 반찬통에 옮겨놓고는 서효석 상병에게 말했다.

"서효석 상병님?"

"어. 왜?"

"혹시 간 보셨습니까?"

"간? 아직 안 봤는데? 이제 보려고."

"소금 더 넣으셔야 합니다. 싱거워 보입니다."

"그래?"

서효석은 성재의 말대로 자신이 만든 닭볶음탕의 간을 보더니, 성재를 향해 엄지손가락을 내밀었다.

"넌 진짜 최고다."

"아닙니다. 서효석 상병님께서 오랜만에 대량 조리를 하셔서 감을 놓치신 것 같습니다."

"에이, 돌려 말하지 마."

"흐흐, 그럼 저 먼저 반찬통에 옮겨 넣겠습니다."

"그래. 나도 곧 국솥 옮길게."

인사담당관은 결국 세 명이 준비한 식사에 숟가락만 얹은 셈이 되었다.

오민호가 삶은 양배추와 물로 깨끗이 씻은 청양고추가 담긴 통을 가져오고, 성재가 곧이어 반찬통에 소불고기를 담아왔다.

서효석은 국솥을 들어 배식대 옆 가스레인지 위에 올려놓더니, 약한 불로 국의 온도를 유지시키며 담당관에게 부탁했다.

"담당관님?"

"응."

"배식 좀 부탁드리겠습니다. 저희는 아직 500인분 안에서 더 해야 될 것 같습니다."
"그래."

식사시간이 시작되고, 병력들이 오기 시작한다. 다들 별 기대 없이 급식도 명령이기에 의무적으로 오는 느낌이었다.
하지만 성재는 병력들의 반응을 이미 예상했다.

강성재가 만든 소불고기 ★★★☆
단맛을 미리 배게 만든 소불고기. 설탕과 물엿, 마늘, 대파, 양파를 넣고 볶았다
간부식당 조리병 직업 보너스에 의해 등급이 ☆만큼 상승하였다

허란희 상사가 묵은 쌀로 지은 밥 ★★☆
식초로 묵은 냄새 제거 후, 직화식인 취반기를 이용해 완벽한 조리시간을 지켰다. 물과 쌀의 완벽한 비율로 대부분 골고루 익어 먹기 좋은 밥

오민호 일병이 삶은 양배추와 청양고추 ★★☆
끓는 물에 1분간 익히는 것으로 양배추 조직의 식감을 살렸다. 청양고추는 최소 2번씩 씻어 남아있는 농약 성분을 모두 제거하였다

서효석 상병이 만든 닭볶음탕 ★★★★☆
자칫 싱거울 수 있었던 닭볶음탕 조리 마지막에 소금을 넣어 간을 맞췄다. 고추와 파, 버섯, 감자, 양파, 당근을 넣어 입안에서의 재미를 살린 닭볶음탕

허란희 상사를 본 병력들은 배식대에서 처음 보는 간부의 모습을 보고 경례를 실시했다.
"충성!"
"충성!"
그녀는 웃음을 머금으며 병력들에게 배식을 하기 시작했다.
"많이 먹어. 맛있게들 먹고!"

"감사합니다!"
오민호 일병도 자신의 일을 끝마쳤는지 반대쪽 배식대에 나와 배식을 하기 시작한다.
"감사히 먹겠습니다."
"감사히 먹겠습니다!"
평소라면 간부의 통제 없이 병사들이 대충 받아갔을 반찬들. 그러나 오늘은 간부와 취사병이 직접 나와 병력들에게 적정량을 분배해준다.
감사의 기도 후, 식사를 뜨는 병사들.

"어? 어어어어어?! 우와!"
그리고 놀라는 반응.
매일 평균 1~2성짜리 요리만 먹다가 평균 별 3개짜리 음식을 먹으니 당연히 놀랄 수밖에.
"엄청 맛있다. 헉, 여기 병영식당 맞냐?"
"그러게 말입니다. 매일 카레나 짜장 나왔을 때나 먹을 만했었는데, 그게 아닌 것 같습니다."
"간부님 때문에 그런 거 아닙니까? 허란희 상사님이 통제하셔서 그런지 더 맛있는 것 같습니다."
"헉… 취사병이 바뀌었네. 간부식당 조리병들이잖아."
"헐… 대박! 저 조리병 저 압니다. 혹한기 끝나고 연대장님 앞에서 포상받았던 병사."
"저 옆에 병사는 저도 압니다. 쓰리와이즈하고 같이 무대 올라갔던 그 상병입니다."
"배식대에 있는 저 병사는 위문 열차에서 연대장님 무대에 올렸던 그 병사입니다."

모두에게 알려진 얼굴들. 연대에서 가장 유명한 세 명이 만든 요리.
병력들은 총 3번 놀랐다.
먼저 여군 간부가 배식대에서 배식해주는 것에서 첫 번째로 놀라고.
맛있는 음식에 두 번째로 놀라고.
연대에서 가장 유명한 병사들 세 명을 보고 세 번째로 놀란다.
그리고 연대장과 참모들이 입장한다.
연대장은 자신의 지시사항이 이행되고 있는지 직접 확인하기 위해 병영 식당으로 들어왔다. 과장들은 연대장을 어떻게든 외부 음식점으로 모셔 가려 했지만, 연대장이 무조건 병영식당에서 먹겠다며 엄포를 놓았다.

그리고 연대장 앞에는 위문 열차 장병 먹거리 부스 때 활약했던 허란희 상사가 솔선수범하며 배식을 나눠주고 있다.

"충성!"
"그래. 허 상사가 지금 여기서 왜 배식을 하는 거야?"
"주임원사로부터 병영식당 급식 질 개선 관련 임무를 받았습니다."
"그래. 주임원사들이 드디어 일 좀 하는구나. 먹어도 되나?"
"그렇습니다."
그리고 어제와는 확연히 다른 수준.
"이야! 하루 만에 이렇게 바뀌네? 어제는 못 먹을 수준이었는데, 오늘은 꽤 맛있는데?"
연대장의 말에 참모들도 숟가락을 뜨며, 고개를 끄덕였다. 연대장은 잠시 반대쪽 배식대를 보더니, 씩 웃었다. 그리곤 병사 하나를 불렀다.
"오민호!"
"일병 오민호?"
"연대장 골탕먹이고, 잘 살아있나?"
"…죄송합니다!"
"죄송하긴 뭐! 됐어. 덕분에 연대장도 뉴스에 실리고 좋았지 뭐, 아 참, 근데 넌 간부식당 조리병이잖아. 취사장에서 왜 일하지?"

연대장은 눈치가 빨랐다. 그러나 인사담당관도 눈치가 빨랐다.
"연대장님, 저희 간부식당 조리병들이 요리 실력이 뛰어나서, 취사병들에게 비법을 전수하려는데 반발이 좀 컸습니다."
"그래? 반발? 그럴 수도 있긴 하겠다. 그럼 어떻게 극복하게?"
"일단 식사 다 하시고 잔반 처리장 가기 전 출입구에 스티커로 투표하게 되어 있습니다. 맛있었으면 맛있었다고 투표를 하고, 맛없었으면 맛없었다고 스티커를 붙여서 비교하기로 했습니다."
"그거 좋은 생각이네. 그렇게 되면 기존에 일하던 취사병들도 자신이 부족한 것을 스스로 인정할 거고, 반발도 줄어들 테고… 인사담당관 네가 생각한 거야?"
"그렇습니다."

"그럼 오늘은 연대장이 스티커 좀 붙여야겠구나. 조리병 데리고 나와 봐!"
"알겠습니다."

인사담당관이 조리실로 들어가 막 200인분을 추가로 만든 두 명의 조리병을 데려오자, 익숙한 두 병사의 얼굴에 연대장의 얼굴이 활짝 펴졌다.
"뭐야? 내가 가장 좋아하는 병사들이잖아?"
"충성! 사랑합니다. 연대장님!"
"충성! 사랑합니다. 연대장님!"
파란색 조리복을 입고 있어 이름이 보이지 않는데도, 연대장은 그 둘의 이름을 불렀다.
"그래. 우리 성재, 우리 효석이. 어쩐지 밥이 맛있더라!"
"감사합니다!"
연대장이 떠나고 성재의 눈앞에 퀘스트 완료가 눈에 띄었다.

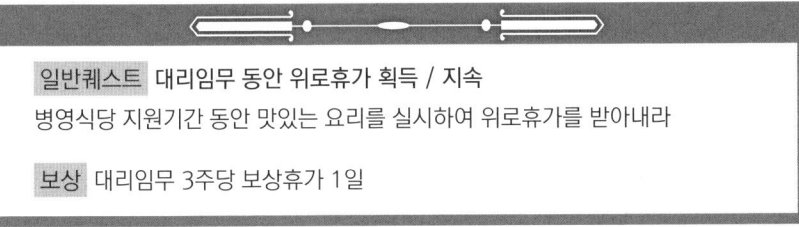

그리고 또 하나.
기존에 있었던 퀘스트 하나가 다시 활성화되며, 성재의 눈앞에 나타났다.

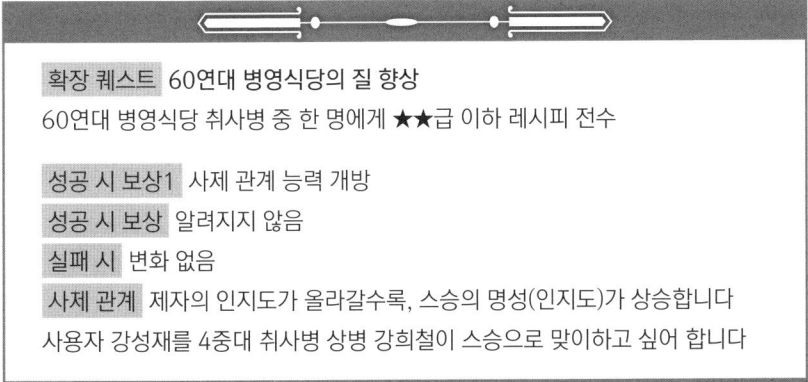

'강희철 상병님이 나한테 요리를 배우고 싶어 한다고?'

091

인정?

그날 저녁. 생활관에서 개인정비를 하고 있던 성재.
건조실에서 빨아놓은 세탁물을 걷어 침대에 앉아 군대에서 배운 대로 접기 시작한다.
반복적인 동작으로 세탁물을 접으며, 퀘스트 창에 뜬 의미를 생각해보았다.

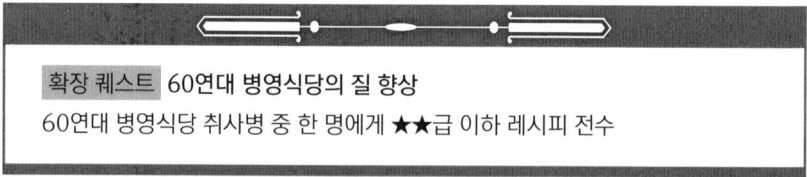

확장 퀘스트 60연대 병영식당의 질 향상
60연대 병영식당 취사병 중 한 명에게 ★★급 이하 레시피 전수

'왜? 왜 2성급 이하였을까? 난 지금 3성급 레시피도 많이 가지고 있는데….'
아무리 고민해도 답이 나오지 않는다.
퀘스트는 미래를 예측해서 나오지만, 이유를 모르니 답답하기 마련.

'생각하지 말자. 시킨 대로 하면 뭔가 알게 되겠지.'
그는 하던 동작을 이어갔다.
양말은 원형으로 돌돌 말아, 발목을 휙 뒤집은 다음 돌돌 말은 부분을 감쌌다.
런닝과 팬티도 마찬가지. 런닝은 3등분으로 접은 다음, 위아래로 돌돌 말아 선물 보따리처럼 감쌌고, 팬티는 넓게 펼쳐놓은 다음, 뒷면이 보이게 양옆을 접어주었다. 그다음, 팬

티의 상표가 보이게 위쪽을 5cm 만큼 접고, 아래쪽은 돌돌 말아주자, 부피가 반 이하로 줄었다.
손바닥만 한 크기 정도로 접은 팬티. 아까와 마찬가지로 상표 부분의 위쪽 구멍에 아까 접어주었던 구멍에 쏙 집어넣는다.
'잘 접혔네. 입대 전에는 대충대충 서랍장에 구겨 넣었었는데….'
침대 밑 서랍장에 차곡차곡 속옷들을 집어넣는 그의 동작이 끝나기 무섭게 누군가가 성재를 불렀다.

"강성재! 시간 돼?"
부른 사람은 강희철.
"네. 강희철 상병님. 시간 됩니다."
"잠깐 따라와."
강희철은 성재를 향해 손짓한 후, 휴게실로 안내했다.
전자레인지 앞에 듬성듬성 놓여있는 테이블과 의자. 병사들 여럿이 모여 서로 대화를 나누는 장소, 휴게실.
같은 생활관이 아니다 보니, 이렇게 휴게실에서 이야기를 하는 게 눈치 볼 것 없이 편하다.
"무슨 일이십니까?"
성재는 그가 무슨 말을 할지 이미 알고 있었다. 하지만 선임병은 뜸을 들인다.
전자레인지에서 돌아가는 냉동식품.
그건 바로 냉동만두.
김이 모락모락 흘러나오는 냉동만두를 꺼낸 강희철이 이쑤시개를 건네며 성재에게 말했다.
"일단 먹자."
강희철은 만두를 먹으며, 강림 소초에서 있었던 일을 상기했다.
취사병으로 일하며 성재 때문에 욕을 먹었던 일.
처음엔 내가 왜 이런 일을 하고 있어야 하나 싶었기도 했지만, 윤동현 병장이 전역 전에 해준 이야기로 자신의 생각이 180도 바뀌었다.

그는 14시경 3시간 정도 조기 복귀 후, 강희철과 마지막 시간을 보냈다.
취사장에서 저녁 조리를 하는 윤동현. 그의 행동에서 요리할 때의 즐거움이 절로 느껴졌다.
완성된 요리도 마찬가지였다.
정성이 가득 담긴 요리를 맛본 병사들과 간부들은 마지막까지 고생하는 윤동현에게 칭찬을 아끼지 않았다.
"와 정말 맛있습니다. 윤동현 병장님! 마지막까지 정말 감사합니다."
"윤동현! 너 진짜 최고다 인마!"
식사시간이 끝나고 윤동현은 성재 대신 임무수행하고 있는 희철이에게 자신의 생각을 말했다.

"내가 왜 굳이 프랑스로 요리 배우러 유학 가는지 알아?"
"진짜 왜 가십니까? 윤동현 병장님 집도 잘 살지 않습니까? 요리사는 돈도 못 버는데 왜 하는지 모르겠습니다."
"돈… 그거 중요하지. 그런데 돈은 너무 강압적이야. 사람 관계를 불편하게 만들어."
"…무슨 말씀이신지 모르겠습니다."
"요리는 말이야. 돈하곤 달라. 음식에는 알 수 없는 힘이 있어."
"힘 말씀이십니까?"
"그래. 사람을 당기는 힘. 사람에게 가장 중요한 게 뭐라고 생각해?"
"생각? 교류? 친구?"
"아니, 초등학교 때 배우잖아. 사람에게 가장 필요한 세 가지. 의식주(衣食住)."
"와! 의식주, 정말 오랜만에 듣습니다."
"그래. 입는 것, 먹는 것, 사는 곳. 사람들은 이 세 가지를 놓고 사람들은 서로 바둥바둥 대며 누가 잘났는지를 평가하지. 누구는 어디 아파트에 사네? 누구는 어디 브랜드를 입네? 그런데 음식 앞에서는 대부분 평등하잖아. 음식 가지고는 사람이 이렇고 말고를 평가하진 않아."
"윤동현 병장님, 뭔가 철학자 같습니다."

찬해. 인마, 끝까지 들어봐. 인생에 도움 되라고 이야기 해주는 거야. 난 성재를 지난 두 달간 지켜보면서 그런 걸 느꼈어. 걔한테는 사람을 끌어당기는 힘이 있다고. 왜일까 생각해봤어. 그런데 결론은 그거야. 성재가 요리를 바라보는 관점. 아마 성재는 자신의 모든 인생을 요리에 걸었을 거야. 걔가 적어준 레시피를 보고 난 솔직히 깜짝 놀랐어. 군대에 특화된 레시피를 스스로 개발한 다음, 그대로 구현하는 꼼꼼함과 성실함을 보고 확신했지. 내가 부족했던 건 노력이었구나. 공부를 게을리 했구나. 그러면서 난 내 요리는 최고! 난 이 나잇대에 이 정도면 충분히 훌륭해. 이렇게 자기 스스로의 한계를 규정하며 만족하고 있었던 거지."

"그래서 유학 가려는 겁니까?"

"사실 그것도 있고, 부모님께 인정받으려는 것도 있어. 성재가 언젠간 이런 이야기를 했었거든. 세계 최고의 요리사가 되겠다고."

"세계 최고의 요리사 말씀이십니까?"

"그래. 그래서 나도 그 꿈에 도전해볼까 해. 대한민국을 넘어 세계 최고의 요리사."

"나중에 성재랑 경쟁하시겠습니까?"

"그럴지도? 아닐지도 모르지. 그런데 그 자식 정말 웃기는 건 뭔지 알아? 고등학교도 안 나오고, 검정고시 졸업한 놈이, 그런 발언을 한다는 거야. 난 그래서 처음에는 대단한 호텔 같은 데서 근무한 줄 알았어. 그런데 그건 또 아니야. 요리를 전문적으로 배운 것도 아니고."

"하긴, 자격증도 하나 없다고 들었습니다."

"그런데! 내가 한 요리보다 그 녀석이 한 요리가 맛있어. 뭘 해도 맛있고, 뭘 해도 완벽해. 내가 대학교 다니면서 교수님들로부터 배웠던 것을 걔는 그냥 무의식적으로 해. 그리고는 아무렇지 않게 대답해. 원래 이렇게 하는 거라고."

"확실히 그런 모습이 있긴 했던 것 같습니다. 혼자 요리에 심취되어서 불러도 대답하지 않는 그런 거?"

"그래! 걔는 그만큼 요리에 집중한다는 거야. 다른 사람이 불러도! 느끼지 못 할 만큼, 몰입하는 거지. 아무도 걔한테 요리를 가르쳐주진 않았지만, 스스로 배운 거야. 남들 하는 것을 보고, 아니면 방송 등을 찾아보면서."

"그게 부러우셨던 겁니까?"

"그래. 솔직히 너도 부럽다고 느끼지 않았어? 성재가 밥만 하면 모든 사람이 와! 하고 칭찬하고, 즐거워하고. 그게 사실은 요리사의 참된 즐거움이라고 생각하지 않아? 돈으로 억지로 움직이지 않아도, 사람들이 움직여 줘. 행보관님도, 중대장님도, 심지어 연대장님도 걔를 위해 움직여. 이게 솔직히 말이 안 되는 거잖아."
"저도 요즘 욕 많이 먹으면서 반성하고 있긴 합니다. 하지만 녀석의 수준을 도저히 따라잡을 수 없어서…."

그러자 윤동현은 자신의 품에서 메모장 하나를 꺼내 들었다.
빼곡하게 적혀 있는 메모장에는 군대 요리에 대한 모든 것이 적혀 있었다.
"성재가 만든 레시피야. 한 달 치 메뉴를 전부 다 적어놓았어. 만드는 순서, 물 조절 방법, 조리시간까지 정확하게."
"헉…그래서 윤동현 병장님 요리가 그렇게 맛있을 수 있었던 겁니까? 어쩐지 오늘 간부들도 그렇고, 병사들도 그렇고 다 윤동현 병장님 칭찬하는 거 보고 놀랐습니다."
"그래. 맞아. 솔직히 인정할게. 다 걔한테 배운 거야."
"저, 그거 레시피 적힌 노트 저한테 주면 안 됩니까?"
"안 돼. 이걸 넘겨줄 순 없지. 성재가 날 신뢰했기 때문에 넘긴 건데…."
"너무하십니다. 이대로 가시면 앞으로 저 취사병 그만두지 않는 한, 욕만 주구장창 먹게 생겼습니다."
"그러니까 너도 노력해 봐. 노력해도 안 되면 성재 찾아가서 말해. 후임병이라고 막 대하지 말고 진심으로 말해. 도와달라고, 나 절실하다고. 그럼 걔도 너의 말에 응답해 줄 거야."

다시 현재.
만두를 먹던 강희철은 성재를 바라보며 타이밍을 잡기 위해 노력했다. 녀석은 말똥말똥 뜬 눈으로 자신을 기다리고 있다.
'눈치 빠른 자식. 그나저나 알려달라고 하면 얘가 어떻게 반응할까? 날 싫어할까? 아니면 흔쾌히 승낙할까?'
솔직히 오글거리기까지 하다. 남자가 남자한테 알려달라는 거. 사실 좀 그렇지 않나?
아무튼, 냉동만두는 어느새 비어버렸다. 쪼그만한 체구 주제에 아주 잘도 먹는다. 짜식!
강희철은 만두를 다 비운 성재에게 용기 내어 자신이 부른 목적을 말했다.

"성재야. 혹시 말이야."
"네. 강희철 상병님."
"너, 윤동현… 병장님께 드렸던 레시피, 나도 알려줄 수 있어?"

후우, 결국 오글거리지만, 말을 꺼내는 데는 성공했다.
녀석은 예상과는 다르게 고개를 끄덕이며 흔쾌히 답했다.
"예. 안 그래도 드리고 싶었습니다. 요즘 자꾸 절 기웃거리시는 것 같아서…."
"그래? 알고 있었어?"
"그렇습니다. 이 정도면 충분하지 않을까 싶은데, 여기 있습니다."
"오, 감사감사."
"아닙니다."

[4중대! 현재시각 20:30분 담당구역 청소 시작해라!]
"강희철 상병님? 이제 청소 시간입니다. 가봐야 되지 않겠습니까?"
"그래. 그래. 가야지. 가야지!"
휴게실에서 일어난 두 사람은 복도를 통해 걸어갔다.
강희철은 수첩에 직접 적어준 성재의 노력에 고마움을 표시했다.
"정말 고맙다."
"아닙니다. 별로 걸리지도 않았는데, 괜찮습니다."
"무슨 소리야. 별로 안 걸리긴….'
성재는 생활관 앞에서 선임병에게 목례로 경례를 대신 한 후 들어갔다.
그리곤 퀘스트 창을 열람했다.
'퀘스트 창 열람.'

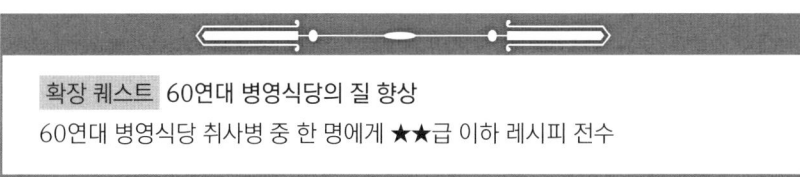

그런데 아직 달성 표시가 뜨지 않는다. 왜?

강희철은 생활관에 복귀 후, 성재가 준 수첩을 열람해보았다.
'어? 이게 뭐야? 누룽지?'

〈누룽지 제조법〉
1. 팬에 식용유를 두른다.
2. 찬밥을 팬에 넣는다.
3. 요리스푼이나 주걱으로 찬밥을 꾹꾹 누른다.
4. 기호에 맞게 설탕을 뿌린다.

'딸랑 이거? 장난? 나 개무시 당한 거야? 강성재! 야! 나 지금 까인 거야? 내가 절실하질 못했나? 절실하면 레시피 준다며!'
강희철이 황당한 표정을 감추지 못하고 중본 생활관으로 향했다.
생활관에서 밀대로 바닥을 밀고 있는 성재를 확인한 그가 입을 열었다.
"성재야! 성재야!"
"일병 강성재?"
"나 버린 거야?"
"버린 게 무슨 말씀이십니까?"
"야! 나 좀 갈쳐줘~ 뭐든 다 할게. 왜 날 싫어하니?"
강희철이 애교 부리듯 말하자, 침대에 누워있던 인사계원 김영민 병장이 녀석을 나무란다.
"야! 너 미쳤냐? 어디서 어리광이야? 아주 돌았네?"
"아! 아닙니다! 아닙니다!"
"아니긴 뭘 아니야! 이 미친! 너 너네 부소대장님한테 보고한다?!"
"아… 아닙니다. 아닙니다. 성재! 강성재! 내 맘 알지? 알러뷰! 쏘 머치? 오케이?"

강희철은 생활관에서 쫓겨나듯 떠나면서도 끝까지 성재에게 애교를 남발했다.
'나 절실한 거 보이지? 강성재! 성재야!'
그때, 떠오르는 상태창.

| 확장 퀘스트 | 60연대 병영식당의 질 향상 / 완료 |

60연대 병영식당 취사병 중 한 명에게 급 이하 레시피 전수

성공 시 보상으로 '사제 관계' 능력이 개방되었습니다
제자 목록을 불러옵니다

| 제자 목록 |
1. 강희철

성재는 물걸레질을 하면서 웃음을 지었다.

'이렇게 진행되는 거였구나? 친절하게 설명 좀 해주지. 퀘스트 진짜 불친절하네.'

반면, 김영민은 강성재의 미소를 보며, 자신의 동기 조상준 병장에게 말한다.

"야! 성재하고 희철이하고 사귄다? 인정?"

"미친놈. 그딴 농담 그만 좀 해. 초딩 용어 그만 좀 쓰고."

"어. 인정!"

평창 올림픽 군 홍보 부스 지원

그로부터 2주가 지났다. 이제 벌써 2018년 2월 2일(금).
성재 주변에는 많은 변화가 있었다.
첫 번째.
식당에서 발생하는 잔반량이 1/4로 팍 줄었다. 병영식단의 질이 올라가자, 자연스레 병력들의 식사섭취량도 늘어났던 것.

두 번째.
충성마트 매출이 월 6천만 원에서 월 3천만 원으로 반 토막이 났다.
군것질을 주로 하던 병력들이 식사량이 늘어나자 자연스레 군것질도 줄어버린 것. 그것도 담배 매출이 50% 이상을 차지하니…. 군무원 수당도 반 토막 나버렸다. 이것도 모두 성재 덕분에.
그리고 소초 황금마차는 수익이 올랐다. 왜? 새로 뽑은 취사병들이 있는 소초의 수준은 떨어질 테고, 황금마차 매출은 오를 수밖에.

세 번째.
강성재와 서효석, 오민호는 보상휴가를 1일씩 받게 되었다.

허란희 상사가 보상휴가 조치를 해주었기 때문이다. 물론 도망간 선임들은 챙겨주지 않았다. 오히려 복무불성실로 징계위원회에 회부한다는 소문이 들렸다. 아직은 검토 중이라고. 물론 이건 떠도는 말일 가능성이 크다.

네 번째.
소초 취사병 대리임무를 한 강희철이 성재의 제자로 들어왔다. 물론 용어상으로는 제자, 스승의 관계는 아니었지만, 시스템 상에는 '제자'로 표시된 것이다.

> ⚙ ✓ ✗
> 잠금기능 (사제관계)가 개방되었습니다
> 사용자 강성재의 제자로 강희철을 받아들였습니다
> **사제 관계** 제자의 인지도가 올라갈수록, 스승의 인지도가 상승합니다.
> ※ 사제관계로 향상된 군 내 인지도 1, 대외 인지도 0

그렇다고 아직 특별히 이득 본 것 같진 않다. 나중에 뭔가 도움이 되긴 하겠지.
다섯 번째.
휴가를 2월에 나갈 수 있게 되었다.
김영민 병장이 휴가 일정을 종합했다.
"2월 휴가 희망 일정 종합한다. 가고 싶은 사람 행정반으로!"
"중대 병력의 15% 이상은 한꺼번에 출타 안 돼. 짬순으로 자를 테니까, 불만 품지 마라."

다행히 2월이 지나기 전 2월 26일부터 나가게 되었다. 민지와 할머니를 이번에는 꼭 볼 생각이었으니까, 성재는 휴가라는 생각에 마음이 부풀어 올랐다.

마지막 여섯 번째.
평창 올림픽 기간이 돌아왔다. 그에 따른 공문.

　　제목 : 평창 올림픽 기간 중 대민지원 협조사항 전파
　　수신 : 각 연대, 직할대 담당관, 강릉, 태백시 담당공무원

1. 민(국민), 관(관공서), 군(군대)이 하나 되어 함께하는 대한민국을 만들어 갑시다.
2. 관련근거
   가. 평창올림픽 추진위원회 협조요청 (18. 01. 17)
   나. 평창올림픽 대민지원 협조회의 (18. 01. 25)
   다. 사단장 구두 지시 (18. 01. 26)
3. 위 관련근거에 의거 아래와 같이 대민지원 사항을 다음과 같이 전달합니다.
   가. 강릉지역 경기장 일대 대민지원 사항
      1) 차량 검문소 운용 : 16개소
      2) 안전요원 및 홍보요원 : 총 128명
      3) 화생방 제독조 현장대기 : 강릉지역 일대
      4) 안전 및 홍보요원 식사추진 : 60연대 (2. 3 ~ 2. 6), 61연대…

※ 세부사항 붙임문서 참조

붙임문서 : 23사단 대민지원 협조사항(종합) 1부.

연대 사제담당관은 비편제 직위인 간부식당 조리병과 병영식당 취사병들을 한 곳에 불러 놓고 말을 꺼냈다.
"너희들 동계올림픽이 2월 9일부터 시작되는 거 알고 있지?"
"알고 있습니다."
"경기 시작 1주일 전부터 선수들이 연습하러 오기 시작하거든. 그래서 우리 연대는 2월 3일부터 2월 6일까지 강릉 빙설 경기장 자원봉사를 맡은 우리 연대 병사들 식사를 만들어 줘야 돼. 그래서 4일 정도는 매일매일 경기장에 가 있어야 할 거야. 누가 할래? 지원자?"

담당관의 말에 지원자는 없었다. 토요일부터 화요일까지 대민지원을 간다는데, 선뜻 갈 생각이 없는 선임들.
이럴 땐 적극적인 사람이 최고다. 성재가 손을 번쩍 들고.
"일병 강성재!"

그다음 오민호가 손을 번쩍 드는데….

"일병 오민호!"

"상병 강희철!"

"상병 서효석!"

성재가 손을 든 것을 보고 두 명의 선임도 동시에 손을 들었다.

"오민호! 넌 이제 부사관 시험 보러 가야 되잖아. 네가 거길 왜 가?"

"가보고 싶었습니다."

"응. 됐어. 넌 빠져. 강성재! 강희철! 서효석! 너희 셋이 간다."

"알겠습니다!"

성재는 만족한 듯 미소를 지었다.

한 명은 신뢰하는 동료, 한 명은 사제관계. 거기에 더해 둘 다 요리 실력도 어느 정도 있는 편이다.

민호가 가면 잡일은 도움이 되겠지만, 하나하나 알려줘야 되니 거추장스러운 것도 사실.

'오히려 같이 안 가는 게 잘 된 거야.'

성재가 자원한 이유는 따로 있었다. 그에겐 새로운 능력 개방이 기다리고 있었다.

> 레벨 15 달성으로 직업스킬 퀘스트가 잠금해제되었습니다
>
> **잠금해제 조건 1** 레벨 15
> **잠금해제 조건 2** 요리사의 눈 (Rank : C)
> **직업스킬 퀘스트** 너의 미각 등급이 보여!
>
> 요리사의 눈(Rank : C) 이상일 때 개안 가능한 능력입니다
> 이번 퀘스트를 완료하면, 요리사의 눈을 개안할 수 있습니다
> 개안 시 요리사의 눈 스킬을 사용하면 상대방의 미각 등급이 보입니다

성재는 궁금했다. 과연 그게 뭐지?

'미각 등급 열람.'

속으로 외쳤다.

하지만 상태창이 반응하지 않는다.

'불친절해. 미각 등급이 도대체 뭔데? 넌 진짜 뭐니?'
성재는 다시 한번 직업스킬 퀘스트를 확인했다.

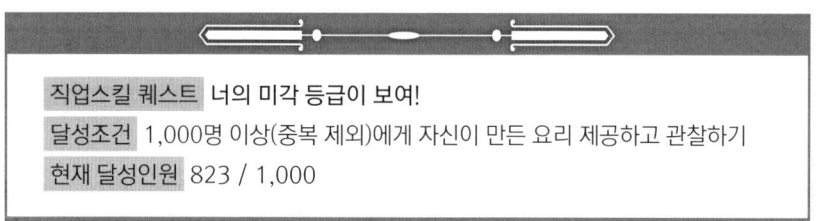

직업스킬 퀘스트 너의 미각 등급이 보여!
달성조건 1,000명 이상(중복 제외)에게 자신이 만든 요리 제공하고 관찰하기
현재 달성인원 823 / 1,000

앞으로 새로운 사람 177명에게만 더 먹이면 미각 등급인가 뭔가를 '요리사의 눈'을 개방하는 것만으로 볼 수 있게 된다.
그러려면 새로운 사람을 만나기 위해 주둔지를 잠시 떠날 필요가 있어 보였다.
'퀘스트 뿐만이 아니야. 바깥 공기도 좀 쐬자.'
이제 휴가까지 20여 일, 조금만 참으면 된다.
'힘내자! 강성재! 화이팅!'
성재는 스스로 격려를 하며, 하루를 보냈다.

다음 날. 강릉 빙상경기장 3곳 중 넓은 광장을 가진 아이스 아레나. 이곳에서는 피겨스케이팅과 쇼트트랙이 개최되는 실내 경기장이다.
그 앞에 열린 부스는 군 홍보용. 많은 장비들이 놓여있는 가운데, 익숙한 장비가 보인다.
성재가 당황해서 간부에게 물었다.
"사제담당관님?"
"왜?"
"여기 취사용 트레일러 앞에 왜 멈추는 겁니까?"
"이걸로 밥해야지."
"정말입니까? 여기서 밥을 합니까?"
"어. 관광객들 홍보차원에서 현장에서 밥할 거야."

경기장 안에 있는 식당에서 조리해서 지원 병력에게 배식할 거라 생각한 병사 3명은 당황했다.

하지만 까라면 까라는 게 군대.
성재의 옆에는 완벽하게 위장하고 전차 위에 탑승한 녀석도 있고, 그 옆에는 특전무술을 공연하는 수색대대 녀석들도 있다.
그야말로 난장판이 따로 없다.
그래도 공연하는 녀석들에 비하면 현장에서 밥 한 번만 해주면 되는 자신이야말로 그나마 편한 임무. 매번 사진 찍어주고, 공연해주는 것보다는 이게 낫겠지, 라고 생각했다. 성재와 효석, 희철은 서로를 바라보며 말 없는 격려를 나눴다.

"으악, 추워! 추워!"
효석과 희철이 추운 날씨에 엄살을 피우자, 성재는 핫팩 하나씩을 건네며 말했다.
"추우면 이거 하고 계십쇼. 저는 일단 무동력 버너에 불 좀 피우겠습니다!"
"뭐야? 또 핫팩은 언제 챙긴 거야?"
"제가 좀 합니다."

성재는 씩 웃은 채, 무동력 버너에 불을 붙였다.
가장 후임임에도 주도적으로 말을 꺼내는 성재. 강희철은 물론 서효석도 성재가 악의가 없다는 것을 알기에 웃으며 넘어갔다.
"강희철 상병님! 된장국에 물 더 넣으셔야 합니다."
"그래? 괜찮은 것 같은데?"
"아닙니다. 이대로는 좀 많이 짤 겁니다. 간 한번 봐 보십시오."

성재의 말을 안 들으면?
'아. 진짜 짜네.'
요리를 실패한다. 그러니까 잘 들어야 한다.

"그러네. 조금 짜네. 물 좀 떠올게."
성재는 강희철이 자신의 지시대로 움직이자, 자신이 담당한 밥을 올렸다.
그때 서효석의 실수를 포착했다.
"서효석 상병님! 채소는 데쳐서 넣으셔야 합니다."

"아차차, 까먹었어. 그래. 지금부터라도 데친다."
이렇게 선임들이 실수를 해도 상관없었다.
강성재는 매의 눈으로 선임들의 실수를 포착하며, 자신이 해야 될 일은 완벽히 처리한다.
관광객들은 경기장 한쪽 끝에 설치된 군 홍보용 부스를 신기한 듯 바라보았다.

"어머, 이렇게 밥 하는구나. 몰랐어요. 군인 아저씨들 평소에 밥 이렇게 해 드세요?"
관광객 중년여성의 말에 강성재가 미소를 지으며 대답했다.
"훈련이나 실제 상황 발생 시 야외에서 조리할 경우가 생기면 이렇게 추레라(구형 트레일러)로 조리 장비를 옮겨서 작전 현장에서 밥을 해 먹고 있습니다."
젊은 병사의 대답에 고개를 끄덕인 그녀는 취사용 트레일러를 지나쳐 자주포를 보며 앞에 서 있는 병사에게 궁금한 점을 물었다.
그녀 외에도 관광객이 엄청나게 많았다.
짓궂은 꼬마들이 손가락질을 하거나.
"군인 아저씨당!"
보자마자 겁을 먹은 아이도 있다.
"끄앙, 무서워!"

성재는 조리가 끝나자 주변 파견 병력들에게 전파했다.
"다들 식사 하십시오!"
그러자 각 부스에 있던 사람들이 비닐에 싸인 식판을 가져오며 외쳤다.
"용사님! 잘 먹겠습니다."
"전우님! 잘 먹겠습니다."
"취사병 전사님! 잘 먹겠습니다."
부대에 따라 용어는 다 달랐지만, 맛있게 먹어주는 병력들이 있기에 기분도 좋다.
성재는 자신이 준비한 식사를 먹어주는 사람들을 '요리사의 눈'으로 한 명 한 명 관찰하며, 퀘스트를 이어갔다.

현재 달성인원 856 / 1,000
현재 달성인원 877 / 1,000

점차 올라가는 달성인원. 그리고 이어지는 반응.

"어? 포반장님? 야외에 와서 그런지 정말 맛있습니다."

"그러게. 우물우물, 된장국 맛있다 야."

"된장국 말고 돈가스도 맛있습니다."

"그래? 밥도 꼬들꼬들하고 맛있네."

파견 나온 병력들은 취사용 트레일러 밥과 반찬이 상상 이상으로 맛있자, 왁자지껄 떠들며 K-9 자주포 뒤편에서 찬바람을 피하며 식사를 하기 시작했다.

그걸 본 민간 자원봉사자들의 안타까운 시선.

"괜찮아요? 조금만 나가면 식사할 곳 있을 텐데, 왜 그렇게 앉아서 드세요?"

"아닙니다. 이렇게 먹어도 진짜 맛있습니다. 저희는 신경 쓰지 마시고, 맛있는 거 드시러 다녀오십쇼."

민간인 자원봉사자들은 군인들이 길바닥에서 먹는 것을 보고는 조금 떨어진 곳으로 간 다음 혀를 찼다.

"와 군인들 왜 이렇게 불쌍하지?"

"그러게요. 짬밥 맛없는 거 누구나 다 아는데, 억지로 맛있다는 표정 짓는 거봐요. 요즘에는 표정관리까지 교육시키나? 옛날엔 그래도 싫으면 싫은 표정은 지어도 됐었는데…."

"그래요? 97년도엔 싫은 표정 짓는 건 안 됐는데요?"

"아, 그거 2004년도에 육군훈련소 인분사건 이후 풀렸어요."

"그래요? 몰랐네요."

 951 / 1,000

모두에게 중식식사를 제공한 성재는 아쉬운 표정을 지었다. 텅 빈 밥통. 텅 빈 반찬. 앞으로 49명을 더 채우고 얼른 미각 등급이 뭔지 알고 싶은데, 앞으로 나흘 동안 멤버의 변화가 없단다.

연대로 다시 돌아간다 해도, 달성인원이 바뀔 일은 없었다.

'아쉽다. 49명만 더 채우면 되는데… 새로운 사람들에게 먹일 기회는 없으려나?'
그때, 씩씩거리며 올라오는 자원봉사자들.
"아, 진짜, 무슨 예약이 꽉 차? 식당에 밥이 없는 게 어딨어?"
"진짜… 미치겠다. 조직위원회 이것들. 밥도 안 주고 무슨 일을 하라는 거야?"
"여보세요? 도시락 가게죠? 60인분 배달되나요? 안된다고요? 이미 다 예약 꽉 찼다고요?"
이미 관광객들과 일찍 입국한 선수 및 관계자들 때문에 자원봉사자들에게 식사를 제공할 수 없다고 한다.
"아니, 이러는 게 어딨습니까? 밥을 안 준다니! 밥 안 먹고 어떻게 일하라는 겁니까?"
- 식사비용은 드리지 않았습니까?
"올림픽 위원회 사람들, 일은 하는 겁니까? 마는 겁니까? 돈으로 사 먹을 수가 있어야 사 먹죠! 우리한테 굶으면서 일하라는 겁니까? 사 먹을 데가 없는데 어떻게 하라는 겁니까?"
- 그럼 저희가 한번 수소문해보겠습니다. 오늘만 참아주십시오.
"알겠습니다. 조속히 처리 부탁드리겠습니다."

그리고 다음날 아침.
성재는 오늘 현장에 같이 나가는 강희철 상병에게 물었다.
"저희가 왜 200인분을 해야 합니까? 들으신 것 있습니까?"
"어. 자원봉사자들 식사 준비해달라고 협조요청 들어왔대. 어제만 해도 툴툴거리며, 우리들 뒤에서 욕한 애들인 것 있지. 진짜 그놈들 이중성 진짜 쩐다. 쩔어."
"그렇습니까? 좋은 것 같습니다."
"좋긴 뭐가 좋아?"
"그런 게 있습니다."

성재는 차량에 올라 몰래 미소를 지었다.
'미식 등급, 잘하면 오늘 배울 수 있으려나?'

093

"Kann ich das essen?"

다시 강릉 아이스 아레나. 오늘 준비한 메뉴는 닭볶음탕이었다.
"서효석 상병님? 오늘 메인 메뉴, 제가 해도 되겠습니까?"
"혼자 괜찮겠어?"
"네. 충분합니다. 어차피 닭도 다 손질된 상태지 않습니까? 혼자 다 할 수 있습니다."
"그래. 부탁할게."
"감사합니다."
어제와는 분위기가 사뭇 다르다. 성재가 있는 취사용 트레일러 방향을 계속 쳐다보는 병사들. 이유는 간단했다. 주둔지 밥보다 월등히 맛있었으니까.
'아 배고파. 빨리 먹고 싶다. 일부러 아침도 적게 먹었는데….'
병사들은 명령이었기에 적게 먹었다지만, 간부들은?
'오늘 점심 메뉴가 아마 닭볶음탕이었지? 얼마나 맛있을까? 빨리 2시간 지났으면 좋겠다. 이거 먹으려고 어제저녁부터 굶었어.'

강희철은 병사들이 자신들을 힐끔힐끔 쳐다보자, 정색했다.
"서효석 상병님? 쟤네 왜 이렇게 부담스럽게 쳐다봅니까?"
"그거야 다들 배고프니까 그런 거지. 빨리 밥 먹고 싶어서. 뭐 별 거 있겠어?"

"그렇겠지 말입니다?"

서효석과 강희철은 3성 이상급 요리에 길들여져 있어서 다른 병사들이 이 정도로 기대하고 있을 거라고는 생각하지 않는다.

주변의 시선 따윈 고려하지 않는 한 남자.

그가 전투복 위에 앞치마를 둘렀다.

현재 200인분의 음식을 하고 있지만, 주목적은 어디까지나 군 홍보. 그는 야외급식 작전 시 하던 대로 전투복을 입은 상태로 조리를 시작했다.

닭볶음탕(닭볶음탕) 레시피 ★★★☆ (100%)를 선택했습니다

어느새, 성재와 똑같이 생긴 홀로그램이 성재의 옆에 서 있다.

본래 닭은 손질하기 매우 까다롭다. 그러나 오늘 아침 일찍 일어난 3명은 미리 손질해두었다. 토막 낸 후, 살점에 붙은 조그만 뼈를 빼고, 내장을 발라냈다.

'잠은 덜 잤지만 괜찮아. 최고의 요리를 하려면 이 정도 시간 투자는 필수니까.'

만약 뼈를 손질해두지 않았다면, 조리과정에서 떨어져 나간 뼈를 씹을 수도 있고, 목에 뼈가 걸릴 수도 있다. 뼈만 제거한다고 손질이 끝나는 것도 아니다. 닭 등뼈 뒤에는 내장이 붙어있다. 익힐 때 거품과 잡내의 원인이 되므로 익히기 전에 미리 제거해줘야만 했다.

이런 세심한 과정을 거쳐 완벽하게 손질된 닭이 성재의 앞에 놓여 있다.

다음은 감자를 썰어줄 차례였다.

부식이 처음 들어온 날, 껍질은 다 까놓았지만, 각 요리마다 필요한 감자의 크기가 달라 알맞은 크기로 썰어 두진 못했다. 성재의 손이 도마 위에서 바삐 움직이자, 감자가 100원짜리 동전 크기로 잘라지며, 한입에 먹기 좋은 크기로 변했다.

그다음은 파, 당근, 양파도 한입 크기로 큼직하게 잘라줬다.

그러자 홀로그램 녀석이 표고버섯을 꺼내왔다.

'아차, 표고버섯도 있었지?'

군대라서 그런지 음식점에서 들어가는 버섯의 양의 1/10도 안 되는 매우 적은 양. 하지만 그 정도 양으로도 충분히 풍미를 살릴 수 있다.

성재가 주물용 국솥에 100인분의 닭을 먼저 집어넣었다. 그다음 미리 떠온 물을 부어 닭이 1/3만 잠길 정도로 물의 양을 조절했다.
잠시 후, 물이 끓기 시작했다.

홀로그램 녀석이 가장 먼저 설탕을 집어 들었다.
'역시 홀로그램이라 그런지 잘하네. 단맛이 재료에 배려면 시간이 오래 걸려. 설탕부터 넣어주는 게 맞아.'
꿀이나 물엿처럼 더 좋은 재료가 있었으면 좋겠지만, 지금은 없었다. 설탕이 지금으로선 최선. 닭의 핏물이 빠지고 색깔이 변하기 시작하자, 홀로그램 녀석이 또 선수를 쳤다.

'그래. 감자랑 당근, 그리고 양파까지. 조직이 단단한 것들은 지금쯤 넣어주는 게 맞지.'
성재는 다음 동작으로 닭의 누린내를 잡고, 풍미를 잡기 위해 마늘을 집어넣었다.
그리곤 선택의 고민에 빠졌다. 소금이냐, 간장이냐. 홀로그램 녀석이 5초 먼저 소금을 집어 들었다. 그러나 성재는 고민 끝에 결국 다른 재료를 집어 들었다.
'난 간장을 쓰겠어.'
감자와 양파, 당근이 어느 정도 익어가는 게 보였다. 성재는 이제 버섯을 집어 들었다.

그러자 홀로그램 녀석도 버섯을 집어 들었다.
'역시 넌 나보다 안 된다. 환영 이 귀여운 녀석!'
성재는 혼자 웃으며, 아까 큼직하게 잘라둔 파와 고추를 넣어주었다. 이제 커다란 요리삽으로 저어줄 때.
효석이 성재를 도와주기 위해 입을 열었다.
"맛있을 것 같은데? 간 좀 봐줄까?"
"10초만 기다려 주시겠습니까?"

조리 완료까지 10, 9, 8, 7…

정확히 10초 후. 성재는 웃으며 서효석에게 말했다.
"이제 간 보셔도 될 것 같습니다."

> recipe  **강성재가 만든 닭볶음탕 ★★★★☆**
> 큼지막한 채소들과 모두가 좋아하는 닭고기를 볶아 최고의 결과를 이끌어냈다. 인공조미료 하나 없이 재료 고유의 맛을 극한까지 끌어올려 요리의 품위를 올린 작품
> 닭을 메인으로 만든 요리 중 최고의 밥도둑 레시피
> 간부식당 조리병 직업 보너스에 의해 등급이 ☆만큼 향상되었다

어제와 달리 성재가 병사들을 부르기도 전에, 각 부대의 장병들이 홍보부스 운영을 접고 트레일러 앞에 일렬로 쭉 섰다.

식판을 비닐에 감싸고 배식대에서 자율배식하는 장병들. 닭볶음탕의 매콤한 냄새가 코를 찌르자, 다들 빨리 먹고 싶어 안달이다.

반응은 역시나 예상했던바.

"오, 닭볶음탕 오랜만에 먹어보는데, 진짜 맛있다."

"이거 밥이랑 비벼 드십시오. 밥이랑 비벼 먹으니까 더 맛있습니다."

"김 잘게 부셔서 김가루로 만들어서 뿌려 드셔도 맛있습니다. 포반장님도 이렇게 해서 드셔 보십쇼."

거기에 군 장병들은 더 나아가….

"아~ 이런 건 소주랑 먹어야 하는데…."

"진짜 소주랑 닭볶음탕은 최고지. 아, 휴가 나가고 싶다. 크으…."

"근데 이거 맛집보다 더 맛있는 거 같지 않습니까? 제가 충주에 유명한 닭볶음탕 전문점 아는데, 그것하고 비슷합니다."

"그래? 너도 그렇게 느꼈어? 진짜 이건 말로 표현하기가 힘들다. 진짜 너무 맛있엉…."

군인들이 길바닥에서 맛있어 죽겠다는 듯, 비닐 위에 남은 국물까지 숟가락으로 다 떠먹는다. 건물 내부에서 이 광경을 지켜보던 자원봉사자들은 혀를 차며 말했다.

"와 진짜 불쌍하다. 쟤네. 길바닥에서 왜 저렇게 불쌍하게 먹냐?"

"그러게요. 밖에 기온도 낮 12시인데, 영상 8도밖에 안 되네요. 안 그래도 추운데, 저렇게 먹으니까 군인들, 불쌍해 죽겠어요."

"그나저나 엄청 배고프네요. 오늘부턴 식사 해결해준다고 해서 넘어가긴 했는데, 팀장이 어떻게 나올지가 관건이네요."
"일단 뭐든 가져오겠죠. 어제 숙소에 도착할 때까지 굶어서 배고파 죽는 줄 알았습니다."
그때, 자원봉사자들 앞에 나타난 팀장.
"다들 많이 배 고프죠?"
"아, 팀장님! 어젠 너무 했어요. 오늘은 맛있는 데로 구해주신 거죠?"
"맞아요! 개인적으로는 한정식집 이런 곳이면 좋겠지만, 상황이 상황이니까, 그냥 일반 백반집도 괜찮을 것 같아요."
"저는 도시락에 한 표!"
그러나 팀장은 고개를 저으며 진지한 표정으로 자원봉사자들 앞에 섰다.
"여러 군데에 협조나 문의를 해봤는데, 이 경기장 주변 2km 지점은 다 예약이 꽉 찼다고 합니다. 다행히 군부대 쪽에서 저희 쪽 지원에 흔쾌히 응하셔서 70인분 정도는 매일매일 지원해주신다고 합니다. 드실 분들은 12시 30분부터 1시까지 군 홍보 부스에서 먹을 수 있다고 하니, 식사하시기 바랍니다. 물론 이건 강제가 아닌 자율입니다. 비용도 저희 측에서 다 지불했고요."

팀장은 조심스럽게 말했지만, 결국 군부대 짬밥을 먹으라는 것. 자원봉사자들 중 일부의 얼굴이 똥씹은 듯 변했다.
한 여성이 얼굴이 일그러진 채, 앞에 나와 짜증을 부렸다.
"잠깐만요! 팀장님! 이건 아니죠! 저희가 무슨 군대 급식 먹으러 봉사활동 온 것 아니잖아요. 하루에 교통비 2만 원이랑 식비 만 원씩 밖에 안 받는데, 겨우 협조한 게 군대 급식 먹으라니요?"
그녀의 말에 다른 여성 또한 동조하며 말했다.
"맞아요. 이건 아닌 것 같아요. 팀장님. 더 좋은 방법이 있지 않았을까요? 식판에 비닐 씌워서 우리 보고 먹으라고요? 정말 이건 인격 모독 아닌가요?"

여성들의 말에, 30대 남성 한 명이 나서며 입을 열었다.
"아가씨, 인격 모독은 말이 심했다. 저기 군 장병들한테 하는 소리인가요? 아니면 남자인 우리들한테 하는 소리인가요? 저 정도는 남자들이면 다 해요. 그리고 선택권이 주어졌잖아요. 자율이라고. 먹고 싶으면 먹는 거라고."
그러자 또 다른 40대 여성도 앞에 나와 입을 열었다.

"자, 다들 의견이 분분하신데요. 우리가 봉사활동 하러 와서 고작 밥 때문에 싸울 필요가 진 없잖아요? 군인 아저씨들이 해준 밥을 먹을 사람은 먹고, 사 먹을 사람은 나가서 사 먹고 옵시다. 팀장님! 오후 1시 30분까지 오면 되죠?"
"맞습니다. 다들 너무 흥분하진 마시고요, 저희 나름대로 최악의 여건 속에서 이런 방법도 있다 하고 제시한 거니, 마음에 혹시 안 드신다면 지금이라도 나가서 식사 드시고 오시죠. 원활하게 진행 못 한 점 정말 사과드리고, 정말 죄송합니다. 다들 이해해주시고 도와주십시오."
팀장이 저 자세로 나오자, 더 이상 할 말을 잃었는지 끼리끼리 흩어지기 시작했다.

"어? 닭볶음탕이네요?"
"그러게요."
"그렇습니다. 아침 7시부터 준비했습니다."
"아침 7시 부터요? 지금이 몇 시지? 어? 5시간이나 준비하신 거네요."
"그렇습니다. 안심하고 드셔 보세요. 따뜻하게 데워놓았으니, 지금 드시면 가장 맛있게 드실 수 있습니다."
자원봉사자들을 위해 군 장병들은 군 체험센터에 설치된 테이블과 의자를 옮겨두었다. 약 40석. 화려한 호텔의 식탁보와는 비교도 할 수 없을 만큼 초라하다. 20년은 더 된 플라스틱 테이블과 플라스틱 재질의 의자.
하지만 자원봉사자들도 군인들의 여건을 알기에 그 자리에 불평 없이 앉았다.
"다들 먹을까요?"
"네. 앉은 순서대로 기다리지 말고 바로 먹기 시작하세요."
팀장은 걱정이 앞섰다.
이 40명마저 내일은 돌아서지 않을까? 군대 밥이 그리 맛있을 리가 없는데….
그런데 제일 앞에 앉은 30대 초반의 남성이 닭볶음탕 국물을 떠먹더니, 소리를 질렀다.

"우와! 대박! 대박! 초대박! 국물 끝내준다!"
옆에 앉은 30대 자원봉사 여성이 그의 과장된 움직임에 부끄러워하며 만류했다.
"에이, 거짓말, 왜 그래요? 말도 안 돼!"
"아니, 일단 먹어봐요. 초대박! 대박! 이거 소주! 소주 먹어야 될 각입니다."
"진짠가? 잠깐만요. 어? 아?"
"어머! 어머! 어머머! 대~박! 대~박 사건!"
그녀는 실제 일어나는 일인가 싶어 국물을 다시 한번 혀로 음미했다.
그리고는 또다시 감탄사를 내뱉는다.
"엄마! 엄마가 해준 맛! 대박!"

둘이 시작한 감탄은 셋이 되고, 다섯이 되고 열이 되었다.
"너무 맛있당, 왜 이렇게 맛있어?"
"군인 아저씨, 매일 이렇게 맛있는 음식 먹어요?"
여성들의 질문에 성재는 쑥스러움을 뒤로하고 당당하게 말했다.
"저희 부대는 매일 이런 음식 먹고 있습니다."
성재의 답변에 여성들이 엄지손가락을 척 내밀며 다시 한번 칭찬하기 시작했다.
"군대 밥, 인정합니다! 사진 찍어서 SNS에 올려도 되죠?"
그녀의 말에 성재는 간부인 사제담당관을 쳐다보았다. 이 대답은 자신에게 권한이 없다. 오로지 간부의 몫.
"네. 가능합니다. 해시태그로 샵 붙여서 평창올림픽 군 홍보부스라고 써주시면 정말 감사하겠습니다."
"아, 네! 그래야죠. 정말 맛있어요. 내일도 오시나요?"
"네. 경기 끝날 때까지는 저희 부대 말고도 계속 돌아가면서 올 겁니다."
"내일도 군대 밥, 기대해야겠네요."

자원봉사자가 몰려들자, 다른 사람도 기웃거리기 시작했다. 50대 중년의 남성이 가장 먼저 물어왔다.
"얼마 내고 먹어야 되나요?"
그러자 사제담당관은 연대 인사과장에게 전화를 걸어 결심을 받더니, 시민들에게 웃으며 대답한다.

"선착순 30명까진 공짜입니다. 30인분밖에 남지 않았습니다. 군대 밥 체험해보세요!"

"오, 감사합니다. 주변에서 먹을 데가 없었는데, 한번 먹어보는 것도 나쁘지 않겠네요."

"네. 후회하지 않으실 겁니다."

그런데 군 홍보 부스에 온 것은 시민들과 자원봉사자뿐만이 아니었다.

독일어로 물어오는 남성. 그는 지난 동계 올림픽 쇼트트랙 동메달리스트 베르딘 베르부르.

"Kann ich das essen?"

"네?"

"Kann ich das essen?"

그의 말에 옆에 달라붙은 독일인이 한국말로 통역을 해주었다.

"먹어도 됩니까라고 묻네요. 저까지 2명, 얼마인가요?"

"먹는 건 공짜인데… 선수신데 이런 거 먹어도 되나요?"

"아, 괜찮아요. 한약 성분은 안 들어갔죠?"

"네. 그런 건 없습니다."

"잘 되었네요. 그럼 실례하겠습니다."

두 명의 독일인도 앉아 닭볶음탕을 먹기 시작했다.

★★★의 등장

두 명의 독일인은 처음 먹어보는 닭볶음탕을 보고 놀란 목소리로 뭐라고 말했다. 성재는 알아들을 순 없었지만, 무슨 느낌인지는 알아차렸다.
동그랗게 커진 눈동자. 국물까지 남김없이 퍼먹는 통역사와 쇼트트랙 선수.

통역사가 성재에게 말한다.
"매운 데 정말 맛있네요. 놀랐어요. 코리안 치킨 스튜인가요?"
그들의 말에 성재가 빈자리 테이블을 정리하며 대답했다.
"음, 저희는 닭볶음탕이라고 부르고 있습니다."
그러자 옆에 있던 선수가 뭐라고 중얼중얼 말했다.
"Es ist köstlich. Kann ich das bestellen?"
성재는 해석하지 못해서 독일인 통역사에게 물어보았다.
"뭐라는 건가요?"
"맛있대요. 포장 가능할까요?"
포장이라니, 성재는 어이가 없었지만, 군인이기에 친절한 미소를 잃지 않았다.
"죄송합니다. 이건 파는 음식이 아니라서, 불가능합니다."

한 시간 후.

자원봉사자들은 결국 먹을 곳을 찾지 못하고 돌아온 사람들을 보며 미소를 지었다.

"그냥 밥 드시지 그러셨어요. 군인들이 오늘 닭볶음탕 했는데, 정말 맛있네요. 솔직히 웬만한 맛집보다 더 잘하던데요."

그러자 반대편 진영의 여성이 헛기침을 하며 말했다.

"거짓말하지 마세요. 말도 안 돼! 저희 놀리시려는 거죠?"

"아닙니다. 놀리긴 왜 놀려요. 진짜 다들 잘 먹었어요."

"맞아요. 드셔 보시면 놀랄 거에요. 진짜 맛있었어요."

한 시간 동안 주변을 돌아다니며 쫄쫄 굶은 팀과는 다르게, 든든하게 배를 채운 사람들의 얼굴엔 미소가 가득했다.

같은 시각. 닭볶음탕을 먹고 온 베르딘 베르부르는 독일팀에게 열린 연습장에 입장하며 몸을 풀었다.

"베르딘? 컨디션은 어때?"

"나쁘지는 않은데, 좀 더워."

"더워?"

"어. 매운 거 먹어서 좀 더운 듯한데, 몸은 좀 풀린 것 같아."

"크, 뭘 먹었는데? 빨리 연습하자. 30분밖에 시간 없어. 다음은 프랑스 녀석들이 경기장 쓴다."

"알았어."

탕!

화약 소리와 함께 울리는 총성!

독일팀 3명이 스케이트 날을 바닥에 딛으며 달려나가기 시작한다.

'어? 뭐야? 베르딘 녀석 컨디션이 왜 이렇게 좋아?'

치고 나가는 베르딘을 뒤쫓는데, 점차 간격이 멀어진다.

어느새 결승점. 베르딘이 세 명 중 가장 빨리 통과한다. 코치가 기록을 확인하고는 동메달리스트인 녀석을 보며 환호성을 질렀다.

"베르딘! 네 기록을 0.46초나 단축했어. 비공식 독일 신기록! 독일 신기록이야!"

"정말입니까?"

"그래."

"한 번 더 연습할래?"

베르딘은 매운 음식을 먹고, 자신의 최고 기록을 경신했다.

"베르딘? 어떻게 된 거야?"

"코치님, 아무래도 제가 먹은 음식 덕분인 것 같은데요?"

"무슨 음식을 먹었는데?"

이틀 후. 그 날의 메뉴는 이틀 전에 이어 삼계탕.

"아, 또 닭이 나옵니까? 미치겠습니다."

"그러게… 갑자기 250인분으로 늘어난 건 뭐고…."

"독일 선수단하고, 자원봉사단에서 더 신청했다나 봐."

"미치겠다. 250인분을 우리 셋이 하는 겁니까?"

"어쩔 수 없지. 쉬지 말고 빨리빨리 준비해."

강희철과 서효석은 삼계탕의 재료를 하나하나 준비하는 가운데, 성재는 자신의 새로운 능력을 확인했다.

직업스킬 퀘스트 너의 미각 등급이 보여! /완료
달성조건 1,000명 이상(중복 제외)에게 자신이 만든 요리 제공하고 관찰하기
현재 달성인원 1,000 / 1,000
축하합니다. 요리사의 눈을 개안하였습니다. 이제부터 요리사의 눈 (Rank : C 이상)고유능력 사용시 상대방의 미각 등급이 보입니다

'시험해 볼까?'

성재가 속마음으로 외쳤다.

'요리사의 눈!'

그러자 성재가 쳐다보는 사람들의 얼굴 위에 별이 표시되었다.

서효석의 머리 위에는 ★★★★(4성)이 올라가 있고, 강희철의 머리 위에는 ★★★(3성)이 올라가 있다.

그럼 나는? 나는 몇 성이지?

성재는 거울을 통해 자신을 바라보았다.

그러자 자신의 머리 위에도 정확히 ★★★★★(5성)이 올라와 있다.

이쯤 되면 궁금하기 마련. 그가 속마음으로 '미각 등급 열람!'이라고 외치자, 등급이 떠오른다.

skill	미각 등급	✕
요리 수준을 미각으로 알 수 있는 척도. 개인차는 있을 수 있으나 통상 높은 등급의 요리를 많이 먹어 본 사람이 등급도 높다		
※ 사용자는 레벨에 의해 보너스 수치를 받는다. 현재 직업 등급(Rare)에 의해 ★만큼 미각이 향상되었다		

성재는 지나가는 병력들을 보며 미각 등급을 비교했다.

어느 병사는 2성이, 어느 병사는 3성. 제각각 다른 미각 등급.

'꾸준히 관찰해보면 알겠지.'

다시 강릉.

이번에는 군인들보다 자원봉사자들이 먼저 줄을 서고 있다. 게다가 독일 선수단도 다가와 줄을 섰다.

성재가 삼계탕을 만드는 가운데, 사제담당관은 각 관련 담당자들과 이야기를 나누고 있다.

"이거 죄송하게 되었습니다. 갑자기 자원봉사자분들이 전부 이곳에서 식사를 하고 싶어해서요."

"아닙니다. 다 돕고 사는 거라고 생각합니다. 저희 군이 자원봉사하러 나오신 분들에게 도움이 된다니까 정말 다행입니다."

반대편에서는?

훈련 코치가 독일인 선수들을 데리고 나온 가운데, 통역사가 코치의 말을 현장에서 통역해주었다.

"Deine Gerichte sind wirklich gut."

"뭐라는 겁니까?"

사제담당관이 통역사를 쳐다보며 말하자. 통역사가 현장에서 바로 통역을 했다.

"당신들 요리는 정말 맛있습니다."

"Erstaunliche Dinge sind passiert."

"놀라운 일이 벌어졌습니다."

"Ich kann es dir noch nicht sagen."

"아직은 말씀드릴 수 없지만…."

"Ich werde sehr dankbar sein, wenn das Spiel vorbei ist."

"경기가 끝나면 반드시 감사의 표시를 전달할 거라고 하네요."

통역사가 하는 말을 들은 성재는 어안이 벙벙했다.

통역사가 떠나고, 사제담당관이 성재에게 물었다.

"쟤네 왜 저러냐?"

"잘 모르겠습니다. 한국 음식이 입맛에 맞는 게 아니겠습니까?"

"그럴지도 모르겠네."

독일인들은 삼계탕을 든든하게 먹고 경기에 들어갔다. 그러자 어제와 마찬가지로 자신들이 세운 기록을 깼다.

"역시 한국인들이 쇼트트랙에서 경기기록이 잘 나오는 데는 이유가 있었어."

"맞아. 몸에서 열이 꽉꽉 나니까, 추운데도 몸이 잘 움직여져."

"안나? 너도 그랬어?"

"어. 확실히 몸에 좋은 음식인 듯."

자원봉사자들도 삼계탕을 먹으며 성재와 동료들을 인정했다.

"와 군대 정말 좋네요. 삼계탕을 주네요."

"거기 짬밥은 안 먹는다고 하지 않았었나요?"

"어머, 제가 그랬나요? 기억이 안 나네요."

"철면피 대박?"

"네? 철면? 뭐라고요?"

"아, 삼계탕 먹으니까, 칠면조 먹고 싶다고요."

"오해 살만한 발언은 안 해주셨으면 좋겠네요. 우물우물, 삼계탕 정말 맛있어요."

"네… 네."

'아 힘들긴 힘들다. 그래도 성과는 있었어.'

요리사의 눈을 너무 오래 써서 그런지 피로가 몰려온다. 하지만 미각 등급에 대한 간단한 결론은 내릴 수 있었다.

'미각 등급이 높을수록 반응이 작아. 아까 4성 반짜리 미각인 아저씨는 삼계탕을 먹으면서도 큰 반응이 없었어.'

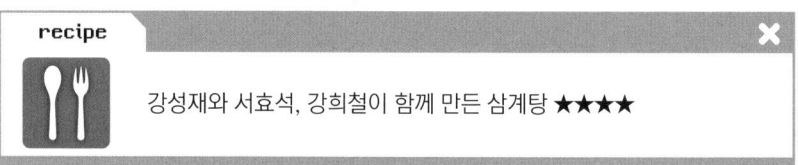

'하긴 나도 내가 만든 음식에 큰 감흥이 없잖아.'

그럼에도 사람들 반응이 좋았던 것은 왜일까?

대부분 사람들의 미각 등급은 2성과 3성 정도였다. 즉 까다로운 사람이 많지 않다는 뜻. 군 홍보부스에 사람들이 몰리자, 취재진도 기웃거리기 시작한다. 독일 선수단들도 이곳 음식을 먹는다는 소문이 쫙 퍼진 것이다.

군 내 지휘관에게도 물론 전해졌다.

어제 그 사실을 들은 지휘관은 누군가와 통화를 하며 군 홍보 부스로 걸어오고 있었다.

- 그쪽은 어떤가? 잘 진행되고 있어?

"그렇습니다. 사령관님, 군사령관님께서 평창에 직접 나가 계시니 참 든든합니다."

- 나도 마찬가지야. 군단장, 자네가 직접 강릉까지 내려간다고 하니, 나도 걱정은 없어.

"내일부터는 본격적인 개막식이니, 당연히 확인해 봐야 하지 않겠습니까? 걱정하지 마십시오. 여기는 제가 책임지고 잘 통제하겠습니다."

- 그래. 믿는다.

"네. 충성!"

전화가 끝나고, 옆에 붙은 전속부관이 군단장인 그에게 물었다.

"군단장님? 식사 미리 준비되었습니다."

"식사?"

"그렇습니다. 23사단 60연대에서 오늘 군 홍보 차원에서 삼계탕을 준비했다고 합니다."

"그래?! 그럼 빨리 가봐야겠군."

"그렇습니다. 저쪽 사람들 몰려있는 장소가 바로 그곳입니다."

"그래. 가보자고!"

성재는 군단장이 온다는 이야기를 미리 간부들에게 전해 듣고, 혼자 10인분의 삼계탕을 다시 올렸다. 주물 솥에 끓이는 그는 뚜껑을 덮은 후, 커다란 돌덩이를 위에 올렸다.

"성재야. 그걸 갑자기 왜 올려?"

"내부 압력을 높이려고 합니다. 이렇게 해야 고기가 부드러워지고, 쫄깃한 식감을 유지할 수 있습니다."

그때, 군단장이 성재의 시야에 포착되었다.

이곳을 총괄하던 23사단 인사참모가 대표로 경례를 실시하고.

"충성! 평창올림픽 군 홍보 부스 운영 중!"

"그래. 넌 누구지?"

"23사단 인사참모입니다. 현재 홍보부스 운영단장을 맡고 있습니다."

"그래? 오늘 메뉴가 삼계탕이라며? 준비됐나?"

"네. 지금 60연대에서 나와서 조리하고 있습니다. 주물용 솥에 들어간 지 10분 넘었으니, 금방 나올 겁니다."

"냄새는 좋군. 부관아!"

"소령 정현욱!"

"앉자."

"네. 군단장님!"

강성재는 플라스틱 테이블에 앉아 음식이 나오기를 기다리는 군단장의 얼굴을 첫 대면한 후 얼굴에 긴장감이 흘렀다.

정현욱이라 불리는 소령의 미식등급은 고작 ★★★☆(3성 반).

일반인치고 높지만, 이 정도는 자신의 요리실력으로 충분히 만족시킬 수 있었다.

하지만 군단장의 얼굴 위에 떠 있는 별은 달랐다.

전투모에 달린 별은 고작 ★★★ 3개지만.

미식등급의 별 개수는… 무려 ★★★★★(5성) 5개나 되었다.

'젠장… 너무 높아. 내가 이제까지 보았던 사람 중에 가장 높잖아!'

그런 성재의 초조한 마음을 아는지 모르는지, 솥은 계속 끓고.

솥 아래 떠오르는 상태창.

> ⚙ ✓ ✗
> 조리 완료까지 10, 9, 8, 7…

시간은 지나가는 가운데, 성재는 두 손을 모으고 하늘에 간절히 빌었다.

'인정받고 싶은데… 받을 수 있을까? 높은 등급이 나올수록 좋겠는데…!'

하늘은 과연 성재의 요구에 응답해 주셨을까?

성재의 눈앞에 드디어 결과를 알 수 있는 상태창이 떠올랐다.

> ⚙ ✓ ✗
> 조리가 완료되었습니다

떠나버린 군단장

 성재가 만든 누룽지 삼계탕 ★★★★★

밥솥 끝 누룽지를 따로 모아, 국솥에 푹 고아 삼계탕의 쫀득한 살에 누룽지의 쫀득함을 더했다
맛과 영양은 물론, 식감, 재미를 모두 살린 최고의 요리
직업 보너스에 의해 ☆만큼 등급이 향상되었다

성재는 속으로 환호성을 질렀다.

'서효석 상병님이 누룽지를 넣자고 하신 의견을 수용한 게 좋았어. 군단장님은 과연 어떤 표정을 지을까?'

이제까지 단 한 번도 만들지 못한 별 다섯 개.

성재는 생각했다. 어쩌면 별 다섯 개가 최고의 요리일지 모른다고.

그만큼 자신이 심혈을 기울여 만든 요리.

더구나 그건 순수 자신의 실력만으로 만든 게 아니었다.

요리사의 길에서 '간부식당 조리병'이라는 직업에 의한 등급 보너스가 주요했다.

거기에 호칭 〈신뢰받는 부하〉의 능력인 등급 가중치까지.

성재의 발밑에서 쉴 새 없이 돌아가는 푸르스름한 오오라가 어느새 주변에 퍼져 군단장

발밑에서도 돌아갔다.

성재는 자신의 기본 실력에 능력을 더했고, 상관이 갑작스럽게 방문하자 기지를 발휘하여 최고의 요리를 만들어내는 데 성공한 것이다.

이제 공은 군단장에게 넘어갔다. 과연 그는 어떤 대답을 내놓을까?

성재가 식판에 정성껏 누룽지 삼계탕을 덜었다. 반찬 칸에는 군단장만을 위한 청양고추와 깍두기, 잘게 썬 양파와 쌈장에 김치까지.

그야말로 완벽하게 갖춘 식단.

식판에 올려놓았기에 모양이 좀 빠질 뿐이지, 모든 것을 갖춘 최고의 메뉴. 성재는 식판을 들고 군단장 앞에 섰다.

군단장은 심드렁한 표정으로 성재를 바라보다, 갑자기 울리는 전화를 받았다. 발신자는 다름 아닌 강원도를 책임지는 1군사령관.

"네. 사령관님, 8군단장입니다."

- 어! 그쪽으로 강원도지사랑 강릉 쪽으로 넘어갈 거니까, 식사 괜찮은 곳 알아봐.

"식사 말씀이십니까?"

- 그래. 지금 강릉에서 내가 예약할 수 있는 데가 있어야지. 네가 한번 잘 알아봐.

"알겠습니다. 철저히 준비하겠습니다."

- 그래. 이따 보지.

"네. 충성!"

군단장은 고개를 저었다. 보통 사령관님은 직접 전화하지 않는다. 전속부관이나 비서실장을 통해 연락이 왔어야 한다.

직접 연락할 만큼 중요한 사항. 그러나 평창에서 강릉까지는 시간이 제법 걸린다. 한 시간 반? 두 시간?

음식을 준비해 준 병사 앞. 시켜놓고 안 먹기는 지휘관으로서 영이 서지 않는다.

'한입만 먹고 갈까?'

군단장은 사실 대단한 미식가. 웬만한 음식으로는 성이 차지 않았지만, 그렇다고 일부러 음식을 가리진 않는다. 그게 지휘관으로서 숙명.

성재는 군단장이 전화를 끊을 때까지 기다리며 눈치를 보았다. 인사참모 또한 군단장이 입을 열 때까지 기다렸다.

중령보다 무려 4등급이나 높은 3성 장군.

소위가 중령을 보고 무서워하듯, 중령도 중장을 보면 무섭고, 몸이 떨린다. 어찌 보면 몸을 사리는 게 당연한 상황.

그가 군단장의 눈치를 보는 가운데, 3성 장군의 입에서 결심이 흘러나왔다.

"미안한데, 갑자기 식사 약속이 잡혀서 말이야."
군단장은 인품이 너그러운 사람이었다. 그래서 먼저 분위기를 깔았다. 결코, 음식 맛이 없어서 안 먹는 게 아니라는 걸.
"한입만 먹고 가도록 하지."
군단장의 말에 성재는 들고 있던 식판을 군단장 앞에 내려놓았다.
마치 죽과 같이 녹아있는 누룽지. 누룽지 아래에 깔려있는 삼계탕.
군단장은 걸쭉한 죽처럼 된 누룽지를 보더니, 고개를 끄덕이며 생각했다.

'제법 그럴싸하게 만들었군. 노력은 가상해.'
전속부관은 군단장의 표정을 보며 일단 안심했다.
'그래도 드실 생각은 있으신가 보네. 군단장님. 괜히 무리하실 필요는 없으신데… 다 부하들을 위해서….'
숟가락으로 걸쭉한 죽을 뜨는 군단장. 그러자 손바닥만한 누룽지가 숟가락에 딸려 올라온다.

'압력밥솥으로 조리한 건가? 아니야. 이 야외에 압력밥솥이 어딨겠어?'
군단장의 시선이 트레일러로 향했다. 국솥 뚜껑 옆에 놓여있는 커다란 돌.
'설마? 내부 압력을 높이기 위해 저 큰 돌을 올렸던 건가?'
굳이 질문할 필요는 없었다. 미식가인 군단장은 감촉만 봐도 이게 어떤지 알 수 있었다.
젓가락을 집었다.
한 손에 젓가락 하나씩 들고, 젓가락 양 끝을 모아 닭고기를 벌리며 결을 따라 찢는다.

푸부지지지직!
감촉이 군단장에게 말해준다. 내 살은 쫄깃하다고. 맛있다고. 먹어보라고!

'토종 삼계탕 비법을 그대로 따라 한 건가? 고작 저런 구형 트레일러로?'
단 한 입만이었다.
군단장은 딱 한 입만 먹고, 사령관님과 식사를 하려 했다.

'헉…'
그러나 군단장의 젓가락이 벌써 자신의 입으로 3번이나 왕복을 한 상태였다.
쫄깃한 닭 특유의 식감과 입안에서 누룽지가 사르르르 녹아버리며 내는 적절한 단맛과 감칠맛. 영양이 가득한 보신용 삼계탕이 계속 자신의 뇌를 자극한다.
군단장은 어느새 정신을 차리고 앞을 바라보았다. 건너편에 건방진 행동을 하고 있는 부관 녀석이 보였다.
보통 부관은 지휘관과 먹는 속도를 같이 해야만 한다. 지휘관보다 빨리 먹어서도 안 되고, 너무 늦게 먹어서도 안 된다.
그런데 녀석은 이미 식판을 전부 비우고는 불룩해진 배를 만지고 있었다.

"부관!"
"소령 정현욱?"
"군대 예절에 대해 잊었나?"
"아닙니다."
"그런데 지금 뭐하는 건가?"
"……."
'소령이면 분위기 파악을 해야지. 뭐야! 저 거만한 표정은?'
말없이 알쏭달쏭한 얼굴만 하고 있던 전속부관 녀석이 갑자기 손을 들었다. 성재가 대답했다.
"네. 간부님. 더 필요하신 것 있으십니까?"
"한 그릇 더!"
"알겠습니다. 바로 준비하겠습니다."

군단장의 시선에 황당한 행동을 하는 부관.
그는 눈을 부릅뜨고 녀석을 쳐다보았다. 그러자 전속부관은 오히려 미소를 지은 채, 자신에게 말했다.

"군단장님께서 음식 안 남기신 것 처음 봤습니다. 저도 정말 맛있었습니다."
"뭐?"
그제야 군단장이 자신의 식판을 바라보았다.
살점 하나 없는 삼계탕. 그리고 바닥을 보이는 누룽지. 깍두기, 청양고추, 심지어 양파까지 다 사라졌다.
어디로? 이게 다 어디 간 거야?
군단장은 슬며시 자신의 아랫배를 쳐다보았다.
어느새 불룩. 남들이 보기에 민망할 정도로 많이 먹어버린 것.
그는 정색하며 입을 열었다.

"더 가져오지 마. 괜찮아."
"네. 알겠습니다."
군단장은 곧바로 생각했다. 여기서 죽치고 앉아있으면 안 될 것 같다고.
식판을 내놓는 순간, 또 한 번 다 비워버릴 것을 스스로 알아차린 것이다.

'군단장으로서 체면이 있지. 이런 자리에서 두 그릇 먹으면 큰일 난다. 사령관님과 식사도 해야 되고….'
군단장은 성재의 대답을 듣고 황급히 자리에서 일어났다. 그러자 수행하던 사단 인사참모와 군단장 전속부관도 같이 자리에서 일어난다.
군단장의 굳은 음성.
"준비 잘했네. 다른 곳도 둘러보러 가지."
그러자 두 부하가 동시에 대답한다.
"네."
서둘러 자리를 뜨는 군단장, 그리고 그를 수행하는 인사참모와 전속부관.
성재는 군단장이 나간 것을 확인하고 보며 안도의 한숨을 내쉬었다. 사제담당관 또한 안

도의 한숨을 쉬며 성재를 칭찬했다.

"잘했어. 누룽지 넣는 건 정말 기발했다."

"감사합니다. 덕분에 잘 넘어간 것 같습니다."

"그래."

성재는 이렇게 쉽게 넘어가니, 좀 아쉬운 감정도 들었다. 군단장은 자신의 이름도 묻지 않았고, 악수도 안 해주고 갔다.

물론 그게 당연한 거란 건 스스로도 잘 안다. 하지만 별 다섯 개 요리였지 않나….

성재가 만든 최고의 음식.

'칭찬이라도 해주고 가지. 미각 등급 별 5개는 요리등급 5개짜리도 별 감흥도 안 든다. 이건가?'

성재는 남은 8인분의 누룽지 삼계탕을 세팅하며, 강희철과 서효석, 그리고 사제담당관에게 말했다.

"이제 드셔도 될 것 같습니다."

"그래! 먹자!"

성재는 자신이 만든 음식을 먹으며 처음으로 감탄했다.

'엄청 맛있잖아. 아무리 군단장이라도 너무하네. 왜 칭찬도 안 하고 그냥 가? 휴가증을 바란 것도 아니고, 먹었으면 이름이라도 물어보고, 잘 먹었으면 잘 먹었다, 아니면 이건 좀 별로였네. 신경 써야겠다라는 등 뭔가 말이라도 해주면 좋잖아.'

그는 마음속으로 투정하면서도 자신 만든 음식을 입안에 우겨넣었다. 옆에서도 감탄이 흘러나온다.

"성재야! 진짜 대박이다. 너! 나 감동 먹었어."

사제담당관이 물꼬를 트자, 서효석 상병과 강희철 상병도 마찬가지로 입을 열었다.

"와 누룽지가 이빨 사이사이로 통과하면서 입안에 녹아듭니다. 녹아들어. 담당관님! 진짜 맛있습니다. 어휴… 진짜 장난 아닙니다."

"저도 그렇습니다. 저는 누룽지도 누룽지인데, 닭살이 쫄깃쫄깃한 것을 넘어 쫀득쫀득한 느낌이 아주 대박입니다. 그 살결 사이로 누룽지가 녹아들어서 정말 환상적인 맛을 내는 것 같습니다."

> ⚙ ✓ ✕
> 사용자 강성재에 대한 사제담당관의 호감도가 100 상승했습니다
> 사용자 강성재에 대한 서효석의 호감도가 100 상승했습니다
> 사용자 강성재에 대한 강희철의 호감도가 600 상승했습니다

순식간에 각자 1인 2닭을 해치운 그들은 뒷정리에 들어갔다. 그러자 간부들이 뒷정리를 도와주러 몰려들었다.

"이제 안 오십니까?"

"네. 아마 오늘이 마지막인 것 같습니다. 내일부터는 다른 부대에서 지원 올 겁니다."

"60연대, 제가 평생 기억할 겁니다."

화생방 지원대는 제독조 차량의 호스로 취사용 트레일러에 물을 뿌려서 청소해주고, 다른 부대원들은 쓰레기를 대신 정리해주며, 나흘 동안 공짜로 먹은 밥에 대한 아쉬움을 달랬다.

민수용 1톤 트럭. 그 뒷 화물칸에는 빈 식재료 박스가 담기고, 앞줄 좌석에는 사제담당관과 강성재가, 뒷 줄 좌석에는 서효석과 강희철이 탑승했다. 사제담당관은 군단장이 그냥 지나친 것에 대한 섭섭함을 표시했다.

"뭔가 아쉽네."

"그렇습니다. 좀 아쉽습니다. 포상 휴가 받을 줄 알았는데…."

성재는 이제 일병이어서 본인 의사도 드러낼 수 있었다. 사제담당관은 간부식당을 통제하는 간부였고, 자신을 신뢰하는 사람이기 때문이다.

"후후, 짜식! 넌 휴가 받아도 안 되잖아. 아니구나. 장군님 포상 휴가는 받으면 쓸 수 있었을걸?"

사제담당관의 말에 성재가 씩 웃었다.

"네. 그거 저희 대대 인사계원한테 들어서 알고 있었습니다."

"크크, 그래. 군생활 항상 희망 갖고 열심히 해. 언젠가는 좋은 일이 또 생기겠지."

"그렇습니다."

담당관이 시동을 틀고, 경기장을 빠져나가려는 그때, 갑자기 전화가 왔다.

"60연대 사제담당관입니다."

- 어! 나 인사참모인데?

"네. 충성!"

- 군단장님이 삼계탕 만든 병사 이름 뭐냐고 물어보는데?

"아, 강성재 일병, 서효석 상병, 강희철 상병입니다."

- 그래. 알았어. 조만간에 군단장님이 연대 가실 거야. 알고 있어!

"네? 연대 말씀이십니까?"

- 그래. 정확히 날짜는 말씀 안 하셨고, 조만간 가실 거야.

전화가 끊기고, 사제담당관은 병사들에게 신이 난 듯 말했다.

"얘들아, 군단장님이 너희들이 만든 음식 먹고, 연대 들리신단다!"

"네?! 연대를 오신다는 말씀이십니까?"

"그래! 인마! 잘했다. 너희 인정받은 거야!"

"감사합니다!"

성재는 사제담당관의 말에 간단히 미소만 띤 채 고개를 끄덕였다.

그의 귓가를 울리는 종소리.

알림 옆에 'New!' 라고 뜬 상태창.

사용자 강성재에 대한 군단장(중장 김동조)의 호감도가 100 올랐습니다.
새로운 직업이 발견되었습니다

군단장 공관병 / Unique
????????????

096

나, 그 오빠 알아요

레벨이 부족하여 군단장 공관병 전직 퀘스트를 진행할 수 없습니다
필요레벨 30

'레벨이 부족하다고?'

성재는 곧바로 사용자 정보를 띄웠다.

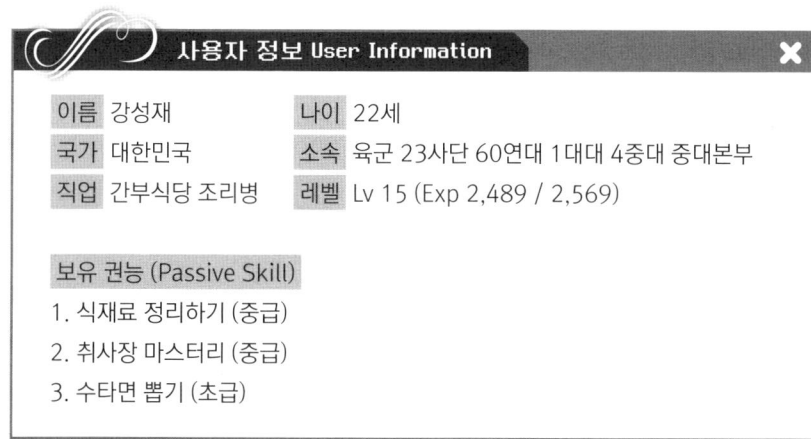

보유 기술 (Active Skill)
1. 요리사의 눈 [Chef's Eye] (Rank : C)
   - 개안 1단계 : 너의 미식 등급이 보여!
2. 군대 요리 레시피 [Military Food Recipe] (Rank : C)
   - 랭크 한계(Rank : C)까지 투자한 상태입니다.
3. 요리사의 신체 [Chef's Body] (Rank : E)
4. 한국 음식 레시피 [Korean Food Recipe] (Rank : E)

호칭 (Title) 〈신뢰받는 부하〉를 장착하고 있습니다.
Bonus Skill Point 3

레벨 30… 멀고도 험난한 길. 올릴 수 있을까?

솔직히 공관병이 그리 좋은 건지는 모르겠다. 어떻게 보면 파출부나 비서 정도나 다름없는데, 저런 거 해서 뭐할까 싶기도 했다.

가면 요리나 제대로 할 수 있을까? 그리고 공관병이 과연 좋은 보직일까?

아직까진 확신이 서지 않았다.

'도대체 뭐로 전직해야 하는 거지?'

늦은 저녁. 60연대 주둔지 안에 위치한 주택. 연대장 관사에 연대 본부중대장이 올라왔다.

"충성! 연대장님! 본부중대장입니다!"

"그래. 이 밤에 무슨 일이야?"

"공관병 윤성민 일병이 내일모레부터 4박 5일 휴가입니다."

"뭐? 4박 5일?"

"그렇습니다. 신병 위로 휴가를 아직 안 써서 이번에 쓴다고 합니다."

"그래? 휴가는 다녀와야지. 그럼 성민이 대신 누가 올라오지?"

"일단 연대장님이 생각해두신 병사가 없으면 군종병 하고 있는 김호식 상병 올려보내려고 합니다."

"군종병 녀석은 안 돼. 우리 윤아가 개는 질색을 한다. 질색을…."

"어떤 것 때문에 그러십니까?"

"눈빛이 음흉하다나, 아무튼 녀석 말고 다른 녀석은 없어?"
"고민해보고 다시 보고 드리겠습니다."
"그러지 말고 1대대에 강성재라고 있어. 그 녀석한테 인수인계 시켜!"
"강성재라면, 간부식당 조리병이었던 수타면 뽑던 병사 말씀하시던 겁니까?"
"그래. 그 녀석! 맞아."
"알겠습니다. 내일 일단 인수인계하고, 모레부터 4박 5일 임무수행 시키겠습니다."
"그래. 그렇게 해. 그럼 되겠군. 어차피 크게 할 일도 없을 테니."
"감사합니다. 충성! 편히 쉬십시오."
"그래. 본부야. 고생 많다."

다음 날, 성재는 아침 일찍부터 병영식당에 출근한 후, 할 수 있는 일은 전부 도맡아 하기 시작했다. 남들이 쉬고 있는데도 홀로 나와 점심 메뉴인 삶은 감자 껍질을 홀로 벗기고, 무와 양파를 썰었다.
"야, 그냥 쉬어. 누가 보면 너한테 강제로 시키는 줄 알겠다."
"아닙니다. 어차피 남는 시간, 미리미리 해두는 게 좋을 것 같습니다."
"그러던가, 아무튼 몸살 날 수도 있으니까 살살 해둬."
병영식당 취사병들은 성재의 부지런함에 고개를 끄덕였다.
"강성재는 인정할 수밖에 없네. 요리도 잘해. 성실하고, 싹싹하고"
"그러게 말입니다. 정말 잘합니다. 쟤는 연대장님이 좋아할 만합니다. 아니 우리들도 어느새 강성재 일병을 인정하지 않았습니까?"
"그에 비해 저 새X들은 진짜!"
"짜증 지대로지 말입니다."

병영식당 바깥에서 담배를 뻐끔뻐끔 태우며 시간을 보내고 있는 김정주와 고유성 상병.
"쓰벌, 너 징계 얼마나 받았냐?"
"휴가 제한 5일 받았습니다."
"젠장, 나도 휴가 제한 5일 받았다. 하기 싫어서 못한다는 건데 왜 이게 복무 기피인데?"
"그렇습니다. 저도 징계 위원회 불려가서 징계 사유 듣고 어이가 없어서…"

반면 서효석과 오민호는 싱글벙글 웃으며 병영식당 마지막 날을 보내고 있었다.

"보상 휴가 1일이어도, 괜찮지 않았습니까?"

"그래. 나름 사람도 많아서 편했고, 여기 아저씨들도 이제 친해져서 좀 편하네."

"그렇습니다. 서효석 상병님하고 성재가 요리를 잘해서 그런지, 잘 따르는 것 같습니다."

"나보다는 성재를 따르지. 그나저나 오민호! 너 부사관 언제 시험 보냐?"

"일단 체력검정은 통과했고, 내일 사단으로 시험 보러 갑니다. 필기시험 30점이랑, 직무능력평가 30점, 면접 20점, 체력, 지휘추천 점수 각각 10점씩 해서 100점입니다."

"부사관 아무나 되는 거 아니었냐?"

"경쟁률 은근 높습니다."

"몇인데?"

"보병 병과는 12명 지원했다고 들었습니다."

"사단에서 몇 명 뽑는데?"

"10명 뽑습니다."

"높긴 뭐가 높아? 1.2대 1이네."

"높지 않습니까? 2명이나 떨어집니다."

"장난하는 거지?!"

같은 시간, 성재는 '업적 목록'을 하나하나 달성하기 위해 최선을 다했다.

> 양파 썰기 567 / 1,000회
> 무 썰기 384 / 1,000회
> 감자 깎기 989 / 1,000회
> 감자 깎기 1,000 / 1,000회 달성, 업적 보상으로 경험치 300을 얻었습니다

그러자, 시스템창에 의해 변화된 상태가 떠오른다.

> 사용자 강성재의 레벨이 16으로 상승하였습니다

그때 성재를 부르는 목소리.

"강성재!"

그는 바로 행정보급관!
"지금 가야 한다. 전투복으로 환복해라."
"일병 강성재! 알겠습니다."

행정보급관과 대공초소 옆 소로길(오솔길)을 걸었다. 자갈이 정갈하게 놓여있는 길 끝에 위치한 주택.
'여기가 연대장님 관사?'
성재는 처음 들어가 보는 관사를 보며 신기한 듯 바라보았다. 약 40평 되어 보이는 관사 입구에는 한 명의 병사와 한 명의 간부가 행정보급관에게 거수경례를 하며 반겼다.
"충성! 행보관님 고생 많으십니다."
"어. 김 상사, 갑자기 연대장님이 우리 성재를 왜 공관병 하라는 거야?"
"그러게 말입니다. 콕 찝어서 강성재 일병보고 대리 근무하라고 했답니다."
"요리 때문에 그런 건가?"
"그런 것도 있는 것 같습니다."
연대 본부 행보관은 박재영 상사랑 대화를 나누다 말고, 공관병인 윤성민에게 말했다.
"지금부터 인수인계해 봐. 행보관은 4중대 행보관님하고 할 이야기가 있으니까."
"알겠습니다."
행보관의 지시에 대답한 녀석은 성재에게 따라오라는 손짓을 했다. 간부들 앞, 그래서인지 병 상호 간 공식 호칭을 사용한다.
"거기 용사님, 따라오시면 바로 인수인계 시작하겠습니다."
가장 먼저 간 곳은 보일러실이었다.
"이게 보일러 작동 버튼인데 보통 18도에 맞춰놓으시고, 밤 6시부터 아침 6시까지 켜 놓으시면 됩니다."
"혹시 보일러실에서 주의할 점은 없습니까?"
"네. 여기는 특별한 것 없습니다. 다음 장소로 가시겠습니다."
공관병 녀석은 공관 안쪽으로 들어가며 각 방을 설명해줬다.
"여기는 연대장님이 주무시는 안방이고, 이쪽은 따님 방입니다. 이쪽은 화장실, 그리고 부엌 겸 거실하고 서재."
"어디어디 관리하면 되는 겁니까?"

"일단 연대장님 주무시는 안방하고, 따님 방, 그리고 서재는 직접 청소하시니까 들어가실 필요 없습니다. 거실하고 화장실 청소만 하면 됩니다."
"그것뿐인가요?"
"청소는 그렇고, 요리도 하셔야 됩니다. 말 편하게 할까요?"

간부가 보이지 않자, 공관병이 먼저 말을 편하게 놓았다.
"네. 그래요. 그나저나 생각보단 별로 할 게 없네요."
"요리가 주라고 생각하시면 되고요. 평일에는 아침, 저녁 식사만 준비하면 되고, 토요일에는 세끼, 일요일에는 교회에서 해결하시기 때문에 아침만 하시면 문제없을 거예요."
"아… 주말도 하는 군요."
"그래도 일반 병사들보단 편한 보직이죠. 꽤 할 만하잖아요. 연대장님도 좋으시고요."
성재는 공관병의 말에 씩 웃으며 말했다.
"긍정적이셔서 보기 좋네요."
"네. 성재씨도 저희 연대에서 요리로는 유명인사니까, 충분히 잘하실 거라 믿습니다."
"네. 기왕 맡은 거. 잘해야죠."
"더 궁금한 것은 없나요?"
"청소도구랑 식재료 같은 건 어떻게 구입하는지…."
"아, 그걸 까먹었네요. 청소도구는 바깥 창고에서 꺼내시면 되고, 안은 진공청소기 돌리고, 물걸레질하면 될 거예요. 식재료 구입은 연대장님하고 친한 권사님 있으시거든요?"
"권사님이요?"
"네. 최근 친해지신 권사님이요. 그분께서 1주일에 두어 번 들리셔서 봐주시고 계세요."
"헉… 그럼… 연대장님은 이혼하신 건가요?"
"그건 아니고, 사별하셨어요."
"아… 죄송합니다. 몰랐습니다."
"저한테 죄송할 건 아니죠. 그리고 당연히 몰랐으니까 그러실 수도 있고요. 그럼 오늘은 같이 해볼까요?"
"네. 잘 부탁드리겠습니다."
"저야말로 잘 부탁드려야죠. 덕분에 휴가 가는데요."
성재는 온종일 공관병이랑 붙어있으면서 많은 이야기를 나눴다.

사람 사는 이야기부터, 간부들의 비밀은 물론, 연대장의 딸 배윤아에 대한 이야기까지.

그날 17시. 간부들은 이미 떠나고, 아직도 연대장 관사.
성재는 공관병에게 휴대폰을 인계받았다.
"이거 연대장님 명의로 된 휴대폰이에요."
"아, 이걸 왜?"
"연대장님이 혹시 부르실 때, 이걸로 부르시거든요. 가지고 계시면 돼요."
"아… 헉… 전화가 울리는데요?"
"잠깐만요. 아! 윤아씨네요."
"네?! 연대장님 따님?"
"네. 맞아요. 저한테 휴대폰 주세요."
성재는 공관병의 말에 지체없이 휴대폰을 넘겼다. 그가 익숙하게 전화를 받았다.
"통신보안, 60연대 공관병 일병 윤성민입니다."
- 오빠, 저예요. 윤아.
"네. 말씀하세요."
- 오늘 몇 시에 내려가세요?
"18시 즈음에 내려갈 생각인데, 어떤 것 때문에 그러세요?"
- 저 연습할 요리가 있어서, 가르쳐 주시면 안 되나요? 5시 30분까지 갈게요.
"네. 알겠습니다. 그런데 요리 잘하는 분이 와 계시는데, 그분한테 배워보는 건 어때요?"
성재는 윤성민 일병의 말에 두 손으로 엑스자 형태를 취한 채 강하게 부정을 했다.
하지만 이미 엎질러진 물.
- 누군데요?
"아, 아실지 모르겠네요. 강성재 일병이라고 간부식당 조리병 하시는 분 있거든요."
- 어머! 저 알아요! 그 오빠 알아요!
"하하, 다행이네요. 그럼 일찍 와요!"
- 네! 지금 택시 타고 가는 중인데, 아저씨한테 빨리 가 달라고 졸라볼게요.
"네. 그럼 먼저 끊겠습니다."

윤성민은 전화를 끊더니 씩 웃으며 말했다.

"뭘 그렇게 쑥스러워하세요? 윤아는 착해서 별문제 없어요. 여동생 혹시 있으신가요?"

"있긴 있는데…."

"그럼 잘 됐네요. 그냥 그렇게 대하시면 돼요."

성재는 그의 말에 입술을 꽉 깨물었다.

'있긴 있는데, 내 동생은 7살이고, 거기는 18살이잖아요.'

성재가 당혹해하는데도 아랑곳않고, 윤성민은 공관 거실과 야외 정원 쪽으로 향했다. 그는 건물 외벽에 붙어있는 가로등 전원 스위치를 조작하는 법을 알려주다가 소로길로 올라오는 여성을 향해 씩 웃었다.

"윤아가 오네요. 소개해줄게요. 긴장하진 마세요."

그의 말에 성재는 담담한 표정을 지었지만, 긴장하지 않을 수는 없었다.

그가 보고 있는 퀘스트창.

그리고 배윤아에게만 쓸 수 있는 기능. 성재가 그녀를 보며, 속으로 외쳤다.

'호감도 확인!'

그러자 떠오르는 상태창.

윤아 씨가 원하는 대답은 그거였습니다

성재는 어색한 미소를 지었다. 딱히 윤아가 싫어선 아니었다. 뭐랄까? 이질적인 느낌?
고등학교를 다녀보지 않은 성재는 여고생의 교복이 익숙하지 않았다.
쭉쭉 늘어나는 스판 원단 소재인지 딱 달라붙은 부드러운 어깨라인과 길이를 조절했는지 숨 막힐 듯 짧은 치마, 어떤 남심이라도 저격할 수 있는 튤립 라인의 스커트.
가정교육도 제대로 받아 예의도 바른 그녀의 청순한 얼굴에서 나오는 환한 미소까지.
물론 성재는 자신의 분수를 잘 알고 있었다.

'잘못하면, 호감도고 뭐고, 영창 갈지도 모른다.'
물론, 군인이 연애한다고 해서 영창을 가진 않는다. 미성년자와 사귄다고 해서 법적으로 처벌받는 것도 아니다. 일단 여기까진 커트라인.
하지만! 지켜야 될 선이란 게 있는 법.
여기는 군대다. 군대. 주둔지 안 연대장 관사. 윤아는 연대장님의 딸.
그에 비해 자신은 그 연대장의 가장 말단 부하 병사.
드라마나 소설에 나오는 막장 스토리도 아니고, 이루어져서도 안 될 사이. 뭐, 이루어지지 못할 사랑은 없다곤 하는데….
아니다. 이건 적정선을 지켜야 하는 거란 말이다.

성재는 담담한 표정으로 그녀에게 사무적인 인사를 건넸다.

"오셨습니까?"
그러자 그녀는 맑고 밝은 미소로 성재의 인사를 받아주었다.
"성재 오빠! 안녕하세요! 성민 오빠도요."
우려했던 상황은 없었다. 연애 플래그? 환상적인 첫인상?
No~ no! 그냥 평범한 인사 그 자체.
윤아의 미소에 윤성민 일병이 환한 미소로 화답했다.
"윤아씨, 학교 일찍 끝났네요?"
"네. 오늘은 방과 후 활동이 없어서 일찍 끝났어요. 요리 학원이 오후 8시에 시작하니까, 조금 쉬었다 가려고요."
"아… 결국에 요리 쪽으로 가기로 정하신 건가요?"
"네. 셰프가 인기잖아요. 저도 우리나라를 대표하는 여성 셰프가 되고 싶어서요."
"그 꿈 좋네요. 응원할게요. 아, 윤아씨! 제가 내일부터 휴가예요. 그래서 앞으로 여기 성재 씨가 5일 동안 저 대신 있을 거예요."
"아… 그렇구나. 오빠들, 저 때문에 밖에 나와 계신 건 아니죠? 밖에 추워요. 들어가요."

현관문을 통해 집에 들어갔다. 윤아는 옷을 갈아입으러 방으로 들어갔고, 2명의 군인은 머리를 맞대고 저녁 식사를 의논했다.
"저녁 메뉴는 어떤 것으로 하는 게 좋을까요? 연대장님은 보통 어떤 걸 좋아하세요?"
"찌개 요리 좋아하시죠. 김치찌개나 된장찌개로 백반 위주로 하는 게 좋을 것 같아요."
"아… 그렇군요. 그렇겠네요."
성재는 공관병의 말에 공감한 듯 고개를 끄덕였다. 그때, 윤아가 옷을 갈아입고 나왔다.
평범한 트레이닝복 하의에, 상의는 안에 스웨터를 입고, 바깥에는 자신의 사이즈보다 커 보이는 아이디스 트레이닝 상의로 편하게 코디했다.
그녀는 수수한 얼굴로 두 남자에게 말을 꺼냈다.
"오빠! 이야기 들었어요? 오늘 아빠 밖에서 먹는데요. 헌병 아저씨들이랑 약속 있대요."
"아, 그래요? 저도 확인해 볼게요."
윤성민은 군전용 폰을 열어보며 도착한 메시지를 확인했다. 그러자 1분 전에 도착한 연대장의 메시지가 보였다.

"그러네요. 회식 있으신 것 같아요. 윤아씨만 드시면 되겠네요. 드시고 싶은 것 있나요?"

성민의 물음에 윤아가 잠시 고민하더니, 부탁조로 말했다.

"그것보다 오빠들! 오늘 제가 요리할 테니까 평가 좀 해주시면 안 될까요? 오늘 학원 선생님 앞에서 잡채 하기로 했거든요. 연습해보려고요."

윤아는 둘에게 활짝 웃더니, 룰루랄라 콧바람을 부르며 홀로 주방에 들어섰다. 성재와 성민은 멋쩍었지만 윤아는 뭐가 그리 재미있는지, 두 남자를 보며 말했다.

"소파에 앉아서 TV라도 보고 계세요. 40분만 기다리면 바로 해드릴게요."

윤아는 자신이 정성껏 만든 음식을 꺼내왔다.

김이 모락모락 나지만….

결코, 성공한 요리는 아니었다. 푹 퍼져버린 당면이 다른 면에서 아주 인상적이다.

성재는 안타까운 얼굴로 그녀가 만든 음식을 쳐다보았다.

'요리사의 눈'

세 번 깜박인 눈에서 그녀의 요리에 대한 평가가 즉석에서 이루어진다.

 recipe | 배윤아가 만든 정성만 가득 담긴 잡채 ★★

퍼져버린 당면과 설탕과 간장이 과도할 정도로 많이 들어가 물 없이 먹기에는 부담스러운 요리. 단, 도수가 높은 술안주로는 꽤 쓸 만하다

요리사 지망생인 윤아는 기대하는 시선으로 둘을 쳐다보았다.

"맛 어때요?"

윤성민은 달고 짠 음식을 먹고도 억지 미소를 지으며, 칭찬을 늘어놓았다.

"너무 맛있네요. 윤아씨가 해주니까 정말 최고예요. 술이랑 먹으면 진짜 좋을 것 같아요."

"정말, 정말 그래요?"

"네. 정말이요."

"그렇게 말해주시니 힘이 나요. 오늘 처음 시도해 본 요리였거든요."

반면 성재는 담담한 표정을 지으며 아무 말도 하지 않았다. 그릇에 옮겨 담아 한 입 먹긴 했지만, 그대로 다 먹을 수는 없어 옆에 있던 물을 벌컥벌컥 들이켰다.

윤성민이 눈치를 주지만, 성재는 선의의 거짓말을 하고 싶진 않았다.

배윤아의 눈길이 성재를 향했다. 칭찬을 원했을 것이다. 기대에 가득찬 눈빛이 그녀의 감정을 말해주고 있었다.
하지만 성재에게서 사탕 발린 말이 흘러나올 리 없었다. 그는 묵언으로 대답을 대신했다.

윤아는 다시 한번 물었다.
"오빠, 별로였어요? 솔직하게 말해줘요. 저 괜찮아요."
'본인이 더 잘 알잖습니까? 왜 저한테 꼭 그 말을 듣고 싶어 하는 건데요?'
하지만 차마 입 밖에 낼 순 없었다. 나이가 어리다곤 하지만 그녀는 연대장님의 딸. 게다가 사람과 사람 사이의 기본예절이 있다. 성재가 해 줄 수 있는 말은 딱 여기까지.
"잘 먹었습니다."
성재의 사무적인 말에 윤성민이 성재의 허리를 쿡쿡 찔렀다.
'야! 바보냐? 눈치 좀 채! 칭찬해주면 되잖아. 이 멍청한 놈아!'
윤성민은 윤아의 시선을 피해 성재에게 눈치를 주었지만 이 좁은 공간에서 그게 가능할 리가 없었다. 그녀는 윤성민의 행동을 보며, 깨달았다. 무언가 잘못되었다고.
윤아는 요리를 제대로 평가받고 싶었기 때문에 진심을 담아 성재에게 말했다.
"오빠, 나 괜찮아요. 정말 괜찮아요. 성민 오빠 행동, 신경 쓰지 말고 솔직하게 말해줘요."
그녀의 말이 끝나기 무섭게 윤성민의 표정이 일그러졌다.

성재는 그녀의 본심을 알아차렸고, 잡채 요리에 대해 가감없이 분석했다.
"일단 당면이 너무 퍼져버렸습니다. 뜨거운 물에 바로 조리하는 것보다는 일단 물에 1~2시간 불렸어야 됐습니다. 그리고 간을 할 때, 설탕과 간장이 적정량보다 1.5배 이상 많았습니다. 그래서 단맛과 짠맛이 과도했습니다. 요리라기보단 안주에 가깝습니다."
조리병의 말을 들은 윤아는 고개를 푹 숙이고 자신이 만든 잡채를 다시 들었다.
"오빠, 미안해요. 제대로 만들 수 있다고 생각했는데…."
윤성민이 화들짝 놀라며 자리에서 일어나 그녀에게 굽신거렸다.
"아니에요. 윤아씨, 정말 괜찮아요. 정말 괜찮으니까, 고개 들어요. 정말 미안해요."
성재도 자리에서 일어나 그녀에게 고개를 숙이며 예의를 차렸다. 윤아는 잠깐 경직되었던 얼굴을 풀며, 다시 미소를 지었다.
"성재 오빠가 말한 거, 준비해서 학원에서 다시 해 볼게요. 미안해요. 오빠."

연연대장 관사에서 내려가는 길. 윤성민 일병은 강성재를 보며 짜증을 부렸다. 아까까진 편하게 말하던 말투조차 잊어버린 채.

"뭐하는 겁니까? 그렇게 안 봤는데, 사람이 눈치가 없네."

성재 또한 할 말은 있었다.

"윤아 씨가 원하는 대답은 그거였습니다. 자신의 요리에 대한 정확한 평가. 틀렸나요?"

윤성민이 인상을 썼다. 자신의 나이 25살. 4성급 호텔에서 견습 요리사로 일했던 경험도 있다. 그러다 보니 성재가 많이 건방져 보였다.

"이 사람, 눈치가 없네. 야! 내가 3살은 많아. 사회 경험도 없으면서 어디서 남을 평가해?"

물론 성재도 옛날의 이등병은 아니었다. 엄연히 그도 일병 3호봉.

"사회 경험이라고 말씀하시면, 저도 놀고만 있었던 것은 아닙니다. 이래봬도 4년 동안 배관공으로 일했었거든요."

윤성민은 배관공이라는 말에 어이가 없어 그에게 일렀다.

"야! 너, 나 휴가 갔다 오는 동안 똑바로 해라? 사고 치면 뒤진다."

그러나 성재는 그런 그의 시비를 무덤덤하게 받아들이며, 상황을 마무리했다.

"그럴 일은 없을 겁니다. 피차 중대도 다른데, 여기서 서로 시비 걸진 마시죠. 그리고 보니, 제가 일병 진급도 더 먼저 한 것 같은데, 안 그렇습니까?"

둘은 같은 동기군번이지만, 조기진급 한 성재가 선임인 것은 확실했다. 이럴 때 서로 싸우면 누가 더 피를 볼지는 분명했다. 성재가 100프로 유리하다.

청소를 끝내고, 생활관 침대에서 모포를 정리하고 있는 성재를 향해 누군가가 놀러 왔다.

"사부! 사부! 뭐해?"

"강희철 상병님, 무슨 일이십니까?"

고참의 말에 성재가 의아한 표정을 지으며 되물었다. 강희철이 활짝 웃으며 대답했다.

"나! 간부 식당 지원했어."

"네? 간부 식당 말씀이십니까?"

성재는 화들짝 놀라 무슨 일인지 되물었다.

"어. 너희 선임 2명 식당에서 오늘 짤렸다. 복무 기피로 간부식당 조리병에서 오폐수 관리병으로 간다는데?"

"아… 말년에 좀 불쌍한 것 같습니다. 작업만 하다 끝나겠습니다?"

"뭐, 자업자득이지. 아무튼, 다음 주부턴 나도 간부 식당 올라간다니까, 잘 부탁한다."

"네. 저야 말로 잘 부탁드립니다. 강희철 상병님!"

그때, 김영민 병장이 생활관에 들어왔다. 또다시 둘이 붙어있는 것을 보며, 쏘아붙였다.

"야! 너 또 뭐야? 왜 왔어? 너 진짜 성재 좋아하냐?"

김영민의 말에 강희철은 씩 웃으며 대답했다.

"네. 좋아합니다."

"어? 어이! 야! 인마! 너 성재랑 사귀냐?"

"그건 아닙니다."

"아닌데 왜 '좋아합니다'야? 좋아한다는 건 뭔데?!"

"전 김영민 병장님도 좋아합니다. 헤헤헤!"

강희철이 장난스럽게 그에게 들러붙으며 포옹하자, 기겁을 하며 그를 밀어냈다.

"야! 꺼져! 어우~ 소름끼쳐! 가! 가 인마!"

"헤헤헤, 그럼 가보겠습니다."

강희철이 가버리고, 김영민은 그의 뒷모습을 째려보았다. 동기인 조상준이 김영민에게 묘한 눈빛을 보내며 말했다.

"뭐야? 네가 강희철하고 사귀는 거 아니야?"

"야! 이 미친!"

"크크큭!"

반면 성재는 담담한 표정으로 새로 뜬 상태창을 바라보았다.

사용자 강성재에 대한 배윤아의 호감도가 53 올랐습니다

권사님, 이건 아닌 것 같은데요?

삼척한솔요리학원. 그곳에는 40여 명의 수강생들이 요리를 평가받으러 기다리고 있었다. 유일한 청소년, 이제 고등학교 2학년에 올라갈 윤아도 마찬가지였다.
윤아 앞에 놓인 잡채. 성재가 조언한 사항을 꼼꼼히 생각하며, 정성껏 조리한 음식.
그리고 강사의 반응.
"어머, 윤아야. 진짜 많이 늘었다. 어머님들, 이쪽 오셔서 윤아가 만든 잡채 드셔 보세요."
30, 40대 주부들이 순식간에 윤아 주변으로 몰려들었다. 젓가락으로 윤아가 만든 잡채를 집어 입안으로 넣더니, 우물우물거리며 맛을 평가했다.

"확실히 저번 주보다 많이 나아졌네."
"맞아. 이제 좀 감을 잡은 것 같아."
"발전이 있네. 발전이 있어."
요리학원 강사는 밝은 표정으로 모두의 앞에서 입을 열었다.
"어때요? 저번 주까지만 해도 감을 못 잡았던 윤아가 드디어 한 발자국 발을 내디뎠네요. 이번 주 새로 들어오신 분들도 이제 아시겠죠? 열심히 하면 여러분들도 맛있는 음식을 만들 수 있어요. 그래도 자신 없으신 분! 손들어보세요!"
아무도 손을 들지 않자, 강사는 다시 진행을 이어갔다.

"그럼 내일 여러분이 준비해 올 요리는 바로 채소 튀김입니다. 지금부터 제가 해보는 것 보시고, 내일은 여러분이 직접 만드시는 겁니다."

"네! 선생님!"

배윤아는 강사가 직접 만드는 채소 튀김을 바라보며, 자신의 생각을 되뇌었다.

'성재 오빠 고마워요. 직접 말해주셔서 칭찬받을 수 있었어요.'

다음 날. 새벽 6시 30분.

성재는 간부식당이 아닌 연대장 관사로 출근했다. 냉장고를 열어 미리 만들어져 있는 밑반찬을 보고, 아침 메뉴를 결정했다.

'찌개를 좋아하신다고 했지?'

김치찌개는 너무 자극적일 것 같고, 아침부터 부대찌개는 좀 그렇다.

'그럼 된장찌개가 낫겠다.'

그는 시중에서 파는 멸치육수용 티백을 냉장고에서 꺼냈다.

'이런 걸 사용했었구나. 하긴 이게 편하긴 하지. 요리사의 눈!'

item	멸치다시마로 만든 티백	✕
	내장을 제거한 멸치와 다시마를 건조시킨 후 얇게 갈아 만든 티백. 맑은 육수를 내기 좋다	
	제조공장 강원도 동해시 (주)유주협동조합 제1공장	

'괜찮은 것 같긴 한데, 내장이 없으니까 좀 아쉽네. 원물 그대로 쓰면 더 맛있을 텐데….'

성재가 티백을 만지자, 미리 소환되어 있던 홀로그램 녀석이 방황하기 시작했다. 성재는 처음 보는 재료에 당황하는 녀석을 향해 씩 웃었다.

'어서 와! 멸치육수용 티백은 처음이지?'

노이즈가 걸린 녀석. 몇 번 지지직거리는 잡음 끝에 제멋대로 투명해지며 사라졌다.

'된장찌개 정도야, 저 녀석 없어도 혼자 할 수 있지 뭐.'

홀로그램이 보이지 않아도 상관없었다. 성재는 육수용 티백을 냄비에 넣고 끓였다.

'5분 정도 끓이면 된다고 했었나?'

냉장고 신선 칸에서 호박과 양파, 감자를 꺼낸 그는 먹기 좋은 크기로 썰었다.

그다음으로 냉장고 안에 있던 찌개용 두부를 꺼냈다.
'된장에 두부가 빠지면 섭섭하지.'
두부를 알맞은 크기로 자른 후엔, 끓고 있는 육수 옆 버너에 뚝배기를 올려놓는다.

텅 빈 뚝배기. 썰어둔 채소를 넣고, 육수를 붓는다. 센 불과 함께 채소가 익기 시작하며, 채소물이 육수와 섞였다.
성재는 곧장 달님표 된장을 꺼내 뚝배기 안에 한 스푼 집어넣었다. 1분도 지나지 않아, 뚝배기 안쪽에서 보글보글 거품이 올라오기 시작한다. 거품 중 너무 진한 거품은 곧바로 국자로 건져냈다. 그리고 고춧가루를 꺼내 그 안에 반 스푼을 넣어주었다.

다음은 청양고추.
'넣을까? 말까?'
잠시 고민하던 성재는 얼큰함을 살리기 위해 하나만 썰어 넣었다.
된장찌개가 팔팔 끓는다. 거품이 뚝배기 밖으로 빠져나오려고 할 때, 성재가 아까 꺼내둔 두부를 집어넣었다.
열기를 뺏기며 순식간에 가라앉는 거품. 그리고 이어지는 반응.

조리 완료까지 10, 9, 8, 7···
조리가 완료되었습니다

강성재가 멸치육수 티백을 이용해 만든 두부된장찌개 ★★★☆
맑은 육수를 기반으로 끓인 두부된장찌개

'역시 직접 육수를 만들어야 했어. 등급이 조금 아쉽네.'
성재에 의해 식탁 위에 하나하나 올라가는 반찬들. 콩자반, 김치 그리고 깻잎절임.
'다 채소밖에 없어. 고단백 음식을 올려야겠다.'
성재가 팬을 들었다. 식용유 두 숟가락을 넣고 불을 켰다. 냉장고에서 계란을 3개 꺼냈다.

'너무 높은 위치는 안 좋아. 노른자가 터지지 않게 잘하자.'
식용유를 두른 팬을 충분히 달군 그는 달걀을 낮은 위치에서 깨트려서 팬 위에 부어주는 데 성공했다.
'센 불로 구워야 빨리 굳어져. 더 맛있고.'

성재는 달걀이 계속 한쪽으로 흐르는 것을 보았다.
'팬이 기울어져 있구나.'
이럴 때는 손잡이를 잡고, 자주 수평을 맞춰줘야 한다. 그래야 예쁜 형태를 유지할 수 있다. 계란이 식용유를 골고루 먹는 것은 당연하고.

'소금!'
소금을 계란 후라이 위에 살짝살짝 뿌려주는 그는 얼굴에 미소를 띄웠다.

> **recipe** — 강성재가 직접 만든 계란 후라이 ★★★
> 식용유를 적당량 먹은 계란 후라이. 너무 기름지지 않아 담백한 맛을 유지했다.

아침을 다 만든 성재는 어제 인수인계 받은 바와 같이 행동했다.
연대장님 안방 앞에서 노크를 세 번 하곤, 한 발자국 뒤로 물러섰다.
'대답하셔야 되는데 왜 반응이 없지?'
성재는 다시 한번 안방 문에 노크를 세 번 했다. 그러자 이번엔 안에서 신호가 왔다.
- 으음….
이렇게 대답하시면 연대장님이 깨신 것.
이번에는 윤아 방 앞으로 걸어갔다. 그리고는 노크 세 번을 했다. 그러자 그녀의 목소리가 들려왔다.
"일어났어요."
그녀의 목소리를 듣곤, 성재는 집 밖으로 나왔다. 불편할까 싶어 일부러 자리를 비킨 것.
'아, 아침 어떻게 먹는지 안 물어봤네. 같이 먹는 건가? 아니면 따로 먹는 건가? 어제 물어봤어야 되는데….'
성재는 고민을 뒤로하고, 할 일을 시작했다. 마당을 청소하고, 빗자루로 연대장 관사부터 내려가는 길을 쓸었다. 청소가 다 끝나갈 즈음, 누군가가 성재를 불렀다. 연대장이었다.
"강성재!"
"일병 강성재?"
연대장이 손짓하며 성재를 불렀다.
"뭐해? 빨리 와. 같이 먹어야지."
"알겠습니다."

이젠 확실히 알았다. 식사는 따로 하지 않는다. 같이 먹는다.
목재로 만든 식탁. 그곳에 앉은 연대장과 윤아와 성재.
연대장은 기독교 신자답게 식사 전 기도를 시작했다. 그러자 윤아도 혼자 기도한다. 성재에게 기도를 하라고 강요하진 않았다. 성재는 알쏭달쏭한 눈빛으로 연대장이 기도를 끝낼 때까지 기다렸다.
연대장이 성재와 윤아에게 말했다.
"먹자!"
성재가 만든 된장찌개를 뜨는 남자. 그가 놀란 눈으로 병사를 쳐다보았다.
윤아도 마찬가지였다.
"성재 오빠가 만든 거 정말 맛있어요."
그때 떠오르는 상태창.

> ⚙ ✓ ✗
>
> 사용자 강성재에 대한 배윤아의 호감도가 7 올랐습니다

"그렇네. 얼큰하고 시원하게 잘 만들었다. 아침 몇 시부터 나왔어? 일찍부터 나온 거지?"
"아닙니다."
연대장은 끝까지 예의를 차리고, 올바르게 사는 성재를 보며 생각했다.
'기특하네. 짜식!'
"아빠, 계란 후라이도 드셔 보세요. 맛있어요."
"그래. 우리 성재가 만들었는데 먹어 봐야지."
연대장의 말에 윤아의 눈이 동그랗게 커졌다.
'우리? 우리 성재? 내가 잘 못 들었나?'

배원영 대령은 모든 반찬을 가리지 않고 잘 먹었다. 성재 또한 편안하게 대해주는 연대장과 윤아 덕분에 눈치 보지 않고 식사를 끝낼 수 있었다.
반면 윤아는 확실히 편식을 하고 있었다.

'깻잎절임하고, 콩자반, 김치도 안 먹었네. 왜지?'
'요리사의 눈!'을 이용해 남은 반찬을 확인해보았다.

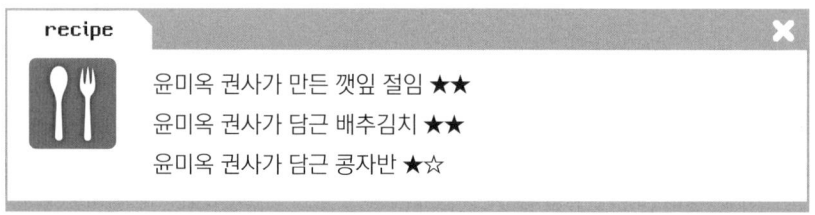

'윤성민 일병이 만든 게 아니었구나? 등급도 낮고. 어쩐지 그다지 땡기진 않더라.'
윤성민 일병이 호텔 주방 출신이어서 반찬이 다 맛있을 줄 알았다. 그런데 그게 아니었던 것. 성재는 〈요리사의 눈!〉을 활성화한 상태로 연대장과 배윤아를 번갈아가며 쳐다보았다. 그러자 그들의 미식등급이 성재의 눈에 보이기 시작했다.
연대장의 미식 등급은 ★☆.
배윤아의 미식 등급은 ★★★☆.

'연대장님은 정말 낮다. 윤아의 미식등급이 3성 반인 것에 비해 겨우 1성 반이라니. 설마 뭘 드셔도 맛있다고 느끼시는 건 아니겠지?'
그때 연대장이 자리에서 일어나며 성재에게 입을 열었다.
"성재야. 진짜 잘 먹었다. 설거지는 부탁하마."
"네. 알겠습니다."
"그래. 윤아도 빨리 준비해서 버스 타고 학교 가. 늦는다고 또 택시 타지 말고!"
"알았어요."

분주한 아침. 성재가 설거지를 하고 정리하는 동안, 윤아와 그의 아빠는 집 밖으로 나섰다. 성재는 집 안에서 청소를 끝마치고 시계를 쳐다보았다. 이제 겨우 아침 9시. 지금부턴 크게 할 일이 없다.

'공관병, 진짜 편하구나. 사모님이 안 계셔서 그런 건가?'
어제 인수인계 받을 때를 생각해보니, 여기는 진짜 편한 곳이라고 이야기를 들었었다. 원래 사모님 잘 못 만나면 피곤하다고.
성재는 심심함을 이기지 못하고 TV를 틀었다.
일과 중이지만, 공관병에게는 허락된 일상이다. 평창 올림픽도 하고, 아침 드라마도 방송하는 이 시간.
성재의 관심은 오로지 요리. 그가 보는 방송은 당연히 푸드전문채널.
지난 1월 시청률 10%에 근접하며 인기리에 방영된 '베스트 셰프' 프로그램을 재방영하고 있었다.
참가자와 심사위원의 첫 만남.

- 쥬얼리아 호텔의 견습 요리사! 강성훈입니다. 잘 부탁드립니다!
- 좋아요. 떡갈비를 준비하셨는데요. 강성훈 참가자가 생각한 스토리를 우리 심사위원에게 말해줄 수 있나요?

그때… 열리는 문. 또각또각. 하이힐 소리를 내며 들어오는 여성.
"어머! 베스트 셰프 보고 있었나 봐요? 제가 가장 좋아하는 요리 프로그램이었는데!"
성재는 낯선 여성의 등장에 일어서서 예의를 갖추고 정중히 물었다.
"누구신지 여쭤어 봐도 되겠습니까?"
"아, 저 윤미옥 권사라고, 여기 배원영 집사님하고 잘 아는 사람이에요."
성재는 고개를 끄덕이며 그녀에게 인사했다.
인수인계 사항에 권사에 대해 대충 이야기는 들었었다. 실물은 처음 봤지만 그녀는 분명 연대장님과 진지하게 만나시는 분.
"네. 잘 부탁드리겠습니다. 일병 강성재입니다."
"어머! 강성재! 이름도 비슷하네."
"네?"
"아니, 베스트 셰프 우승자 강성훈이랑 비슷하다고요! 지금 TV 나오잖아요! 요리대회!"
성재는 TV로 시선을 옮겼다. 갑자기 시스템 메시지가 떠올랐다.

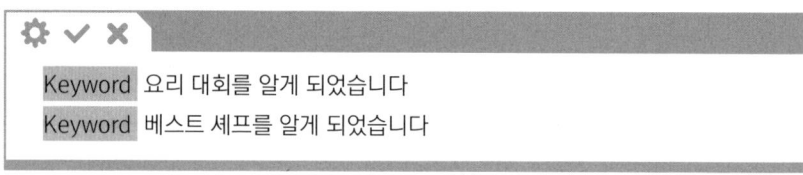

잠시 후, 그녀가 도움을 요청했다. 차량 안, 보자기에 담긴 반찬통. 그녀가 손수 만들어 온 밑반찬이었다.

하지만… '요리사의 눈'을 활용하자, 실체가 드러난다.

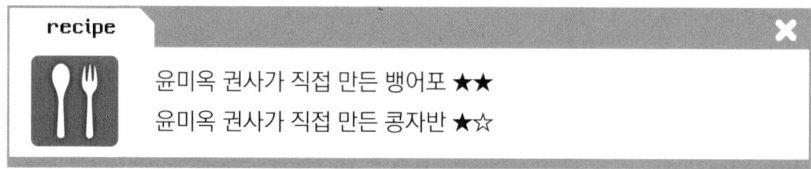

평균 등급이 너무 낮았다.

'권사님, 이건 아닌 것 같은데요?'

성재는 고민에 빠졌다.

아무래도 연대장님하고 미래를 생각하시는 분 같은데, 이래서는 요리사를 희망하는 윤아한테는 인정 못 받을 것 같다.

'이걸 어째? 도와줘야 돼? 말아야 돼?'

To be continued...